GARY V
ABOMI

HITTA
NAÇÃO

Copyright © 2015 by Gary Whitta
Todos os direitos reservados

Tradução para a língua portuguesa
© Petê Rissatti, 2017

Fotografia da capa
© Paul Rommer/Shutterstock
Mapa © Jonathan Roberts

Os personagens e as situações desta obra são reais apenas no universo da ficção; não se referem a pessoas e fatos concretos, e não emitem opinião sobre eles.

Diretor Editorial
Christiano Menezes

Diretor Comercial
Chico de Assis

Gerente de Novos Negócios
Frederico Nicolay

Editor
Bruno Dorigatti

Editor Assistente
Ulisses Teixeira

Capa e Projeto Gráfico
Retina 78

Designers Assistentes
Pauline Qui
Raquel Soares

Revisão
Ana Kronemberger
Marlon Magno

Impressão e acabamento
Gráfica Geográfica

DADOS INTERNACIONAIS DE CATALOGAÇÃO NA PUBLICAÇÃO (CIP)
Andreia de Almeida CRB-8/7889

Whitta, Gary
Abominação / Gary Whitta ; tradução de Petê Rissatti.
— Rio de Janeiro : DarkSide Books, 2017.
320 p.

ISBN: 978-85-66636-79-6
Título original: Abomination.

1. Ficção inglesa 2. Ficção fantástica inglesa I. Título II. Rissatti, Petê

17-0188   CDD 823

Índices para catálogo sistemático:

1. Literatura inglesa

[2017]
Todos os direitos desta edição reservados à
DarkSide *Entretenimento LTDA.*
Rua do Russel, 450/501 - 22210-010
Glória - Rio de Janeiro - RJ - Brasil
www.darksidebooks.com

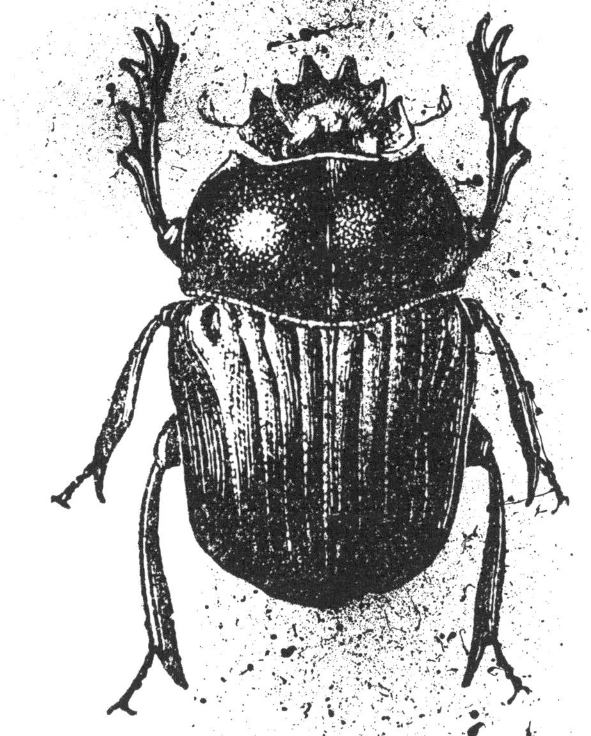

GARY WHITTA

ABOMINAÇÃO

TRADUÇÃO * PETÊ RISSATTI

DARKSIDE

Para minha mulher e para minha filha

Não julgueis e não sereis julgados.
Não condeneis e não sereis condenados.
Perdoai e sereis perdoados.
—Lucas 6,37

Após a queda do Império Romano, o caos e o derramamento de sangue varreram o que restara da civilização ocidental como uma praga.

Consumida pela guerra feudal, a Europa mergulhou numa era de séculos de analfabetismo e desolação cultural a que poucos registros históricos sobreviveram.

Alguns acreditam que a verdadeira história dessa era sombria foi deliberadamente escondida pelos estudiosos sobreviventes. Incrível demais para se acreditar, terrível demais para se recontar.

Até agora.

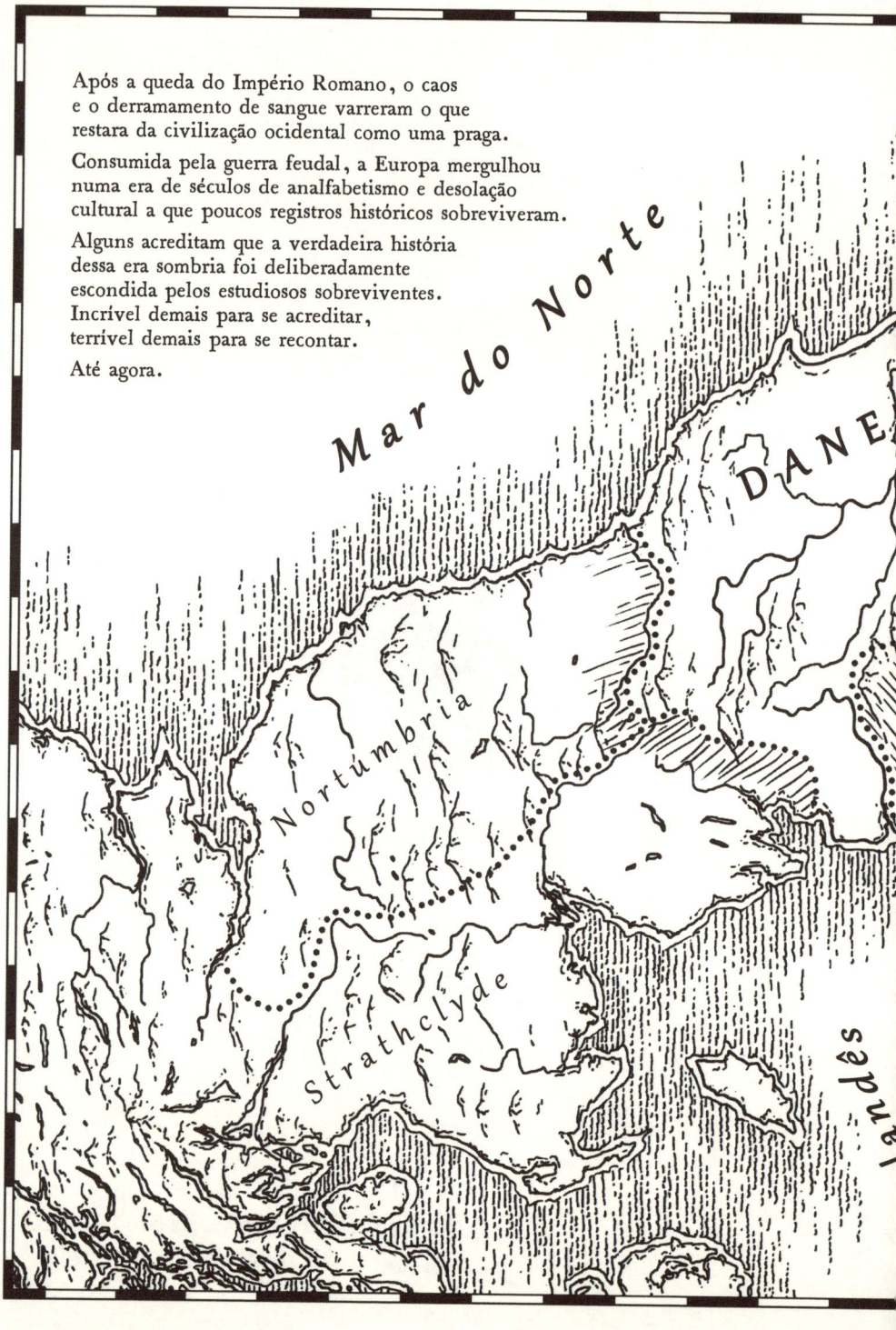

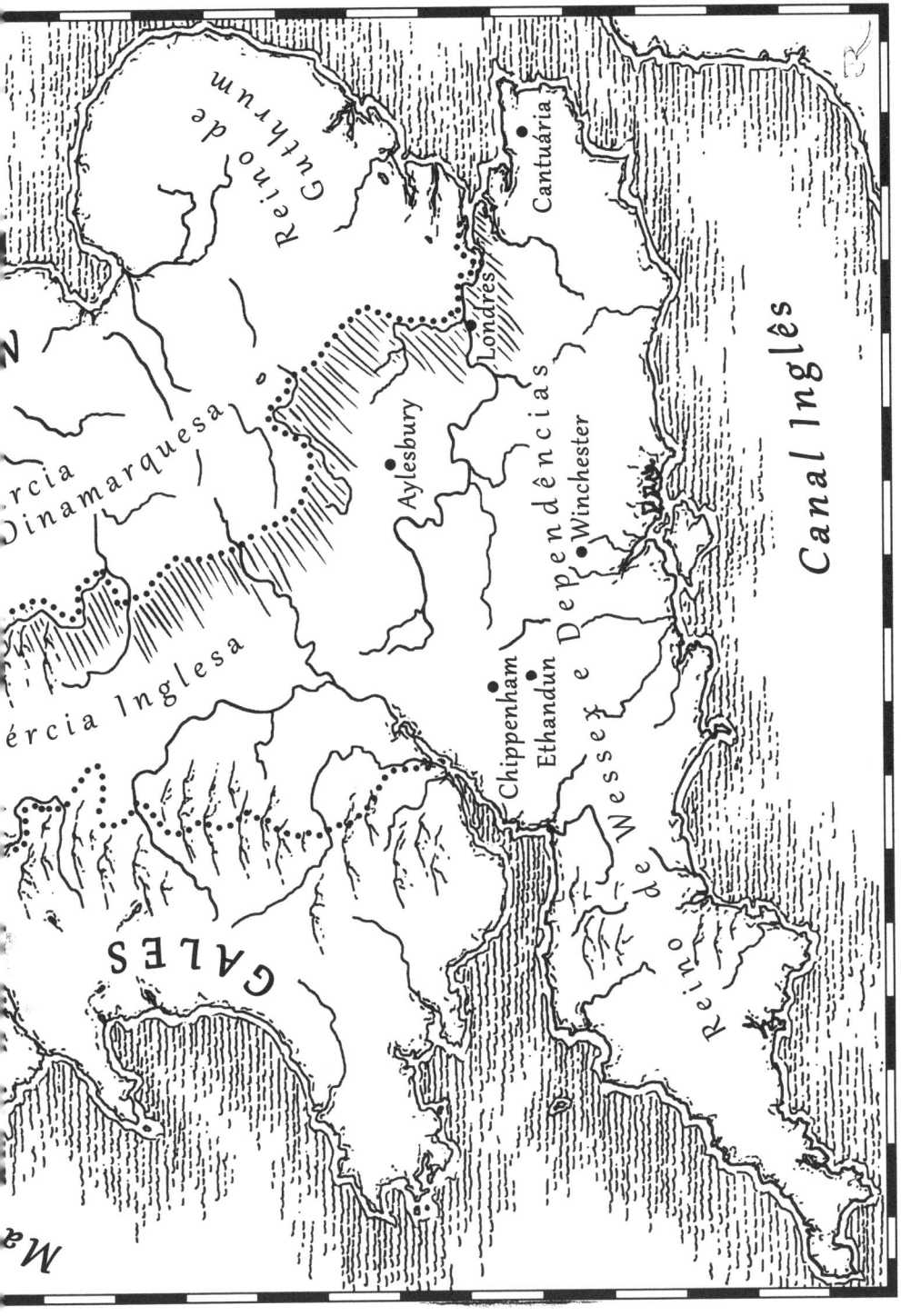

INGLATERRA
888 D.C.

1

Alfredo estava cansado. Enfrentara uma guerra longa e difícil e, embora a tivesse vencido, mal descansara desde então. Sabia que a paz não duraria. Como rei inglês, havia aprendido que nunca durava. Sempre haveria outra guerra.

Passara o reinado inteiro defendendo sua terra natal e sua fé contra hordas de bárbaros nórdicos vindos do outro lado do mar. Quase um século antes, haviam chegado em frotas de drácares, atacando a linha costeira da Inglaterra e erguendo cercos em torno de seus vilarejos e cidadelas, suas incursões cada vez mais ousadas — e mais sangrentas — a cada ano que passava. Quando Alfredo ainda era garoto, invasores dinamarqueses haviam estabelecido cabeças de ponte em toda a Inglaterra, capturando Ânglia Oriental e Mércia, os dois maiores reinos do território. O poder dinamarquês espalhou-se muito depois disso, e de forma tão ágil que três anos depois só Wessex permanecia de pé. O último reino livre e soberano em toda a Inglaterra. O reino de Alfredo.

À época, não era rei, nem tinha desejo nenhum de sê-lo, mas em pouco tempo seria coroado. Os nórdicos não perderam tempo e atacaram Wessex. O rei de Alfredo e seu irmão mais velho conseguiram, por um breve período, repelir os invasores. Mas depois disso, derrota após derrota, e quando o rei encontrou a morte pouco depois de seu exército ser enviado a Reading, a coroa passou a Alfredo, seu único herdeiro. E foi assim que, em seu aniversário de vinte e um anos, Alfredo tornou-se o único rei anglo-saxão remanescente da Inglaterra e, muito provavelmente, seu último.

Por um breve período, Alfredo considerou a renúncia, e por um bom motivo: os nórdicos eram notórios por sua brutalidade e falta de clemência. Outros reis ingleses, que não fugiram ou se recusaram a capitular, foram torturados até a morte quando suas muralhas inevitavelmente caíram. O rei dinamarquês à frente da força invasora, um ímpio brutamontes chamado Guthrum, avançara mais fundo no coração do amado Wessex de Alfredo, saqueando cada cidadela e vilarejo que encontrou. O exército de Alfredo foi forçado a recuar mais para leste de Somerset, onde o isolamento de seus pântanos-de-maré lhe deu tempo para se reagrupar. Convocando homens dos condados vizinhos, ordenou que construíssem uma fortaleza na qual poderiam se reunir e planejar ataques. Cansado de fugir e se esconder, Alfredo finalmente começou a combater o inimigo.

Derrotou os nórdicos na batalha de Ethandun, levando-os até sua fortaleza e armando cerco até obrigar os bárbaros a capitular de fome. Foi uma vitória decisiva, mas os nórdicos ainda eram muitos e estavam espalhados demais para serem expulsos definitivamente do território. Cansado de batalhas sangrentas e homens mortos em número maior do que conseguia contar, Alfredo ofereceu o armistício a seu inimigo odiado, Guthrum: se os nórdicos concordassem em baixar as armas, a eles seriam outorgadas terras no leste. O território inglês que já ocupavam seria formalmente reconhecido como Danelaw, um reino em que Guthrum e seu povo poderiam — e assim se esperava que fosse — viver em paz.

E assim foi acordado. E assim o reino de Wessex foi salvo.

Em todo o seu reinado, os súditos de Alfredo, gratos por tê-los poupado dos horrores da ocupação nórdica, começaram a chamá-lo de Alfredo, o Grande. Era um título que não lhe agradava sobremaneira, pois não via grandeza dentro de si. Havia estudado a vida e as campanhas de outro "Grande", Alexandre III — rei macedônio que fora impulsionado por uma firme convicção de sua grandeza, tão profundamente arraigada que acreditava ter como destino a conquista do mundo inteiro. E assim foi; na idade de Alfredo, Alexandre havia derrotado o vasto exército persa, à época considerado invencível, e avançara para reinar num dos maiores impérios que o mundo já vira, governando toda a Ásia Menor, do Mar Jônico até o Himalaia. Alfredo, longe disso, mal conseguia manter seu pequeno reino.

Alexandre também angariou fama por nunca ter perdido uma batalha, enquanto Alfredo perdera muitas. Em demasia.

Não perderia outra, dissera a si mesmo. Nos anos que se seguiram ao acordo dinamarquês, Alfredo recusava-se a ficar mais complacente. Foi para Londres, cidade saqueada e arruinada durante as invasões nórdicas, e a ressuscitou, fortalecendo-a contra ataques futuros. O palácio real de Alfredo, em Winchester, foi fortificado de forma semelhante, como foram os vilarejos e cidadelas em todo o Wessex, até que todo homem e toda mulher dentro das fronteiras de seu reino pudessem ter a segurança de que os horrores dos anos passados nunca mais os visitariam.

Todos, exceto Alfredo. Wessex estava tão seguro quanto ele podia garantir, e ainda assim não dormia com facilidade. Todo mensageiro e batedor trazia relatos novos da atividade naval dinamarquesa, rumores recentes de uma invasão vindoura. E Guthrum, adoentado havia muito, segundo os boatos, estava agora à beira da morte.

Embora o rei dinamarquês fosse um bárbaro, Alfredo começou a respeitá-lo — e, mais importante ainda, a confiar nele. Nos anos desde o armistício, Guthrum sempre cumprira o acordo de manter a paz. Mas era sabido que muitos homens de guerra ambiciosos e destemperados entre os nórdicos de Danelaw esperavam para tomar o poder após a morte de Guthrum. Homens que não respeitariam o tratado que seu predecessor havia honrado. E a única coisa que Alfredo temia mais do que uma invasão dinamarquesa pelo mar era um levante dinamarquês a partir das próprias fronteiras inglesas.

E lá estava ele, de seu trono em Winchester, tão irrequieto como nunca antes. Enviara uma mensagem a seus comandantes militares em todo o reino para que mantivessem vigilância cerrada. No fim das contas, levaria dias para a mensagem viajar até Danelaw; por tudo que Alfredo sabia, Guthrum talvez já estivesse morto. Mesmo naquele instante, enquanto aguardava em seu trono, as forças dinamarquesas poderiam estar se reunindo sob o comando de um novo rei e preparando-se para um ataque. Mas ele fizera tudo que podia. Agora só restava esperar e se preocupar.

"Vossa Majestade?"

Alfredo olhou o pajem diante dele; estava tão absorto que não ouvira o garoto se aproximar.

"O que é?"

"O arcebispo solicita vossa presença no pátio", disse o pajem. "Diz que há uma coisa que Vossa Majestade precisais ver."

Alfredo grunhiu. Aethelred, o arcebispo da Cantuária, era o último homem que queria ver naquele dia, ou em qualquer outro dia.

Embora Alfredo apreciasse a fé cristã, não apreciava da mesma forma o homem que era líder de sua Igreja. O arcebispo fora herdado junto com o restante do reino de Alfredo, e havia algo no homem que o perturbara desde o início. Se o reinado de Alfredo fosse de paz, provavelmente teria providenciado a substituição do prelado, mas estivera ocupado demais em guerra com os nórdicos para se envolver numa batalha com a Igreja. No entanto, nos últimos meses, havia se arrependido amargamente de não ter tomado essa decisão, mas nunca com a intensidade daquele instante. O que Aethelred tinha para lhe mostrar certamente amargaria o seu apetite e o mandaria para a cama com pesadelos. Como se dormir já não fosse bem difícil naqueles dias.

Alfredo meneou a cabeça para o pajem, relutante.

"Diga a ele que lá estarei em breve."

O pajem fez uma grande mesura e, em seguida, saiu às pressas. Alfredo ficou sentado ainda por um bom tempo antes de caminhar até o pátio. Fosse lá que novo horror Aethelred tivesse lhe reservado, não tinha pressa nenhuma de vê-lo.

Cinco meses antes, Aethelred procurou Alfredo com uma empolgação fervorosa. Durante a reconstrução de Londres, um plebeu operário havia descoberto por acaso um baú com antigos pergaminhos latinos enterrados. O operário levou-os para o padre da paróquia, que, tão perplexo pelo que viu neles, partiu a cavalo até Cantuária naquele mesmo dia.

Aethelred também reconheceu nos pergaminhos algo de notável no momento em que os viu. Eram antigos, tão antigos que o texto latino que continham, uma forma pregressa, arcana, do idioma, era quase incompreensível até pelos padres mais doutos. Mas aquilo que foram capazes de traduzir regelou o sangue de Aethelred e entusiasmou-o tanto que mal conseguiu impedir que suas mãos tremessem. Os pergaminhos falavam de poderes ainda mais antigos que eles. De encantamentos e rituais que podiam alterar a forma da carne, criar vida nova a partir da antiga. Do poder de transformar qualquer homem que o dominasse num deus.

Foram meses até Aethelred e seus estudiosos mais experientes decifrarem o texto de todos os nove pergaminhos. Quando por fim seu trabalho terminou, Aethelred levou-o a Winchester e apresentou ao seu rei como uma maneira de finalmente garantir a paz para todos os reinos ingleses — para aniquilar a ameaça dinamarquesa de uma vez por todas. Quando Alfredo ouviu a promessa do arcebispo de que poderia realizar tudo aquilo sem derramar uma única gota de sangue inglês, ele ficou intrigado; e quando soube como Aethelred pretendia fazê-lo, não sabia se era motivo para ficar apavorado ou simplesmente pensar que o homem era maluco.

Foi necessária uma demonstração de Aethelred para provar ao seu rei que suas faculdades mentais não o haviam abandonado.

Aethelred mandou que um de seus curas trouxesse um porco já separado das criações do castelo. Alfredo e todos na corte naquele dia se divertiram, de início, ao ver o porco amarrado arrastando o infeliz do cura pela correia enquanto farejava o chão de pedra. Era algum tipo de troça? Na melhor das hipóteses, pensou Alfredo, Aethelred talvez causasse vergonha a si mesmo diante de toda a corte real. O que daria a Alfredo a desculpa perfeita para retirar o homem tranquilamente de seu posto na Cantuária e substituí-lo por alguém menos maçante. O pobre homem obviamente havia trabalhado duro. Já era hora.

O cura jogou uma maçã meio comida diante do porco e se afastou, enquanto o animal devorava a fruta. Poucos perceberam o olhar de pavor pálido no rosto do jovem sacerdote quando se retraiu; todos os olhos estavam voltados para o porco, um animal comum correndo solto pelo mais elevado dos salões.

Enquanto o porco mastigava avidamente, Aethelred avisou os guardas reais para ficarem próximos e de prontidão, em seguida lançou os braços para trás num floreio. Os cortesãos trocaram olhares embaraçados; alguns deles soltaram risadinhas. *Já é o bastante para acabar com ele*, pensou Alfredo de seu trono. *O primaz de toda a Inglaterra sacudindo os braços como um bobo da corte, realizando um truque de conjuração.*

E então Aethelred começou o encantamento. As risadinhas pararam, bem como os olhares divertidos. Todos os olhos fixaram-se em Aethelred enquanto ele balbuciava palavras antigas decifradas na Cantuária.

O idioma era familiar, mas ainda assim estranho. *O que é isso, algum tipo de latim?*, perguntou-se Alfredo. Só havia uma certeza: enquanto Aethelred continuava o encantamento, sua voz lentamente se erguendo, um calafrio tomou conta do salão. Embora ninguém entendesse as palavras, cada homem e mulher de alguma forma sabia que havia algo de *errado* nelas. Como se tivessem vindo de um lugar que não fosse humano. Vários dos que assistiam sentiram uma vontade forte de sair do salão, e ainda assim seus pés não os levaram dali. Estavam enraizados, paralisados, incapazes de virar o rosto.

O porco, que estava feliz devorando a maçã, de repente a soltou. A boca se escancarou. A cabeça virou e girou num movimento circular estranho, como se torturado por um som infernal que apenas ele podia ouvir. Soltou o guincho mais horrendo e agudo e caiu de lado, ficando imóvel.

Por um momento, o salão encheu-se de um silêncio sombrio, todos os presentes sem palavras diante da amostra bizarramente mórbida. Ao que parecia, Aethelred havia matado o animal sem pôr as mãos nele. Apenas com o poder das palavras.

Aquilo levou Alfredo a romper o silêncio.

"Exijo saber o que significa isso..."

O porco gritou mais alto que antes, interrompendo as palavras de Alfredo. Em seguida, o corpo estremeceu e voltou à vida, retorcendo-se no chão com uma série de espasmos violentos.

Reflexos pós-morte? Alfredo olhou do animal torturado para Aethelred e viu o sorriso largo estender-se pelo rosto do arcebispo. Como se estivesse deliciado antecipando o que viria em seguida.

Algo irrompeu da barriga do porco, o sangue espirrando pelo chão. Vários espectadores berraram, apavorados, e aqueles que estavam mais próximos se afastaram, nauseados, quando outra excrescência brotou do corpo do porco, em seguida outra, cada uma brilhando com o sangue escuro e viscoso enquanto se desdobrava e tomava forma. Apêndices ósseos com juntas, parecidos com talos, lembrando os membros de algum inseto monstruoso, escorregaram e deslizaram pelo chão liso de pedra como pernas de um bezerro recém-nascido tentando se erguer.

E, então, a *coisa* — não podia mais ser chamado de porco — ergueu-se em suas seis pernas recém-formadas, cada uma com pelos grossos, fibrosos e arrepiados. A mandíbula da criatura pendia arreganhada, revelando uma bocarra de presas pontudas e afiadas. Os guardas reais sacaram as armas, e Alfredo assistiu com lúgubre fascinação quando a criatura avançou. Os olhos eram selvagens e injetados, vasculhando a sala. A criatura parecia meio cega e tomada por uma febre raivosa.

A fera ergueu a cabeça, abriu a boca imensa e uivou — um som amedrontador que desafiava a natureza e causou arrepios em todos os presentes. O jovem e imaturo guarda que estava mais perto da fera se moveu para golpeá-la com sua espada. Antes que Aethelred pudesse alertá-lo, a lâmina do guarda desceu numa das pernas aracnídeas da fera, soltando um jorro de sangue preto que lhe cobriu a túnica. Quando a fera berrou, o guarda tentou soltar a lâmina para desferir outro golpe, mas estava presa no osso e na cartilagem da perna do monstro. Ferida e enraivecida, a coisa suína girou e arrancou a espada da mão do guarda. Antes que ele pudesse se afastar, a fera avançou e envolveu as duas pernas dianteiras na cintura do homem como uma pinça.

Enquanto o jovem se debatia em desespero, seus colegas foram ao seu auxílio, tentando libertá-lo das garras da criatura, e outros ainda batiam nela com as espadas. Os gritos da fera e do guarda preso misturaram-se numa cacofonia infernal. Em seguida, as pinças da criatura estreitaram-se mais, e o jovem guarda vomitou sangue quando seu corpo foi partido em dois. A fera livrou-se das metades sem vida do homem, tentando defender-se dos outros guardas, que a fustigavam e golpeavam furiosamente. Mas já era tarde: a criatura estava com vários ferimentos graves e sangrava muito rapidamente. Enfraquecida e moribunda, ela por fim tombou, arfando, o sangue borbulhando na garganta. O capitão da guarda aproximou-se, a espada no alto, e com toda a força desceu a lâmina, arrancando de um golpe a cabeça do monstro. Por alguns instantes, a coisa ainda continuou a se mover, o peito subindo e descendo, as pernas aracnídeas retorcendo-se por reflexo. E, finalmente, estacou.

Com o rosto respingado com o sangue da fera, o capitão da guarda olhou com fúria para Aethelred. Alfredo desceu do trono e atravessou o salão na direção do sacerdote, que não havia parado de sorrir durante todo o episódio sangrento, e ainda sorria.

"Não gostou da demonstração, senhor?", perguntou o arcebispo.

"*Não* gostei", sibilou o rei com dentes e punhos cerrados.

O sorriso de Aethelred ficou ainda mais largo.

"Os dinamarqueses gostarão menos ainda, suponho eu."

Alfredo ordenou que todos saíssem da sala do trono, menos os guardas, antes de interrogar o arcebispo sobre o horror que haviam acabado de testemunhar. Aethelred explicou calmamente que, embora tivesse cuidado para garantir uma tradução precisa dos encantamentos dos pergaminhos, ainda estava trabalhando em sua recitação exata. Se os guardas não tivessem exterminado a fera, provavelmente ela teria morrido alguns minutos depois, como havia acontecido com os outros animais de teste com os quais o arcebispo havia realizado o ritual na Cantuária. Contudo, estava confiante de que, com mais tempo e uma porção mirrada dos recursos do reino, ele poderia aperfeiçoar o processo e, assim, transformar criaturas mundanas num exército de feras selvagens guerreiras que instilariam medo no coração dos nórdicos. Com o tempo, ele continuou, essas feras poderiam ser domadas e treinadas para matar não apenas dinamarqueses, mas quaisquer inimigos da Inglaterra que ainda pudessem se apresentar.

Alfredo, ainda furioso, mandou que o arcebispo fosse escoltado até seus aposentos e convocou seus conselheiros seniores para buscar orientação. E, embora nenhum deles negasse a natureza odiosa do evento que todos testemunharam, a imensa maioria concordou que a solução apresentada por Aethelred não deveria ser rejeitada de pronto.

Todos partilhavam das preocupações de Alfredo quanto à chance de novas hostilidades dos nórdicos, especialmente à luz da saúde precária de Guthrum. E, mesmo que Alfredo tivesse feito muito para fortalecer o reino contra ataques, Wessex ainda carregava feridas de seu longo conflito com os dinamarqueses e mal conseguiria manter outra guerra aberta tão logo, tanto em sangue como em tesouro. A recomendação do conselho a Alfredo era quase unânime: como defensores juramentados do reino, era sua obrigação serem fortes, de estômago e de propósito. Não poderiam permitir que seu desgosto, por mais intenso que fosse, pelos métodos propostos por Aethelred — *não convencionais*, um conselheiro chamou-os eufemisticamente — tolhesse o que poderia ser uma poderosa oportunidade de garantir a paz futura para Wessex e para toda a Inglaterra. Tão avassaladora era a promessa que Aethelred trouxera para eles que, em toda a conversa, nenhum homem presente ousou pronunciar a palavra que assombrava cada um em seu íntimo. *Bruxaria*.

E, assim, Alfredo concordou, com relutância. Aethelred e seu séquito da Cantuária foram aquartelados em Winchester e receberam tudo que precisavam para aperfeiçoar suas artes arcanas.

Apenas Deus soube quantos pobres animais sofreram e morreram nos experimentos deturpados do arcebispo durante os meses seguintes. Alfredo perdera a conta quando não pôde mais suportar a visão das abominações que Aethelred conjurava diariamente.

No início, nenhuma delas vivia por muito tempo. As coisas malformadas nascidas de cada cão, mula e cavalo em que Aethelred praticava sua arte desmantelavam-se e morriam após poucos minutos ou precisavam ser empaladas por lanceiros quando se voltavam contra o arcebispo ou seus assistentes. Com o tempo, quando Aethelred empreendeu refinamentos e correções na pronúncia e na cadência dos encantamentos escritos nos pergaminhos ancestrais, e nos gestos de mão descritos que os acompanhavam, os monstros que ele criava começaram a viver mais tempo. Por horas, em seguida dias, então por tempo indeterminado. Mas uma coisa não mudou. Em todos os casos, não importava o quanto vivessem, os monstros eram cruelmente agressivos a partir do momento que nasciam. Atacavam qualquer coisa sem nenhuma provocação — até mesmo uns aos outros. Aethelred uma vez assistiu a dois cães de caça, irmãos da mesma ninhada, que nunca haviam mostrado sinal de agressão mútua, serem transformados pelo ritual num par de demônios lupinos, com escamas e corcundas, e começaram a se estraçalhar imediatamente. Fascinado, fez uma anotação detalhada em seu diário.

Aethelred também descobriu que, com mudanças sutis nas invocações, conseguia criar formas variadas de feras com cada animal base. Conseguiu transformar um porco naquele mesmo quase aracnídeo que criara na sala do trono de Alfredo ou, com uma mudança pequena nas frases, criar uma espécie de chacal horrendo, com pele oleosa e bico.

Todos esses experimentos eram cuidadosamente documentados pelos aprendizes de Aethelred num bestiário cada vez mais volumoso. Aethelred praticou de forma incansável todos os dias por vários meses, criando dezenas de variações, até ter se convencido de que havia exaurido todas as permutações possíveis para cada animal base. Um gato podia se transformar apenas em determinado número de coisas, aprendeu ele, e, quando não havia mais nada a ser criado a partir de um gato, começava de novo com gansos ou texugos ou qualquer criatura pobre e inocente que estivesse em sua lista. Com o tempo, aprendeu a dar vida a todas as espécies de criaturas com especificidades infalíveis, desde o comprimento da cauda até a maneira como cuspiam fogo. Os que expeliam chamas eram seus favoritos; o dia em que descobriu aquela variação específica provocou um dos registros mais entusiasmados de seu diário, e os cospe-fogos haviam garantido uma seção própria no bestiário.

Porém, mesmo com todas as conquistas de Aethelred, o problema da falta de controle resistia. Havia recrutado os adestradores mais habilidosos do reino — homens que subjugavam os cavalos mais ariscos e conseguiam fazer um lobo selvagem comer da palma da mão —, mas nenhum pôde domar quaisquer das criaturas de Aethelred. Cada vez mais parecia que essas feras estavam além de qualquer forma de domínio, embora o próprio Aethelred se recusasse obstinadamente a aceitar esse fato. Enquanto insistia que no fim das contas conseguiria controlá-las, a impaciência de Alfredo crescia. Por fim, o rei, já assombrado à noite por visões das coisas que via no pátio todos os dias, decidiu que já vira demais.

Em certa ocasião, um monstro reptiliano encouraçado que fora uma raposa saltou sobre o adestrador que estava tentando alimentá-lo com uma peça inteira de carne e arrancou o braço do homem na altura do ombro. Alfredo então se enfureceu. Disse ao arcebispo que não desejava ver mais nenhum de seus "avanços" até o sacerdote provar que as feras podiam ser controladas. Do contrário, que utilidade teriam em batalha? Era provável que atacassem seus adestradores em vez de o inimigo que deveriam agredir. Antes de sair fumegando do pátio naquele dia, o rei alertou Aethelred: se esse problema não fosse resolvido, e logo, ele mandaria encerrar de uma vez por todas os experimentos.

——— ◆ ———

Dois meses depois, Alfredo voltou, apesar da relutância. Vira muitos horrores na guerra, mas nenhum comparado ao que presenciara ali, em seu pátio, desde que o arcebispo iniciara seus experimentos. O chão estava riscado e esburacado como um campo de batalha e manchado com grandes riscos de sangue seco. A madeira de muitas estruturas ao redor estava chamuscada de preto e branco pelo fogo. E o mais perceptível era o odor nauseabundo de enxofre que pairava o tempo todo no ar. O pátio inteiro fedia a enxofre. Alfredo puxou da manga um lenço que mantinha consigo para essas infelizes visitas e o segurava sobre a boca e o nariz enquanto cruzava o quadrilátero rajado de sangue. Mesmo o perfume forte em que o boticário mergulhara o lenço era insuficiente para disfarçar inteiramente o cheiro.

Aethelred esperava por ele, vestido como sempre com os vistosos trajes eclesiásticos que cabiam à sua elevada posição, e exibia um ar de confiança. Alfredo não o vira por semanas; o arcebispo obedeceu à ordem do rei, não solicitando nenhuma vez sua presença desde que o pobre adestrador fora mutilado, e assim Alfredo supôs que devia haver um bom motivo para ter sido chamado. Ele se flagrou analisando suas expectativas. Queria que Aethelred tivesse sucesso em conseguir dominar aquelas feras e, por extensão, os inimigos da Inglaterra? Ou torcia pelo fracasso, que finalmente lhe daria motivo para terminar toda aquela história repulsiva e retirar Aethelred da Cantuária? *Devia ter feito alguma coisa muito tempo atrás*, disse Alfredo a si mesmo, de novo.

"Obrigado por vossa presença, majestade", disse Aethelred quando o rei se aproximou.

"Depois do fracasso de sua última demonstração, devo presumir que não me chamaria até aqui sem um bom motivo", retrucou Alfredo.

Aethelred ignorou o desdém e simplesmente assentiu.

"De fato. Acho que ficará deveras satisfeito com nosso avanço desde que estive aqui da última vez." Alfredo suspirou, sem nenhuma vontade de ouvir preâmbulos.

"Pode controlá-los ou não?"

"Duvido que serão domesticados como animais de estimação, mas para o objetivo pretendido… como armas de guerra… sim, creio que posso controlá-los agora. Não foi fácil, mas é nisso que estive trabalhando."

Alfredo apenas olhou para Aethelred com ansiedade. Se o arcebispo estava esperando um elogio, algum tipo de reconhecimento pelas horas dedicadas a criar tais aberrações hediondas, não haveria nenhum.

"Muito bem, então!", declarou Aethelred, e virou-se para os guardas que estavam próximos. "Fiquem a postos, por favor!" Uma dúzia dos melhores e mais experientes lanceiros de Alfredo estavam prontos e a postos, as armas em punho. Todos eram homens fortes, mas pela sua expressão ficou claro que preferiam patrulhar a fronteira de Danelaw, congelar em alguma torre de observação remota ou limpar a lama dos chiqueiros do castelo. Preferiam estar em qualquer lugar, menos ali. Ninguém queria assumir essa tarefa. Aqueles que eram destacados para ela raramente dormiam bem.

Perto deles havia uma pequena tropa de serviçais carregando baldes cheios de água, prontos para extinguir o fogo que a fera do arcebispo pudesse atear. Essa lição fora aprendida a duras penas, quando um dos primeiros "infernais", como Aethelred gostava de chamá-los, incendiou os velhos estábulos de madeira do pátio com um único sopro. O fogo teria se espalhado e consumido as cozinhas e a biblioteca do castelo, mas houve a reação rápida de uma brigada de baldes improvisada às pressas. O estábulo não se salvou; por ordem de Alfredo, a madeira empretecida não fora retirada, como um lembrete, e agora os "apagadores" ficavam a postos antes de cada encantamento.

Satisfeito por tudo estar pronto, Aethelred sinalizou para o aprendiz do outro lado do pátio que manejava o portão do cercado onde se encontravam os animais de teste. O aprendiz levantou a tranca do portão e, quando ele se abriu de uma vez, ouviu-se um grunhido baixo, e Alfredo estremeceu; já odiava aquele som. Teve de ouvi-lo muitas vezes: era o som que pressagiava os guinchos e gritos de alguma pobre criatura amaldiçoada que se via transformada pelas palavras de Aethelred. *Que tipo de animal ele selecionara para a apresentação sangrenta de hoje?*, perguntou-se Alfredo.

Por um momento, nada aconteceu. Alfredo ficou perplexo; em geral, o animal preso emergia imediatamente no pátio, feliz em ser liberado do confinamento, sem saber o destino cruel que o esperava. Ele olhou para Aethelred, que pareceu envergonhado por um momento, antes de gesticular com impaciência para o aprendiz. Primeiro o aprendiz apenas observou, hesitante; mas, em face do olhar raivoso do arcebispo, entrou com relutância no cercado para atrair seu ocupante. Desapareceu por um instante, mas Alfredo conseguiu ouvi-lo bajulando a fera. *Saia daí, vamos. Vamos! O arcebispo está esperando! Não ouse me envergonhar ou vou ser estripado!*

Alfredo piscou, perplexo, quando outro homem surgiu de dentro do cercado. Nu até a cintura, com pés descalços, magro a ponto de as costelas ficarem à mostra, pálido, parecia não comer por dias a fio. O aprendiz estava atrás dele, empurrando-o para o centro do pátio.

Alfredo virou-se para Aethelred.

"O que é isso?"

"Um avanço", respondeu o arcebispo.

Alfredo olhou de volta para o homem seminu e reconheceu os sinais: a emaciação, o olhar perdido, as cicatrizes de chicote pelas costas. As perneiras eram aquelas usadas por seus soldados de infantaria. O homem era um desertor capturado, um dos muitos que cotidianamente acovardavam-se nas estacarias do castelo. Nos últimos tempos, as deserções haviam crescido, especialmente em Winchester, pois os homens decidiam que era melhor arriscar a fuga do que ser destacado para o pátio com Aethelred e se sujeitar aos pesadelos que traumatizaram tantos de seus colegas.

"Explique-me isso agora", exigiu Alfredo.

"Observei que a transformação diminui muito a faculdade cognitiva do animal de teste", disse Aethelred. "Um animal estúpido, mesmo bem-treinado, não retém inteligência suficiente para reconhecer comandos básicos. Mas um *homem*... um homem sobrevive ao processo com inteligência de sobra. Suficiente, acredito eu, para ser controlado com confiança."

O rosto de Alfredo assumiu um tom pálido. Ele encarou Aethelred, horrorizado.

"Você não pode estar falando sério."

"Nosso erro foi usar animais desde o início", disse Aethelred. "Aprendemos muito, foi útil, mas essa prática nunca se destinou ao uso em formas de vida inferiores. Tenho certeza disso agora."

Alfredo encarou Aethelred com ódio.

"Não permitirei uma coisa dessas."

"Senhor, devo lembrar o que está em jogo aqui? Os bárbaros infiéis em Danelaw estão crescendo em força e aguardando o momento para lançar um novo ataque sobre nós. Com Guthrum morto ou moribundo, esse momento certamente chegará em breve. Precisamos usar todos os meios à disposição para defender este reino e nossa fé, ou arriscar vermos os dois destruídos por uma raça de selvagens pagãos."

"Eu já estava bem desconfortável com seus experimentos com animais", disse Alfredo. "Não vou tolerar essa... essa *bruxaria* praticada em homens!"

Aethelred ergueu uma sobrancelha.

"Bruxaria? Vossa Majestade, essa é a coisa mais distante da bruxaria. A descoberta dos pergaminhos não foi um acidente. Foi um presente do próprio Deus. Ele nos favorece com este conhecimento... este *poder*... e pretende que o usemos. Ele viu os crimes que esses hereges dinamarqueses perpetraram contra Sua Igreja. Mosteiros arruinados, relíquias sagradas destruídas, bons homens de batina presos a estacas e queimados. A guerra deles é uma guerra contra o próprio Deus, e Ele nos abençoou com os meios para dizimá-los em Seu nome."

"O Deus em que acredito nunca permitiria que essas blasfêmias andassem sobre Sua terra", retrucou Alfredo. "Seja qual for a origem desses pergaminhos, esse não deve ser seu objetivo." Ele já estava cansado de ouvir as refutações de suas palavras. Virou-se para os lanceiros que estavam próximos e apontou para o prisioneiro maltrapilho no centro do pátio. "Mandem este homem de volta para a estacaria. E providenciem uma refeição quente para ele."

Quando os lanceiros se moveram para levar o prisioneiro, Aethelred pôs os braços para trás e começou um encantamento. Ele ficara bem experiente e mais que proficiente para dizer todas as palavras que precisava em apenas alguns instantes. Alfredo, por mais rápido que tivesse percebido o que Aethelred estava fazendo, não foi ágil o bastante.

"Parem-no!", gritou ele para os guardas, que correram na direção do arcebispo. Mas Alfredo já conseguia ver o corpo do prisioneiro se contorcendo, assolado por um ataque repentino de convulsões dolorosas. Aethelred concluiu o encantamento no momento em que os guardas o prenderam pelos braços. Ele não resistiu; seus olhos estavam fixos nos do prisioneiro, agora curvado em agonia. Os olhos do pobre homem arregalaram-se como se fossem explodir, e ele escancarou a boca, soltando um grito de tortura.

Alfredo agarrou Aethelred pelo colarinho. O desertor estava de joelhos agora, braços dobrados, agarrando a barriga, e encarava cegamente o chão, como se tentasse cuspir algo preso na garganta.

"Desfaça isso agora!", ordenou o rei.

"Não posso", respondeu Aethelred enquanto observava com fascinação. "Precisa cumprir seu curso."

Impotente, Alfredo olhou de volta para o prisioneiro. Todos os olhos do pátio estavam sobre o homem naquele momento. Ele havia caído de lado e convulsionava, chutando loucamente a terra enquanto se unhava, raspando as unhas ensanguentadas sobre o peito e o pescoço como se tentasse sair de dentro da própria pele febril.

E então ele fez exatamente isso. O esterno inchou contra o peito, em seguida estourou, mostrando as extremidades de uma dúzia de pontas de osso. Um dos apagadores soltou seu balde d'água e fugiu; os outros afastaram-se horrorizados quando o torso inteiro do prisioneiro virou do avesso. Ele urrava em agonia, os órgãos sendo despejados na terra quando uma coisa escura, úmida, emergiu no lugar deles. E o que sobrou do homem começou a se partir e desmontar, a pele dos braços, pernas, a cabeça descascando enquanto formas pulsantes e sangrentas brotavam.

Alfredo encarou a coisa que poucos momentos antes fora um ser humano. Ela recuou nas novas patas traseiras enquanto tentáculos deslizavam, se desenrolavam e tateavam o chão embaixo dele. O homem não tinha mais cabeça; em seu lugar, um emaranhado de línguas longas cobertas de saliva projetava-se do toco fendido do pescoço. Lambiam e estalavam ao redor dos ombros da fera, que naquele momento estavam cobertos por algum tipo de placa óssea. O pouco que ainda era reconhecível como homem pendia amolecido ao redor da cintura deformada da criatura, um cinto macabro de pele humana esfolada.

A fera fez um som que não era deste mundo, um uivo terrível, atormentado. Alfredo sentiu como se uma pedra de gelo estivesse crescendo na boca do estômago.

"Matem-no", berrou ele. "Pelo amor de Deus, matem-no!"

Vários guardas moveram-se para cercar a criatura abominável, lanças fustigando de longe para controlá-la. Ela rugiu, soltou um tentáculo que se enrolou no cabo da lança mais próxima e puxou, trazendo para perto de si o lanceiro. Antes que este pudesse recuar, foi envolvido na cintura pelo tentáculo que se comprimiu, esmagando suas costelas. Ouviu-se um grito sufocado, gorgolejante, abafado, quando outro tentáculo gordo e úmido se enrolou no rosto do homem e arrancou sua cabeça. O sangue jorrou do pescoço do lanceiro quando a fera jogou de lado o corpo sem vida. A cabeça foi entregue às línguas, que a agarraram e enfiaram pelo pescoço do monstro, engolindo-a com avidez.

Os outros lanceiros atacaram. Mas não era como a coisa suína, nem como qualquer outra das criaturas que Aethelred havia conjurado antes. Essa tinha uma armadura pesada, e as pontas das lanças apenas raspavam sua pele grossa. A fera girou e espetou um soldado inocente com uma garra ossuda que se enterrou no fundo do peito, saindo pelas costas. Ele deslizou para trás e caiu morto antes de atingir o chão. Um terceiro lanceiro foi agarrado pelo tornozelo e voou pelo pátio com tanta força que Alfredo ouviu os ossos do homem quebrarem quando ele atingiu a parede de pedra. Cinco homens desesperados ainda cercavam a fera, que continuava ilesa e cada vez mais enfurecida.

"Deixe-me pará-la!", gritou Aethelred. "Antes que nos mate a todos!"

Alfredo relutou em deixar o homem livre por um momento que fosse, mas sabia que devia agir rapidamente e tinha poucas opções. Assentiu para os guardas soltarem o arcebispo. Livre dos soldados, Aethelred ergueu as mãos contorcidas de feiticeiro e gritou um comando que nem Alfredo tampouco os homens ali presentes puderam entender, embora todos reconhecessem a mesma linguagem arcana usada nos encantamentos.

A fera parou instantaneamente. Tinha dois homens encurralados e certamente teria matado os dois em segundos, mas em vez disso se virou para encarar Aethelred com repentina docilidade. Aethelred falou na língua estranha de novo, e a fera se aproximou, parecendo obediente.

Enquanto cambaleava na direção do arcebispo, Alfredo e os outros homens próximos recuaram por precaução, mas Aethelred ergueu a mão para tranquilizá-los.

"Tudo bem", disse ele. "Não vai machucar mais ninguém... a menos que eu ordene. Está totalmente sob meu controle, sem risco para nós ou nossas tropas em batalha. Mas quando lançado contra a horda dinamarquesa... será uma história bem diferente."

A fera tinha no mínimo dois metros de altura, muito mais alta que Aethelred, que não mostrava nenhum pavor. Alfredo ficou tenso quando o arcebispo estendeu a mão para acarinhar a criatura horrenda com afeição que se poderia mostrar por um cão querido. Em reação, a fera soltou um gemido aflito. Para qualquer homem são, a visão daquela coisa vil, deformada, inspiraria uma combinação de medo, pena e nojo. Alfredo viu a maneira como Aethelred a encarava — com admiração — e logo soube: *ele enlouqueceu*.

Aethelred estava tão embevecido com sua criação que não percebeu os lanceiros, agora reagrupados, tomando posição atrás da fera. Com um aceno de cabeça, Alfredo lhes deu a ordem que esperavam. Avançaram juntos, enterrando as lâminas com força nas costas da criatura, encontrando o músculo tenro e a carne entre as grossas placas ósseas. A besta soltou um grito horripilante e foi ao chão, os membros cedendo. Antes que pudesse se recuperar, os lanceiros estavam subindo em suas costas, dando estocadas contínuas, enterrando fundo as lanças. Aethelred protestou, mas nenhum deles ouvia. A fera finalmente caiu de frente, as línguas se contorcendo por mais um momento como rabos de cascavéis. E, por fim, estava morta.

Mais lanceiros irromperam no pátio, atraídos por todos os gritos e pela comoção. Alfredo apontou para Aethelred.

"Levem este homem e prendam-no na torre sob vigilância", ordenou ele. Os lanceiros cercaram o arcebispo, apanhando-o com firmeza pelos braços.

"Não precisavam tê-lo matado", disse Aethelred, ainda pensando mais em seu experimento precioso do que nos quatro homens que jaziam mortos ali. "Havia muito que poderíamos ter aprendido com ele."

Alfredo mal conseguia conter sua fúria.

"Aprendi tudo o que precisava hoje. Aprendi que seus experimentos foram longe demais com a minha permissão. E agora vou pôr um ponto final nisso. Em tudo isso!"

"E descartar todo o avanço que fizemos?", contestou Aethelred. "Esse foi o indivíduo de teste mais bem-sucedido até agora. Se Vossa Majestade apenas me ouvisse..."

"Nada que pudesse oferecer justificaria essa atrocidade!", urrou Alfredo, vermelho de raiva. "Quantos outros havia lá? Quantos homens foram mutilados antes deste pobre coitado aqui?"

"Nenhum que Vossa Majestade já não tivesse marcado para morrer", disse Aethelred. "Todos vieram da lista de homens condenados."

"Eu jamais condenaria homem algum a um destino como este! Tolerei essa empresa tola porque você me garantiu que isso permitiria nossa vitória em guerra sem derramar sangue dos ingleses!"

"Senhor, um homem transformado que vale por vinte outros! Em força, em resiliência, em agressividade! Veja o que um único fez aqui e imagine a devastação que centenas dessas feras poderiam derramar sobre nossos inimigos! Apenas uma centena, comparada aos milhares que talvez percamos numa batalha convencional."

O tom de Alfredo arrefeceu, mas ele continuou, não menos resoluto.

"Não tolerarei que essa maldição seja imposta a mais nenhum homem, seja ele condenado ou não."

"A transformação não precisa ser permanente", sugeriu Aethelred. "Garanto a Vossa Majestade que, com mais tempo, poderei encontrar uma maneira de reverter o efeito... restaurá-los à forma original quando voltarem da batalha."

Com um suspiro pesado, Alfredo esfregou a testa.

"Já ouvi mais de suas garantias do que posso suportar. Guardas, levem o arcebispo para a torre. Lá ficará até eu decidir o que fazer com ele."

Os lanceiros marcharam com Aethelred, deixando Alfredo para inspecionar a carnificina no pátio diante de si. Balançou a cabeça, amaldiçoando-se por ter sido tão tolo a ponto de acreditar que aquilo poderia resultar em algo bom.

Barrick e Harding, os dois maiores e menos gentis carcereiros de Alfredo, arrastaram Aethelred pelos degraus de pedra da escada em espiral. A luz das tochas tremeluzia nas paredes. Barrick destrancou a pesada porta de carvalho da cela solitária no alto da torre e Harding empurrou o arcebispo para dentro. Ele aterrissou numa pilha de palha úmida, mal tendo tempo de se empertigar antes de a porta bater de novo e a chave ser girada da fechadura.

Ele se limpou e arrumou a túnica. Por um momento, ficou sentado na escuridão, ouvindo o tagarelar preguiçoso dos dois guardas, agora a postos do lado de fora. E um sorriso fino brincou nos lábios do sacerdote. *Alfredo é mais cego do que pensei*, refletiu, deliciando-se. *Depois de tudo que presenciou, realmente acredita que pode me encarcerar.*

———◆———

Alfredo convocou seus conselheiros seniores para a sala de guerra. Naquele momento, todos já haviam ouvido falar do massacre no pátio; alguns viram com os próprios olhos. Embora meses antes tivessem votado em prol da exploração da proposta de Aethelred, todos ali, como Alfredo, tinham ficado cada vez mais inquietos com o rumo que aquela empresa estava tomando. Os eventos daquele dia foram a última gota. Nenhum deles precisava se convencer de que era hora de encerrar de uma vez por todas aquele episódio imprudente. Alfredo já ordenara que todos os registros fossem destruídos, inclusive os malditos pergaminhos que iniciaram tudo aquilo. A única pergunta era o que fazer com o arcebispo da Cantuária.

"Está acabado como arcebispo, e na Igreja também. Isso é mais que certo", declarou o rei para meneios de aprovação unânime. "O clérigo sênior não vai contestar. Muitos deles também estavam inquietos com o que Aethelred estava fazendo aqui. Por isso, vou pedir desculpas e que nomeiem um sucessor à sua escolha."

"Mas qual será o destino dele além da excomunhão?", perguntou Cromwell, um dos altos conselheiros de Alfredo e conselheiro militar de confiança. "Será acusado de algum crime? Haverá um julgamento?"

"Se Aethelred é culpado de um crime, então sou igualmente culpado por permiti-lo durante tanto tempo", respondeu Alfredo. "E um julgamento público dessa... natureza bizarra apenas disseminaria a superstição e o medo em todo o reino."

Houve uma longa pausa antes que alguém voltasse a falar. Dessa vez foi Chiswick, outro conselheiro de guerra de Alfredo. Sua responsabilidade especial era administrar o aparato de espiões e equipamentos do exército, e o rei confiava nele para sugerir soluções nada convencionais para problemas difíceis.

"Talvez, então... um acidente?"

Alfredo e os outros olharam-no.

"É de amplo conhecimento daqui até a Cantuária que o arcebispo estava envolvido em trabalhos perigosos, embora não fosse especificada sua natureza", continuou Chiswick. "Talvez ele tenha morrido a fiel serviço de sua Igreja e de seu rei. Aethelred é bastante malquisto. Duvido que muitos fucem a verdade dos fatos."

Nesse instante, todos olharam para Alfredo, que se viu bastante desconfortável com essa noção.

"Ninguém aqui gosta menos desse homem do que eu, mas simplesmente executá-lo..."

Chiswick inclinou-se para frente.

"Para mim, parece que as opções são poucas. Ele não pode continuar como arcebispo, e um julgamento, como Vossa Majestade acabou de dizer, seria catastrófico. E certamente não pode ser libertado; esse conhecimento das artes obscuras que possui faria dele um homem muito perigoso."

Um arrepio correu pela espinha de Alfredo. *É mesmo, não é? Como pude ter sido tão estúpido?* Ele se virou com uma urgência repentina para o capitão da guarda que estava próximo.

"Triplique a guarda na torre! E quero o arcebispo amordaçado e com as mãos atadas! Faça isso, agora!"

———◆———

Quatro guardas subiram em disparada os degraus da torre. Um deles carregava um pedaço de corda forte e um pano para a mordaça. Não entenderam as ordens, mas não havia como questionar a urgência do capitão. Subiam três degraus por vez.

Chegaram ao topo dos degraus e encontraram a porta da cela no fim do curto corredor aberta e meio solta das dobradiças, como se tivesse sido arrombada com as mãos, suas tábuas de carvalho pesadas estilhaçadas e sujas de sangue. Mas nem dez homens poderiam ter derrubado aquela porta. O mais estranho foi que parecia ter sido arrebentada de fora para dentro.

Aproximaram-se com hesitação, espadas em punho, chamando os nomes de Barrick e Harding, sem resposta. A tocha que iluminava o corredor havia se soltado do nicho de ferro e estava no chão, tremeluzindo. O guarda mais à frente pegou-a e ergueu para iluminar o lado de dentro da cela obscura.

Algo morno e úmido envolveu seu braço. Ele soltou a tocha em choque — e de súbito foi puxado para a frente, desaparecendo na escuridão da cela. E, em seguida, veio o grito, enquanto seu estrebuchar desesperado se projetava em sombras nas paredes da cela com a luz da tocha caída.

O grito terminou quase tão rapidamente quanto começou; a sombra parou. Por um momento, silêncio. Os três guardas do lado de fora da cela estavam com as espadas em riste, mas não ousaram avançar, sentindo o coração palpitando. E, então, saltaram para trás, alarmados, quando seu colega da guarda saiu da escuridão e despencou, o sangue espirrando de um corte tão fundo no pescoço que a cabeça pendia para um lado, torta.

Barrick surgiu da escuridão atrás dele. Ou o que havia sido Barrick. Naquele momento, ele — aquela coisa — era uma espécie de monstruosidade lupina, seu corpo musculoso agora coberto por uma pelagem cinzenta, opaca. Caminhava sobre as pernas traseiras com outros quatro membros à vista — longos braços musculosos com mãos grandes e garras feito lâminas.

O que fora Harding deslizou detrás da figura lupina e subiu pela parede. Um tipo de lagarto de duas cabeças e a pele encouraçada coberta por espinhos afiados e eriçados, e uma cauda grossa como porrete sacudia lentamente para lá e para cá enquanto o animal se esgueirava na direção dos três guardas.

O mais próximo deles entrou em pânico e, num movimento tolo, avançou com sua espada. O lagarto desviou facilmente do golpe, em seguida reagiu soltando uma cusparada que queimou como ácido a placa peitoral do homem. O guarda soltou a espada, gritando, tentando em desespero desafivelar a armadura, mas, antes que pudesse abrir uma das faixas, o ácido atingiu sua pele, e ele foi ao chão, contorcendo-se desesperadamente, os gritos finais ecoando pelo corredor de pedra.

Os outros dois guardas olharam os amigos caídos, horrorizados. E Aethelred saiu da cela.

"Soltem suas armas e têm minha palavra de que não morrerão aqui e agora."

Eles fizeram conforme ordenado. Aethelred ergueu as mãos e, fitando os dois homens nos olhos, começou a recitar as palavras que passara meses aperfeiçoando.

E, logo em seguida, eles também já pertenciam a Aethelred.

3

Dois cavaleiros chegaram ao topo da colina tranquila e olharam para o território que se abriu diante deles, um vale extenso de campos e propriedades, sarapintado por algumas cabanas modestas, algo que mal podia ser chamado de vilarejo.

"Não pode ser", disse o primeiro viajante.

"O camarada lá atrás na estalagem disse que era", comentou o outro. "'Oito quilômetros apenas pela estrada a leste, e vocês verão quando chegarem ao topo da colina.'"

"Sei como é a propriedade de um membro da cavalaria. Se tivesse uma aqui, veríamos, pode acreditar."

Viram um homem sozinho lá embaixo, empurrando um arado num dos pequenos terrenos em que o território era dividido.

"Vamos perguntar para ele."

Cavalgaram pela encosta pedregosa com cuidado para evitar as rochas e as partes escorregadias. Muitos trechos do interior da Inglaterra eram pitorescos e agradáveis para cavalgada; aquele não era um deles. Uma passada errada no terreno poderia significar o tornozelo quebrado de um cavalo e, talvez, o pescoço quebrado do cavaleiro.

Ao chegar ao fundo do vale, galoparam até o homem suado que trabalhava no campo, abrindo uma vala profunda na terra com o arado. Fundido com ferro pesado, parecia mais bem adequado para ser puxado por um cavalo, mas o homem o empurrava sem ajuda, como se não conhecesse outra maneira. Os dois homens montados trocaram olhares divertidos. Ajudantes de fazendas não eram conhecidos por seu intelecto, mas um que não sabia nem mesmo como funcionava uma ferramenta tão básica? As surpresas nunca acabavam.

O camponês estava de costas para a colina e, consumido por sua tarefa árdua, parecia indiferente aos cavaleiros que tinham acabado de chegar por trás dele, mesmo quando os cavalos deram bufadas altas.

"Ei! Você aí!"

O arado parou. O camponês virou e ergueu as mãos tanto para proteger os olhos do sol como para limpar o suor que lhe encharcava a testa. Parecia um tipo especialmente não civilizado, o rosto sujo de terra, os cabelos longos num emaranhado fibroso, desgrenhado.

"Quê?", perguntou ele.

Os dois cavaleiros trocaram mais um olhar, dessa vez não um divertido, mas de irritação. Aquele camponês não reconhecia os uniformes? A insígnia real nas túnicas?

"*Quê?*", disse o primeiro cavaleiro. "Isso é jeito de um plebeu se dirigir a dois homens do rei?"

O camponês deu um passo à frente, para fora da luz do sol. Conseguia vê-los melhor ali.

"Ah. Aí estão vocês."

Os cavaleiros esperaram algum gesto de respeito ou humildade para acompanhar a percepção de quem eram, mas nada disso aconteceu. O camponês simplesmente ficou parado, estreitando os olhos para eles, como se a pergunta original ainda estivesse pairando no ar. *Bem, o que foi?*

Nesse momento, o segundo cavaleiro se pronunciou.

"Sabia que o arado é para ser puxado por um cavalo?"

"Claro, não sou idiota", disse o camponês. "Minha égua está doente. Dor de barriga."

O primeiro cavaleiro estava ficando impaciente.

"Estamos procurando..."

"Eu devia saber que aquelas cenouras eram suspeitas."

"*Pare de falar*. Onde fica a propriedade de sir Wulfric?"

O camponês gargalhou para si mesmo.

"Eu não chamaria de propriedade."

"Então, você o conhece?"

O homem virou-se e apontou para o lado mais distante do campo em que trabalhava. A fumaça subia da chaminé de uma modesta casa de fazenda, às margens do vilarejo adiante. Os dois cavaleiros olharam-se perplexos, e o primeiro esporeou o cavalo para se aproximar, olhando feio da sela, impaciente.

"Não estamos para brincadeira, amigo."

"Sem brincadeira. Aquela é a casa dele."

Então, o segundo cavaleiro voltou a falar.

"Aquela casa é mirrada demais para ser o lar de algum membro da cavalaria."

"Bem, para ser honesto, Wulfric também é dono deste campo, e daquele outro ali, e daquele lá adiante", disse o camponês, apontando. "Tudo terra rica, boas safras. Se me perguntarem o que acho, não é nada mau."

"Sir Wulfric, camponês!", ralhou o primeiro cavaleiro. "Preste atenção ao se referir a um Cavaleiro do Reino."

"E não qualquer cavaleiro", acrescentou o segundo. "O maior de todos os cavaleiros."

"Sim, eu ouvi as histórias", disse o camponês, que parecia estar ficando cansado daquela conversa também. "Grande exagero na maior parte."

O primeiro cavaleiro finalmente fartou-se. Apeou e marchou na direção do homem, lançando-lhe um olhar ameaçador.

"Agora, preste atenção, camponês. Já ouvi demais..."

O sol, ainda se erguendo sobre a colina, agora lançava sua luz sobre o pingente prateado, trabalhado no formato de um escaravelho, que pendia de um cordão de couro ao redor do pescoço do camponês. Seu desenho era simples, mas familiar a todo homem e rapaz juramentado a serviço do rei. Aquele mesmo medalhão fora visto por todos que passaram pelas casernas do exército em Winchester, numa pintura que pendia em seu salão principal. Era retratado pendendo do pescoço de sir Wulfric, o Selvagem. Cavaleiro de todos os cavaleiros. O homem que salvou a vida do rei Alfredo e mudou o rumo na Batalha de Ethandun, e com isso toda a guerra contra os nórdicos.

As pernas do cavaleiro fraquejaram e, por um momento, ele pensou que talvez cederiam por completo. Em vez disso, abaixou-se com um joelho no chão, inclinando a cabeça diante do camponês de cara suja.

"Sir Wulfric, por favor, aceite minhas humildes desculpas."

"Ah, *merda*", exclamou o segundo cavaleiro entredentes. Rapidamente apeou e ajoelhou-se ao lado do colega.

"Este campo é enlameado demais para se ajoelhar", disse Wulfric, que, apesar do posto, nunca se sentira confortável com a visão de um homem subjugando-se diante de outro. Todos os homens eram iguais aos olhos de Deus, então por que também não aos olhos dos próprios homens? "Ergam-se."

E eles se ergueram, olhando aquele camponês sujo com o tipo de admiração reverente normalmente reservada a deuses e reis.

"Peço desculpas", disse Wulfric quando puxou um lenço do bolso e limpou a terra das mãos. "Mas os dias longos no campo podem ficar tediosos, e eu tenho que encontrar minha diversão onde posso. Agora, o que Alfredo quer?"

Wulfric deixou o arado no campo e dirigiu-se à casa quando os cavaleiros do rei partiram pelo caminho que vieram. Ainda era cedo e havia muita terra para semear que agora teria de aguardar. Como regra, tinha pouco tempo para as ordens dos reis, mas Alfredo era mais que um rei. Era um amigo, e um que fizera mais por Wulfric do que ele jamais poderia retribuir. E assim Wulfric, embora detestasse a ideia de pegar em armas de novo, e certamente esse era o único objetivo por que Alfredo o convocara, sabia que não poderia se recusar.

Quando jovem, Wulfric era um aprendiz de ferreiro, instruído para forjar uma espada e deixá-la forte, mas não para empunhar uma. Aquilo era para os outros. O simples pensamento sobre violência fazia seu estômago revirar como um peixe se contorcendo dentro da barriga. Como todo inglês, fora criado como cristão, mas seu pai também havia incentivado Wulfric a pensar por si mesmo, e assim tomar dos ensinamentos sagrados o que lhe servisse. Do que sabia da Bíblia, um único versículo sempre falara a Wulfric mais que qualquer outro: *Amai teu próximo como a ti mesmo*. Não desejava que nenhum homem lhe erguesse a mão, e assim não ergueria a mão contra nenhum homem.

Isso até os nórdicos chegarem.

Fora criado em sua cidade natal, um lugarejo chamado Caengiford. Londres ficava apenas poucos quilômetros a sudoeste, e foi lá, quando Wulfric estava com dezessete anos, que os saqueadores dinamarqueses chegaram, derrubando as grandes muralhas que os romanos haviam construído séculos antes, reclamando a cidade para si, matando qualquer um que não tivesse o bom senso de fugir. Wulfric ainda conseguia se lembrar dos desalojados e feridos atravessando Caengiford, horrivelmente queimados, com membros inteiros faltando, mães ainda carregando corpos de bebê que haviam sido pisoteados ou arremessados contra paredes pelos bárbaros que tinham vindo do outro lado do mar.

Wulfric recusara-se a se proteger dessas visões. Queria ver. Embora não entendesse o sofrimento que testemunhara, sabia que virar as costas, tentar fingir que não era real seria um tanto irresponsável. E sabia que aqueles horrores poderiam facilmente afligi-lo e aos seus. Apenas não percebia como seria em breve.

Os escandinavos chegaram a Caengiford na semana seguinte. Um grupo de assalto enviado para caçar aqueles que fugiram da cidade encontrou o vilarejo de Wulfric no caminho e, como sua natureza era a de destruir tudo que vissem pela frente, começaram a incendiá-lo. Wulfric mal conseguiu sair vivo, passando por uma janela aberta por insistência de sua mãe enquanto os brutamontes dinamarqueses lá fora martelavam a porta. Escapou um momento antes de irromperem casa adentro. Ele correu para a floresta o mais rápido que pôde, sem olhar para trás. Portanto, não viu o destino da mãe e do pai, nem de seus quatro irmãos mais novos, pequenos demais para correr. Mas sua imaginação fez bem o serviço, e mesmo anos depois ele não conseguia pensar naquilo, exceto quando as antigas lembranças vinham espontaneamente, nos pesadelos.

Depois de escapar da destruição de seu vilarejo, Wulfric pegou uma carona clandestinamente na carroça de um mercador, até ser descoberto e expulso. Depois disso, caminhou. Não tinha um destino em mente, nenhum lugar aonde ir. Onde os nórdicos não estivessem já estava bom para ele. Perdeu a conta das semanas em que viajou sozinho, dormindo ao lado da estrada, comendo qualquer coisa que pudesse encontrar na floresta ou, num bom dia, qualquer coisa que caísse — ou tivesse uma ajuda para cair — de uma carroça de passagem. Um dia, perguntou a um passante onde estava e descobriu que havia deambulado até Wiltshire. Seguiu para a cidadezinha e, depois de demonstrar suas habilidades com martelo e tenaz, foi abrigado pelo ferreiro local. Ele passou a ganhar seu sustento fazendo ferramentas agrárias e ferraduras para cavalos, e, com o passar do tempo, um número cada vez maior de espadas. A guerra de Alfredo contra os escandinavos não estava correndo tão bem, era o que diziam, e havia necessidade de armas para equipar os homens de todos os condados, pressionados a se alistar no exército.

Era trabalho de um ferreiro verificar o peso e o equilíbrio de cada espada enquanto ela esfriava da forja, mas Wulfric sempre inventava uma desculpa para passar aquela tarefa a outros aprendizes. Até segurar uma espada lhe fazia mal; o pensamento de atravessar um homem com uma daquelas o deixava nauseado. Tentou dizer isso para os recrutadores do rei, quando chegaram à cidade para reunir todos os homens fisicamente capazes que pudessem encontrar, mas tudo que conseguiu foi um safanão na orelha e ordens para se apresentar às casernas em Chippenham no fim da semana ou ser marcado como desertor.

Wulfric considerou as opções e pensou por um momento em fugir. Mas sabia das perseguições inclementes do exército a covardes que desafiavam a convocação do rei, e não se animava a encarar outra longa fuga, muito menos a punição se fosse capturado. E assim ele chegou a Chippenham no último dia antes de ser declarado um desertor. Deram-lhe um uniforme e uma espada de madeira para treinar e jogaram-no imediatamente em combate simulado. Em tempos de paz, seu treinamento talvez tivesse seguido num ritmo menos apressado, mas os nórdicos estavam avançando por todas as frentes, e havia pouco tempo para qualquer outra coisa, a não ser lançar novos recrutas no meio da escaramuça e esperar que pudessem lutar ou aprender a fazê-lo em pouco tempo.

Mesmo uma espada falsa parecia horrenda na mão de Wulfric, mas ele descobriu que, embora não tivesse desejo de lutar, sem dúvida tinha jeito para a coisa. Mais que um jeito — um instinto. No primeiro dia no campo de treinamento, foi direto para o mestre de armas, um soldado barbado com peito de barril e mais anos de experiência em combate do que Wulfric tinha de vida na face da Terra. Armado apenas com uma espada cega de madeira, lutou com tal destreza e ferocidade que o instrutor acabou caído de costas, surpreso. Os outros recrutas aplaudiram e gritaram, mas Wulfric estava mais surpreso que todos ali; era como se alguma entidade tivesse tomado posse do braço da espada, de seu corpo inteiro, impulsionando-o para a frente. Naqueles poucos segundos, ele se transformara em outra pessoa, alguém horrível, brutal e inclemente. Em outras palavras, exatamente o tipo de pessoa que seus superiores estavam procurando. Embora houvesse pouco talento artístico no jeito de Wulfric lutar, havia uma pureza selvagem nele. Lutava mais como um escandinavo do que como um inglês — um fato que, com o tempo, faria gelar o sangue de ambos. Os escandinavos tinham um nome para homens como Wulfric, homens que lutavam e matavam sem medo, misericórdia ou graça. *Berserker.*

O apelido logo pegou. Em todas as fileiras de Chippenham ficou conhecido como Wulfric, o Selvagem. Wulfric odiava a alcunha, mas não o respeito que o acompanhava. Ninguém mais lhe dava sopapos na orelha. Em vez disso, a partir daí, Wulfric foi observado de perto por seus treinadores, marcado como um dos poucos a ter algo de especial, algo que pudesse ser usado como grande vantagem no campo. Quando chegasse o momento da batalha, e inevitavelmente chegaria, ele e outros como ele seriam mantidos perto do rei para oferecer a maior proteção.

A batalha veio mais cedo do que se esperava, no frio profundo do meio do inverno e na Noite de Reis, não menos. Wulfric e outros aprendizes estavam comendo o resto de suas rações de Natal na noite em que os escandinavos irromperam pelas muralhas de Chippenham.

Os sinos de alarme soaram, tirando os soldados da cama; lá fora, os bárbaros entravam pelas muralhas e derrubavam os portões da fortaleza inglesa. Oficiais corriam para os quartos da caserna para mobilizar o máximo de homens que conseguissem. Lá, um sargento que conhecia Wulfric o agarrou pelo colarinho e enviou-o na direção contrária de seus jovens camaradas. Foi aonde lhe mandaram e se viu na própria câmara real, onde a guarda pessoal de Alfredo e uma tropa de homens fortemente armados estavam levando o rei para um lugar seguro.

Fora a primeira vez que Wulfric vira Alfredo, embora pensasse que tivesse avistado o rei uma vez antes, olhando para o pátio de treinos do parapeito. Mas não havia erro dessa vez: Wulfric estava a poucos metros do rei quando o homem foi retirado de seus aposentos seminu, tendo sido despertado do leito real pouco antes.

"Wulfric, venha cá, rapaz!"

O mestre de armas de Wulfric, o homem que ele atacara e derrubara de costas no primeiro dia de treinamento, acenava para ele com urgência. Quando Wulfric se aproximou, sentiu as amarras de couro de um cabo de espada apertadas contra sua mão. Parecia muito mais pesada que as falsas espadas de madeira com que estivera praticando. Olhou para baixo e viu a lâmina de metal reluzir à luz de uma tocha. A primeira espada verdadeira que segurava como soldado.

"Fique com o rei! Fique com o rei!", urrou o mestre de armas e empurrou Wulfric junto com o restante da companhia de Alfredo enquanto apressavam o rei pelo corredor. Tudo estava acontecendo tão rápido. Lá fora, era possível ouvir os sons da batalha — o estalar do metal com metal, o crepitar dos incêndios, os gritos de feridos e agonizantes. Sons que Wulfric não ouvia desde a fuga de seu vilarejo, dois anos antes.

Foi lá fora que Wulfric matou o primeiro homem. Tomou a retaguarda do grupo protetor de Alfredo quando saíram do corredor para o ar frio do pátio. O primeiro pensamento de Wulfric foi como o frio estava intenso e como ele desejava ter tido tempo para pegar uma túnica mais quente antes de ser arrastado para fora do quarto. Em seguida, ouviu um grito de guerra que fez seu sangue coagular e virou-se para ver o nórdico gigantesco avançando sobre ele, o rosto escondido atrás de uma longa barba com tranças e um elmo de metal surrado. O guerreiro tinha, sem dúvida, duas vezes o tamanho de Wulfric, e parecia mais um touro que havia aprendido a andar sobre duas pernas. Mas essa foi toda a observação que tivera tempo de fazer antes de o danês estar sobre ele, golpeando com um martelo avantajado que era a arma de guerra mais improvável que Wulfric já vira — e ele havia forjado muitas.

Wulfric saltou para trás, evitando a primeira investida, mas o nórdico era mais ágil do que seu tamanho sugeria, e o segundo golpe veio rápido demais para Wulfric antecipar. Dessa vez, conseguiu apenas se desviar pela metade antes de o martelo atingi-lo no ombro e lançá-lo ao chão. Ergueu os olhos, zonzo, para ver o grande homem-touro avançar, ameaçador, martelo sobre a cabeça, preparando o golpe mortal.

Mas Wulfric não havia soltado a espada. Ele golpeou baixo, cortando fundo o tornozelo do escandinavo. O danês berrou e caiu com um joelho no chão, soltando o martelo. Ele sacou uma faca do cinto, mas nesse momento foi Wulfric que surpreendeu com sua velocidade. Ficou em pé num salto e golpeou com a espada para cima, como um fazendeiro cortando trigo com uma foice. Acertou o danês na base do pescoço e enterrou a lâmina bem fundo na garganta.

Quando o sangue do gigante espirrou nas pedras do calçamento, o tempo pareceu ficar mais lento, e Wulfric observou que era curioso como o sangue parecia preto, não vermelho, à luz pálida da lua. E, em seguida, o tempo voltou à velocidade normal, e Wulfric puxou a espada de volta. O movimento desenterrou a lâmina do pescoço do dinamarquês e levou-o ao chão. Wulfric recuou para evitar que o sangue do defunto manchasse suas botas. O líquido empoçou e escorreu na sua direção. Em seguida, ele correu para alcançar o rei Alfredo e seus homens.

———•◆•———

O "touro" foi o primeiro homem que Wulfric assassinou em batalha, e estava longe de ser o último. Muitos mais vieram nos meses seguintes. Alfredo e sua companhia, junto com o restante daqueles que conseguiram escapar do desastre em Chippenham, recuaram para a ilha de Athelney, a sul, na cercania de Somerset. A ilhota ofereceu um gargalo que os protegia do tipo de ataque frontal sofrido em Chippenham e deu tempo a Alfredo para reagrupar seus homens.

Não que tivessem restado muitos para reagrupar; a maioria havia sido morta ou capturada, e a pequena força que restava mal conseguia se defender, quanto mais perpetrar um contra-ataque. Mas Alfredo se recusava a ser acuado, mesmo depois de uma derrota esmagadora e com tão poucos recursos à disposição. Mandou mensagem a todos os vilarejos e cidades próximos, ordenando que os homens se organizassem sob seu estandarte. E assim fizeram. Depois de vários longos meses reconstruindo seu exército, Alfredo levou-o de volta a campo e enfrentou o pleno poder da horda dinamarquesa em Ethandun.

Era para ser uma manhã sangrenta, não menos para o jovem Wulfric, que, desde o primeiro sangue arrancado na batalha contra o touro, descobrira que tinha não apenas talento para matar, mas sentia prazer. Depois da queda de Chippenham, os nórdicos perseguiram o exército em retirada de Alfredo por metade de Wiltshire até finalmente interromper a caçada. No meio do caminho, houve várias escaramuças sanguinolentas, em que Wulfric reivindicara mais cabeças danesas. A cada batalha, era como se algum selvagem íntimo que em geral permanecia adormecido dentro dele acordasse e assumisse o controle até a luta terminar. Depois de toda a matança, Wulfric não conseguia sentir nada além de remorso pelas vidas que tirara. Mas, quando estava no meio da luta, a espada ensanguentada na mão, era como se tivesse nascido para fazer aquilo, nada mais. Ninguém que lutara junto dele, que testemunhara essa transformação, podia discordar. E, com o passar do tempo, o apelido de Wulfric, dado como piada após aquele primeiro dia no pátio de treinamento, começou a parecer aos seus camaradas de armas totalmente inadequado.

Mas, naquele dia, em Ethandun, viram algo completamente diferente. Wulfric já havia matado no mínimo vinte escandinavos em batalha — a insígnia real em seu tabardo já havia desaparecido completamente sob uma grossa camada de sangue danês — quando percebeu que o rei Alfredo não estava em lugar nenhum. Perdido no furor do massacre, havia quebrado uma regra que seu mestre de armas lhe dera: *Fique com o rei!* Examinou a peleja, golpeando qualquer danês infeliz que estivesse perdido ao alcance de sua espada, até avistar o rei sobre seu cavalo. Mesmo a quinze metros de distância, Wulfric conseguiu perceber que Alfredo estava encrencado. Os nórdicos estavam agrupando-se em sua posição, derrubando a guarda pessoal, aproximando-se cada vez mais do homem que Wulfric jurara proteger.

Wulfric avançou em fúria e alcançou o rei no momento em que um danês poderoso trajado com peles e cota de malha derrubou Alfredo da montaria. Com o rei indefeso no chão, o nórdico ergueu o machado, preparando o golpe fatal. Foi quando Wulfric entrou na briga, perfurando a cota de malha do adversário com a espada. O bárbaro deslizou da lâmina de Wulfric, morto, enquanto mais três se moviam para terminar o trabalho que ele havia iniciado. Wulfric, ofegante, tomou posição de defesa entre os nórdicos e seu rei.

O primeiro homem a atacar despencou rapidamente: Wulfric desviou do golpe da espada do nórdico e talhou as costas do inimigo com sua espada. O segundo e o terceiro lançaram-se juntos contra Wulfric, querendo melhorar suas chances. O que aconteceu, mas não muito bem. Wulfric atravessou a espada pela boca aberta de um deles, mas, quando a lâmina ficou presa atrás do crânio do homem e não quis se soltar, ele a deixou e avançou desarmado sobre o outro oponente.

O homem carregava uma clava rústica, pouco mais que um pedaço pesado de madeira com pontas de ferro encrostadas, mas mortal o bastante, principalmente à distância de uma arma. Wulfric, impulsionado pelo espírito guerreiro que o possuía em batalha, sabia que sua melhor chance era se aproximar. Esperou que o brutamontes danês desferisse um golpe grande e pesado, desviou por baixo dele, e em seguida pulou sobre o homem, derrubando-o. O nórdico ainda era de longe mais forte e sem dúvida prevaleceria numa luta corpo a corpo, mas Wulfric não deixaria chegar a esse ponto. Puxou uma adaga pequena da bota e a enterrou no olho direito do bárbaro, fundo o bastante para prender a cabeça do homem na terra.

Wulfric caiu de costas no chão, exausto. Mais soldados ingleses agora se reuniam ao lado do rei, cercando-o. Dois homens ajudaram Alfredo a se erguer. Nenhum fez o mesmo por Wulfric. Não haviam testemunhado o encontro; para eles, era apenas outro homem comum da infantaria, indigno de sua preocupação. Mas alguém havia notado: Alfredo. Ao ser escoltado para um ponto seguro, o rei não tirou os olhos de Wulfric, o jovem que acabara de salvar sua vida.

Alfredo prosseguiu até a grande vitória em Ethandun, e a guerra virou depois disso. O rei rastreou a horda danesa e perseguiu a multidão sobrevivente até Chippenham, onde os outros nórdicos estavam estacionados. Com o rei danês Guthrum isolado lá dentro, Alfredo viu a chance de derrubá-los de uma vez por todas. Assim, com sua força inteira distribuída pelas muralhas de Chippenham, ele começou um lento cerco. Depois de duas semanas, os nórdicos estavam morrendo de fome, seu desejo de resistir alquebrado. Em desespero, Guthrum rogou pela paz, e Alfredo ofereceu os termos que levariam a guerra a seu fim.

Depois do retorno triunfal para casa, a primeira ordem do dia foi mandar que trouxessem o jovem soldado de infantaria que salvara sua vida em Ethandun. Wulfric não tinha ideia do motivo pelo qual fora convocado à corte, e ficou surpreso quando lhe disseram para se ajoelhar. Então, sentiu a lâmina achatada da espada de Alfredo tocar primeiro um ombro, em seguida o outro.

"Erga-se, sir Wulfric", disse o rei. E o jovem, que no passado jurara nunca erguer uma espada, levantou-se cavaleiro.

Wulfric era um homem comum, sem herança nobre. Explicaram-lhe que todos os cavaleiros deviam ter um brasão para identificar sua casa. Com poucos precedentes heráldicos em que se inspirar, Wulfric decidiu assumir como símbolo de sua casa uma lembrança querida da infância. Seu pai o ensinara, quando garoto, a identificar todas as espécies de besouros e insetos curiosos, e o favorito de Wulfric era o escaravelho. Seu pai lhe explicara que sua carapaça o tornava forte e resistente a todos os tipos de condições hostis. Wulfric, que conhecia a vida dura de um camponês, gostou daquilo. Também gostou de saber que o passatempo favorito do escaravelho era coletar estrume. E foi assim que, anos depois, ponderando sobre o fato de não ser mais um plebeu, mas sim um cavaleiro do reino, pensou na maneira perfeita de se lembrar dos primórdios modestos. Pois o que poderia ser mais humilde do que um inseto que passa seus dias enterrado pela metade na merda?

Assim que Wulfric conseguiu um brasão pelo qual sua casa pudesse ser conhecida, tudo que precisava era de uma casa. Alfredo lhe concedeu a oportunidade de escolher castelos e terrenos em todo o reino, mas Wulfric não aceitou nenhum deles. Em vez disso, decidiu-se por uma casa e um torrão de terra onde pudesse plantar nabos e cenouras, e, talvez, encontrar uma mulher para si. Se Deus assim desejasse, talvez até se veria apto a criar um filho ou uma filha, mas Wulfric não pedia nada que ainda não merecesse. Em sua cabeça, tudo que tinha feito de notável fora matar homens em batalha, e não via motivo para ser recompensado por isso.

Quando Wulfric passou pela porta, Cwen, sua mulher, virou-se surpresa do forno onde cozinhava uma sopa.

"Voltou cedo", disse ela. "Esqueceu alguma coisa?"

Meu Deus, que cheiro gostoso o dessa sopa, pensou Wulfric quando o aroma o atingiu. De todas as razões para ter escolhido Cwen como esposa, seus dotes culinários ficavam apenas em segundo lugar. *Bem, talvez terceiro*, pensou consigo.

"É", disse Wulfric, desconfiado. "Esqueci, apenas por um momento, que nunca pagarei minha dívida com Alfredo."

Cwen não pareceu gostar nada daquela frase. Pôs as mãos na cintura e franziu a testa.

"Por favor, não faça essa cara", disse Wulfric enquanto se sentava. "Pode me dar um pouco de sopa?"

"Não está pronta ainda", disse Cwen, sem aliviar nem um pouco. "O que quer dizer? Aqueles cavaleiros que vi na colina, eram homens do rei?"

"Ele me convocou em Winchester."

"E você, claro, disse que não."

"Não pude dizer uma coisa dessas. Não depois de tudo que ele fez por mim. Devo ao menos ir até lá e ver o que deseja."

Cwen deu a volta na mesa da cozinha. Estava ficando maior a cada dia. A criança nasceria em apenas alguns meses. Por isso, Wulfric estava lá fora, no arado, apesar de a égua estar adoentada. Quando seu filho nascesse — de alguma forma Wulfric sabia que era um menino —, não lhe faltaria comida, nem nenhuma das coisas que faltaram a Wulfric quando criança. Seria o filho de um cavaleiro. Talvez Wulfric pedisse aquele castelo para Alfredo, no fim das contas, para que seu filho pudesse crescer nele.

"Você deu um passo para trás", disse Cwen com seriedade. "Sempre dá um passo para trás. Alfredo é quem está em dívida, não o contrário. Estaria morto se não fosse por você."

"Eu só fiz o que havia jurado fazer", retrucou Wulfric. "O que qualquer soldado teria feito na minha posição. Mas Alfredo não tinha que me dar o título de cavaleiro, nem me prover a vida toda do jeito que fez. Veja tudo o que tenho... é mais do que jamais sonhei. Minha casa, minha terra." Ele se levantou da mesa e tomou a mão de sua mulher. "Minha mulher, a mais linda do mundo."

"Economize sua bajulação", disse Cwen, embora o leve indício de um sorriso sugerisse que o elogio surtira efeito. "Tenho certeza de que Alfredo não me concedeu a você."

"Verdade, mas eu não a teria conquistado se ele não tivesse me feito cavaleiro."

"Eu nem sabia que você era cavaleiro quando aceitei me casar."

"Se eu não fosse, nunca teria coragem de propor casamento", disse ele, perto o bastante para beijá-la. E então a beijou.

Eles se beijaram e fizeram amor, e mais tarde Wulfric conseguiu a sopa, e eles comeram juntos ao lado da lareira.

"Não pense", começou Cwen, erguendo os olhos da tigela, "que algumas palavrinhas bonitas e uma deitada rápida na cama podem me comprar. Não vai desaparecer em campanha nenhuma. Quero você aqui quando o bebê nascer. *Preciso* de você aqui."

"Quem disse alguma coisa sobre campanha?", questionou Wulfric.

"Acha que sou tola? Por que mais Alfredo mandaria buscá-lo? Ouvi rumores sobre o rei em Danelaw. Dizem que está quase morto, e que os nórdicos podem se insurgir de novo nas mãos de um novo senhor da guerra."

"São só rumores", disse Wulfric. Mas Cwen o conhecia bem o bastante para saber que, enquanto talvez desejasse que fosse verdade, não acreditava. Ela estendeu a mão e tomou a do marido.

"Wulfric, olhe para mim. Sei que Alfredo é seu amigo, mas sou sua mulher e seu filho está aqui." Ela pousou a outra mão sobre a barriga protuberante. "Quero que me prometa, aqui e agora, que não permitirá que o despachem para uma nova guerra contra os nórdicos."

Wulfric apertou a mão dela com força, fitando seus olhos.

"Prometo."

Satisfeita, Cwen sorriu e voltou à sopa.

"Tenho certeza de que não há de ser nada, mesmo", disse ele. "Talvez Alfredo tenha queimado outro lote de bolos e quer você emprestada para ser a nova cozinheira-chefe."

Cwen gargalhou e beijou-o na testa, erguendo-se para buscar outra tigela de sopa para os dois.

Na manhã seguinte, bem cedo, Wulfric saiu de casa com uma sela e provisões no ombro para um longo dia de cavalgada. Abriu a porta do estábulo e sua égua Dolly espiou para fora da penumbra lá dentro.

"Como está hoje, minha velha?", perguntou ele. Dolly não reagiu até Wulfric tirar a sela dos ombros e encaixá-la no lombo do animal. Ela bateu um casco e bufou, infeliz.

"Ah, pare de reclamar", disse Wulfric enquanto a alimentava com um punhado de aveia. "Já teve sua folga ontem. Hoje, com dor de barriga ou não, vamos cavalgar. Vamos ver o rei. E aposto que as cenouras dele são melhores que as nossas."

4

Wulfric chegou a Winchester no início daquela manhã. Havia cavalgado incansavelmente durante o dia inteiro, almoçando sobre a sela, parando apenas para que Dolly pudesse descansar um pouco, beber água e comer aveia. Wulfric odiava a ideia de ficar longe de Cwen e do pequeno mesmo por uma noite, e faria o que estivesse ao seu alcance para evitar uma segunda noite. *Talvez*, pensou ele, *Alfredo quisesse apenas uma coisa simples*, e ao percorrer a distância nesse bom tempo poderia voltar para casa e para a família no dia seguinte.

Talvez. Não era hábito do rei enviar soldados montados para convocar seu cavaleiro mais confiável por uma ninharia, mas ainda assim Wulfric se entreteve na jornada, imaginando todos os motivos para Alfredo querer vê-lo e que permitiriam que ele voltasse para casa antes do próximo pôr do sol. Ao ver o castelo de Alfredo surgir no horizonte, Wulfric foi forçado a aceitar a verdade sombria de que aqueles motivos em que conseguiu pensar podiam ser contados numa das mãos. E nenhum deles parecia provável.

Os guardas de vigia nas ameias do castelo acompanharam Wulfric chegando pela estrada a alguma distância, e os portões da grande fortaleza abriram-se com estrondo quando ele se aproximou. Os cascos de Dolly estalaram pela ponte levadiça, e quando Wulfric passou embaixo do barbacã para o pátio externo, lembrou por que, por mais que amasse Alfredo, raramente gostava de visitar a sede real do amigo. Os guardas e outros homens de armas que o encontraram ao entrar o encararam com silencioso fascínio, como se algum herói mitológico encarnado estivesse diante deles.

Para muitos daqueles jovens, claro, era exatamente o que Wulfric era. Sir Wulfric, o Selvagem. O homem que matou mais nórdicos do que qualquer outro nas campanhas danesas — mais que o dobro. O homem que havia massacrado com uma única mão uma dezena de bárbaros em defesa da vida do rei e recusou terras abundantes e riquezas oferecidas como recompensa. O ser humano em que, diziam, o rei confiava e a quem ouvia acima de todos os outros, até mesmo da própria rainha.

Wulfric tentou evitar os olhos do homem que tomou as rédeas de Dolly quando apeou, mas conseguia senti-los perscrutando-o. Aquela seria a história de sua visita ali, ele já sabia. Uma parada persistente de genuflexões e reverências que logo faria Wulfric ansiar pela volta para casa, onde a mais simples sugestão de qualquer dessas demonstrações faria com que merecesse uma batida firme nos nós dos dedos com uma colher de pau. Gostava muito mais disso.

Esperava ao menos escapar de ir à caserna e rever aquela pintura horrenda de si mesmo. Wulfric recusara-se a posar para ela; o artista se viu forçado a pintá-lo com base em todas as descrições e desenhos que pôde recolher com outras pessoas. O resultado, Wulfric pensara quando o viu pela primeira vez, era ridículo. Foi pintado erguendo uma espada brilhante numa pose absurdamente heroica, todo inflado de orgulho, um traço que Wulfric se esforçou demais para evitar a vida inteira. O artista chegou até mesmo a restaurar parte de sua orelha, afamadamente perdida para um machado danês em Ethandun, como se fosse melhor parecer invulnerável. Mas Wulfric gostava de sua orelha daquele jeito. Servia como uma lembrança sempre presente de que a morte estava a poucos centímetros de distância. Até mesmo os guerreiros mais festejados eram tão mortais como qualquer outro.

Talvez fosse útil para os jovens soldados que passavam por ali ter essa lembrança também; da forma que era, a pintura instilaria naqueles homens apenas a noção ingenuamente romantizada de heroísmo, uma que seria dissipada sem dó na primeira batalha de verdade. A única coisa que fora representada com alguma precisão, assim pensava Wulfric, era o pingente de escaravelho que pendia do pescoço — esse, ao menos, tinham feito direito. *Sim, definitivamente evite a caserna*, preveniu-se. Agradeceu ao homem que alojou sua montaria e partiu através do pátio na direção da paliçada interna e do forte central do castelo, onde residia Alfredo.

Estar ali, na residência real, com todas as suas armadilhas, já bastava para deixar Wulfric inquieto. A ideia de realeza sempre lhe parecera desigual, uma atitude que sem dúvida herdara do pai. *Por nascimento, nenhum homem é maior que outro*, ele ensinara ao garoto. *Apenas pelos atos*. Mas Wulfric também era um homem de Deus, e reis e rainhas, muitos acreditavam, eram escolhidos pelo próprio Deus, pois apenas Ele sabia quem, entre as pessoas, tinha o necessário dentro de si para liderar seu país para o justo destino.

Tendo testemunhado em primeira mão o que Alfredo havia conquistado, Wulfric achava essa crença difícil de contestar. Alfredo fora coroado muito jovem, depois da morte repentina do irmão, e com pura coragem e audácia transformou anos de derrota amarga e sangrenta nas mãos dos nórdicos na mais improvável das vitórias. Tirou a Inglaterra das raias da aniquilação. Naquele momento, graças ao seu governo, o reino estava mais seguro e mais forte do que nunca. Algum outro homem poderia ter feito tal coisa? Wulfric conseguiria? Ele duvidava.

Embora soubesse melhor do que ninguém que não poderia usar o nome *Alfredo, o Grande*, na presença do rei, acreditava que o epíteto estava garantido. Pois era um grande rei e, mais do que isso, um grande amigo. Não precisava ser recompensado por cumprir a obrigação de um soldado, mas tudo que Wulfric contava como bênção na vida devia à generosidade do amigo. Os dois passavam horas incontáveis juntos, comendo, contando histórias e lentamente chegando à percepção mútua de que em outra vida teriam sido irmãos. Da forma que passava esta vida, praticamente eram.

———◆———

"Wulfric!"

Alfredo avançou a passos largos e rápidos pelo Grande Salão e envolveu Wulfric num abraço carinhoso. E, naquele momento, com toda a formalidade deixada de lado por aquele gesto informal, a inquietação de Wulfric cedeu. Estavam cercados por madeira suficientes para construir vinte vezes a casa de Wulfric, e ainda assim o cumprimento de Alfredo fez com que ele sentisse como se tivesse simplesmente caminhado até a casa do vizinho, Brom, para pegar emprestado um filão de pão. Estava antes na companhia de um amigo, e também de seu rei, mas em um segundo lugar, bem distante. Ele devolveu o abraço calorosamente.

Quando se separaram, Wulfric conseguiu perceber que não estava tudo bem. Alfredo parecia cansado e emaciado, como se por muito tempo não desfrutasse de uma boa noite de sono. Qualquer que fosse a aflição que o levara a convocar Wulfric, sem dúvida era o motivo, e Wulfric não queria nada mais além de saber sua natureza, mas ali não era lugar para perguntar.

"Agradeço muito por ter vindo tão rápido", disse Alfredo, tão alegre quanto conseguiu. "Como foi sua jornada?"

"Tranquila", respondeu Wulfric. "Fiz em boa marcha, que espero também conseguir no meu retorno." Não perdeu tempo em deixar Alfredo ciente de que desejava partir em breve.

Alfredo gargalhou.

"Acabou de chegar e já planeja sua jornada de volta?"

"Seu convite nunca é menos que uma honra", disse Wulfric. "Mas me sinto reticente por ficar longe de Cwen no momento."

"Ah, como vai a bela Cwen? Espere, ela não está doente, está?"

Wulfric abriu um sorriso que apenas um futuro pai poderia abrir.

"Longe disso."

Alfredo conhecia aquele olhar. Tinha seis filhos. Um sorriso espalhou-se em seu rosto. Ele tomou Wulfric pelos ombros e abraçou-o de novo, com mais firmeza.

"Deus o abençoe, seu garanhão!", exclamou ele, rindo. "Ela está de quanto tempo?"

"Mais ou menos seis meses. As costas doem e ela anda como um pato, e na semana passada juro que a vi comendo um pedaço de carvão. Mas, com tudo isso, ainda é a mulher mais bonita em que jamais esperei botar os olhos, e ainda assim consegui que se casasse comigo."

"Ela é mesmo muito bonita", concordou Alfredo. "Esperam um filho ou uma filha?"

"Cwen não se importa e reza apenas para que tenha saúde. Eu também, mas sempre que sonho com a criança é um menino."

"Não tenho dúvida disso", disse Alfredo, o sorriso desaparecendo dos lábios. "Rezo para que possamos tê-lo em casa antes de seu nascimento."

E algo dentro de Wulfric pesou fundo como uma pedra.

Jantaram juntos naquela noite, nos aposentos particulares de Alfredo. Wulfric não tinha apetite. Suspeitava, claro, que sua esperança de voltar para casa no dia seguinte fosse uma fantasia, mas agora estava confirmado. Qualquer que fosse a tarefa, não deveria ser medida em dias, nem em semanas, mas em meses.

Alfredo parecia determinado a postergar a discussão de qualquer coisa importante o máximo possível, deixando Wulfric meneando a cabeça e sorrindo educadamente enquanto se torturava em seu íntimo pensando no que o futuro lhe reservava. Estremecia com a lembrança da promessa que fizera a Cwen pouco antes de partir. *São dignas suas palavras*, ele se perguntou, *se se desmancham tão facilmente como pó?* Mas a quem devia sua lealdade? À amada esposa, que carregava seu filho ainda por nascer? Ou ao melhor amigo e rei, a quem devia tudo que tinha? Flagrou-se rezando por alguma possibilidade de voltar para casa sem quebrar sua promessa com nenhum dos dois.

"Acredita em bruxaria, Wulfric?"

De repente, a atenção de Wulfric voltou à mesa. O rei já estava falando havia algum tempo, mas a estranheza da pergunta era tanta que se destacou de todo o restante.

Esperou o rosto de Alfredo se retorcer. O rei nunca conseguia manter o rosto impassível ao contar uma piada, mas a expressão de Alfredo era tão aflita como Wulfric nunca tinha visto antes, mesmo durante os dias mais sombrios de guerra. Não era uma piada. E havia algo inquietante no olhar do rei. Sugeria que sabia mais, muito mais sobre o assunto que levantara.

Wulfric pensou com cuidado na resposta antes de falar.

"Nunca vi nenhuma prova de bruxaria."

"Não viu prova de Deus também", retrucou Alfredo, como se antecipasse a resposta. "E, ainda assim, acredita."

"Deus estava conosco em Ethandun", comentou Wulfric. "Não poderíamos ter virado aquela maré de batalha de outra maneira. Lembro-me de você dizendo isso."

"Prova *direta*", retorquiu o rei. "Algo diante de seus olhos que desafie toda a natureza, a ciência e a razão. Algo que não possa ser explicado."

"Então, não. Mas a fé é a prova de coisas que não vemos, não é?"

Por um longo momento, Alfredo não falou palavra. Simplesmente mexeu na haste de seu cálice e encarou a superfície vermelho-sangue do vinho dentro dele, perdido em algum pensamento obscuro.

"Eu vi coisas", disse ele por fim, a voz não mais que um sussurro. "Coisas que me levaram a questionar minha fé. E talvez façam questionar a sua."

Uma rajada de vento uivou contra a janela. Wulfric não conseguia dizer se a sala de repente havia ficado mais fria ou se era sua imaginação. De qualquer forma, a atitude de Alfredo o preocupava. Aquelas não eram palavras de um homem racional, e Wulfric nunca imaginara que o rei tivesse perdido a razão.

"Por que estou aqui?", perguntou ele, enfim.

"Pela manhã, vou lhe mostrar", disse Alfredo quando se levantou da cadeira, incitando Wulfric a fazer o mesmo.

"Não estou cansado", disse Wulfric, determinado a descobrir a fonte do que estava causando aquele comportamento insólito. "Percorri um longo caminho. Se é por isso que estou aqui, e se tiver algo para me mostrar, mostre-me agora."

"Pela manhã", disse Alfredo. "As coisas de que falo não devem ser vistas antes de dormir."

Wulfric não dormiu. Em vez disso, se virou e revirou sem parar a noite toda, em parte pela cama que não era a sua, embora fosse muito mais confortável e espaçosa que aquela. Raramente passava a noite fora desde que fizera sua nova vida, e, quando passava, o sono não vinha facilmente. Sentia falta de seu travesseiro, mesmo empelotado como era. Sentia falta do cheiro das coisas que Cwen assava e deixava esfriar durante a noite. E, acima de tudo, sentia saudades de Cwen, o calor de suas costas quando se aninhava nele, a mão dele na barriga firme e redonda, sentindo os movimentos suaves de seu filho. Todos os luxos, mobílias e artefatos do castelo de Alfredo apenas o lembravam do quanto estava longe de casa.

Mas, em grande parte, não dormiu de preocupação pelo amigo. Vira Alfredo exausto e melancólico antes — muitas vezes durante a campanha —, mas nunca daquele jeito. Wulfric conhecia melhor que a maioria das pessoas a força do homem. Sabia que seria necessária a mais grave das questões, algo mais sério do que a guerra, para pesar tanto sobre ele. As palavras de Alfredo repetiam-se incessantemente na cabeça de Wulfric enquanto ele se mexia, desconfortável, embaixo dos lençóis. *Eu vi coisas que me levaram a questionar minha fé.* Wulfric sabia que a fé de Alfredo em Deus fazia parte de sua essência. Fazia dele o homem que era, lhe dera força para expulsar os nórdicos, mesmo quando tudo parecia perdido. Se todos os horrores da batalha, de ver camaradas ensanguentados e destroçados ao redor dele, não puderam abalar a crença desse homem, então, em nome de Deus, o que poderia? Era uma questão que Wulfric não conseguia resolver, embora vasculhasse o cérebro, e ela ainda o assombrava quando o primeiro galo cantou e um dos pajens de Alfredo chegou para buscá-lo.

———•◆•———

Alfredo estava esperando Wulfric no Grande Salão. Não ofereceu desjejum, nem perguntou como Wulfric havia dormido, pois era bem óbvio. Enquanto o rei, na noite anterior, preferiu não tocar no assunto, naquela manhã parecia determinado a não mais postergá-la. Escoltou Wulfric através dos corredores serpenteantes do castelo até chegarem a uma porta que o cavaleiro não conhecia; pensava que havia conhecido todo o castelo durante seu tempo ali, mas estava enganado.

A porta era feita de carvalho, dos mais pesados, e fechada com um portão de ferro que parecia ter sido instalado recentemente. Dois guardas vigiavam a entrada. Wulfric não gostou daquilo. Nunca apreciara espaços pequenos. Olhando para trás, percebeu que as paredes e o teto haviam se fechado gradualmente enquanto avançavam pelo corredor, e naquele momento chegavam ao fim do que parecia mais um túnel. Já estava começando a se sentir claramente incomodado.

"O que é isso?", perguntou ele.

"A masmorra", respondeu Alfredo. Assentiu para um dos guardas, que destrancou o portão de ferro e o abriu, e em seguida fez o mesmo com a porta atrás dele.

"Aqui", disse Alfredo. Puxou um lenço bordado e ofereceu-o a Wulfric. Estava úmido, e era quase opressor, mas não desagradável, o odor do material em que ele havia sido mergulhado. Wulfric não era ervanário, mas seu amigo Aedan, dono de um dos campos vizinhos ao seu, cultivava muitos tipos de plantas aromáticas, e por isso reconheceu o aroma — um preparado de lavanda e hortelã. Não era diferente do perfume que Cwen fizera para si com um punhado de ervas que Aedan lhe deu como um presente de boas-vindas quando entraram na casa, e por um momento Wulfric achou-o reconfortante; para ele, tinha cheiro de lar.

Então, a porta da masmorra abriu-se com um estalo e algo se levantou no ar úmido e bolorento. Wulfric não conseguiu identificá-lo — nunca antes tinha sentido um cheiro daquele —, mas era pútrido. Imediatamente, levou o lenço ao nariz e à boca, mas mesmo o forte aroma do perfume bloqueava apenas parcialmente o fedor. Wulfric olhou para Alfredo e notou que não estava com um lenço.

"Onde está o seu?", perguntou.

"Fico triste em dizer que já me acostumei com o cheiro", respondeu Alfredo. Ele ergueu uma tocha acesa de seu suporte na parede próxima, e eles começaram a descida.

Wulfric seguiu o rei por escadas sinuosas. À frente deles, seguia um dos guardas de Alfredo, enquanto o outro permanecera lá em cima, trancando e bloqueando a porta atrás deles. Todos andavam com cuidado durante a descida, Wulfric principalmente; os degraus úmidos de pedra pareciam escorregadios, e sua mente girava a toda velocidade com pensamentos sobre o que poderia esperá-los lá embaixo. A masmorra de Winchester não era reservada para desertores ou criminosos comuns, que em geral ficaram amedrontados com a estacaria, nem para altos inimigos da coroa, enviados à torre, mas para os piores e mais desprezíveis que buscaram prejudicar o reino de Alfredo. Quem estaria lá embaixo? Um espião danês capturado com notícias de um novo ardil? Um assassino frustrado? Ou algo além de sua imaginação tão ocupada? Wulfric não sabia se sentia alívio ou pavor por saber que logo descobriria.

A cada passo, o mau cheiro erguia-se da escuridão e ficava mais poderoso. Wulfric torceu o lenço que Alfredo lhe dera para arrancar mais de seu aroma perfumado, mas não adiantou. Mesmo com o lenço pressionado com firmeza contra o rosto, o fedor era tão forte quando chegaram ao fim dos degraus que Wulfric mal conseguia impedir a ânsia de vômito. Que diabos era aquilo? Enxofre, talvez? Semelhante, mas pior.

Mesmo à luz clara das tochas, o corredor estreito a que chegaram pouco revelava. As paredes de pedra em cada lado estendiam-se apenas por poucos metros antes de desaparecer na escuridão mais profunda e impenetrável que Wulfric já vira. Não era uma escuridão normal, não apenas a ausência de luz; era como se algo lá embaixo estivesse *irradiando* escuridão, preenchendo cada canto da masmorra. Wulfric não era um homem que ficava facilmente nervoso, mas naquele momento foi tomado por um desejo imenso de recuar degraus acima, ficar longe daquele lugar. Ainda assim, aguentou firme.

O guarda, com sua tocha iluminando o caminho, levou Alfredo e Wulfric por um corredor estreito, passando por cela após cela vazia. Embora a chama crepitasse vivamente, recusava-se, com teimosia, a revelar qualquer coisa que estivesse a mais de poucos metros à frente. Devia ao menos lançar uma luz fraca pelo comprimento inteiro do túnel. Ali, ela se reduzia a um facho isolado de luz num mar de pretume intransponível.

Wulfric começou a ouvir alguma coisa. Um som rascante na escuridão adiante. Bufadas e rosnadas. Alguma espécie de animal. Soava adoentado ou ferido, mas não de um jeito que já ouvira, e ele cuidava de muitos animais em sua fazenda. Estremeceu quando aumentou sua desconfiança de que, fosse lá o que estivesse sendo mantido ali, encaixava-se na última categoria temida — a coisa que ia além de sua imaginação.

O guarda estacou.

"Não avance mais", alertou ele. Diante deles, uma linha fora marcada no chão com tinta pastel, e, poucos metros adiante, as barras de ferro da última cela do final do corredor mal podiam ser vistas na escuridão. A cela parecia diferente das outras. A metade inferior das barras estava cheia de ferrugem e uma corrosão estranha, esverdeada; também esboroada e riscada, como se algo tivesse mastigado as barras, e algumas ainda pingavam uma saliva brilhante, viscosa.

Então algo se moveu na cela, algo primitivo e horrível, arrastando-se e bufando pelo chão. O que quer que fosse, vivia quase rastejando. Por um momento, pensou que havia vislumbrado um pé com garras, como o de um gato supercrescido. Mas em seguida a luz da tocha refletiu um laivo de escamas reptilianas. Era sua mente pregando peças nele ali naquela escuridão?

O guarda usou a tocha para acender outra que pendia da parede. Esperou a chama se avivar e, então, jogou-a contra os pés das barras de ferro. Wulfric teve um sobressalto e recuou alarmado quando a criatura lá dentro soltou um berro, amplificado pelas paredes de pedra próximas, que o fez se arrepiar por inteiro. A criatura afastou-se das chamas para um canto escuro da cela, mas depois avançou lentamente para a luz, e Wulfric por fim viu a natureza plena daquela coisa.

Movia-se pela palha apodrecida que cobria o chão da cela em seis pernas curtas como as de um lagarto, cada pé membranoso com várias garras grandes encurvadas. O corpo era escamoso, mas seu formato era o de um porco roliço, e tinha o focinho e as presas de um porco também, embora os olhos sem pálpebras fossem obviamente reptilianos, vermelhos brilhantes com um risco de íris amarela. A coisa inominável aproximou-se da tocha caída, farejando as brasas fumegantes através das barras. Estendeu o focinho e agarrou a tocha com a boca, esforçando-se por um momento para tentar passá-la pelas barras. Finalmente, soltou a tocha, em seguida a tomou de novo por sua ponta afunilada, puxando-a de comprido através das barras. Wulfric observou, em fascinação mórbida, quando a fera abriu a bocarra, revelando fileiras de presas babadas e finas como agulhas, mordeu a tocha com um estalo alto, e em seguida a estraçalhou freneticamente antes de engoli-la com chama e tudo.

O guarda deu um passo para trás, acenando para Alfredo e Wulfric com a mão erguida. Em seguida, depois de ter engolido a última parte da tocha, a fera arrotou uma explosão quente de chama laranja brilhante. Na breve erupção de luz, Wulfric viu que grande parte das paredes da cela havia sido chamuscada e empretecida com o fogo.

Contrariando o bom senso, Wulfric se viu chegando mais perto, atravessando a linha no chão sem pensar. Alarmado, o guarda estendeu a mão e agarrou-o pelo ombro, mas era tarde demais. A fera avistara Wulfric e enlouquecera. Babando como um cão raivoso, jogou-se com força contra as barras, berrando enquanto golpeava com as garras no ar. Quando o guarda tentou puxar Wulfric para trás, uma língua incrivelmente longa desenrolou-se da boca da criatura e envolveu o pulso de Wulfric. Ele gritou e tentou se soltar, mas a fera foi mais forte. Ela correu para trás, na direção do fundo da cela, arrastando Wulfric consigo.

Alfredo agarrou o braço livre de Wulfric e firmou os pés. Mas mesmo a força combinada dos dois não era suficiente. Quando ambos foram puxados para mais perto da fera, o guarda desembainhou a espada e começou a golpear em frenesi a língua, cortando-a apenas na terceira espadada. Por fim livres, Wulfric e Alfredo caíram para trás no chão. O animal ferido rolou de costas também, uivando e chutando histericamente.

Movendo-se rápido, o guarda puxou uma adaga do cinto e deslizou a lâmina sob o pedaço de língua cortada que ainda apertava o pulso de Wulfric. Com um puxão firme para cima, soltou a língua, e ela caiu no chão, ainda se retorcendo como um peixe se debatendo às margens de um rio. Alfredo levantou-se de pronto com um odre de água, derramando um pouco sobre o pulso de Wulfric quando a coisa foi removida. A carne sibilou, espirais de fumaça subiram, e Wulfric viu o vergão vermelho e brilhante em volta do pulso onde a língua se enrolara. A camada superior de pele havia sido queimada e arrancada pela saliva da fera.

"Ela cospe ácido!", gritou Alfredo. "Por isso não avançamos mais."

Wulfric ainda estava vagamente em choque. Apanhou o odre de água e deu um grande gole. Olhou de volta para o cárcere. A criatura parecia ter se acalmado. Estava deitada, caída de barriga para baixo, na frente da cela, a cabeça inclinada para o lado, e mastigava preguiçosamente as barras como um cão com um osso suculento. Wulfric observou como a língua ferida e sangrando lambia o ferro, cobrindo-o de baba corrosiva.

"Mandei que todos os outros fossem eliminados", explicou Alfredo. "Este, apesar da minha relutância, eu mantive. Pois quem acreditaria nessa história apenas ouvindo minhas palavras?"

"Em nome de Deus, o que é essa coisa?", perguntou Wulfric, ainda ofegando bastante.

"De uma coisa eu tenho certeza", disse Alfredo, sombrio. "Seja o que for, não foi criada em nome de Deus."

5

Alfredo contou a história toda a Wulfric enquanto saíam da masmorra e seguiam de volta para o Grande Salão. Pelo caminho, passaram pelo médico pessoal do rei, que cuidou do pulso do cavaleiro. Poderia ter sido muito pior, observou o médico enquanto aplicava um unguento ao ferimento e o protegia com uma atadura; havia um homem que perdera a mão para aquela fera da mesma maneira e outro que nem retornou da visita. As idas às masmorras eram estritamente controladas, e nenhuma era feita sem a permissão do rei.

Quando chegaram ao Grande Salão, Wulfric tinha ouvido a história inteira. De como Aethelred descobrira os pergaminhos arcanos e planejara usá-los como uma maneira de fortalecer a Inglaterra contra futuras ameaças dinamarquesas sem arriscar vidas inglesas. Como o plano soara promissor à época. Como Aethelred recebera licença para conduzir os experimentos na esperança de aperfeiçoar uma maneira de controlar as transformações e as criaturas abomináveis que delas resultavam. Como Alfredo percebera a doentia obsessão de Aethelred e por fim encerrara toda a empreitada. E como Aethelred, usando as habilidades obscuras que dominava, transformou os guardas destacados para aprisioná-lo em monstros que auxiliaram em sua fuga da torre.

A cabeça de Wulfric pairou distante depois que Alfredo terminou de contar a história. Ficou em silêncio, sentado à pesada mesa de carvalho no centro do salão, e olhou ao longe, a mente tentando conciliar tudo aquilo. Fora criado para acreditar na existência de coisas que iam além do entendimento, forças invisíveis e muito maiores que ele. Mas ver essas coisas com os próprios olhos era bem diferente. Nenhum fenômeno científico ou natural conhecido poderia explicar o que havia testemunhado naquela masmorra ou a história que o rei lhe contou depois. E ele concordava com Alfredo — nenhum Deus a que ele fosse fiel criaria algo tão diabólico, tão perturbador, tão extremamente desvirtuado. Algo tão... *infernal*.

"Este é Chiswick", anunciou Alfredo, arrancando Wulfric de seus pensamentos. Wulfric levantou-se para cumprimentar o homem e, como sempre, não soube para onde olhar quando o conselheiro do rei se curvou diante dele. Chiswick era um homem de pescoço grosso, careca e atarracado, de aparência comum, exceto pela cicatriz que corria em diagonal pelo rosto bem abaixo do olho esquerdo, passando pelo alto do nariz e sobre os dois lados, terminando logo abaixo do lado direito do queixo. Wulfric já tinha visto um bocado de ferimentos de guerra para reconhecer um, provavelmente feito com uma espada danesa longa anos atrás. Embora a cicatriz fosse perturbadora para muitos, Wulfric sentia-se tranquilizado por ela. Dava mais importância às palavras de homens que aprenderam o preço da guerra em primeiro lugar. Tendiam a falar a verdade de forma mais direta.

"É uma grande honra, sir Wulfric", disse Chiswick quando terminou a reverência. "O rei me regalou com histórias de seu heroísmo muitas vezes."

"Existe uma linha tênue entre heroísmo e obrigação", retrucou Wulfric. "Prefiro pensar nos meus atos como esta última."

"Chiswick é meu conselheiro militar mais antigo e espião-mor", disse Alfredo. "Poucas coisas acontecem no reino sem seu conhecimento. Ele tem se esforçado para encontrar o paradeiro de Aethelred desde sua fuga. Chiswick?"

Chiswick desenrolou um mapa da baixa Inglaterra sobre a mesa, posicionando cálices e castiçais nos cantos para mantê-lo no lugar. O mapa estava todo adornado com anotações manuscritas de Chiswick.

Enquanto o estudava, Wulfric foi levado imediatamente de volta à guerra dinamarquesa. Sempre ficava na tenda de Alfredo com o rei e seu conselho de guerra, estudando mapas de campanha e discutindo estratégias. O mais antigo dos conselheiros de Alfredo ficou furioso por um soldado comum ter sido convidado para uma reunião de alto escalão, mas o rei, tendo conhecido Wulfric depois de Ethandun, insistiu naquilo. *Todos esses nobres e cavaleiros dizem-me apenas o que acham que quero ouvir*, confidenciara ao jovem Wulfric. *Seu desejo de ganhar minha aceitação por concordar o tempo todo comigo ainda vai matar a nós todos. Preciso de homens com coragem para discordar de mim quando eu estiver errado.*

E assim Wulfric fez o que lhe fora solicitado e falou a verdade quando a enxergou. Os nobres conselheiros de Alfredo não tiveram escolha a não ser tolerar sua presença, restringindo suas objeções a olhares furtivos entre eles, especialmente quando o rei preferia aceitar o aconselhamento de Wulfric.

"Aethelred saiu daqui com seis de nossos homens que ele perverteu à sua vontade", disse Chiswick, apontando para Winchester no mapa. "Faz vinte dias. Desde então, recebemos vários relatos de perturbações em todo o nordeste de Wessex. Pessoas comuns fugindo dos lares, alegando que foram atacadas por feras raivosas como ninguém vira antes. A cada novo relato, o número de feras aumenta. Acredito que Aethelred esteja abrindo caminho até a fronteira de Danelaw, aumentando seu exército a cada nova cidade e vilarejo que escraviza em sua rota."

Para Wulfric, tudo ainda parecia tão inacreditável. Havia enfrentado dezenas de instruções militares, e ainda assim nada parecido com aquela. Era mais como algo saído de um pesadelo, ou de uma história de fantasmas contada ao redor da fogueira por viajantes para assustarem uns aos outros. Não podia ser real, e ainda assim não conseguia negar o que vira com seus olhos. Levou um tempo para sua mente, ainda rodando a toda velocidade, concentrar-se e encontrar sua primeira questão.

"Qual o tamanho desse exército segundo o relatório mais recente?"

"Os aldeões com quem falamos não são muito confiáveis", respondeu Chiswick. "Muitos estão em choque, balbuciando. Mas o mais coerente entre eles disse que contou perto de uma centena."

Wulfric parou um momento para pensar. Cem daquelas... *coisas*... como a que ele vira na masmorra de Alfredo? O pensamento causou--lhe um calafrio.

"Onde ele está, agora?"

"O último paradeiro conhecido ocorreu aqui", respondeu Chiswick, apontando para uma cidadezinha a quase cem quilômetros da fronteira onde terminava Wessex e começava Danelaw. "Nesse ritmo, talvez chegue à fronteira dos daneses no fim do mês."

"E qual é a intenção dele quando chegar lá?", perguntou Wulfric.

"Primeiro apresentou essa força bestial como uma forma de dissuadir outra invasão danesa", disse Chiswick. "Mas agora... hesito em tentar prever as ações de um homem tão claramente insano, mas acredito que pretende lançar algum tipo de ataque antecipado ao território deles."

"Se pretender mesmo atacar os dinamarqueses em seu próprio solo com uma força tão pequena, suspeito que o problema se resolverá em breve", sugeriu Wulfric.

"Podem não parecer muitos", disse Alfredo, "mas, pensando na nossa experiência, apenas uma dessas feras é capaz de derrubar uma dúzia de homens armados. Quem sabe quantos mais Aethelred terá adquirido até chegar a Danelaw? Com o poder que emprega, seus inimigos não cairão no campo de batalha... *mas se tornarão seus aliados*. Logo poderia voltar os dinamarqueses contra eles próprios."

Fez-se o silêncio por um momento no Grande Salão. Alfredo esperou enquanto a implicação plena da situação penetrava na mente. Wulfric transformara-se num especialista em guerra, na teoria e na prática, mas aquela não era mais uma guerra como ele compreendia. As regras haviam mudado. Do jeito antigo, do jeito que acontecera por milhares de anos, os dois lados perdiam homens na batalha. No entanto, sob as novas regras de Aethelred, o vitorioso trazia o derrotado para suas fileiras e ficava mais poderoso a cada conquista. Era uma ideia aterrorizante, estrategicamente e de outras maneiras que perturbavam Wulfric de modo ainda mais profundo.

Foi Chiswick quem rompeu o silêncio.

"Nossa preocupação não é com uma guerra entre os dinamarqueses e o exército de Aethelred, se podemos chamá-lo assim. É que qualquer tipo de ataque de dentro de Wessex seja visto como realizado em nome do rei. Se Aethelred romper o acordo e atacar Danelaw, vai incendiar uma situação já precária e talvez levar a uma contrainvasão."

"E a mais uma guerra total", observou Wulfric.

Era algo estranho, pensou ele, estar considerando maneiras de impedir um ataque contra os nórdicos, depois de todas as vezes que havia ajudado a tramar ofensivas. Não tinha amor pelos daneses, depois de tudo que fizeram com ele e com aqueles que amava, mas o reino simplesmente não poderia se dar o luxo de entrar em outra guerra.

"Meu conselho é simples", disse ele. "Despachar a força completa de nossos exércitos para interceptar Aethelred antes que chegue a Danelaw. Esmagá-lo rapidamente, com força assoladora, e encerrar de vez a questão."

"Se fosse assim tão fácil", respondeu Alfredo com um suspiro fundo, olhando para Chiswick.

"Nossas forças estão espalhadas por todo o reino", disse Chiswick, apontando para várias anotações em seu mapa, indicando a disposição dos acampamentos de infantaria e outros grupos militares. "Mesmo em nossa melhor velocidade, eles têm pouca chance de se reunir numa força suficiente para destruir Aethelred antes de ele chegar a Danelaw. E, mesmo se fosse possível, comprometer uma força dessas deixaria o restante de Wessex com defesas fragilizadas, caso os nórdicos aproveitem a oportunidade para atacar de qualquer lugar ao longo da fronteira. Não, nossa melhor chance, acreditamos, seria pegá-lo de surpresa, usando uma força pequena, rápida e móvel, uma formada especialmente para essa missão."

Wulfric coçou a cabeça, confuso.

"Se a força de Aethelred é igual a mais de mil homens, que chance um pequeno contingente teria contra ele? É mais provável que estejamos enviando apenas mais homens para ele escravizar."

Pela primeira vez, Alfredo se permitiu um sorriso. Wulfric conhecia bem, o olhar malicioso que o rei adotava quando tinha um esquema brilhante.

"Aethelred não é o único com truques mágicos na manga", disse ele. "Venha comigo até a capela. Obrigado, Chiswick."

O padre andava para lá e para cá diante do altar de pedra da capela de Winchester. Fora avisado para aguardar a presença do rei, e até então já esperava havia mais de uma hora. Ainda assim, não era a espera que o incomodava, mas a preocupação do que se pediria dele quando o rei finalmente chegasse. Estivera praticando todas as horas do dia e da noite e tinha certeza de que havia dominado o que lhe pediram. Mas também sabia, mais do que a maioria, o que estava em jogo — e o preço do fracasso, tanto para ele como para os homens que deixariam a vida em suas mãos. Um pequeno erro, uma sílaba mal pronunciada ou um momento de hesitação desencadearia um desastre.

A ironia não lhe escapava. Por natureza, não era talhado para profissões marciais; ingressara no sacerdócio em grande parte porque era um caminho de paz. Mas aquela paz havia se distorcido de um jeito imprevisto e o levara exatamente para o que esperava evitar — uma guerra, e não qualquer guerra, mas uma combatida com armas mais horrendas do que qualquer coisa jamais concebida antes pelo homem. Um arrepio percorreu seu corpo apenas em parte porque estava frio na pequena câmara de pedra.

Ouviu a porta da capela abrir-se atrás de si e virou-se para ver o rei Alfredo entrar com uma pessoa que não reconheceu. Aos olhos do jovem padre parecia um plebeu, mas o olhar arguto do homem sugeria que se tratava de algum tipo de soldado. O padre engoliu em seco e corrigiu a postura quando se aproximaram.

"Vossa Majestade", disse ele, fazendo uma grande reverência diante do rei.

"Cuthbert, este é sir Wulfric", disse Alfredo. Os olhos do padre arregalaram-se um pouco; talvez não tivesse reconhecido o homem de aparência encardida ao lado do rei, mas certamente conhecia o nome. Não estava na presença de uma lenda viva apenas, mas de duas. Olhou para Wulfric e tentou conjecturar algo para dizer, mas não conseguiu pensar em nada que não o fizesse passar por um completo idiota.

Alfredo sentiu o embaraço do padre; havia se acostumado com aquilo e sabia que era mais piedoso ir direto ao assunto.

"Cuthbert era um dos clérigos assistentes de Aethelred na Cantuária", explicou a Wulfric. "Tem uma aptidão apurada para idiomas, então o arcebispo o destacou para trabalhar na interpretação dos pergaminhos. Foi o primeiro a decifrar com sucesso o que confundiu muitos estudiosos mais experientes."

"Se soubesse o que havia neles, nunca teria consentido." Cuthbert foi rápido ao esclarecer. Vira o que o arcebispo havia forjado no pátio em Winchester a partir das palavras que ajudara a decodificar, e a culpa pesava como um fardo. Sentia-se responsável por todas as monstruosidades deformadas que o arcebispo criara e queria apenas uma oportunidade de consertar as coisas.

"Não falei isso para lhe atribuir culpa", disse Alfredo, pousando a mão tranquilizadora no ombro do clérigo. "Isso deve ser atribuído unicamente a Aethelred. Quis dizer que você está entre os mais brilhantes da Cantuária. E talvez seja nossa esperança mais brilhante."

Cuthbert sentiu-se por um momento enlevado com o elogio, apenas para ficar ainda mais nervoso quando as palavras do rei o recordaram da responsabilidade que agora também pesava sobre ele. Pôs a mão na nuca e esfregou-a nervosamente.

Wulfric não sabia o que fazer do homenzinho impúbere e inquieto que estava diante dele. Pouco mais que um garoto, na verdade. Viu muitos como ele durante a guerra, pressionados a se alistar, apesar dos protestos e das lágrimas. A maioria deles não sobreviveu por muito tempo. Mas, por trás de todo o acanhamento e das instabilidades, Wulfric reconheceu uma centelha nos olhos do garoto — uma curiosidade intelectual aguçada que ele se lembrou de ter queimado dentro de si mesmo quando jovem, antes de a guerra torná-la um luxo a ser deixado de lado. De certa forma, invejava Cuthbert. Antes de os nórdicos chegarem, ele mesmo sonhava em ingressar no sacerdócio e devotar-se a uma vida de estudos silenciosos. *Na próxima vida*, disse em seu íntimo.

"Você veio com Aethelred para Winchester?", perguntou a Cuthbert.

Cuthbert aquiesceu.

"Fui um dos muitos que ele trouxe da Cantuária para ajudá-lo com seus..." Ele hesitou, procurando a palavra certa. "Seus... experimentos. Não ousei recusar, mas fingi uma doença contraída na jornada para que pudesse ficar tão pouco disponível quanto pude. Muitos de nós não estávamos confortáveis com o que o arcebispo estava fazendo. Poucos de nós tivemos coragem de refutá-lo ou questioná-lo."

"O que houve com os outros clérigos quando ele escapou?"

"Um tentou impedi-lo. Foi transmutado, Deus o ajude. Os outros fugiram pouco depois por medo de serem punidos pela cumplicidade nos crimes do arcebispo."

"Mas você não."

"Não tenho família, nem recursos, nenhum lugar aonde ir. Não posso voltar a Cantuária. E, mesmo se pudesse, não voltaria. Jurei ajudar de alguma forma a desfazer o que ajudei a criar, e já disse isso a Sua Majestade."

Wulfric sorriu; estava começando a gostar daquele homem. Quase sempre uma conduta nervosa como a de Cuthbert pode ser confundida com falta de tutano, mas quanto mais Wulfric o examinava, mais se convencia de que Cuthbert não era covarde. De sua própria experiência, adquirida com dificuldade, sabia que a verdadeira coragem não era a ausência do medo, mas fazer o que precisava ser feito na presença não raro paralisante dele.

"Ao estudar os pergaminhos, Cuthbert descobriu que havia mais que apenas palavras de transformação", explicou Alfredo. Ele olhou para Cuthbert. Ainda atrapalhado pelo nervosismo, levou um momento para o clérigo perceber que o rei esperava que ele continuasse a história.

"Ah! Sim. Os pergaminhos também continham descrições detalhadas de várias outras invocações bem interessantes, algumas das quais acredito que foram criadas para conter o efeito transformador. Simplificando, creio que possa ser possível abençoar um objeto, como um conjunto de armadura, com um sinal de proteção que dissiparia qualquer magia direcionada a ele."

Wulfric olhou para Alfredo com perplexidade.

"Pensei que havia ordenado a destruição desses pergaminhos."

"Venho trabalhando em grande parte de memória", explicou Cuthbert. "A minha é bastante boa."

"Aethelred sabe disso?", perguntou-lhe Wulfric.

"Não. Na época em que decifrei esses contrafeitiços, já havia percebido o que o arcebispo estava fazendo, e decidi que era melhor não repassar mais conhecimentos para ele. Quando me pediu, respondi que o restante dos pergaminhos estava além da minha capacidade de traduzir."

Wulfric ficou impressionado. Aquele jovem padre podia ser ansioso e atrapalhado, com uma sobrevida provavelmente medida em segundos assim que entrasse num campo de batalha, mas o pai de Wulfric o ensinara a valorizar a inteligência e a perspicácia da mente mais que qualquer outra qualidade, e estava quase ficando claro que Cuthbert não devia nada em nenhum dos quesitos. Ainda assim, era difícil não sentir uma inquietação extrema quando considerava a estratégia que Alfredo propusera com tanta confiança. Reis, considerou Wulfric, sempre eram mais sanguíneos com suas estratégias de guerra do que os homens a cargo de conduzi-las no campo de batalha. Lançou a Alfredo um olhar cético, como poucos da corte ousariam tentar.

"*Esse* é seu plano? Armaduras mágicas?"

"A essa altura, estou certo de que concorda que a magia de Aethelred não é fantasia", disse Alfredo. "Se as artes arcanas com as quais ele conjurou esses monstros não podem ser postas em dúvida, por que não deveríamos ter a mesma confiança em outros feitiços colhidos dos mesmos pergaminhos?"

"Olho para isso como se olhasse qualquer outra arma de guerra", disse Wulfric. "Acreditarei em sua utilidade assim que tiver sido provada no campo. Como exatamente propões testá-la?"

"Pensei que poderíamos pôr a armadura em você e mandá-lo para cima de Aethelred", disse Alfredo com um sorriso dissimulado.

Wulfric virou-se novamente para o clérigo.

"Seu conhecimento estende-se a qualquer coisa que poderíamos usar ofensivamente contra Aethelred e sua horda?"

Cuthbert parecia perplexo.

"Perdão, meu senhor... como o quê?"

Wulfric encarou-o, irritado.

"Sei lá! Uma chuva de fogo? Flechas encantadas? Diga-me você, que é o especialista!"

Cuthbert abaixou os olhos, envergonhado.

"Não, meu senhor. Nada disso, temo eu."

"Então, pode me proteger contra essas magias de conjurador, mas não contra as feras que ele cria."

"Para isso, meu amigo, terá de confiar em sua espada e em seus reflexos, como sempre", disse Alfredo, com um sorriso que esperava poder instilar um tanto de incentivo. O que não aconteceu.

Wulfric suspirou. Estava ficando cada vez mais claro para ele que não havia escapatória dessa missão arriscada — não apenas pela dívida que sentia ter com Alfredo, mas porque, quanto mais via e ouvia sobre a bruxaria de Aethelred, mais genuinamente temia o caos e a destruição que ela disseminaria. Poderia se recusar e ir para casa, mas então quanto demoraria antes que a guerra ou algo ainda mais terrível chegasse a seu vilarejo, ameaçando sua mulher e seu filho?

Não, aquele padre maluco precisava ser impedido. E se não o fizesse, quem mais faria?

"Quero eu mesmo escolher os homens que levarei comigo", disse ele a Alfredo com o tom aborrecido da aceitação relutante.

"Claro", disse o rei, tentando não mostrar seu alívio.

Cuthbert ainda estava lá, esfregando as mãos em silêncio. Wulfric olhou para ele, agora com um meneio de cabeça.

"Começando por ele."

Os olhos de Cuthbert arregalaram-se, alarmados.

"Perdão... como?"

"Se é para essa campanha ser bem-sucedida, meus homens e eu dependeremos muito de seu conhecimento. Seu conhecimento *único*."

"Sim, sim, claro", gaguejou Cuthbert, com o início do que parecia muito pânico. "Mas posso desincumbir-me de minhas atividades aqui, encantar qualquer armadura que o senhor exija antes de partir com seus homens. Qualquer coisa..."

"Não será suficiente", interrompeu Wulfric com um aceno. "Essa magia sua não é comprovada. Talvez precisemos de sua especialidade para mantê-la ou adaptá-la. E tenho quase certeza de que encontraremos situações que exigirão algum improviso. Você terá melhor serventia para nós em campo."

Cuthbert conseguiu ouvir o próprio coração palpitando nas orelhas como um tambor, e a escuridão parecia se esgueirar por sua visão periférica. Os joelhos pareciam moles. O estômago, contraído. A boca de repente ficou tão seca que mal conseguia falar, mas sua noção aguçada de autopreservação de alguma forma empurrou as palavras para fora.

"Meu senhor", disse ele docilmente, com a voz trêmula. "Com todo respeito, sou um estudioso, não um soldado."

Wulfric deu tapinhas de incentivo no ombro de Cuthbert, e as pernas do clérigo quase cederam.

"Meu amigo", disse Wulfric, "a partir de hoje será as duas coisas."

———•◆•———

Cuthbert foi dispensado e, quando o padre saiu às pressas na direção do banheiro externo mais próximo, Wulfric e Alfredo saíram da capela para o pátio onde o cavalo de Wulfric estava alojado. Por um tempo, nenhum dos homens falou palavra. Mas a mortalha de palavras não ditas pairava sobre os dois, até Alfredo ser forçado a dizer alguma coisa. Qualquer coisa.

"Por onde vai começar?", perguntou ele.

"Encontrarei Edgard", respondeu Wulfric sem hesitar. Já tinha pensado nisso muito antes. "Não há batalha nem campanha que eu possa conceber lutar sem ele ao meu lado. Assim que estiver comigo, os outros de que preciso me seguirão."

Alfredo meneou a cabeça, aquiescendo, e caminharam mais vários passos sem falar nada. Wulfric olhava para as pedras entre os pés, afundado em sóbria contemplação.

"Claro, primeiro preciso dar as boas-novas a Cwen", observou ele, a voz mais baixa agora, como se falasse consigo.

"Como ela vai reagir?"

"Para ser sincero, não sei quem temo mais... se o exército de abominações de Aethelred ou a reação dela", respondeu Wulfric, brincando apenas parcialmente. "Prometi que nunca iria à guerra de novo. Foi a única condição que ela impôs quando aceitou se casar comigo."

"Não vais para a guerra", sugeriu Alfredo. "É uma missão peculiar em nome de seu rei... e, francamente, de seu Deus. Cwen é uma mulher de fé, não é? Com certeza, vai entender."

Wulfric pensou por um momento.

"Uma campanha", disse ele, por fim.

"Apenas uma pequena", concordou o rei, irônico, com um sorriso que notou não ter resposta de Wulfric. Alfredo conhecia o amigo bem o suficiente para perceber que havia mais coisas em sua mente, algo que estava relutante em expressar.

"Tem mais alguma coisa que deseja me perguntar?", questionou ele. E aquilo foi suficiente para fazer Wulfric estacar. O cavaleiro virou-se e olhou com seriedade para Alfredo, com algo que se aproximava de uma raiva que o rei nunca vira direcionada a ele.

"Tenho apenas uma pergunta a fazer", disse Wulfric. "Como pôde ter sido tão cego para não ver aonde essa loucura, essa... *heresia* o levaria?"

Alfredo olhou ao redor como se buscasse uma resposta. E Wulfric viu no rosto dele coisas que já tinha visto muitas vezes em outros homens, mas nunca em seu rei. Remorso. Culpa. Vergonha.

"Eu já me fiz essa pergunta muitas vezes. Também já perguntei a Deus. Até agora, nenhum de nós teve uma resposta. Tudo o que posso dizer é o seguinte: todas as coisas que fiz na minha vida, inclusive essa empreitada horrivelmente equivocada, foram compelidas por uma única aspiração... proteger e defender este reino. Então, saber que minhas ações podem ter posto este reino em perigo maior do que qualquer nórdico jamais pôs me dói mais do que você possa imaginar. Mas é por isso que lhe peço agora, não como seu rei, mas como amigo, para me ajudar com isso uma última vez. Ajudar a desfazer o mal que eu mesmo causei."

Wulfric observou seu rei. Alfredo achou a expressão dele impossível de decifrar e aguardou algum gesto de compreensão ou, ele ousou ter esperanças, absolvição. Mas tudo que Wulfric deu foi um único meneio de cabeça antes de se virar e afastar-se na direção do estábulo, onde a égua estava esperando.

"Será feito", disse ele sem olhar para trás.

———•◆•———

Quando Wulfric chegou em casa, foi pior do que temia. Cwen vociferou e xingou e jogou nele tudo que seu estado de gravidez avançada lhe permitia. Alfredo estava errado, claro — não sobre Cwen ser uma mulher de fé, mas em sugerir que isso a ajudaria a entender por que Wulfric precisava deixá-la quando sua barriga estava já madura e ela mais precisava dele.

Wulfric sabia que Cwen nunca teria acreditado numa história de monstros e magias, então inventou que um bando de hereges perigosos liderados por um sacerdote desgarrado estava espalhando blasfêmias e precisava ser liquidado — o que era, no fim das contas, a verdade, por assim dizer. Mas invocar a obrigação para com Deus e o rei surtiu pouco efeito em Cwen, cujas prioridades agora começavam e terminavam com o presente que carregava dentro de si. *Diga a Alfredo que ele pode enfiar a campanhazinha dele no rabo!*, gritou para o marido entre estrondos de panelas de cobre arremessadas pela cozinha. *Deus não quer você caçando padres malucos a centenas de quilômetros de distância — Ele quer você aqui, comigo e com seu filho, que está para nascer! Como pode fazer uma coisa dessas com a gente agora?*

É por isso que guerreiros nunca deveriam se casar, pensou Wulfric mais tarde enquanto arrumava o alforje e cuidava de um ferimento na testa causado por uma jarra de leite que Cwen havia mirado com peculiar destreza.

Porque a guerra é uma amante ciumenta. Tem um jeito de nos chamar de volta para ela, muito depois de pensarmos que nos despedimos para sempre.

Wulfric montou em Dolly e partiu logo em seguida. Esperava ao menos ficar por aquela noite, mas Cwen lhe disse, em termos bem diretos, que o único lugar que lhe restaria para dormir seria o estábulo. E assim cavalgou noite adentro, seguindo para leste, onde sabia que encontraria Edgard. Parou no topo da colina e olhou para trás, esperando avistar Cwen observando-o da porta ou da janela. Mas não havia sinal dela. Triste, virou-se e esporeou a égua.

6

Wulfric estava sentado com as pernas cruzadas no meio de uma campina verdejante, examinando lentamente uma curiosa flor que havia apanhado, uma espécie que nunca tinha visto antes e não conseguia identificar. Era um momento de silêncio, entre os poucos que tivera em muitos meses, exceto pelo sono — e mesmo uma pestana qualquer era, com frequência, terreno fértil para os pesadelos que o assombravam. E assim tentava encontrar alguma paz em cada raro momento de quieta solidão, como aquele. Embora, a bem da verdade, ter tão pouco para ocupar a mente apenas dificultava mais ignorar a dor para a qual ele não conseguia encontrar alívio.

Mesmo passados meses desde que aquela fera deformada o atacara na masmorra de Alfredo, Wulfric ainda carregava o ferimento ao redor do pulso — tão aparente como se tivesse sido feito no dia anterior. Tentara todo tipo de unguento e tratamento que conhecia, mas ainda o sentia queimar sob a atadura que mantinha enrolada. Às vezes, era como se a língua do animal ainda estivesse lá, um apêndice fantasma cingindo o pulso como uma algema quente brilhante, dissolvendo camadas de carne. Apenas outro aspecto maldito da magia negra de Aethelred — os ferimentos se recusavam a cicatrizar com remédios ou com o tempo.

Wulfric foi arrancado de suas fantasias pelo som de passos na grama suave atrás dele.

"Os homens estão se perguntando se vão ficar sentados aqui a manhã toda ou se planeja lhes dar ordens para atacar", disse Edgard.

Wulfric olhou para seu amigo cavaleiro. Como Wulfric era um dos poucos homens no reino de Alfredo que conquistara o direito de falar com o rei de igual para igual, Edgard estava entre os poucos que tinham o mesmo privilégio com Wulfric. Todos os outros soldados da Inglaterra, mesmo os oficiais mais antigos, abordavam Wulfric com um grau de deferência que tornava qualquer espécie de conversa útil ou honesta impossível. Mas não Edgard, um cavaleiro que, como Wulfric, fora no passado um plebeu alistado no exército de Alfredo. Lutou ao lado de Wulfric em quase toda batalha contra os nórdicos, antes de Ethandun e depois.

Gostaram um do outro instantaneamente, do primeiro momento em que dividiram o pão ao redor de uma das fogueiras de acampamento dos alistados. Descobriram que eram do mesmo condado. Suas famílias compravam frutas no mesmo mercado local e até tinham alguns conhecidos em comum. E ambos foram abençoados — ou amaldiçoados — com o talento inato para lutar. Tinham muito em comum e rapidamente se tornaram inseparáveis no campo de batalha. Logo, os dois haviam salvado a vida um do outro mais vezes do que conseguiam se lembrar. No início, mantinham uma pontuação, em competição permanente sobre o direito de se gabar, mas depois de um tempo perderam a conta. Exceto pelo próprio Alfredo, Wulfric não conhecia outro homem em toda a Inglaterra a quem confiaria mais prontamente sua vida. E por isso Edgard foi o primeiro que Wulfric procurou para ajudá-lo a caçar Aethelred e seu exército de abominações.

Edgard, diferentemente de Wulfric, não fora tão humilde a ponto de recusar terras abundantes e títulos que Alfredo oferecera em gratidão aos dois depois da guerra. Mas acabou ficando cada vez mais inquieto em sua aposentadoria. Estava cansado do castelo, caro para manter e impossível de aquecer, e ainda mais cansado da mulher, que o perturbava sem parar. Na verdade, nunca havia ligado muito para a esposa, mas sempre quisera ter filhos mais do que qualquer outra coisa, e ela era a mais jovem de cinco irmãs, as outras quatro todas já com filhos nascidos e maridos.

O destino decidira que ela não daria nenhum filho a Edgard, embora não fosse pelo desejo de tentar. Quando as inevitáveis brigas vieram, ela nunca deixava de lembrá-lo de que era de descendência fértil, e por isso o problema havia de estar nele. Edgard começou a se ressentir dela e do maldito castelo ventoso, com todos aqueles aposentos vazios que deveriam, por direito, estar cheios de gargalhadas infantis. E assim, quando Wulfric foi bater à sua porta com a oferta de combater ao seu lado de novo, Edgard não fez perguntas sobre a natureza do inimigo ou mesmo o tamanho da recompensa; simplesmente agarrou a oportunidade de afastar-se de tudo que o lembrasse de uma vida não realizada. *Parece mais fácil para mim acabar com vidas do que criá-las*, comentou tristemente Wulfric enquanto cavalgavam juntos para longe do castelo.

Edgard não se virou para ver se a mulher o observava se afastar. Ele nem lhe disse que estava partindo.

Juntos, não perderam tempo em reunir a pequena mas potente infantaria jamais escalada. Quase cem veteranos fortes que escolheram das campanhas danesas, homens que Wulfric e Edgard sabiam que podiam fazer a diferença em qualquer missão e equilibrariam as chances contra as feras de Aethelred. Alfredo tentou alertar Wulfric: apenas uma fera era o equivalente a uma dezena de homens. *Não aos homens que planejo levar para lutar contra elas*, disse Wulfric a si mesmo.

A maioria dos guerreiros que Wulfric e Edgard procuraram para recrutar primeiro gargalhou da história que lhe contaram sobre Aethelred e suas abominações. Alguns não; tinham ouvido histórias em cervejarias e ao redor de fogueiras em vilarejos arrasados por horrores mutantes indizíveis liderados por algum bruxo sombrio. Mas nenhum hesitou em se juntar a eles; seguiriam Wulfric e Edgard em batalhas contra qualquer inimigo, não importava o quanto fosse improvável.

Com a força reunida, Wulfric e Edgard cavalgaram para nordeste, rastreando o caminho de Aethelred até a fronteira de Danelaw. Aqueles entre os homens de Wulfric que primeiro haviam zombado da história começaram a acreditar quando seguiram pela trilha de horrores que o louco arcebispo deixara em seu rastro. Todos viram os assentamentos saqueados pelos nórdicos, mas nada parecido com aquilo. Não havia corpos, nem feridos. Em vez disso, vilas e vilarejos inteiros esvaziados, deixando para trás nada além de desolação sombria. Enquanto examinavam as ruínas silenciosas da primeira cidade fantasma que encontraram, Wulfric lembrou aos homens o que o rei dissera sobre Aethelred. *Seus inimigos não caem em batalha — eles se tornam aliados.* Todos eram homens calejados, mas nenhum deles passou por aquela cidade sem ter um calafrio.

Acabaram alcançando Aethelred nas cercanias de Aylesbury, uma pequena cidade-mercado que ele havia pilhado em busca de almas naquela mesma manhã. Já era quase tarde demais, pois Aylesbury era perigosamente próxima à fronteira de Danelaw. E ali já não restava nenhum cético entre os homens de Wulfric, pois viram o que estava diante deles com os próprios olhos: uma grande horda de feras saídas de algum pesadelo, oleosas e escuras, suas formas além da imaginação, rastejando e andando pesadamente pela terra entre uivos e gemidos, uma cacofonia infernal que apenas pelo som inspirava repulsa e desespero. E, na cabeça deles, a figura solitária de Aethelred liderando-os em seu avanço, como um pastor demoníaco.

As formas irregulares e o movimento das criaturas dificultavam divisar a quantidade a distância, mas Wulfric estimou que a horda tinha no mínimo quinhentos indivíduos — a população combinada das dezenas de vilarejos e aldeias que Aethelred atacara ao longo do caminho, naquele momento transformada na tribo grotesca que cambaleava sob o seu comando.

Wulfric era um estudioso da guerra, de táticas de batalha. Havia pensado muito, durante a perseguição, na melhor forma de confrontar Aethelred e seus asseclas quando finalmente os alcançasse, e decidira seguir o plano de ataque que sempre melhor lhe coubera — direto no coração do inimigo, sem medo ou hesitação. Wulfric sabia que Aethelred estaria confiando parcialmente no medo psicológico que suas abominações provocavam no coração de todos que punham os olhos nelas. Mas Wulfric havia neutralizado aquele fator particular ao selecionar homens que, sabia ele, não ficariam paralisados ou hesitariam, mesmo frente ao inimigo mais aterrador. *O exército de Aethelred não é diferente de qualquer outro que já enfrentamos e derrotamos inúmeras vezes*, ele lembrou a seus soldados na noite anterior. *Uma horda descuidada de bárbaros e animais sem honra nem inteligência ou Deus ao seu lado.* Ele recordou também que Cuthbert estava trabalhando incansavelmente nas armaduras que cada um deles usava com a proteção que tornaria a outra vantagem de Aethelred inútil em batalha.

O discurso havia funcionado. Pela manhã, Wulfric e Edgard levaram seu contingente de quase cem homens direto até Aethelred, através de um campo aberto, os cascos dos cavalos tonitruando na terra, espadas em riste, sem medo, rugindo "assassino sangrento" a plenos pulmões, tão alto que rivalizou com os uivos da alcateia monstruosa de Aethelred.

No início, Aethelred pareceu gostar da aproximação. Desafiador e sem medo diante de seu exército, concentrou a atenção em Wulfric e na ponta da lança que se aproximava. Ergueu as mãos, dedos ossudos dançando no ar como um harpista virtuoso tocando um instrumento invisível enquanto invocava um encanto. Mas o olhar desafiador lentamente passou a consternado quando Wulfric e seus homens continuaram avançando, parecendo imunes ao feitiço que, naquele momento, já os teria deformado, transformando-os em servos ainda mais obedientes e submissos.

Cuthbert fizera bem o seu trabalho. A placa peitoral de Wulfric reluzia com um brilho iridescente quando o selo protetor com que o jovem clérigo a recobrira absorveu o peso da magia de Aethelred como um para-raios e a dissipou, tornando-a inofensiva.

Aethelred blasfemou e começou a preparar outro encanto, mas os cavaleiros de Wulfric já estavam a cinquenta metros de distância e se aproximavam a toda velocidade. E assim Aethelred entrou em pânico e recuou para perto de seus acólitos, ordenando que atacassem. As criaturas avançaram para encontrar os guerreiros de Wulfric. Nos instantes que precederam o embate, Aethelred perguntou-se por que essa pequena força de homens, com cinco vezes menos indivíduos e superada num nível muito maior, não estava fugindo à mera visão de suas abominações, quando tantos haviam feito isso antes deles. Só poderia supor que eram tolos ou loucos. Mas, se não pudesse adicioná-los ao seu contingente, suas feras certamente os exterminariam com rapidez.

A suposição arrogante de Aethelred logo se mostrou equivocada. Sem dúvida, seu séquito era uma visão atemorizante, mas nunca havia sido testado em batalha; todos os inimigos que encontraram antes já teriam sido transformados ou fugido aterrorizados àquela altura. Aquele era o primeiro gosto de combate de seus filhos malditos, e Aethelred descobriu, para seu desespero, que diferentemente do grupo de veteranos calejados de guerra de Wulfric, não tinham preparo nenhum. Nos primeiros enfrentamentos caóticos, seus monstros derrubaram vários homens, agitando as garras, presas e tentáculos, mas os cavaleiros de Wulfric revidaram com mais força, despedaçando e pisoteando uma fileira sangrenta na multidão de Aethelred, deixando um rastro de abominações aleijadas, sangrando e berrando em agonia.

A forma da batalha mudou rapidamente depois disso, e a horda monstruosa de Aethelred se dispersou, apavorada e confusa. Para surpresa e felicidade de Wulfric e seus homens, logo ficou claro que aquelas bestas infernais não eram tão atemorizantes quando confrontadas em termos iguais — mais parecidas com cavalos selvagens, apavoravam-se ao primeiro sinal de perigo. A horda inteira estava se espalhando e fugindo diante das forças explosivas de Wulfric, mesmo quando Aethelred fez uma tentativa desesperada de manter alguma impressão de disciplina entre eles. Embora os homens de Wulfric ainda estivessem lutando com várias feras que combatiam de modo obstinado — a maioria havia se enfurecido depois de ser ferida —, o arcebispo percebeu que não havia esperança. Com tantos de suas forças fugindo e sua magia inócua, a batalha estava quase perdida.

Assim, procurou bater em retirada, reunindo um pequeno grupo de seus servos mais obedientes — os poucos que havia transformado durante sua fuga da torre de Alfredo. Com eles, correu em meio ao caos, descendo uma escarpa até a borda de uma floresta próxima, onde desapareceu em meio às árvores enquanto os cavaleiros de Wulfric finalizavam com o restante das feras.

Wulfric perdeu vinte homens naquele dia — o que foi melhor do que ele havia esperado por ter derrubado mais de cem feras a espadadas e espalhado o restante ao vento. Apenas o próprio Aethelred e as abominações que ainda controlava continuavam sendo uma ameaça.

A partir de então, as incursões se tornaram uma expedição de caça. Wulfric e Edgard perseguiam o arcebispo dia e noite, esperando encontrá-lo antes que tivesse a oportunidade de recompor suas forças. A trilha os levou até a Cantuária, a sede de Aethelred, e à catedral onde toda aquela desventura horrenda havia começado.

E ali estavam eles, precisamente quatro meses desde o dia em que Wulfric havia deixado para trás mulher e filho por nascer. Fora uma longa campanha, árdua para corpo e espírito, mas já quase terminada, e ele estava quase em casa. Seu exército acampara não muito longe da Catedral da Cantuária. Sabia-se que Aethelred estava lá dentro, lambendo suas feridas. Uma batalha final para encerrar aquela história, e Wulfric poderia finalmente voltar para casa. Logo veria pela primeira vez seu filho, já com um mês de idade, e consertaria as coisas com Cwen. Por fim, começaria sua nova vida como marido e pai.

Por mais ansioso que estivesse para fazer tudo aquilo, no entanto, não permitiu que a pressa fosse sua ruína naquelas horas finais. Aethelred fora derrotado na batalha e sua magia neutralizada, mas Wulfric era esperto demais para subestimar o oponente, apesar da vantagem. Sabia que Aethelred era um homem astuto, desafiador, e fosse lá o que estivesse fazendo naqueles três dias que passou entocado na catedral, Wulfric tinha certeza de que se tratava mais do que simplesmente esperar por ele e seus homens arrombarem a porta e acabarem com ele.

Não, Aethelred não cairia tão fácil assim. Sem dúvida ainda tinha uma carta final para jogar. A única pergunta era: que carta?

Wulfric ainda estava ponderando quando Edgard olhou para ele, uma das sobrancelhas erguidas, esperando pela resposta à sua pergunta.

"É por isso que estamos aqui, não é? Para atacar?"

Wulfric olhou além da planície para os pináculos da Cantuária, cobertos pela bruma da manhã.

"Atacaremos quando eu tiver uma ideia melhor do que nos espera lá dentro, não antes disso", respondeu Wulfric.

"Sabemos o que nos espera lá dentro. Aethelred e no máximo uma dúzia daqueles cães dos infernos... muito menos do que já nos livramos. Por que esperar?"

Continuavam vigiando continuamente a rota que Aethelred havia tomado para voltar a Cantuária enquanto seguiam, anotando quaisquer assentamentos ou vilas onde talvez tivesse amealhado reforços. Pelo que puderam discernir, não havia passado por nenhum vilarejo, optando pela rota mais direta — ou seja, ele apenas poderia ter recrutado indivíduos ou pequenos grupos que encontrou pelo caminho. Talvez já tivesse transformado os serviçais da Cantuária e outros empregados, mas mesmo assim os números não poderiam crescer mais que a estimativa de Edgard. O feiticeiro estava preso e sob cerco, suas forças esgotadas, sua magia inútil. Estava pronto para ser exterminado. *A menos que...* A palavra corroía Wulfric como a "pulseira" ardente ao redor do pulso.

"Ele está lá há três dias", observou, com um meneio de cabeça para a catedral coberta pela névoa a distância. "Fazendo o quê, apenas Deus sabe. Talvez refinando a magia para atacar as proteções em nossas armaduras. Talvez treinando as forças restantes para suportar melhor a batalha, lutar com mais fervor. Talvez algo que nem consideramos. Não gosto disso."

"Que provas sugerem alguma dessas situações?", perguntou Edgard.

"Nenhuma", admitiu Wulfric. "Apenas um mau pressentimento. Como aquele que tive antes de Chippenham. Lembra?"

"Humpf", grunhiu Edgard, olhando para o horizonte. Os dois homens tinham muitas diferenças em questões bélicas, desde estratégias de infantaria até a melhor maneira de cortar em silêncio a garganta de um homem, e quase sempre debatiam até tarde da noite, mas Edgard precisou admitir que, quando se tratava de maus presságios antes de uma batalha, o instinto de Wulfric quase nunca errava. Ele suspirou. "Wulfric, a única maneira de sabermos o que nos espera lá dentro é avançar e descobrir."

Wulfric deixou a flor que o perturbava cair dos dedos e se levantou, virando-se para olhar seus homens, reunidos logo atrás dele.

"Talvez não", disse ele. "Traga-me Cuthbert."

Edgard passou a ordem para um mensageiro e, poucos minutos depois, viram o pequeno clérigo correndo pelo campo onde seu comandante estava, bufando enquanto corria, soltando fumaça pela boca na bruma da manhã.

"É de fato surpreendente que o garoto ainda esteja vivo", disse Edgard, divertindo-se, enquanto observava o caminhar desajeitado de Cuthbert, sua túnica mal-ajambrada pendendo do corpo franzino como se pendurada numa cadeira malfeita.

"Esse garoto é o motivo pelo qual ainda estamos vivos", retrucou o cavaleiro.

Cuthbert conquistou seu respeito durante a campanha. Por mais tenso e frágil que pudesse ter parecido à primeira vista, provou que não era um covarde. Em Aylesbury, Cuthbert insistira em ficar com os homens até o último minuto para garantir que cada um deles tivesse uma bênção recente em sua armadura, bem como nas montarias, antes de entrarem na escaramuça, caso o poder protetor do feitiço — naquele momento, ainda sem quantidade conhecida — diminuísse com o tempo. Ao fazê-lo, arriscou-se mais perto da horda de Aethelred do que jamais se imaginou capaz. Apenas mais tarde, depois de a batalha já ter acabado, percebeu que havia esquecido de fazer uma bênção protetora sobre as próprias vestes e ficado vulnerável a uma das maldições de Aethelred. Fora apenas por acaso que não se tornara alvo e se transformara em alguma besta medonha que seus camaradas seriam forçados a derrubar. Cuthbert passou a maior parte da noite vomitando, mas até então suas ações no campo tinham merecido a estima de Wulfric e, por extensão, a admiração de todos os demais.

Cuthbert também provou ser valioso como curador e arquivista das várias formas de deformação que Aethelred aprendera a conjurar. Muitas das feras haviam se dispersado em todas as direções depois da batalha em Aylesbury, e estavam agora espalhadas por todo o reino, vivendo e espreitando nas sombras, sem mestre, selvagens. Haviam se tornado a base para um novo folclore que rapidamente se espalhava por todo o sul da Inglaterra: histórias atemorizantes contadas ao redor de fogueiras e para crianças inquietas sobre horrores obscuros, malévolos e disformes que perseguiam suas presas — animais e humanas — à noite, levando qualquer coisa ou qualquer um que pudessem encontrar, arrastando sua presa, aos berros, para se alimentarem dela na escuridão.

Os homens de Wulfric encontraram vários desses tipos ferozes durante a perseguição a Aethelred depois de Aylesbury, e depois de cada morte Cuthbert se esforçava para catalogá-los em seu bestiário, mantido cuidadosamente num volume encadernado com couro. Fazia desenhos detalhados de cada espécie que encontravam, anotando suas características comportamentais, velocidade, força, inteligência e método preferido de ataque, tornando o próximo confronto com uma fera do mesmo tipo muito mais rápido e com menos probabilidade de resultar em fatalidades. O trabalho de Cuthbert era tão exaustivo e erudito quanto era útil sua aplicação prática, e mesmo Wulfric admitia ficar sombriamente fascinado. Levou-o de volta à infância, quando seu pai o ensinara a estudar e identificar as várias formas de insetos. Ali, os insetos tinham duas vezes o tamanho de um homem e podiam matá-lo a vinte metros de distância, mas o princípio era o mesmo.

Cuthbert chegou de rosto vermelho e sem fôlego. Tentou falar, mas estava ofegante demais para as palavras saírem.

"Respire, garoto!", berrou Edgard. "De joelhos, se precisar."

Cuthbert esperou um pouco para reaver a compostura e tomar fôlego.

"Desculpe. Sir Wulfric, precisa de mim?"

"Algumas noites atrás você me falou sobre outro encantamento nos pergaminhos de Aethelred que havia começado a traduzir antes de ele escapar", disse Wulfric.

Levou um instante até Cuthbert lembrar-se da conversa.

"Ah! O senhor diz a projeção?"

"Isso. Pode ser feito?"

Cuthbert hesitou.

"Não tenho certeza. Minha tradução estava incompleta, e..."

"Mas, do que foi traduzido, você se lembra precisamente." A essa altura, Wulfric sabia que a alegação de memória perfeita de Cuthbert não era infundada.

Cuthbert assentiu.

"Desculpem", interrompeu Edgard, "mas do que estamos falando aqui?"

"Pela minha compreensão dos pergaminhos, a projeção permite que uma pessoa veja o que há em qualquer lugar", disse Cuthbert. "O feitiço descreve o uso de um meio refletor, como metal polido ou um lago de águas calmas, para projetar a imagem de um local, exatamente como ele está naquele momento, como uma janela para dentro de um lugar distante. Eu fiz meus estudos sobre a questão, e acredito que seja possível ir além, lançar de fato uma projeção imaterial de alguém naquele lugar e explorá-lo remotamente, como se a pessoa estivesse lá."

"E pode fazer isso?", perguntou Wulfric, intrigado.

"Em teoria", disse Cuthbert. "Mas nas questões de magia sempre existe um abismo entre teoria e prática."

"Preciso que tente", disse Wulfric. "Preciso saber o que está à espreita dentro da catedral antes de comprometer meus homens. Esse conhecimento poderia ser a diferença entre a vitória e a derrota, ou no mínimo determinar quantos de nós verá o fim do dia. Entendeu?"

Cuthbert ficou em silêncio, como se o peso do que Wulfric estava pedindo começasse a fazer sentido. Começou a imaginar o que poderia tê-lo convencido a entrar nessa situação. Sentiu o estômago começar a revirar até formar um nó.

"Entendi", disse ele por fim, com o máximo de calma que conseguiu reunir. "Vou tentar."

"Ótimo", disse Wulfric, mantendo um olhar esperançoso em Cuthbert.

Levou um tempo para o jovem clérigo entender.

"Ah! O senhor diz... agora?"

"De preferência", disse Wulfric, com um leve sorriso. Cuthbert ficou um tom mais pálido.

"Eu... eu vou precisar de uma superfície reflexiva", disse o jovem. "Algo com vidro ou..."

Cuthbert encolheu-se quando Wulfric sacou a espada larga, a parte achatada da lâmina cintilando à luz do sol que começava a ultrapassar o céu cinzento e nublado.

"É suficiente?"

Cuthbert observou a espada e viu o próprio rosto refletido. Era um orgulho para Wulfric a manutenção meticulosa de suas armas e armaduras; a lâmina, tão primorosamente polida, era quase um espelho.

"Acredito que sim", disse Cuthbert. "Eu posso...?"

Wulfric ofereceu-lhe a espada. Ao empunhá-la, Cuthbert quase caiu para a frente — era muito mais pesada do que imaginava. *Como ele carrega essa coisa maldita por aí*, pensou consigo enquanto se esforçava para segurá-la, *e ainda golpeia com ela em fúria?*

Wulfric e Edgard deram um passo para trás e observaram Cuthbert com grande curiosidade enquanto ele deixava a espada no chão e sentava de pernas cruzadas diante dela. Tocou a ponta dos dedos das mãos na lâmina, com cuidado para não relar no gume — sabia que Wulfric a mantinha tão afiada quanto brilhante —, em seguida fechou os olhos e começou a murmurar o encantamento. Para Wulfric e Edgard, não parecia diferente das palavras que o ouviram usar muitas vezes antes de benzer as proteções nas armaduras; era a mesma língua arcana, ininteligível.

Por vários minutos, eles o observaram recitando as mesmas frases repetidamente, parecendo sem efeito, até que Edgard ficou impaciente. Inclinou-se para Wulfric e sussurrou: "Quanto tempo vai levar para sabermos se isso vai...".

Em seguida, se interrompeu. Viu uma coisa inacreditável, mesmo depois de tudo que vira nos últimos meses. Cuthbert parecia de alguma forma *brilhar*, ficar por um instante translúcido, como uma musselina, como se não mais estivesse completo, antes de retornar a um estado corpóreo pleno. Os dois cavaleiros encararam-no de olhos arregalados.

"Você...", começou Edgard.

"Sim."

"O que foi aquilo?"

"Não sei."

Cuthbert havia parado de recitar as palavras; parecia estar em alguma espécie de transe. Sem se mover, como uma estátua. Wulfric achou aquilo desconcertante. A única vez que vira uma imobilidade daquelas foi em homens mortos. Observou Cuthbert de perto, buscando qualquer sinal de que ainda estivesse de fato vivo. No início, não conseguiu detectar nenhum sinal, em seguida viu que o jovem padre estava respirando, mas lenta e tão superficialmente que mal parecia estar. Ainda assim, o cavaleiro não gostava daquela situação. Como não sabia como aquilo devia funcionar, não tinha como saber se tinha algo de errado.

"Cuthbert?"

Sem reação.

"Cuthbert!" Mais alto dessa vez. Ainda assim, sem reação.

Wulfric inclinou-se na direção de Cuthbert para despertá-lo com um chacoalhão quando os olhos do rapaz de repente se abriram. Mas Cuthbert não estava olhando para Wulfric, Edgard ou qualquer coisa no campo de visão que pudessem identificar. O corpo ainda estava ali, mas ele parecia estar vendo algo completamente diferente, algo além da percepção. E, por fim, ele falou, a voz baixa e comedida.

"Eu estou lá."

Por uma hora, observaram Cuthbert sentado, imóvel, exceto por encolhidas ou tremores ocasionais, como alguém no meio de um sonho poderoso, vívido. *Ou um pesadelo*, pensou Wulfric consigo. E, ainda assim, os olhos de Cuthbert permaneceram abertos o tempo todo, sem piscar nenhuma vez, encarando aquele lugar distante. Às vezes, ele tremeluzia, como antes, e ficava transparente por alguns instantes, como se estivesse mais no outro lugar do que ali, diante deles.

"Tem algo errado", disse Edgard com preocupação crescente. "Precisamos acordá-lo."

"Ainda não", disse Wulfric. Ele ainda não entendia como funcionava essa magia, mas sabia o suficiente para desconfiar que atrapalhar Cuthbert em seu estado poderia tanto deixá-lo preso naquele outro lugar como trazê-lo de volta.

Tudo mudou quando as contorções e giros de Cuthbert de repente aumentaram — no início, espasmos estranhos; em seguida, convulsões violentas. Os olhos de Wulfric arregalaram-se de susto quando Cuthbert lançou a cabeça de um lado para o outro, como se arrebatado por um terror repentino. Gritou, chutou, como se tentasse se afastar, mas os pés não encontravam apoio, a grama embaixo deles ainda úmida pelo orvalho matutino. E, ainda assim, enquanto a parte de baixo do corpo resistia, as pontas dos dedos permaneciam firmes na lâmina espelhada da espada de Wulfric, imóveis, como se aquela metade do corpo estivesse paralisada por sua conexão com ela.

"Tudo bem, já chega", disse Wulfric quando Cuthbert continuou a se contorcer e a chutar. Edgard agarrou o garoto enquanto Wulfric foi separá-lo da espada. Foi necessária toda a força de Edgard para segurar Cuthbert apenas o suficiente para Wulfric soltar a espada, mas quando Wulfric a tocou, o mundo ao redor dele escureceu. Não estava mais num pasto ensolarado, mas cercado por paredes úmidas iluminadas por luz de tocha tremeluzente, um corredor estreito que se estendia em sombras e penumbra. Era difícil enxergar; sua visão ficava um tanto distorcida naquele lugar, seu entorno indistinto e desorientador, como se olhasse através de um vidro grosso. Conseguia enxergar claramente apenas o que estava bem adiante, enquanto tudo na periferia da visão se desmanchava num borrão.

Ouviu um grunhido baixo atrás de si e se virou — lentamente, pois mover-se naquele lugar era difícil, como avançar dentro de um sonho. Levou um tempo para sua visão se orientar e concentrar-se no que estava vendo: um dos horrores de Aethelred, diferente de qualquer um que tinha visto naqueles tempos. A maior parte daqueles que o exército de Wulfric havia combatido em Aylesbury guardava ao menos algumas características dos seres humanos que haviam sido antes — a maioria deles caminhava em pé sobre as pernas traseiras. A coisa à sua frente era mais parecida com a monstruosidade roliça que havia encontrado pela primeira vez na masmorra de Alfredo. Quase rastejava no chão, os quatro membros com garras estendidas de cada lado de um torso bulboso, e lembrava um lagarto gigante. Por mais que Wulfric tentasse, não conseguia divisar mais através das lentes distorcidas de sua visão, exceto pelo rabo encouraçado e cheio de espinhos que balançava para lá e para cá. Não parecia haver uma cabeça, ao menos nenhuma que Wulfric conseguisse distinguir, apenas uma bocarra aberta onde deveria estar a cabeça, com dentes enfileirados semelhantes a lâminas.

A fera correu na sua direção com agressividade. O recuo de Wulfric foi como tentar andar com areia até os joelhos. Olhou para baixo e viu a espada na mão, e pensou em acertar o animal com ela, mas parecia tão pesada que mal conseguia erguê-la. Então, ouviu uma voz, baixa no início, tão baixa que pensou ser a própria mente pregando peças. Mas ficou mais alta, inequivocamente real, e reconhecível: era a voz do jovem Cuthbert.

Sir Wulfric! Vamos! O senhor precisa largar a espada!

Ele tentou fazer o que a voz pediu, mas a mão não respondeu ao seu comando. Quando a fera medonha voltou a se mover em sua direção, à distância de um golpe, Wulfric concentrou toda a capacidade mental que pôde reunir na mão da espada e sentiu a empunhadura começar a enfraquecer levemente. E então a fera saltou, e o cavaleiro caiu de costas, o fedor horrível do hálito do monstro sobre ele...

Wulfric gritou quando sentiu o corpo bater no chão e ergueu os olhos para ver as nuvens cinzentas pairando no céu. Edgard e Cuthbert estavam sobre ele, olhando para baixo com expressões de grande preocupação.

"O que houve?", perguntou ele, percebendo que estava ofegante, o coração palpitando. Edgard e Cuthbert pareceram aliviados quando viram os olhos de Wulfric se concentrarem num e, em seguida, no outro.

"O senhor não devia ter tocado a espada", disse Cuthbert. Wulfric viu que ela jazia no gramado, muito longe do seu alcance. Cuthbert havia retirado uma de suas vestes e lançado sobre a lâmina. "Acho que terá de ser destruída. A habilidade para desencantá-la está fora do meu alcance. Mil desculpas."

Wulfric sentou-se, zonzo.

"Eu estava... eu estava *lá*", disse ele. A mente girava, lembrando tudo que vivenciara naqueles últimos momentos.

"Notável, não é?", respondeu Cuthbert com entusiasmo erudito. "A nitidez da visão é quase..."

"O que você viu?", questionou Edgard, e Cuthbert ficou sério em um instante.

"Eu vi o que tinha visto antes na Cantuária", disse ele, e olhou para Wulfric. "Quando o arcebispo começou com seus experimentos."

Wulfric assentiu. Agora entendia por que as propriedades e pastos ao redor da Cantuária estavam misteriosamente vazios de animais que em geral estariam pastando por ali. Acreditava que haviam sido removidos ou fugido de medo dos demônios criados dentro daquela catedral. Mas sabia agora o que havia sido feito deles.

———•◆•———

Wulfric montou em Dolly, coberto com sua armadura de cavalaria, com Edgard ao lado, diante das fileiras reunidas de homens na colina da qual avistavam a Cantuária. O tempo que passaram ociosos enquanto Wulfric ponderava apenas aguçara sua ansiedade por aquela batalha final; ele conseguia ver naqueles rostos. E agora que Wulfric sabia o que os esperava lá dentro do covil de Aethelred, teriam sua vontade realizada.

"Em seu desespero, Aethelred voltou para a forma mais primitiva de sua magia amaldiçoada", anunciou Wulfric. "Ele voltou a agir como no início, transformando animais comuns em abominações que espera usar como última linha de defesa. Se a medida de controle que tinha sobre os homens que escravizou era pouca, é menor ainda sobre essas feras. Elas podem lutar com selvageria, mas sem disciplina, coragem ou lealdade. É isso que nos separa, como soldados virtuosos de Deus, protegidos por Suas bênçãos divinas, das desgraças renegadas lá dentro." Ele apontou com a espada na direção da catedral. "Cantuária é o lar de nossas crenças mais sagradas, ainda que maculada por uma presença imunda, blasfema. Não mais. Hoje, limparemos aquela catedral e a devolveremos à graça de Deus. Hoje enviaremos o mal que a infesta, junto com o herege que o invocou, de volta para o lugar de onde viera... *para as profundezas do inferno!*"

Os homens urraram em uníssono, espadas erguidas. Quando Wulfric virou o cavalo na direção da catedral, ele e Edgard trocaram o último olhar, do tipo bem conhecido para os soldados que viram muitas batalhas.

"Bom discurso", disse Edgard com um sorriso enquanto olhava para os homens reunidos. "O sangue deles ferveu."

"Só espero que não mais que o necessário seja derramado hoje", respondeu Wulfric. "Vamos acabar logo com isso. Quero ir para casa."

E, com isso, ergueu a espada, soltou um grito de guerra e esporeou o cavalo na direção da Cantuária, com o tonitruar de dezenas de cascos atrás dele.

Diferentemente das muitas fortalezas e fortes nórdicos em que Wulfric e Edgard montaram cerco na sua época, a Cantuária não era projetada para resistir a um ataque. Aethelred fizera uma tentativa de montar uma barricada nas portas externas com todos os materiais que conseguiu encontrar, o que rendeu pouco esforço aos soldados, e Wulfric liderou o ataque lá dentro, no espaçoso claustro externo da catedral.

Outrora um lugar de tranquila reflexão, agora o claustro parecia mais os muitos campos de batalha que Wulfric vira em campanha, ou os vilarejos saqueados que testemunhara quando criança. O chão tinha manchas escuras de sangue seco e os corpos sem vida dos quais ele havia sido derramado — as carcaças inchadas e infectadas de algumas das criaturas deformadas de Aethelred que, em sua selvageria insana, começaram a atacar umas às outras. Bocados do solo estavam chamuscados de preto por conta das feras que arrotavam fogo. O lugar inteiro fedia a enxofre, bile e morte, embora houvesse pouco tempo para perder com isso. Os muitos horrores que ainda viviam dentro das muralhas da Cantuária estavam se erguendo de seu sono e movendo-se para interceptar a multidão de homens montados que irrompiam pelo pátio liderados por Wulfric.

Wulfric esporeou Dolly para entrar na luta. A primeira fera que encontraram foi pisoteada até a morte pela égua, a segunda decapitada por um giro da espada de Wulfric. A lâmina que empunhava não era sua favorita — aquela fora inutilizada pelas projeções —, mas não era menos letal que a outra. O terceiro monstro atacou-o de fora do campo de visão — um tentáculo oleoso enrolou-se no punho de sua manopla direita e puxou-o para fora da sela. O pé esquerdo ficou preso no estribo quando ele caiu de cabeça do flanco de Dolly.

O tentáculo liberou o pulso de Wulfric e se retraiu, deixando um rastro corroído ao redor da manopla. Enquanto Wulfric se esforçava para soltar-se do estribo, vislumbrou, de cabeça para baixo, a fera que o derrubara se aproximando. Mesmo quando chegou perto, era difícil divisar o que exatamente era daquela perspectiva contrária. Wulfric ainda estava com a espada na mão, e golpeou de forma alucinada na direção da fera para mantê-la afastada, ganhando tempo suficiente para enfim livrar o pé enroscado e se endireitar. Quando se levantou e ficou diante do animal rosnador, ocorreu-lhe que não era mais reconhecível na perspectiva correta do que quando estava de cabeça para baixo. Seu corpo escamoso e encouraçado era sinuoso e esguio, e ele se movia como uma serpente, apesar das quatro pernas vagamente caninas, do nariz alongado e das orelhas pontudas. Sua cauda curva com juntas erguia-se e se enrolava, como a de um escorpião. Mas onde ficaria o ferrão, a cauda se abria como as pétalas de uma flor grosseira para revelar lá dentro o tentáculo que havia derrubado Wulfric. Esse tentáculo gotejava e se contorcia como uma língua grotescamente distendida.

O que fora no passado este horror?, pensou Wulfric. Examinou-a em busca de traços familiares, algum indício visual de sua anatomia antes de Aethelred profaná-lo. *Algum tipo de cachorro? Um lobo, talvez?* Era difícil dizer. Mesmo para alguém familiarizado com o bestiário de Cuthbert, sempre havia uma coisa nova para congelar o sangue e abalar a fé em Deus. Que espécie de Deus, no fim das contas, toleraria tal blasfêmia sobre Sua Terra?

O tentáculo estalava como a cauda de uma naja e lançou-se sobre Wulfric de novo, dessa vez tentando arrancar sua espada. Mas Wulfric foi mais ligeiro; deu um passo rápido para o lado e, com um golpe de cima para baixo, partiu o tentáculo em dois. A fera serpenteante berrou quando retraiu o toco ensanguentado e, enfurecida, avançou contra Wulfric, escancarando a bocarra para expor as fileiras de presas caninas escorrendo baba. O corpo do animal avançava baixo, a menos de sessenta centímetros do chão; assim, quando partiu para cima de Wulfric, ele simplesmente saltou sobre a criatura e cravou a espada em suas costas, entre as escamas que corriam ao longo da espinha. A fera berrava cada vez mais alto e se agitava em desespero, enquanto Wulfric enterrava a espada mais fundo, empalando-a. Ainda assim, a besta se recusou a morrer até Wulfric girar a lâmina para abrir um ferimento mais largo e derramar o sangue numa poça crescente sob o corpo trêmulo.

Quando a fera finalmente parou, Wulfric puxou a espada e virou-se para examinar a cena. A batalha agora estava a todo vapor, seus homens espalhados pelo pátio, enfrentando diversos tipos de bestas deformadas no corpo a corpo. Observando enquanto eles abriam caminho com cortes e pancadas através do rebanho monstruoso, Wulfric ficava cada vez mais satisfeito com a luta ali fora, que parecia estar bem encaminhada. Mesmo que estivessem em menor número, era claro que seus homens chegariam ao fim do dia — aquelas formas inferiores, animalescas, que Aethelred havia conjurado em desespero, ainda eram aterrorizantes, mas menos do que as variedades humanoides que os guerreiros haviam se acostumado a matar.

Wulfric seguiu na direção da catedral, onde sabia que deveria encontrar a fonte de toda aquela desgraça e morte, e onde finalmente tudo se encerraria de uma vez por todas.

A porta de madeira estava bloqueada, mas cedeu com duas pancadas do espaldar de Wulfric, e ele entrou na nave central. A luz do sol chegava através das fendas estreitas das janelas e sobre as fileiras de bancos que se estendiam dentro da escuridão até o fundo, onde o altar elevado estava coberto pelas sombras. Com a espada ainda a postos, Wulfric avançou cuidadosamente pelo corredor central, seus passos ecoando nas lajotas de pedra. Enquanto prosseguia mais para dentro, os sons da batalha lá fora diminuíam, e de repente ele se deu conta de como tudo havia ficado quieto, silencioso. Uma igreja devia ser tranquila, mas não desse jeito. Aquilo... não era paz, era apenas... o nada.

Havia uma sensação envolvente, quase sufocante, de que, fosse lá o que um homem pudesse carregar dentro de si para se proteger contra o desespero ou lhe trazer alívio ou conforto, de alguma forma era deixado para trás, abandonado, ao entrar naquele átrio. Foi a sensação mais inquietante que Wulfric já sentira, e naquele momento soube exatamente o que era. A presença do mal genuíno.

Ele se movia com cuidado, ciente de que alguma das monstruosidades medonhas de Aethelred talvez estivesse à espreita entre qualquer uma das fileiras de bancos pelas quais passava. E, quando se aproximou mais do presbitério, onde ficava o altar da catedral, e seus olhos se acostumaram com a escuridão, ele reduziu a velocidade. Foi então que começou a identificar a silhueta de uma figura de capa, sentada, imóvel.

"Aethelred", sussurrou para si mesmo, tão baixo que nem mesmo uma alma no banco mais próximo dele poderia ter ouvido, e ainda assim a figura de capa sentada a quinze metros se levantou como se tivesse ouvido seu nome.

"Dirija-se a mim como arcebispo ou Vossa Graça", disse Aethelred. Tinha a fala suave e, ainda assim, quando a voz chegava a Wulfric, parecia ecoar poderosamente ao redor dele, de um jeito que não tinha nada a ver com a maneira que um som se propagava num lugar como aquele. Isso também, sabia Wulfric, era por algo diferente, algo deturpado que estava em ação.

Aethelred deu um passo para mais perto sob um facho de luz do sol, e a suspeita de Wulfric confirmou-se. Fosse qual fosse a magia obscura em que o arcebispo estivesse imerso nos últimos meses, ela o consumira extremamente. Seu rosto estava pálido e ressecado, sua compleição murchara ao ponto da fragilidade esquelética. E os olhos... os olhos eram o pior de tudo, profundamente amarelados e injetados. Mal parecia humano. Quando Wulfric o encarou com repulsa e consternação, contemplou a verdade final e amarga do poder que Aethelred havia desencadeado. Tal era sua influência maligna que irradiava não apenas externamente para formar criaturas corrompidas e desgraçadas de suas vítimas pretendidas, mas também para dentro, para lenta e gradualmente impor o mesmo destino a qualquer homem que o empregasse.

Embora outros pudessem ter hesitado por comiseração diante do que parecia ser pouco mais que um velho patético e aflito, Wulfric não se deixava enganar; sabia o quanto Aethelred era mais perigoso do que aparentava ser. Cuthbert dera-lhe uma bênção nova de proteção, em sua armadura, antes de ele cavalgar para dentro da batalha, mas ainda assim não se arriscava demais; rapidamente percorreu a distância até Aethelred a fim de derrubar o sacerdote corrupto antes que pudesse invocar um de seus encantamentos infernais. Mas, para sua surpresa, o arcebispo não fez esforço algum para se defender; não ergueu a mão nem murmurou uma palavra sequer quando Wulfric subiu os degraus de onde estava — nem mesmo quando Wulfric o agarrou pela garganta e forçou-o para trás, sobre o altar, a espada na garganta do clérigo.

Está fácil demais. Wulfric ficou perturbado por um instante com o pensamento, mas o pôs de lado para se concentrar na tarefa. Foi então que hesitou, olhando para o arcebispo pela primeira vez de tão perto. Perto o bastante para sentir o fedor azedo do hálito, ver cada linha sulcada em seu rosto. E percebeu que não era a aparência amarelada, injetada dos olhos de Aethelred que o perturbava; era a *maneira* como o sacerdote o olhava. Encarava Wulfric com olhos selvagens, sem piscar, como se tivesse atravessado algo além do imaginável, hediondo, e nunca retornado por completo.

Wulfric viu naquele momento que a magia de Aethelred não havia corrompido apenas seu corpo, mas sua mente, lançando-o nas profundezas da loucura irrecuperável. Matá-lo seria um ato não apenas de justiça, mas de misericórdia.

E, ainda assim, algo impedia sua mão. A lâmina da espada estava quase a um centímetro da garganta pulsante de Aethelred; bastaria a força de cortar uma maçã para abrir sua carne e observar a vida se esvair dele. Mas havia alguma coisa no olhar catatônico, sobrenatural do homem. Penetrava Wulfric, parecia quase espreitar *dentro* dele, dentro da alma. Era ele quem estava segurando aquele velho fraco e indefeso na ponta da espada; então por que se sentia tão... vulnerável?

"Então você liderou esta guerra contra mim", disse Aethelred do altar. "Assassinou meus filhos, separou minha família. Sir Wulfric, o Selvagem."

Como ele sabe meu nome?

"Seus filhos?", retrucou Wulfric, enojado. "Aqueles homens e mulheres inocentes corrompidos e escravizados?" Mas Aethelred não parecia ouvi-lo, perdido em suas fantasias dementes.

"Ninguém entende a vingança melhor que Deus", disse o arcebispo por fim. Um sorriso astuto abriu-se em seu rosto, revelando a boca cheia de dentes tortos e podres. "É por isso que Ele apoia sua motivação. Eu fiquei fraco, mas cuidei para reter o pouco que restava de meu poder, na esperança de que você fosse o primeiro a me encontrar. A se *aproximar* o bastante. E agora aqui está você. Entregue para mim."

Foi então que Wulfric percebeu o pergaminho estendido sobre o altar ao lado de Aethelred. Páginas e páginas de rabiscos escritos a mão num idioma que ele não conseguia compreender, e não reconheceu à primeira vista. Em seguida, lembrou-se de onde vira aquela escrita antes — nas transcrições dos pergaminhos de Aethelred que Cuthbert fizera de memória em seu esforço de aperfeiçoar os contrafeitiços protetores. Wulfric sabia que os papéis no altar não podiam ser os pergaminhos originais, pois Alfredo lhe garantira que todos haviam sido destruídos. Então, o que eram? Viu que a tinta nos de cima estava fresca, viu a pena ao lado. Wulfric agarrou o pergaminho com a mão livre e ergueu-o diante de Aethelred.

"O que é isto?", questionou ele, furioso. "*O que é isto?*"

Aethelred bufou, mas não respondeu. Não encarava mais os olhos de Wulfric, mas estava olhando algo mais embaixo, em seu peito. O olhar do arcebispo concentrou-se no pingente de prata em formato de escaravelho que pendia do pescoço de Wulfric.

"Perfeito", sussurrou Aethelred com um sorriso largo. E então, com velocidade surpreendente, ele estendeu a mão direita para cima e bateu com tudo na placa peitoral de Wulfric, os dedos bem abertos, a palma cobrindo o medalhão e pressionando contra a armadura. O cavaleiro agarrou o pulso de Aethelred e tentou empurrar a mão, mas ela não se moveu; o velho aparentemente decrépito era muito mais forte do que se podia julgar.

Aethelred encarou Wulfric com um ódio degenerado, incandescente. Apertou a mão com mais força contra o peito de Wulfric e começou a murmurar algo entredentes. Era estranho e ininteligível para Wulfric, mas ele soube imediatamente que se tratava de um encantamento. Sentiu aumentar no peito um calor desconfortável e olhou para baixo; viu a placa peitoral começar a brilhar sob a palma de Aethelred. Para seu horror, percebeu que Aethelred estava derretendo a armadura. A mão do arcebispo ficou cada vez mais brilhante e quente, como a forja de ferreiro, e o peitoral de Wulfric amolecia conforme Aethelred pressionava com mais firmeza, a mão afundando no metal temperado.

Wulfric berrou quando sentiu a carne sob a armadura começar a queimar. Não conseguia pensar em mais nada além de enterrar a espada na garganta de Aethelred. O sangue borbulhou do imenso ferimento quando a lâmina desceu, mas o clérigo ainda murmurava naquela língua infernal, sua voz agora um sibilar vazio, cuspindo cada palavra no cavaleiro como veneno e empurrando a mão cada vez mais fundo, atravessando a armadura derretida de Wulfric para tocar a carne embaixo dela.

Seus gritos ecoaram ao redor das paredes da catedral. O calor era excruciante. Em desespero, Wulfric afastou a espada e golpeou na transversal o pescoço de Aethelred, fazendo força para baixo, rompendo tendões e músculos até atravessar a carne do arcebispo e a cabeça dele cair e rolar para longe até a ponta do altar e sobre o chão de pedra.

Apenas nesse momento, a força do clérigo finalmente cedeu, permitindo que Wulfric afastasse a mão do peito. O corpo de Aethelred caiu sem vida e atingiu o chão, formando uma pilha de carne. Mas, embora tivesse se libertado, a placa peitoral de Wulfric ainda incandescia e queimava sua pele. Derrubando a espada, tentou desesperadamente desafivelar a armadura bem quando Edgard irrompeu pela porta na outra ponta da nave, um grupo de homens na retaguarda, Cuthbert entre eles. Edgard viu Wulfric se contorcendo em aparente aflição e correu para auxiliá-lo, ajudando a desamarrar as faixas que prendiam a placa peitoral antes de puxá-la — o metal tão quente que queimou suas mãos quando o fez — e jogá-la no chão, a fumaça ainda subindo da abertura derretida no formato da mão de Aethelred.

As pernas de Wulfric cederam e ele caiu de costas no altar, ofegante. Edgard ajoelhou-se diante dele e lhe deu água para beber, enquanto Cuthbert examinava o ferimento. A túnica que Wulfric usava embaixo do peitoral também havia sido queimada, revelando uma cicatriz horrível de carne empretecida no centro do peito, como se tivesse sido marcada com ferro quente. Inspecionando mais de perto, Cuthbert percebeu que o formato da queimadura, como nenhuma que já tivesse visto antes, lembrava de forma assustadora o de um escaravelho.

"Essa queimadura é grave. Deve ser tratada imediatamente", disse ele.

"Vou buscar alguém", disse Edgard, e se levantou com urgência para partir.

"Não", respondeu Wulfric com o pouco de forças que ainda lhe restavam. "É só uma queimadura. Vou sobreviver. Cuide dos outros feridos primeiro."

Edgard assentiu, em seguida tirou um instante para observar a cena. A placa peitoral derretida. As páginas de pergaminho espalhadas no chão. O corpo caído de Aethelred e, vários metros adiante, a cabeça.

"Em nome de Deus, o que houve aqui?", perguntou ele.

Wulfric apenas fechou os olhos, exausto. Mesmo se tivesse forças para tentar explicar, não tinha ideia de por onde começar.

Wulfric estava em pé no presbitério e observou Aethelred queimar. Seus homens fizeram uma pira de madeira, ergueram o corpo decapitado sobre ele e atearam fogo — logo não restaria nada do arcebispo além de cinzas lançadas ao vento. A cabeça já havia sido queimada em separado, seus restos carbonizados entregues a um cavaleiro para serem espalhados a quase dois quilômetros dali. Wulfric não arriscaria mais nada com esse homem, mesmo na morte.

Enquanto observava as chamas lamberem o corpo empretecido de Aethelred, sua mão passou sobre o curativo que recobria a queimadura do peito. O unguento que fora aplicado pouco adiantou para aliviar o latejar dolorido embaixo dele. Pior, seu pingente de escaravelho, uma das poucas coisas materiais a que dava valor, fora perdido, derretido até virar nada; tudo que restara dele foi a marca de formato curioso que a mão de Aethelred havia queimado em sua carne.

Cuthbert emergiu da porta da nave. Recolheu uma pilha de pergaminhos reunidos do altar lá dentro e os estudava quando se aproximou de Wulfric. Cada página parecia causar nele mais perplexidade que a última. Ele ergueu os olhos a tempo de ver Wulfric tirando a mão do ferimento no peito, envergonhado.

"Tem certeza de que está tudo bem?", perguntou Cuthbert.

"Não é nada", disse Wulfric, sua atenção fixada com firmeza nos papéis que Cuthbert carregava. "O que descobriu?"

"É curioso", disse Cuthbert enquanto folheava as páginas. "É o idioma dos pergaminhos, mas o que vejo aqui não apareceu em nenhum deles. Eu lembraria... essa é obra original do arcebispo. Acredito que estava tentando ampliar a compreensão e o domínio da magia que aprendera, desenvolvê-la até um nível mais alto, mais avançado."

"Com que objetivo?"

"Isso não posso dizer, ao menos sem mais estudos. Muito do que ele escreveu aqui está além da minha capacidade de compreender. Na melhor das hipóteses, arrisco dizer que, depois de sua derrota em Aylesbury, começou a trabalhar numa maneira de melhorar a potência da magia para contra-atacar meus símbolos de proteção ou quem sabe criar feras mais poderosas. E talvez tivesse conseguido, se não o tivéssemos apreendido quando... Isto aqui é aprendizado avançado, muito além de qualquer coisa que estava registrado nos pergaminhos originais. Depois que voltarmos a Winchester, terei mais tempo de estudar e talvez descobrir o que ele..."

Wulfric pegou os pergaminhos das mãos de Cuthbert e jogou-os no fogo. Cuthbert olhou em choque quando as chamas os engoliram avidamente, as páginas avivando-se, brilhantes, conforme eram consumidas.

"Aethelred está morto", disse Wulfric enquanto observava as chamas reduzirem os pergaminhos a um emaranhado de cinzas empretecidas e incandescentes, por fim levadas pelo vento. "E o mal que criou morre com ele."

O cavaleiro então se afastou, deixando Cuthbert encarando o fogo.

Seu trabalho estava quase terminado. As últimas das abominações de Aethelred foram estripadas e queimadas, e cada centímetro da Catedral da Cantuária limpo de tudo que poderia ter restado espreitando nas sombras. Do próprio arcebispo, nada havia restado além de uma pilha irreconhecível de ossos frágeis e carbonizados sobre um monte de brasas agonizantes. Tudo que restava era cuidar dos caídos, e nisso foram relativamente afortunados. Dos pouco mais de setenta homens que haviam irrompido na Cantuária, apenas cinco haviam sido mortos e outros nove feridos.

Wulfric sempre insistia em cuidar dos feridos pessoalmente; estavam, no fim das contas, sob sua responsabilidade. Havia procurado cada um deles, recrutado e comandado. Agora, era sua obrigação assisti-los.

Já havia feito tanto por todos, menos por um deles. Ajoelhou-se diante de um homem pouco mais jovem que o próprio Wulfric, o qual, no entanto, parecia para ele pouco mais que uma criança. Todos pareciam; aquela era a maldição do comandante. Conhecia o rosto do homem, reconheceu-o como um dos muitos que haviam se destacado em Aylesbury, seguindo Wulfric para dentro da escaramuça infernal sem medo ou hesitação, lutando com coragem, sem capitular antes de a batalha ter sido vencida. Quando Wulfric olhou para o homem naquele momento, envergonhou-se ao perceber que não se lembrava do nome do soldado e foi forçado a perguntar.

"Osric", disse-lhe o homem, embora fraco e com dificuldade para falar. Quando Wulfric se aproximou, Osric tentara se levantar para poder saudar seu comandante, como é adequado a um soldado, mas sua perna ferida não o aguentou, e assim ele precisou se contentar dando sua mais valorosa demonstração de respeito enquanto se equilibrava sobre o traseiro, recostado contra uma das paredes da Cantuária.

"Lutou com bravura hoje, Osric", disse Wulfric com a mão no ombro do homem. "Sinto muito que tenha terminado assim."

"Eu não", respondeu Osric, sua voz rouca e mansa. "Estou feliz que tenha conseguido passar por isso, terminar o trabalho do bom Senhor... e lutar mais uma vez ao seu lado." Osric olhou com veneração e orgulho inflado, o que serviu apenas para deixar Wulfric desconfortável. Sempre deixava. Aquele homem estava morrendo; dera a vida por essa causa. Ainda assim, a honra e a glória recaíam sobre Wulfric, e pareciam imerecidas.

"Tem alguém a quem eu possa enviar uma mensagem?", perguntou Wulfric.

Osric negou com a cabeça.

"Nunca me casei. Algumas mulheres talvez fiquem contentes em saber que morri, mas para que lhes dar essa satisfação?" Ele deu uma risadinha, assim como os homens que estavam reunidos ao seu redor. Até Wulfric conseguiu abrir um sorriso.

"Tenho um pedido", disse Osric. "Enterrem-me aqui, na Cantuária. Não tenho um lar para chamar de meu. Posso também ser colocado para repousar onde caí; assim, talvez eu consiga olhar para baixo e me lembrar das poucas coisas boas que fiz aqui, se não as fiz em outros lugares."

Com tristeza, Wulfric assentiu, compreendendo tudo muito bem. Olhou de novo para o ferimento do soldado. Algum tipo de fera parecida com um porco, já mortalmente ferida, golpeou Osric com a garra espinhosa enquanto agonizava, abrindo um ferimento na coxa esquerda. O ferimento era serrilhado e estava feio, mas não muito profundo. Normalmente, não seria considerado uma ameaça à vida, nada que um médico competente não pudesse tratar, nada que não pudesse ser curado com o tempo. Mas não era um ferimento comum, como Wulfric e seus homens já sabiam muito bem. Um ferimento infligido por uma abominação nunca fechava, nunca se curava, não importava o quanto fosse tratado com destreza. Os pontos não segurariam, nenhuma atadura poderia estancar o sangramento. Uma morte prolongada e dolorosa era inevitável enquanto a perda de sangue crescesse lentamente. Talvez levasse horas ou dias, dependendo da gravidade do ferimento, mas, como Wulfric já descobrira, o resultado era sempre o mesmo. Não era maneira de um soldado morrer.

"Segurem-no", disse ele, e os homens que estavam em pé ao lado de Osric pegaram-no pelos braços. Wulfric sacou uma adaga do cinto e, com um golpe rápido e preciso, encerrou a vida do homem da forma mais rápida e humana que conhecia. Limpou a adaga e estava prestes a embainhá-la de novo quando percebeu que não precisava mais dela. A guerra havia terminado. Osric foi a última pobre alma sob o comando de Wulfric que ele teria de despachar daquela maneira. E não tinha vontade de carregar uma lembrança daquela tarefa tão lúgubre. Jogou a adaga longe, na terra, e olhou para os dois homens que seguravam o corpo de Osric.

"Providenciem o funeral", disse ele. "Encontrem um pedaço de terra adequado no cemitério daqui e cuidem para que o túmulo seja marcado a contento."

Os homens assentiram e carregaram Osric para longe. Wulfric virou-se, olhando para Dolly, que estava ali por perto com os outros cavalos. Foi a primeira visão que teve que lhe trouxe alegria em toda a manhã. Ao montá-la, sentiu-se grato pelas pequenas misericórdias. Nem conseguia imaginá-la morta, ou, pior ainda, ferida por uma das criaturas de Aethelred de tal forma a ter de acabar com ela também. Mas ao menos uma pequena parte dessa história horrenda terminaria feliz; cavalgariam juntos para casa.

Edgard chegou a meio-galope ao lado de Wulfric em sua montaria e os dois observaram a última das carcaças dos animais deformados sendo incendiada.

"Não foi uma manhã ruim, eu diria", sugeriu Edgard com o olhar de um homem que talvez tivesse gostado um pouco demais do massacre do dia.

"Nem boa também", disse Wulfric. "Só estou feliz que tenha acabado."

"Acabado? Meu amigo, só vai ter acabado quando matarmos todas as monstruosidades de Aethelred que ainda restam. Já conversamos sobre isso. Sabíamos que nossa tarefa não terminaria com a morte do arcebispo. Depois que voltarmos a Winchester, sugiro que tiremos um dia para reabastecer e descansar, e então começamos…"

"Não vou a Winchester", interrompeu Wulfric. "Vou para casa. Você é mais que capaz de comandar a Ordem sem mim."

Discutiram aquilo muitas vezes nas semanas de perseguição da horda de Aethelred até Aylesbury — a necessidade de uma força permanente de homens para continuar o trabalho que ele e Edgard haviam começado. Restava a longa e complicada tarefa de matar cada uma das abominações que fugiram da batalha, centenas delas agora espalhadas pelo país, uma ameaça a cada homem, mulher e criança na baixa Inglaterra. Mas Wulfric nunca teve a intenção de comandar essa força. Sugeriu a fundação da Ordem apenas para que outra pessoa pudesse concluir a tarefa em seu lugar, permitindo que fosse para casa, para sua família. E sabia que Edgard adoraria essa incumbência, assim poderia atrasar a ida para casa.

Edgard olhou para ele, surpreso.

"Não deseja ao menos dar a boa-nova de nossa vitória ao rei?"

"Fico feliz em deixar essa honra para ti. Fiz uma promessa para a minha mulher que não ficaria nenhum momento a mais que o necessário e pretendo cumpri-la. Manda meus cumprimentos a Alfredo e pede-lhe o favor de não mais me procurar. Ao menos não até meu filho estar crescido. Ele entenderá."

Wulfric virou Dolly na direção do portão e esporeou-a. Uma parte dele, a parte sempre consumida por uma noção de lealdade e obrigação, queixou-se. Edgard tinha razão, pois dezenas dos monstros de Aethelred ainda vagavam livres e continuariam a oferecer ameaça a pessoas inocentes em todo o reino até todos serem encontrados e liquidados. Mas a maior parte dele, a parte que não queria nada mais que estar reunido com sua amada Cwen e conhecer seu filho recém-nascido, não aceitaria discussão. *Aethelred está morto, a ameaça que representava vencida,* disse a si mesmo. *Você fez tudo que Alfredo pediu. Não lhe deve mais nada. Agora, vá para casa e fique com sua família. Ninguém pode dizer que não mereceu.*

O pensamento levou Wulfric a cavalgar ainda mais rápido. Seu lar ficava a pouco mais de sessenta quilômetros a oeste. Uma nova vida o esperava, uma vida melhor, e se cavalgasse rápido o bastante poderia começá-la antes de o sol se pôr.

Wulfric chegou em casa pouco antes do anoitecer. Teve o cuidado de não pressionar demais Dolly, mas, pelo ritmo com o qual ela avançou espontaneamente, era de se pensar que também sabia o destino e estava tão impaciente quanto Wulfric para alcançá-lo. Juntos, perseguiram o sol poente até chegarem ao topo da mesma colina de onde Wulfric dera a última olhada em suas propriedades antes de partir para a caça de Aethelred, o que parecia ter sido uma vida inteira antes. O pôr do sol pintava todo o vale abaixo de dourado, e lá, ao longe, o cavaleiro viu fumaça erguendo-se da chaminé de sua cabana. Seu humilde lar tinha a mesma aparência, e ainda assim para Wulfric nunca fora tão belo.

Cavalgou com Dolly até o vale e atravessou os campos que formavam sua pequena propriedade. Na sua ausência, o solo não fora cultivado nem cuidado; teria muito trabalho a fazer, e logo, se quisesse semear qualquer safra a tempo para a colheita. Sorriu para si, adorando a perspectiva do suor de um trabalho honesto, de sujar as mãos com outra coisa que não sangue.

Quando Wulfric se aproximou da casa, viu-a em pé do lado de fora. Cwen estava tirando as roupas recém-lavadas de um grande cesto de vime aos seus pés e prendendo-as no varal para secar. Ele arfou quando a viu; quase tinha esquecido como era adorável. Depois de tantos meses afastado, vê-la naquele momento era como voltar a vê-la pela primeira vez. Puxou as rédeas de Dolly e parou ali por um instante, admirando a beleza de Cwen à cintilante luz do sol.

Cwen avistou Wulfric ao se virar para apanhar uma peça do cesto. Não reagiu instantaneamente. Em vez disso, abaixou-se para pegar a roupa lavada, metodicamente pendurando a última peça sobre o varal antes de ir até a frente da casa encontrá-lo. O sol estava se pondo atrás de Wulfric, fazendo Cwen proteger os olhos quando ele se aproximou.

Wulfric esporeou Dolly para avançar. Ao chegar mais perto, viu pela primeira vez que o grande volume na barriga de Cwen a que ele se acostumara tanto antes de partir havia desaparecido. Olhando para o varal atrás dela, percebeu as pequenas camisas de linho que pendiam ao lado de vestidos inteiros e saias, flutuando gentilmente na brisa. As roupas do bebê.

Wulfric apeou, tendo de repente a consciência penetrante de que se sentia muito inseguro. Em seu fervor de voltar para casa, de chegar àquele momento, nem sequer se deu ao trabalho de imaginar o que talvez esperasse por ele. Quatro meses antes, partiu para longe da mulher, deixando-a carregar o fardo do nascimento e de seu primeiro filho sem ele ao lado. Havia rompido seu voto sagrado com ela, um voto de pouco mais de um ano, e escolhera o pior momento possível para fazê-lo. Ela praguejou, berrou e jogou tudo que podia ser lançado sobre ele — ainda carregava a marca na testa daquela jarra de leite —, e lhe dissera que, se escolhera partir, não seria bem-vindo em seu retorno, se de fato ela ainda estivesse lá.

À época, Wulfric havia considerado aquela fala vã, solta em raiva no calor da discussão e motivo de arrependimento, retirada pouco depois de sua partida. Mas, ao chegar diante dela, não tinha tanta certeza. Teve um pouco de alívio ao vê-la ali; ao menos não cumprira parte da ameaça. Porém, quando a olhou de perto, o rosto impassível e inescrutável, seu estômago doeu. Começou a compreender que o reencontro exultante com que sonhara por tanto tempo na realidade seria algo para o qual não estava preparado.

Ela deu um passo na direção do marido para melhor vê-lo à luz desbotada do dia. Wulfric controlou-se, nervoso demais para falar, e de qualquer forma sem saber muito bem o que dizer. Era um sentimento estranho, desconhecido, aquele tipo particular de trepidação. Wulfric não era alheio ao medo, nenhum soldado era. Conhecera-o muito bem e em toda a multiplicidade de disfarces, do terror mortal no rosto de um berserker nórdico enlouquecido até o pavor frio que sentiu na presença das abominações de Aethelred. Em todos os casos, sabia como se preparar contra aquele medo, dominá-lo e, assim, lidar de forma adequada com o inimigo. Mas aquele... o terror mais abjeto diante de uma morte quase certa de alguma forma era ínfimo em comparação a como se sentia, sob o olhar insondável de Cwen, encarando a percepção repentina de que a coisa que mais adorava em todo o mundo talvez tivesse se afastado além de seu alcance, se perdido para sempre, e por sua culpa. Nunca antes se sentira tão extremamente desarmado, tão desesperado, tão temeroso.

Sua mente acelerou quando considerou que abordagem tomar. Contrição? Triunfo? Devia ter parado no caminho e colhido umas flores para lhe oferecer? Comprado uns pãezinhos de sabugueiro que ela tanto gostava no padeiro do vilarejo? Seu coração ficou ainda mais apertado quando começou a entender que talvez nenhuma palavra, nenhuma desculpa ou gesto fosse suficiente para apagar o mal que havia feito.

Ainda estava desesperado, procurando as palavras certas, quando Cwen quebrou o silêncio primeiro.

"Soube que era você assim que o vi lá no alto da colina", disse ela.

O que significava aquilo? Era bom? As palavras soavam boas, mas não o tom. Se estava feliz em vê-lo, porque olhou para ele como uma coisa que o gato arrastou para dentro de casa? Ou era apenas o jeito de estreitar os olhos para protegê-los do sol? *Não fique aí como um animal parvo, idiota. Diga alguma coisa!*

Wulfric olhou de volta para o topo da colina, a quase quinhentos metros de distância.

"Eu devia considerar um elogio o fato de ter me reconhecido?", perguntou ele, esperando canalizar um pouco do charme malandro que Cwen admitiu tê-la feito se apaixonar. Mas ela parecia impávida.

"Não." Foi a resposta desapaixonada dela. "Foi Dolly que reconheci, não você. Eu conheceria essa égua em qualquer lugar". Ela se aproximou mais um passo, mas sem entregar qualquer pista do que poderia estar acontecendo dentro dela. "O que é essa... coisa?"

Levou um momento para Wulfric perceber que ela estava se referindo a algo em seu rosto. A mão se ergueu para tocar a barba cheia e crespa que crescera enquanto estava longe.

"Não gosta?", perguntou ele enquanto corria os dedos pela barba, envergonhado.

"Parece que um animal doente rastejou sobre seu rosto e morreu aí", disse ela. "Isso tem que desaparecer, caso queira voltar para esta casa, ainda mais para a minha cama. Então, o que vai ser?"

Ela pôs as mãos nos quadris, na expectativa, como se esperasse a resposta dele. Mas a fachada fria de Cwen estava ficando mais difícil de manter; Wulfric detectou um indício dos mais sutis de um sorriso. Estava brincando com ele — e essa percepção retirou uns quinhentos quilos de seus ombros. Conseguiu respirar. Mas, apenas para ter certeza, ele sacou a faca do cinto, pegou um tufo desgrenhado e esfiapado de barba e começou a cortá-lo. Cwen correu até ele com um sorriso cada vez mais largo e afastou a faca.

"Mais tarde", disse ela, e encarou os olhos dele com ternura. "Você pode se barbear mais tarde."

E lançou os braços ao redor dele, apertando o corpo enquanto as lágrimas corriam pelas bochechas. Wulfric deixou a faca deslizar da mão e devolveu o abraço, segurando-a com mais força que nunca. Uma única lágrima rolou pelo seu rosto e desapareceu na selva emaranhada da barba.

"Rezei todas as noites por seu retorno seguro", disse ela, entre soluços.

"Todas as noites?"

Cwen ergueu os olhos e limpou uma lágrima, e lá estava novamente aquele esgar travesso que indicava um sorriso.

"Bem, a primeira noite eu rezei para que caísse do cavalo e quebrasse o pescoço", disse ela. "Mas todas as noites depois disso, pelo seu retorno em segurança."

Wulfric sorriu, mais por alívio que por bom humor, e abraçou-a ainda mais forte, sem querer soltá-la.

"Temi que me odiasse", disse ele.

"Acredite, eu tentei. Descobri que só odeio as coisas que levam você para longe de mim." Olhou para ele novamente, dessa vez sem nenhum traço de tranquilidade. "Diga que já basta de tudo isso", falou ela com firmeza, quase como uma exigência, uma que não estava aberta a negociação. "Diga que essa foi a última vez. Jure."

Wulfric tomou o rosto perfeito da mulher com as duas mãos.

"Basta", disse ele, com sinceridade e certeza. "Foi a última vez. Eu juro."

Cwen derreteu-se. Eles se beijaram. E, em seguida, ela o tomou pela mão e, sorrindo com afeto, começou a levá-lo na direção da casa.

"Vamos", disse ela. "Tem alguém que quero que conheça."

Estava escuro dentro da cabana, iluminada apenas pela luz do sol cada vez mais escassa que se arqueava pela pequena janela. Mas Wulfric viu-o imediatamente, o pequeno berço no canto com um cobertor de algodão lá dentro, seus contornos movendo-se com suavidade quando algo embaixo dele se mexeu. O cavaleiro foi atraído até ele como se hipnotizado, a mão deslizando da de Cwen quando ela permaneceu na entrada, observando-o com um sorriso. Ele se aproximou aos poucos, até finalmente estar sobre o berço e olhando o pacotinho que se contorcia lá dentro. Olhou de volta para Cwen, os olhos pedindo permissão. Sorrindo, ela respondeu com um menear incentivador de cabeça. *Vá em frente.*

Hesitante, estendeu a mão para o bebê. Suas mãos eram ásperas, de uma vida lidando com todos os tipos de ferramentas e armas, os instrumentos de vida e morte. Nunca havia segurado algo tão delicado, tão precioso. Tremeu quando as mãos se fecharam gentilmente ao redor do cobertor que se mexia e ergueu-o com cuidado até o peito. Virou-se para a luz e viu o rosto da criança, não maior que seu punho, os olhos semicerrados, recém-acordados do sono, tão pequeno e tão perfeitamente formado que desafiava suas convicções. Wulfric olhou, admirado, quando a criança se espreguiçou e deu um bocejo de boca muito aberta, e seu coração disparou. Nunca tinha vivenciado uma alegria dessas na vida. E enquanto ficou lá, acalentando seu primogênito, ele soube. Todos os horrores que havia testemunhado na vida, toda a dificuldade e a dor... se aquela foi a estrada que teve de percorrer para chegar até aquele momento, então valeu a pena dez vezes e até mais.

Cwen chegou ao lado, sorrindo com ternura.

"Aqui", disse ela quando ajustou com suavidade a posição das mãos de Wulfric, mostrando como apoiar de forma adequada a cabeça do bebê. "Assim é melhor."

Wulfric ainda estava tão estupefato que suas palavras saíram hesitantes; ele gaguejou ao falar.

"Qual é o nome do bebê?"

"Esperei seu retorno para que pudéssemos decidir juntos", disse Cwen. "Mas eu gosto de Beatrice. O nome da minha mãe."

Levou um momento para Wulfric entender. Em seguida, puxou para trás o cobertor enrolado e olhou. Cwen observou-o, divertindo-se, quando ele compreendeu. Wulfric nem havia considerado a possibilidade. Em algum lugar, lá no fundo, tinha muita certeza de que seria um menino. Em seus sonhos, sempre fora um menino. Todos os nomes com que fantasiou, que falou alto enquanto ele e Dolly aravam os campos para ouvir como soavam, eram nomes de menino.

Talvez tenha sido uma maneira de acalmar algum temor sobre se tornar pai; era o mais velho de cinco irmãos e sabia ao menos um pouco sobre ajudar a criar garotos. Às vezes, em seus sonhos, treinava seu filho ainda jovem com espadas de madeira, ensinando o garoto a defender-se e a seu lar caso houvesse necessidade — como Wulfric desejava que tivesse sido capaz quando os nórdicos atacaram sua família. Aquela era a única maneira de ser pai que ele conhecia. Mas uma garota era algo completamente diferente. Garotas eram muito mais *delicadas*. O que sabia que poderia ensinar a uma filha?

Filha. Quando correu pela mente de Wulfric, até mesmo a palavra parecia mais desajeitada, mais... complicada.

"Está decepcionado?", perguntou Cwen.

"Não", disse Wulfric, percebendo, de fato, que não estava, que não importava. Aliás, aquilo fazia com que o amor pela criança fosse ainda maior. Ela precisaria de sua proteção mais que um garoto — e aquilo ele sabia dar. Além disso, não tinha ideia de como ser pai de uma menina. Assim como não tinha ideia de como ser um guerreiro. Talvez fosse uma provação ainda maior, desconfiou Wulfric, mas ele conseguiria. Aprenderia. Por ora, apenas estar ali com ela, segurá-la perto de si, era o suficiente.

Sou pai. Tenho uma filha.

Sim, era mais que suficiente.

———◆———

A casa de Wulfric ficava nas cercanias de um pequeno vilarejo muito unido, e a notícia de seu retorno espalhou-se rapidamente. Quando chegara ali para montar sua casa, muitos aldeões desconfiaram dele; sabiam alguma coisa sobre seu passado sangrento, apesar dos esforços de Wulfric para nunca falar a respeito. Porém, com o tempo, todos souberam como era um bom vizinho, um bom amigo, e um homem que muitos achavam difícil acreditar que havia erguido a mão para alguém em fúria. Foi onde conheceu e se apaixonou por Cwen. Estavam casados fazia um mês, e, embora a data houvesse caído no ápice da colheita, nem uma única mão trabalhou nos campos naquele dia; todos estavam presentes.

E juntos eles vinham de novo. A praça da cidade estava banhada com a luz das tochas quando o ocaso se transformou em noite enluarada, e os amigos e vizinhos de Wulfric reuniram-se para lhes dar as boas-vindas e congratulá-lo pela paternidade recente. Aqueles que sabiam tocar um instrumento foram rapidamente reunidos para que houvesse música e dança; comida e vinho foram oferecidos em abundância; e, depois de uma conversa com Arnald, o padeiro do vilarejo, Wulfric garantiu que houvesse muitos pãezinhos de sabugueiro.

Ele dançou com a mulher noite adentro, sorvendo por inteiro a música, as gargalhadas e o amor à sua volta. Eram tais as profundezas da melancolia sentida durante longos dias e noites caçando Aethelred que, de repente, estar feliz de novo era estonteante. Era uma sensação tão intensa e arrebatadora que ele quase se sentia culpado. Realmente merecia estar tão feliz? O que tinha feito para merecer uma boa fortuna como aquela? Uma mulher adorável, tantos bons amigos, uma criança tão linda? De alguma forma, parecia errado ser recompensado por uma vida de derramamento de sangue com essa...

Não. Ele afastou aqueles pensamentos da mente. Não se permitiria estragar aquele momento. Nunca tinha gostado dos massacres, como muitos outros que conhecia. Fazia aquilo apenas porque era necessário para proteger sua terra natal, e não pedira nada em troca. Fosse lá a recompensa que o destino buscava lhe conceder, não deveria ser motivo para culpa. Finalmente merecia aquilo, a vida que sonhara. E não desistiria dela. A promessa que fizera a Cwen também tinha feito a si mesmo: já bastava de sangue, de guerra, já bastava de servir ao rei. Se os mensageiros de Alfredo o convocassem de novo, voltariam apenas com uma mensagem de recusa educada, mas firme. Aquela era sua vida agora, até o fim de seus dias. Lar. Família. Paz.

Wulfric não tocou no vinho, pois queria se lembrar com clareza daquela noite, mas ainda se sentia bêbado e zonzo quando as festividades começaram a arrefecer, e Cwen levou-o de volta para a cabana. Tinha certeza de que, pela primeira vez em muitas semanas, uma boa noite de sono estava para acontecer, mas se enganou. Na escuridão do quarto, Cwen apertou-o contra a parede, e seu hálito quente estava perto do peito quando ela abriu a camisa dele e deslizou as mãos por baixo. Wulfric encolheu-se quando as pontas dos dedos da mulher brincaram sobre o peito e encontraram o pedaço áspero de pele cicatrizada onde Aethelred havia queimado o pingente de escaravelho.

Cwen conhecia cada uma das cicatrizes de batalha de Wulfric — mas aquela era nova. A história, no entanto, poderia esperar; por ora, ela simplesmente agradeceu que seu homem estivesse de volta sem algum ferimento pior que aquele.

"Vou ser cuidadosa", garantiu ela.

"Para que isso agora?", disse Wulfric antes de beijá-la com toda a paixão de sua primeira noite juntos. A língua de Cwen dançou com a dele enquanto as mãos dela deslizaram para baixo e desafivelaram o cinto do homem.

"E se acordarmos o bebê?", perguntou Wulfric enquanto o coração palpitava ainda mais rápido.

"Vou ficar decepcionada se não acordarmos", sussurrou ela no ouvido do marido, e sua mão deslizou para dentro das calças dele, agarrando-o.

Uma hora depois, Wulfric e Cwen estavam deitados, nus, emaranhados um no outro, o calor resfriando o corpo. Mas o sono restaurador que Wulfric tinha esperado tanto tempo, e que ele tinha certeza que o esperava depois de tantas noites insones à caça de Aethelred, nunca veio. Em vez disso, foi assolado pelo pesadelo mais intenso, mais visceral, mais apavorante que já vivenciara. E Wulfric não era alheio a terrores noturnos; muitas vezes, na guerra, acordara no meio da noite, sacudido pelo pânico depois que a lembrança de algum encontro passado em batalha o assolara na forma de um sonho horrendo e sanguinolento. Mas aquilo, aquilo era algo mais angustiante, mais vívido.

No sonho, uma das abominações de Aethelred se dirigia até o vilarejo de Wulfric na calada da noite, quando todos estavam dormindo. A criatura vil seguia de casa em casa, massacrando homens, mulheres e crianças na cama. Uma mulher acordou e viu a criatura despedaçando o marido. Virou-se para ela em seguida e rasgou seu pescoço. Os gritos acordaram os aldeões, que correram das casas com tochas e forcados para encontrar a fera surgindo à luz pálida do luar, babando e pegajosa com o sangue de suas primeiras vítimas.

Por um momento ficaram parados, com olhos arregalados, petrificados pelo horror puro e inacreditável da coisa. Em seguida, correram para atacá-la apenas para serem brutalmente destroçados quando a fera os encontrou de frente, pisoteando-os, rasgando-os com dentes e garras numa fúria insana. Era irrefreável. Machados e forcados riscavam sua pele escamosa e encouraçada sem causar dano algum. O fogo não fazia nada além de enfurecê-la ainda mais.

Quando terminou de destruir seus agressores, a abominação continuou a cruzar o vilarejo, caçando outros que haviam sido acordados pelos berros em pânico e gritos de socorro, e que agora corriam para salvar suas vidas, sem sucesso. A fera era rápida demais para eles; derrubou cada um, estripando-os onde caíam enquanto berravam e tentavam desesperadamente escapar.

O horror do pesadelo ficou ainda maior, visto que Wulfric o vivenciou de forma tão nítida. Cada momento nauseante, cada instante de terror aconteceu com uma clareza maior que qualquer sonho que já tivera antes. Tudo, exceto pela própria fera. Wulfric, próximo demais para ver sua forma completa, teve apenas vislumbres enquanto ela se retorcia, se debatia e assassinava. Uma pinça. Uma garra. Seis pernas oleosas que avançavam, *clique-clique-clique*, enquanto a coisa invisível corria de uma vítima para a outra. E sempre o grito terrível e agudo que fazia a cada vez que matava.

Em outros pesadelos, Wulfric sempre fora capaz de despertar sozinho, escapar do horror e voltar ao mundo real, dizendo a si mesmo que era apenas um sonho, não era verdade. Não dessa vez. Por mais que tentasse, Wulfric não conseguia encerrar o pesadelo. Estava aprisionado dentro dele, sem salvação, incapaz de virar os olhos, como se fossem arregalados por um torturador invisível que o forçava a testemunhar cada momento. E agora a fera se movia para longe do centro do vilarejo, passando pelos corpos destroçados e esmagados que se espalhavam no chão sangrento, esgueirando-se para as cercanias do vilarejo, na direção do lar onde ele, sua mulher e sua filha recém-nascida ainda dormiam. Quando a criatura se aproximou e o terror de Wulfric aprofundou-se, ele tentou se concentrar, invocando cada centímetro de sua vontade para encerrar aquele tormento. *Acorde acorde acorde acorde...*

Ele acordou. Experimentou uma grande sensação de alívio quando finalmente percebeu que havia escapado da prisão de ferro do sonho. Mas esse alívio logo deu lugar a uma sensação repugnante de inquietação que pairava, embora o pesadelo houvesse terminado — um sentimento opressivo, quase sufocante de terror. Esfregou os olhos, em seguida ergueu a mão até a lateral da cabeça com um grunhido. A cabeça palpitava com um latejar oco, como se tivesse acordado de uma noite de bebedeira. Mas Wulfric não tocou numa gota. O sonho fora tão poderoso, ao que parecia, tão traumático, que deixou para trás alguma dor fantasma residual.

Mais que qualquer coisa, mais que nunca, Wulfric precisava estar perto de Cwen, sentir seu calor reconfortante contra ele. Virou-se para tocá-la no escuro. Mas ela não estava lá. A mão de Wulfric, procurando cegamente pela mulher, encontrou apenas um punhado de palha. Sentou-se e, quando a visão começou a se ajustar no escuro, viu que estava nu sobre uma cama de palha. O lugar todo fedia a esterco, enxofre e feno queimado.

Estava num celeiro de cavalos, sobre uma pilha alta de cinzas feito breu, que, por algum motivo, foram espalhadas sobre o feno. Aparentemente, dormira encolhido no centro desse ninho de borralho. Era a cinza que fedia a enxofre, e uma fina camada dela cobria Wulfric dos pés à cabeça, manchando a pele com a cor do carvão. Quando tentou limpá-la, conseguiu apenas ao esfregar com mais força. E, quando fez isso, percebeu que havia algo de errado. Sua aliança de casamento não estava lá. Ele não havia tirado nenhuma vez no ano em que fora casado, mas, inexplicavelmente ela havia desaparecido.

Um único feixe de luz do dia atravessou uma fenda na porta do celeiro. Nu, Wulfric ergueu-se lentamente, gritando quando o fez. Não era apenas a cabeça — cada músculo do corpo, cada osso, doía mais do que o dia seguinte a qualquer batalha que já travara. Inclinado pela dor, Wulfric cambaleou até a porta do celeiro e abriu-a com tudo, estreitando os olhos e erguendo a mão para protegê-los da luz do sol que vinha de fora. Errático, deu um passo para a frente, para a sombra de uma árvore saliente, e então os viu. Como no pesadelo.

Os corpos de aldeões assassinados jaziam ao redor dele. Alguns cobertos de sangue e estripados, os membros partidos e virados em posições estranhas, repulsivas. Alguns abertos da garganta à barriga, as entranhas espalhadas pelo chão. Outros, pouco mais que carne crua, pisoteados na terra, ou em pedaços, espalhados por todo canto. O vilarejo inteiro, massacrado. Wulfric voltou aos tropeços até o celeiro. A mente girava. Ainda estava no sonho; parecer que havia acordado era apenas um truque cruel para prolongar seu tormento? Não, a sensação enlouquecedora, frenética que definira o sonho, aquela paralisia desesperadora que sentiu quando ele terminou havia acabado. Conseguia se mover livremente, afastar os olhos do horror diante dele, se quisesse.

Mas não afastou. Fortalecendo-se, reavendo seu controle o melhor que podia, Wulfric caminhou entre os mortos, absorvendo cada detalhe. Uma percepção atordoante começou a tomar forma; o corpo de cada amigo, cada vizinho, jazia exatamente como havia caído em seu sonho. Lá estava Leland, o vizinho mais próximo de Wulfric e o primeiro a vir apertar sua mão e lhe dar as boas-vindas no dia anterior. Estava de cara na terra, um fantasma pálido e congelado, o corpo inchado, as entranhas espalhadas no chão embaixo dele, espirradas bem como a fera no pesadelo o estripara com sua garra demoníaca. Não muito longe estava Arnald, o padeiro que levara pãezinhos para a celebração de volta ao lar e que, no sonho, estivera entre os primeiros a atacar a criatura. Ela avançou sobre ele e os outros ao seu lado com um alvoroço de garras giratórias e afiadas como foice e picou todos, membro a membro. Wulfric olhou para a cabeça arrancada do homem, os olhos arregalados e encarando o céu, sem vida, uma máscara lúgubre preservando o terror que o tomara no momento da morte. Exatamente como no pesadelo.

Wulfric estava no meio da carnificina, reconhecendo cada detalhe horrendo, e chegou à conclusão inconcebível, ainda que inescapável: as visões do pesadelo que o tinham assolado durante o sono não eram sonho. Do que se tratava, então? Alguma forma de premonição? Mas com que objetivo, se ele chegara tarde demais para impedir que ela se tornasse realidade? O que fez...

Cwen. O bebê. Wulfric virou-se na direção da cabana nas cercanias da cidade e correu. Cada osso e músculo reclamava, pois seu corpo ainda doía dos pés à cabeça, mas ele não reduziu a velocidade. O sonho — ou fosse lá o que tivesse sido — terminara antes que qualquer dano fosse infligido a elas, não? Pelo que conseguia lembrar, sim, mas, da mesma forma que um sonho, a lembrança da visão já estava ficando nebulosa, detalhes e momentos específicos ficando cada vez mais difíceis de lembrar, até apenas restar a sensação horrível, inquietante, com que Wulfric havia despertado.

Sua cabana era a mais distante do centro do vilarejo — talvez a criatura tivesse passado por ela quando partiu, talvez houvesse se saciado com o massacre de tantos outros. Mas talvez não. *Por favor, que elas estejam vivas. Por favor.* Esses eram os pensamentos que ainda corriam pela mente de Wulfric quando ele abriu a porta da cabana.

Era como se a cabana inteira tivesse sido pintada de vermelho. O que restara de Cwen estava espalhado pelas paredes e derramado pelo chão, o resíduo de violência além da imaginação. Mesmo o teto pingava. Uma orelha, um dedo, um tufo arrancado e desgrenhado dos cabelos loiros trigueiros, manchado de sangue, eram as únicas partes identificáveis dela que haviam restado. A barbárie para se fazer algo assim estava além do que Wulfric já vira, mesmo para o mais insano e selvagem dos berserkir nórdicos. Brutalidade como aquela estava além da capacidade de qualquer homem. Por outro lado, nenhum homem poderia fazer aquilo. Se fora um homem no passado, havia sido deformado em algo horrendo e irreconhecível pela magia podre de Aethelred.

No canto estava o berço de sua filha, seu vime escuro com o sangue de Cwen. Derrotado, Wulfric cambaleou até ele, na esperança de que, de alguma forma, a pequena tivesse sido poupada. Mas não devia ter sido. Lá dentro, onde Beatrice dormia, havia muita carne, sangue e ossos, até não haver mais o que reconhecer. Mesmo o simples vislumbre era mais do que Wulfric conseguia aguentar. Ele saiu às pressas, tropeçando, para a luz do sol, e caiu no chão, incapaz de respirar. Enquanto lutava para tomar fôlego, olhou para cima e viu que nem mesmo Dolly sobrevivera. O corpo da égua jazia onde Wulfric a havia prendido, no poste ao lado da casa, na noite anterior, sem a cabeça e com a barriga escancarada.

Por fim, o horror, a confusão e a descrença de Wulfric deram lugar ao desespero que o atingiu numa onda absoluta. Ele gritou de agonia; as lágrimas começaram a fluir, e ele caiu em soluços torturantes, tão fortes que o corpo inteiro convulsionava. Por mais de hora ele chorou, até não conseguir mais. Em seguida, ficou em desespero silencioso; para qualquer um que o observasse, era uma casca oca, sem sombra de humanidade.

Por dentro, a mente estava acelerada, tentando desesperadamente compreender a verdade do que havia transcorrido ali. Onde estava quando tudo isso aconteceu? Por que os gritos dos outros aldeões não o acordaram? E por que acordou assim tão longe de onde havia adormecido — logo num celeiro? Mesmo se tivesse a resposta para todas essas perguntas, certamente nenhuma delas poderia explicar o pesadelo e seu presságio horripilante. Como ele poderia ter...

Foi então que Wulfric olhou para o chão diante de sua casa, perdido em pensamentos, e encontrou sua aliança. Só que não era mais uma aliança. Ergueu-a e viu que o círculo havia sido rompido e curvado grosseiramente numa fita retorcida de ouro. Quando a girou nas mãos, tentando conceber o que poderia tê-la arrancado de seu dedo de forma tão destruidora, soube num repente. Imediatamente, instintivamente, *ele soube*.

Não fora um sonho ou premonição. Nem uma fantasia de qualquer tipo. Tudo aquilo fora *real*. Cada detalhe de sua visão apavorante foi ainda mais inquietante por sua nitidez inabalável, e ainda assim a fera em si era a única coisa que nunca fora vista por completo por Wulfric. Como se tivesse vivenciado tudo através dos olhos da fera. Porque ele *era* a fera. Ou de alguma forma foi. Sua forma era humana agora, mas seu corpo, torturado pela dor e fedendo a enxofre, lhe contava a verdade. Percebeu que sentia como se algo tivesse estourado dentro dele, estilhaçado osso e rasgado músculo e tendão para se libertar violentamente da gaiola humana. E, de alguma forma, foi embora, deixando apenas a "gaiola" refeita.

A mão de Wulfric pairou sobre o peito, na queimadura em forma de escaravelho que Aethelred havia deixado nele no dia anterior. A lembrança veio de uma vez para Wulfric — o olhar de fúria, maléfico e sagaz, no rosto do arcebispo enquanto murmurava aquele encantamento final, cada palavra ininteligível tramada com ódio, e o sorriso maligno mesmo quando a lâmina de Wulfric se enterrava mais fundo e a vida o abandonava. Como se soubesse que não havia terminado ali; como se soubesse que ainda assim teria sua vingança.

Era possível? Transformar um homem num monstro como aqueles que o arcebispo havia conjurado tantas vezes antes — e então o devolver à forma humana? *Ele estava tentando ampliar a compreensão e o domínio da magia que aprendera*, dissera Cuthbert depois de estudar os escritos do defunto. *Desenvolvê-la até um nível mais alto, mais avançado.* Como aquilo poderia ter sido feito estava além de sua capacidade, mas Wulfric não podia negar os corpos destruídos e lacerados ao seu redor, tudo que seu corpo atormentado lhe dizia, o que sua mente estava *gritando. Foi o que ele fez.* Não um monstro desconhecido. O monstro era ele.

Aquela fora a vingança de Aethelred — implantar essa maldição dentro de Wulfric para que ela se apoderasse de seu corpo apenas depois de sua volta para casa, para seus entes queridos. Assim ele os massacraria numa fúria insana apenas para depois ser restaurado à sua verdadeira forma, a alma devolvida a ele para que pudesse testemunhar o horror completo de seu crime. Assim, poderia ser torturado por aquela visão pelo resto de seus dias.

Para que Aethelred, mesmo do fogo do inferno, pudesse assistir a sua angústia e gargalhar.

Wulfric ainda estava perdido em seu atordoamento, tentando compreender a plenitude do que sabia agora ser verdade, quando a distância, além da colina, ouviu o som de cavalos aproximando-se. Entrou em pânico. O que significaria para ele ser encontrado ali, daquele jeito? Alguém acreditaria em sua história? Seria tomado como único sobrevivente ou um lunático assassino? Não sabia, nem se importava, tamanha era a profundeza de seu desespero. Mas a pouca presença de espírito que ainda mantinha lhe dizia que aquele não era o momento para deixar seu destino ser decidido por outros. Ao ouvir o som dos cavalos se aproximando, ele agarrou um cobertor de algodão e enrolou-se nele, em seguida fugiu através do vilarejo para dentro da floresta densa que ficava não muito longe dali — e desapareceu.

QUINZE ANOS DEPOIS

A chuva caía em véus fortes e torrenciais pelo interior. Fazia semanas que estava assim. O céu era cor de ferro, a terra fora reduzida a uma papa encharcada que chegava, a cada passo, até o tornozelo e fazia atolar as carroças, mesmo nas melhores estradas. Fazendeiros haviam levado o que podiam da colheita para dentro das casas, onde aguardavam, esperando que a chuva pudesse estiar e o sol voltasse a tempo de fazer algo na estação. Mas por ora a maior parte do sul da Inglaterra era uma paisagem de melancolia e desolação implacáveis; mesmo suas mais agitadas cidades-mercados e estradas estavam assustadoramente desertas. O silêncio permeava a terra, com apenas o tamborilar monótono e ininterrupto da chuva, pontuado pelo tonitruar ocasional de um trovão distante.

Era exatamente como deveria ser, pensou Wulfric enquanto avançava a passos largos e de cara fechada pela lama, encurvado e inclinado sob a chuva que era soprada com força contra ele por um vento congelante. Cada passo fazia um barulho de sucção quando o pé afundava na terra pantanosa e de novo quando saía dela. Avanço difícil, mas as estradas naqueles dias não estavam melhores, e Wulfric pouco queria se envolver com qualquer um que pudesse encontrar por lá. Mais do que qualquer coisa, odiava inventar desculpas àqueles poucos que teriam pena dele e lhe ofereceriam abrigo. Mesmo num dia daqueles devia recusar.

Wulfric escorregou. Em seguida se equilibrou enquanto descia, aos tropeços, a inclinação rasa da lama para encontrar uma estrada que serpenteava através do vale. Era pouco mais que uma picada estreita de cascalho e lama, mas o caminho era um pouco mais seguro ali, e Wulfric estava cansado. Olhou para a esquerda, depois para a direita, para ter certeza de que não havia outros viajantes. Por fim, escolheu uma direção, embora pouco importasse para ele, e continuou.

Ainda que a caminhada fosse muito mais fácil pela estrada do que fora pelas terras pantanosas, Wulfric movia-se em ritmo lento, deliberado; a chuva ainda estava forte, e o manto pesado de algodão absorvia a água, aumentando o peso. Mas Wulfric não grunhia nem reclamava. Sabia que não merecia tempo bom, nem conforto, tampouco trégua.

Logo precisaria encontrar um lugar para passar a noite. Não tinha visto nada além de terras abertas em grande parte do dia, e estava começando a se arrepender por ter abandonado a relativa segurança e a reclusão do pequeno bosque onde havia dormido na noite anterior. Como ficava a uma distância audível de uma estrada movimentada, Wulfric pensara que era menos que ideal e partiu à primeira luz, esperando encontrar algo melhor, mas até ali nada havia se apresentado. Precisava de uma área com floresta, longe de qualquer cidade ou passagem. Algum lugar com árvores fortes, bem enraizadas. Algum lugar...

"Espere, amigo."

Wulfric parou e ergueu os olhos. Estava perdido em pensamentos, encarando apenas o chão enquanto errava pela lama. Foi então que ele viu, nas brumas adiante, três homens, e um pequeno acampamento ao lado da estrada. Algumas tendas, suprimentos escassos, uma fogueira com uma chaleira sobre ela — embora não houvesse maneira de manter uma chama desprotegida naquele clima.

Havia poucos motivos para se estar na estrada num dia como aquele, disso Wulfric sabia. Ou não se importavam, como ele. Ou estavam desesperados. Como ele.

Eram assassinos da pior espécie. Mesmo entre a escória, havia uma hierarquia, e os melhores ladrões de estrada ocupavam as vias mais largas e concorridas, as rotas de comércio que permitiam os roubos mais vultosos de agricultores que levavam seus produtos ao mercado e de outros mercadores viajantes. Restavam os caminhos menos frequentados e trilhas para lixos como aqueles. Eram os mais perigosos. Lá fora, nas estradas escondidas, era raro encontrar qualquer um que valesse a pena roubar, e assim, no lugar de dinheiro ou mercadorias, os ladrões mais rasteiros com frequência tiravam sua satisfação de espancamentos, estupros e assassinatos.

Aqueles eram esse tipo de homens. Wulfric havia encontrado essa estirpe antes. Durante o Império Romano, séculos antes, havia leis, seu pai lhe dissera. A bandidagem e outros crimes eram efetivamente desencorajados pelos mais inclementes castigos, e havia pouco "incentivo" ao roubo; sob os romanos, algo sempre estava sendo construído, e não era difícil aparecer trabalho honesto. Mas décadas de brutalidade danesa implacável haviam estilhaçado e desalojado comunidades inteiras, disseminando a pobreza e engendrando uma nova cultura de anarquia e violência, mesmo entre os próprios ingleses. Os três homens que estavam diante de Wulfric eram nascidos dessa cultura, como seus pais provavelmente antes deles. Suas compleições esqueléticas e os olhos animalescos contavam uma fome que homem nenhum merecia, mas uma que muitos naqueles tempos conheciam. Wulfric imaginou que já fazia uma semana desde que haviam comido algo substancial, e aquilo não estava longe da verdade. Havia outra verdade que ele conhecia — que aqueles homens tão famintos eram capazes de qualquer coisa.

"Esta é uma estrada pedagiada", disse o mais alto dos três homens, enquanto os outros o cercavam, brandindo bastões grosseiros e varetas. "Para passar, precisa pagar o pedágio."

"Não tenho nada de valor", disse Wulfric. Embora não fosse inteiramente verdade, não seria difícil acreditar. Por mais maltrapilhos que estivessem os três ladrões, Wulfric parecia ainda mais pobre. Ao menos eles tinham sapatos; embora emplastrados de lama, os pés de Wulfric estavam descalços, as mãos e rosto imundos e encrustados com imundície preta.

"Então, não vai passar", disse o homem alto.

Wulfric examinou os homens que barravam seu caminho. Pareciam tão cansados e consumidos como ele, sem apetite para uma luta vã ou violência gratuita. Mas, fosse lá o que restasse de orgulho em homens como aqueles também, não permitiria que abrissem caminho. As escolhas de Wulfric, então, eram simples, e poucas. Voltar ou matá-los. Poderia fazer qualquer uma das coisas com facilidade, mas apenas uma das alternativas deixaria intacto o voto que fizera a si mesmo anos antes.

Ele fez um meneio humilde de cabeça para o homem alto e se afastou, de volta ao caminho de onde viera. O que importava? Logo teria de se aventurar fora da estrada de novo, de volta à floresta, na esperança de ao menos abrir alguma distância entre ele e qualquer outra pessoa que pudesse encontrar antes de a noite cair. Mas, quando se virou, algo fez um som embaixo de sua capa. Um estalo metálico suave, abafado sob as camadas encharcadas de algodão, mas audível para o homem alto, que começou a avançar na direção de Wulfric, chamando-o.

"Não tão rápido!"

Wulfric parou com um suspiro, sabendo que o som o traíra. Os três homens o cercaram de imediato. O alto, o líder, rodeou-o para encará-lo. Olhou Wulfric de cima a baixo e enxergou a estranheza naquele homem. Também era parrudo embaixo da capa, estranhamente deformado, e se arrastava como se sobrecarregado por algum peso invisível.

"O que tem aí embaixo?"

Wulfric não disse nada. O homem alto puxou uma adaga — pouco mais que uma tira de ferro afiada, na verdade — e encaixou-a sob o queixo de Wulfric.

"Não vou perguntar uma segunda vez. Se não tem nada de valor, é só mostrar."

"Não é nada de valor para você", disse Wulfric.

"Eu vou julgar se é ou não. Tire o manto."

O homem alto equilibrou o peso e empurrou a ponta da adaga um pouco mais perto, perto o bastante para tirar sangue, mas ainda assim Wulfric não se esquivou ou se afastou. Aquilo deixou o homem alto um pouco nervoso; não era natural.

"Devo alertar que estou nu aqui embaixo", disse Wulfric. "Talvez fosse melhor, para todos nós, que me deixasse passar."

Os outros dois sujeitos olharam-se e soltaram risadinhas, mas um olhar sério do homem alto fez com que parassem. Já estava ficando cansado daquilo. Afastou a adaga do queixo de Wulfric e a enterrou fundo na barriga do cavaleiro. Ele soltou o ar de uma vez e caiu de joelhos quando os outros homens se aproximaram e começaram a espancá-lo com varas e bastões, a própria violência desencadeada pela explosão repentina do líder. Wulfric permaneceu parado, sem tentar desviar ou se proteger dos golpes até finalmente ficar caído de costas, chafurdando na lama, açoitado, ensanguentado e semiconsciente. Com o peito ofegante pelo esforço, seus agressores afastaram-se e o observaram, confusos.

"Por que ele não luta?", perguntou um deles. "Que tipo de homem nem levanta a mão para se defender?"

"Um covarde", respondeu o outro.

"Um covarde corre", contestou o primeiro. "Um covarde... se acovarda! Ele não fez nada! Isso não está certo. Isso aí não é... humano."

Aquilo incomodou o homem alto sobremaneira. Tinha praticado muitas violências na vida, contra todos os tipos de homens. Alguns revidavam. Outros tentavam escapar. Alguns imploravam por misericórdia. Mas nunca fora daquele jeito. Aquele ali simplesmente se ajoelhou diante deles e aguentou o mais selvagem dos espancamentos sem resistir nem reclamar, quase como se fosse uma punição que recebia com alegria. Qualquer que fosse sua motivação, algo dizia ao homem alto que era melhor não saber, que a explicação seria ainda mais perturbadora do que acabara de testemunhar.

Ele se agachou na lama ao lado de Wulfric e começou a tirar o manto. Desatou o cordão gasto ao redor da cintura dele e abriu as camadas de algodão úmido encharcado, os olhos arregalando-se para o que encontrou embaixo delas. Wulfric estava nu, como dissera, mas seu corpo estava cingido por uma pesada corrente de ferro envolta nos ombros, cruzando o peito e ao redor do quadril, como um cinto de ferro caído.

"Pelo amor de Deus, o que...?", murmurou um dos homens. Todos encararam a estranha visão, sem saber o que fazer. Mas havia um motivo para o mais alto ser o líder. Enquanto os outros tentavam decifrar aquela estranheza, ele encontrou uma ponta da corrente e começou a desenrolá-la.

"Eu conheço um traficante de ferro em Ipswich que vai me pagar bem por isso", disse ele. "Me ajudem a tirar isso dele."

A noção de que aquele episódio bizarro poderia se tornar um empreendimento lucrativo no fim das contas encorajou os outros homens, e eles se aproximaram logo para ajudar a separar Wulfric da corrente. Eles o rolaram de cara na lama, enquanto desenrolavam o ferro da cintura e, em seguida, dos ombros. Pararam por um instante quando o desembaraçar da corrente revelou o peito nu de Wulfric e a marca estranha no centro.

"O que é isso? Algum tipo de queimadura?", perguntou um deles.

"Idiota", disse o outro. "Nenhuma queimadura se parece com isso. É uma tatuagem, repare o formato. Pode ver que era para ser um besouro."

"Quem faria uma tatuagem de besouro?"

O mais alto chiou para os dois voltarem ao trabalho. Logo tinham a corrente nas mãos, mas, vendo-a toda desenrolada, perceberam que havia mais do que parecia à primeira vista.

"Deve ter uns oito, nove metros", disse um deles.

"Pesa uma tonelada essa porcaria", disse o outro enquanto tentava erguê-la do chão onde serpenteava e jogá-la sobre o ombro. "Ipswich fica a mais de quinze quilômetros daqui. Quem vai carregar?"

"Nós todos", disse o homem alto, pegando parte da corrente e acenando para os outros fazerem o mesmo. Quando todos conseguiram tirá-la do chão e dividir o peso igualmente entre os três, partiram um atrás do outro com a corrente pendurada nos ombros. No entanto, era mais pesada do que parecia, e eles cambalearam ao tentar voltar ao acampamento, a poucos metros de distância. Um deles escorregou e foi derrubado na lama com o peso.

"Que desgraça", disse o homem, e jogou a corrente de lado para se reerguer. "É pesada demais! Teríamos sorte de andar dois quilômetros com ela, que dirá dez. E nossas coisas?"

O homem alto sabia que ele estava certo. Talvez os três conseguissem arrastá-la de volta para a cidade, mas não junto com as coisas do acampamento, que já eram desajeitadas o suficiente. Olhou para Wulfric de novo e se pegou imaginando como um homem podia carregar um peso daqueles — e, mais desconcertante ainda, por que faria uma coisa dessas, naquele terreno enlameado.

Os outros dois ainda estavam discutindo. O homem alto fez ambos se calarem para desmontar o acampamento. Com as coisas nas costas, os três desapareceram de novo nas brumas, deixando Wulfric na estrada onde havia caído, imóvel e nu, com a chuva lavando o sangue que escorria dos ferimentos.

Levou um tempo até Wulfric se recuperar. Ergueu-se lentamente, com um gemido doloroso quando as escoriações e vergões em todo o corpo berraram para ele em uníssono. Percebeu apenas que não mais sentia o peso da corrente no corpo quando se sentou. Ela havia desaparecido. Os ladrões a levaram? A corrente era a única coisa que se permitia possuir, a única coisa no mundo de que realmente precisava. Olhou ao redor, freneticamente, a vista tentando se concentrar na luz do ocaso, e ficou aliviado quando a encontrou caída no chão a poucos metros, onde os ladrões a abandonaram.

Sentiu uma dor aguda no abdome quando se ergueu e pôs a mão sobre ele, lembrando-se de que havia sido apunhalado. Doía, mas logo cicatrizaria; importaria apenas se reduzisse a velocidade de sua busca por um lugar seguro antes de a noite chegar. Já estava escurecendo.

Ainda inseguro nos passos, Wulfric caminhou até a pilha de corrente caída na lama e começou a enrolá-la no corpo, como fizera muitas vezes antes, em volta da cintura e sobre os ombros, até carregar seu peso completo. Encontrou o manto embolado na estrada a poucos metros de onde havia se levantado. Tirou o excesso de lama e jogou o manto sobre o corpo antes de sair para a estrada e voltar aos pântanos. Raramente falava com Deus naqueles dias, mas, quando os céus escureceram, rezou para conseguir encontrar uma única árvore forte naquele brejo desolado antes de a noite cair. Já tinha sangue demais na consciência.

Depois de caminhar cerca de dois quilômetros, Wulfric encontrou um bosque isolado do outro lado de uma colina que o escondia da estrada. Era perfeito, e ele agradeceu por não ter de passar a noite ao relento. Havia feito isso antes, na falta de opção melhor, dormindo em algum vale ou campo remoto e esperando. Ainda que às vezes um viajante desafortunado ou alguma alma azarada topasse com ele, e Wulfric não tivesse forças para impedir o que inevitavelmente acontecia em seguida. Todas as vezes, ele se castigou por não ter sido forte o bastante para impedi-lo.

Porém, naquela noite ao menos, ele encontrara um lugar seguro, e bem a tempo; quando a escuridão começou a cair, Wulfric conseguiu sentir os tremores com que já se acostumara, a sensação de algo começar a se agitar sob a pele. *Não por muito tempo.* Ele entrou mais fundo na floresta e procurou a maior árvore, um teixo parrudo com tronco volumoso e raízes fortes, profundas. Ali ele tirou o manto e desenrolou a corrente do corpo até ficar de novo nu. Seu corpo se contorcia e convulsionava enquanto passava a corrente pela circunferência da árvore, cingindo-a uma vez, duas. *Rápido.*

Wulfric sentou-se com as costas contra a árvore e passou a corrente sobre a cabeça e ao redor do peito. Numa ponta da corrente havia um cadeado, cuja chave Wulfric mantinha num cordão pendurado no pescoço. Com mãos trêmulas, virou a chave na tranca, e o mecanismo abriu. Puxando a corrente em volta de si, enganchou o cadeado entre dois elos e fechou-o com um estalo, depois moveu o corpo para testar a integridade da tranca. Não era uma coisa fácil de se fazer, acorrentar-se a uma árvore, mas Wulfric, com anos de prática, noite após noite, havia dominado a técnica.

Preso a contento, pôs a chave no chão ao seu lado. E ficou lá, sentado, tremendo de frio, esperando a fera.

Não precisou esperar muito. Poucos momentos depois de se acorrentar, os tremores transformaram-se em convulsões, em seguida pioraram. Gritou de dor quando o corpo inteiro teve espasmos e ataques. Havia começado para valer, e o que vinha a seguir era uma agonia insuportável. Fechou os olhos com força e cerrou os dentes, tentando concentrar a mente, desviá-la da dor excruciante que irradiava do centro do peito e se infiltrava em cada extremidade. Crescia dentro dele, a fera, empurrando para fora com violência, enquanto buscava escapar. A pele de Wulfric ondulava e se torcia, braços e pernas contorcendo-se em ângulos impossíveis, ossos estalando com um triturar nojento enquanto as costas arqueavam para fora e ele se apertava e se debatia enlouquecido contra a árvore. Wulfric ouviu a corrente de ferro ranger sob a pressão e, com um último pensamento coerente, rezou para que, depois de tantas noites como aquela, ela não enfraquecesse. Que a corrente o segurasse. Em seguida, não conseguiu mais tolerar a dor e, finalmente, por misericórdia, mergulhou na escuridão. A cabeça caiu para a frente, e na cicatriz em forma de escaravelho no centro do peito a carne se abriu. Uma pinça preta e oleosa emergiu do rasgo cada vez mais largo e estalou ruidosamente no ar. Como havia feito incontáveis vezes antes, o monstro que jazia adormecido dentro de Wulfric à luz do dia nascera mais uma vez na escuridão da noite.

Wulfric acordou no estado de pesadelo que compartilhava com a fera. Estava consciente de algum modo. Seria exagero dizer que ele e a criatura compartilhavam a mente como faziam com o corpo, pois a besta em si era insana. Tudo que conhecia era o ódio e a morte. Existia apenas para matar; era seu único instinto, seu único propósito.

Como a criatura ficava presa dentro da "gaiola" que era o corpo de Wulfric durante o dia, ele ficava preso no corpo da criatura à noite. Uma simbiose profana. Wulfric tinha plena ciência, estava totalmente presente, ainda que impotente para influenciar ou controlar a coisa insensível e selvagem em que se transformava depois que escurecia. Era mais que enlouquecedora a sensação de não ser nada além de uma marionete, forçada a praticar uma violência insana no lugar de um titereiro maníaco. Muitas vezes tentou subjugá-la, concentrando sua mente e reunindo cada centímetro de força de vontade no intuito de parar a criatura quando ela investia contra um vilarejo ou uma caravana indefesa, mas nunca era o bastante. A compulsão da fera para massacrar e destruir era profunda e primitiva; não podia ser negada, por mais que Wulfric tentasse. Todas as vezes ele era um partícipe contrariado da carnificina, como fora naquela primeira noite, muito tempo antes, quando na forma da besta assassinara amigos, vizinhos, sua mulher e a filha recém-nascida.

Por fim, tendo desistido de qualquer esperança de controlar o monstro dentro de si, ocorreu-lhe a ideia da corrente. Se não podia refrear essa coisa vil enquanto o possuía, faria enquanto ela estivesse dormindo. Amarrada a uma árvore, a fera podia se retorcer, se debater e berrar o quanto quisesse, mas se a corrente fosse forte o bastante não poderia causar nenhum dano. Assim seria naquela noite; o monstro deturpado emergiria de sua prisão de carne e osso, sedenta de sangue, apenas para se ver imóvel, aprisionada pela armadilha que Wulfric lhe preparara.

Toda noite em que despertava, a fera parecia surpresa ao se ver confinada. Como se renascesse a cada vez, sem lembrança de suas encarnações anteriores. Cada noite ela se enfurecia, como fazia naquele momento, tentando se livrar das amarras de ferro.

As primeiras duas correntes que Wulfric fizera, mais leves e mais fracas que a atual, haviam se partido, não sendo páreo para a força sobre-humana da criatura. A terceira corrente, a que carregava consigo, era duas vezes mais forte e ainda não havia cedido nenhuma vez. Dessa feita, ele conseguia prender-se com segurança toda noite; a fera dentro dele não poderia mais obrigá-lo a matar. Mas, a cada noite, Wulfric aguentava sua loucura enquanto lutava incessantemente para se libertar — até o sol nascer, quando, por fim, a coisa o libertava, recolhendo-se ao lugar escuro dentro de si, onde dormia durante o dia. Apenas assim ele se via livre para dormir por algumas horas benditas, a única paz que conhecia.

Ainda chovia, mesmo que mais leve que antes, quando um facho de luz do sol irrompeu pela abóbada folhosa da floresta e iluminou o rosto de Wulfric. Acordou com o coro familiar de dores e incômodos físicos, cada músculo e osso berrando como se tivesse sido aberto ao meio e, em seguida, de alguma forma, restituído — o que de fato acontecia. Nunca entendera exatamente como seu corpo se refazia a cada dia depois que a fera desaparecia. Era algum truque da magia infernal de Aethelred, um toque cruel demoníaco que forçava Wulfric a suportar aquela sina repetidamente, dia após dia, sem fim.

Embora seu corpo fosse assolado pela dor, as escoriações do ataque do dia anterior haviam desaparecido, bem como o buraco em sua barriga, onde o homem alto havia apunhalado com a faca. Aquela era uma pequena bênção de sua transformação noturna de homem para monstro e de volta à forma humana; nenhum ferimento, por mais grave que fosse, durava mais que um dia.

Despertou, como toda manhã havia quinze anos, em meio a uma pilha profunda de cinzas pretas como breu e fedendo a enxofre. Cercava-o como um cobertor de neve caída pouco tempo antes; cobria seu corpo nu dos pés à cabeça, como se uma chuva dessa cinza tivesse assentado sobre ele durante a noite, enquanto dormia. Alguns resíduos da transformação de fera em homem, acreditava ele, embora nunca estivesse consciente para testemunhá-la e assim não conseguia ter certeza do que exatamente acontecia durante a restauração da forma humana. Tudo que sabia era que as manchas de carvão que as cinzas deixavam nele eram infernais para lavar, e ele havia parado de fazer qualquer esforço para tirá-las. As mãos e o rosto, riscados e manchados com sujeira preta, deixavam sua aparência monstruosa, mesmo durante as horas acordado, e repelia muitos que de outra forma o parariam para conversar com um camarada viajante, o que era muito bom para os objetivos de Wulfric.

Ele pôs a mão na pilha de cinzas ao lado e tateou até encontrar a chave que havia deixado no chão. Puxou-a pelo cordão, soprou as cinzas que restavam e destrancou o cadeado, soltando a corrente. Levantou-se, erguendo-se como uma aparição fantasmagórica, e passou a mão pelos cabelos, pela barba e por todo o corpo para retirar o excesso de cinzas antes de desenrolar a corrente da árvore e enroscá-la novamente ao redor do corpo.

Examinou a corrente com cuidado ao fazê-lo, elo por elo, verificando quaisquer sinais de desgaste ou fraqueza. Estava incólume, embora a árvore tivesse sofrido vários danos, com sulcos profundos circulando o tronco onde a corrente fora enrolada, a casca arrancada como pele rasgada. Wulfric vira essas marcas antes — raramente a fera não deixava para trás alguma prova de seus esforços violentos para se soltar das amarras —, mas nunca tão profundas como aquelas. A fera de alguma forma estava aumentando sua força ou fúria? Talvez os dois? O pensamento lhe deu um calafrio naquela manhã gelada. Ele se abaixou para recolher o manto e se cobriu, atando-o à cintura.

Considerou ficar ali. Era um bom lugar — remoto, isolado, seguro. Parte dele não queria desistir do porto seguro e correr o risco de não encontrar outro antes do cair da noite. Mas precisava comer, e as opções ali, na mata, eram poucas. Algumas castanhas e frutas não seriam suficientes para acalmar a barriga que roncava. Quando fora a última vez que tivera uma refeição decente? Mal conseguia se lembrar. O que não daria por uma tigela de guisado quente, um prato de vegetais grelhados...

Apesar do risco, ele se aventuraria em busca de comida, mas apenas até encontrá-la. Daria tempo suficiente para voltar ali antes do pôr do sol se não descobrisse outro lugar tranquilo em suas viagens. Ajustou a corrente sob o manto para que pudesse carregá-la com um pouco mais de conforto, em seguida voltou para a estrada. Com o passar dos anos, aprendera a usar a corrente como qualquer outra veste, mas seu peso nunca permitia esquecer que ela estava lá. Nem deveria. Ele havia decidido, muito tempo atrás, que aquela era parte de sua penitência, sua punição. Perambular pela terra sozinho, sempre sofrendo em expiação pelas atrocidades que não fora forte o suficiente para se impedir de cometer.

10

Indra era seu nome, e a dificuldade não lhe era estranha. Vivia sem lar havia dez meses, mudando de um lugar para outro, sem um teto sobre a cabeça, exceto quando conseguia pagar por acomodações, o que era raro. Na maioria das noites dormia a céu aberto no simples saco de dormir que carregava nas costas, junto com suas coisas de acampamento e as duas espadas curtas e gêmeas que levava em bainhas entrecruzadas. No todo, era um fardo pesado, mas ela era jovem, bem treinada e estava em forma. Avançava a passos largos, enérgicos e decididos, como se mal houvesse peso, marcando cada passada com o baque de um forte cajado de madeira que usava para ajudar no equilíbrio em terrenos acidentados... e para outros objetivos, quando necessário.

Viver daquela forma durante quase um ano foi difícil, mas ela raramente reclamava. Essa Provação fora escolha dela; na verdade, insistiu nisso, mesmo com as sérias objeções de seu pai, que sempre fora extremamente protetor. No final, não lhe restou escolha a não ser ceder. Quando Indra tinha uma ideia na cabeça, ninguém conseguia dissuadi-la. Muitos na Ordem gargalhavam quando ela anunciava suas intenções; nos quinze anos desde a fundação, nenhuma mulher havia conseguido, nem mesmo ousado tentar, o que ela havia começado a fazer. Ela mostraria a todos eles. Não voltaria para casa até sua tarefa estar terminada, até ter provado que seu pai estava errado e conquistar o direito de estar entre eles.

Ainda assim, às vezes se permitia lamentar um pouco. Naquele dia, estava exausta, faminta e encharcada, e, com toda a sua determinação, não estava mais próxima do objetivo do que quando começara. Aqueles dois últimos meses haviam sido os mais difíceis. Chovera incessantemente, e a comida ficara mais difícil de se conseguir; embora soubesse como viver do que encontrasse na natureza, havia poucas e preciosas caças que valiam a pena nos últimos dias. Ouviu rumores de uma espécie de fera selvagem perambulando pelo interior, matando cervos e gado. Mas era por isso que estava ali. Talvez ali, por fim, estivesse a presa que buscava.

Parou no topo de uma pequena colina e esperou. Venator voltaria logo, e naquele tempo amaldiçoado queria ser encontrada facilmente. Ele havia saído mais cedo para procurar comida, e Indra esperava que voltasse mostrando que tivera melhor sorte que ela, embora, na verdade, soubesse que sorte tinha pouco a ver com isso. Venator era um caçador nato; se houve uma vez em que ele voltara sem ter caçado nada, disso ela não conseguia se lembrar.

Foi a condição que o pai de Indra conseguiu persuadi-la a aceitar. *Venator vai com você.* Ele pensava que aquela caçada era precipitada, mas, como não poderia convencê-la, quis que um protetor a vigiasse e lhe trouxesse alguma mensagem se ela precisasse de sua ajuda. Indra enfureceu-se com a ideia de que precisaria de proteção, ou ajuda, de outra pessoa. Não havia passado anos praticando com espada, cajado e punho para nada e poderia muito bem cuidar de si mesma. Mas gostava de Venator, havia crescido com ele e sabia que seria uma boa companhia quando a estrada estivesse solitária, como às vezes certamente estaria. Por isso, ela ficou feliz.

Lá estava ele. No início, apenas uma mancha no horizonte distante, mas Indra sabia, instintivamente, que era ele, e sorriu com a visão. Acenou quando ele se aproximou, surpresa com sua velocidade. Quando ele chegou perto, viu que carregava alguma coisa, algo quase tão grande quanto ele. Havia sido uma caçada proveitosa. Claro, não esperava nada menos que isso. Ela escolhera seu nome, e o batizara bem. *Venator*, em latim, significa "caçador".

Momentos depois, estava subindo, asas estendidas majestosamente. Ela se virou para segui-lo, olhando para cima, maravilhada. *Que coisa deve ser voar*, pensou consigo mesma quando Venator se inclinou à direita e começou a circular, pairando sem esforço numa corrente de ar.

Indra sempre sonhava em voar. Uma vez, anos antes, comentou com uma amiga, que lhe disse que o sonho recorrente era uma expressão de um desejo de escapar de sua vida normal e procurar algum propósito maior, as respostas a questões maiores. Indra não sabia o que poderiam ser essas questões, mas as palavras da amiga ficaram em sua cabeça, martelando, e tinham um papel importante em levá-la aonde estava naquele momento — talvez mais próxima de quaisquer respostas. Porém, não tinha nenhuma incerteza quanto ao seu objetivo. Aquilo sempre esteve claro para ela.

Quando Venator passou lá em cima de novo, soltou o que estava carregando e a carga caiu aos pés de Indra. Era um salmão, grande, gordo, recém-pescado do rio. O sorriso de Indra cresceu — era a melhor caça de Venator ultimamente. Ela estendeu o braço, dobrou o cotovelo, e Venator pousou com suavidade nele. Via agora que carregava no bico um segundo peixe, menor. Exibiu-o com orgulho para Indra admirá-lo, e então o engoliu com voracidade.

Venator saltou no ombro de Indra quando ela se agachou para pegar o salmão. Era mais pesado do que parecia, quatro quilos mais ou menos. Um peixe daquele tamanho custaria duas vezes a quantidade de moedas no mercado do que Indra jamais carregara. Para alguém que, nos últimos tempos, vivia com pouco mais que uma fruta e um ocasional roedor, aquele peixe era uma maravilha. Ela comeria bem naquela noite, melhor do que em semanas.

"Boa caçada", disse ela ao falcão quando estendeu a mão e a correu afetuosamente pelas costas, acarinhando a plumagem sedosa. Eram espíritos irmãos, ela e Venator. Entendiam-se. Eram, no fim das contas, predadores. Nunca voltava de uma caça sem um troféu para exibir. Nem ela voltaria.

———•◆•———

Naquela noite, Indra acampou na colina e cozinhou o salmão para jantar. Temia ter de comê-lo cru, mas a chuva havia estiado o suficiente para ela assá-lo no espeto sobre fogueira aberta. Se continuasse chovendo, poderia buscar abrigo numa floresta e cozinhar o peixe lá, mas preferia ficar a céu aberto à noite, mesmo se significasse se encharcar. No topo da colina, com boa vista de toda a área ao redor, era mais difícil para alguém — ou alguma coisa — aproximar-se sem ser detectado. Havia estudado o Bestiário na biblioteca da Ordem, lera todos os volumes de ponta a ponta tantas vezes que já tinha todos na memória. Muitos tipos de abominações enxergavam melhor à noite. E quase todos tinham a cor de óleo queimado, um preto profundo, brilhante, que os camuflava à noite, dificultando identificá-los até que estivessem sobre a pessoa — e aí a pessoa já estaria morta.

À noite, as abominações tinham muitas vantagens, e Indra não lhes cederia mais facilidades acampando numa área enclausurada que apenas lhes daria mais oportunidade de se aproximar dela na surdina. Também conseguiam enxergar no escuro, mas Venator enxergava ainda melhor. Sempre dormia no ombro de Indra de dia enquanto ela caminhava para que pudesse manter a vigilância à noite; olhos de falcão não eram sinônimo de visão excelente à toa, e muitas vezes durante sua Provação eles se mostraram uma grande vantagem.

Indra verificou que o salmão estava pronto e arrancou um pedaço grosso e suculento da carne rósea com seu canivete. Deu uma mordida e, por um instante, seus olhos pestanejaram; a fome talvez influenciasse, mas tinha um sabor divino, melhor que qualquer coisa que já havia comido à mesa de seu pai, e raramente era menos que muito bem servida. Mas havia aprendido que era mais que frequente em momentos simples, fugazes como aquele — a primeira mordida na comida favorita, o toque da água fria num dia quente, a tranquilidade de uma noite enluarada —, que algo próximo da felicidade podia ser encontrado.

Não fora feliz durante a infância, embora tivesse sido criada num lar cercado por tudo o que uma criança poderia esperar num reino assolado pela pobreza e pela privação. Mas, desde o início, sentia que algo importante lhe faltava na vida. Era filha de um senhor abastado, um viúvo que a criara sozinho, mesmo que grande parte fosse delegada aos cuidados diários de aias e de outros serviçais da casa. Raramente tinha tempo para ela, mesmo quando estava em casa, o que também era bem raro. Quase sempre estava fora, caçando ou participando de assuntos importantes da Ordem.

Ainda assim, ela sabia que a presença do pai não era o que lhe faltava, a fonte do vazio que a corroía. Talvez *faltar* não fosse a palavra correta. Pois por mais que o sentimento fosse nebuloso, Indra sabia que não era algo ausente, somente de alguma forma... perdido. Era enlouquecedor, como uma coceira que nunca conseguira coçar, mesmo que a incomodasse o tempo todo.

E ainda havia outra coisa. A coisa que a levara até ali a obrigara a se afastar de uma vida de privilégios e de riqueza em favor dos rigores da Provação. Seu pai sempre lhe dissera para deixar isso para lá, esquecer, mas não conseguia. Sabia que nunca teria paz até que alcançasse seu objetivo. Até o último momento, seu pai tentara desencorajá-la, usando todos os argumentos que pôde imaginar. *É muito perigoso. Você ainda é uma criança. Mesmo se conseguir, de alguma forma, a vingança não lhe trará paz.* Indra sempre se perguntava se ele teria aconselhado assim um filho como fazia com ela. Desconfiava que não, e assim ela se lançou à empreitada, decidida a mostrar que a vingança era uma atribuição tanto de mulheres como de homens. Talvez muito mais de mulheres.

Ela praguejou em voz baixa. Era um erro antigo, remoer essas coisas por tempo demais, e agora seu apetite já era menor. Comeu um pouco mais do salmão para ter força, em seguida cortou mais um pedaço e jogou-o a Venator. Ela poderia terminar o restante no desjejum do dia seguinte. Deitada de costas, olhou para o cobertor infinito da noite acima, olhando o céu para acalmar a mente e conduzi-la ao sono.

De repente, ela se sentou de uma vez. O som que vinha ecoando pelas colinas e vales não era identificável, um grito horrendo, penetrante, que fez o estômago de Indra embrulhar e a fez se arrepiar toda. Foi rápido, o eco quase se dissipando, desapareceu tão rápido quanto viera, deixando a noite silenciosa e calma novamente. E, ainda assim, nada era o mesmo. O ar parecia mais frio em seu rastro, o céu mais escuro e mais ameaçador.

Indra conhecia a apreensão, a ansiedade e a inquietação, mas nunca havia se deparado com o medo, o medo verdadeiro que se enrosca no corpo inteiro como uma corda fria feito gelo e causava paralisia, impedindo o movimento, embora cada fibra do corpo dissesse para fugir. Queria apenas saltar em pé e correr, embora soubesse que não havia lugar nenhum — ali, a céu aberto — para onde correr. Mas ela não se moveu. Ficou enraizada onde estava, ouvindo, incapaz de fazer outra coisa. Virou a cabeça, tentando localizar a origem do som. Próxima ou distante? Aqui ou lá? Parecia vir de todos os lugares e de lugar nenhum. Tinha certeza apenas da terrível *incorreção* dele, um som que pertencia não a este mundo, mas às invocações de um pesadelo.

Não, nenhum homem poderia ter emitido aquele som, nem qualquer fera daquela terra. Aquele som era monstruoso, como era a criatura de onde ele viera. Uma abominação, disso tinha certeza, embora nunca tivesse visto, tampouco ouvido, uma em carne e osso antes. Seu pai a protegera disso, garantiu que ela ficasse segura e longe quando ele e seus homens capturavam algum monstro para estudo. Pretendia poupá-la daqueles horrores, coisa que nenhuma jovem inocente deveria jamais ver, mas aquilo apenas a deixou mais curiosa, mais determinada. Queria ver uma de perto, saber como era, cheirava e se movia. Mais que qualquer coisa, queria assistir a uma dessas coisas morrer, ouvir o som que faria quando ela atravessasse uma espada pelo seu coração escuro palpitante e a matasse.

E, ainda assim, quando aquele berro profano ecoou por sua mente, ela se viu por um instante incerta do desejo de estar tão perto. Aquela parte profunda, primitiva de sua mente, cuja única função era protegê-la do perigo, quis que ela se afastasse com urgência, fosse para muito longe dali. Em seguida, a corda fria ao redor dela se soltou um pouco; ela descobriu que conseguia se mover e se ergueu, examinando os arredores, embora fosse impossível ver qualquer coisa no pretume da noite. A urgência de fugir estava quase dominada, uma companhia assustadiça puxando seu braço e sussurrando "Vamos embora". Ainda assim, ela resistiu. Não tinha chegado tão longe para se acovardar e correr, no fim das contas. Era o que queria, seu desejo desde quando se entendia por gente. Encontrar uma fera como aquela, uma das últimas que haviam restado. Uma espécie ameaçada, logo seria ainda mais por causa dela. *Você é a caçadora, e ela a presa*, lembrou-se. *Ela deveria estar correndo de você.*

Venator voou ao seu lado e desceu sobre o ombro da garota, como sempre, protegendo-a. Ela acariciou as penas, que estavam rufladas; ele ficara tão inquieto com o som quanto ela.

"Tudo bem", disse ela, num esforço vão de confortar os dois. Em seguida, voltou a se sentar, tentando relaxar, embora a mente estivesse mais acelerada que nunca. Sim, estava mais perto do que jamais estivera, e o dia seguinte a aproximaria ainda mais. Talvez o dia seguinte, ou o próximo, a deixaria cara a cara com essa fera. Perto o bastante para matá-la e assistir à sua morte.

Ela soltou Venator do ombro, e ele retomou a vigilância sobre ela, quando a garota se deitou e fechou os olhos. Temeu que não conseguisse dormir muito naquela noite. O peito palpitava. Não sabia se de entusiasmo ou de medo.

11

Estúpido. Estúpido!

Wulfric repreendeu-se baixinho quando se ajoelhou às margens do rio, tentando limpar as cinzas. Sabia que não conseguiria limpar-se, nem tentaria em outra situação, mas naquele dia queria muito tirar o que fosse possível dos resíduos da fera. Nu e trêmulo no frio intenso, ele mergulhou as mãos na corredeira, esfregando os braços e jogando a água gélida no rosto. *É tudo sua culpa*, disse ele a si mesmo quando as cinzas que manchavam a pele se juntaram ao rio e foram carregadas pela corrente. *Você poderia ter impedido.*

Ele desconfiava disso fazia bastante tempo, mas não havia mais dúvida: a fera estava ficando mais forte. Foram anos, noite após noite com cada nova encarnação, até finalmente, três noites antes, a corrente se romper. Amarrada como sempre a uma árvore forte, a fera forçou os elos até o ferro, estendido além de sua resistência, se romper. E o monstro escapou, com Wulfric preso dentro dele, paralisado num pesadelo acordado, capaz apenas de assistir em consternação desesperada à criatura perambulando pelo campo, procurando algo para assassinar.

Tivera sorte naquela primeira noite; a floresta ao redor estava vazia e, embora o monstro houvesse caminhado com entusiasmo por quilômetros, não encontrou nada com que se banquetear. Wulfric acordou um pouco depois da aurora em sua cama de cinzas e poeira, amaldiçoando sua sorte, mas grato ao menos porque aquela noite havia transcorrido sem incidentes. Passou a maior parte do dia tentando encontrar o caminho de volta até a árvore para recuperar a corrente e o manto — uma tarefa difícil, pois, como sempre era o caso, tinha apenas uma lembrança vaga, obnubilada do caminho que a fera percorrera no escuro. Muito tempo antes, nas noites antes de Wulfric ter a ideia da corrente, a fera às vezes viajava mais longe do que parecia em sua marcha pesada, e na noite em que a corrente se partiu havia sido igual. Quando Wulfric encontrou a árvore com a corrente quebrada ao redor dela, o sol estava perto de se pôr, e ele se achou sortudo por tê-la achado.

Como sua fortuna era mesmo maldita, o elo que havia rompido ficava próximo ao centro: onde havia antes uma boa corrente, agora havia duas, cada metade sem tamanho suficiente para ser útil. Precisaria encontrar um ferreiro para consertá-la, mas a cidade mais próxima ficava a mais de um dia de caminhada. Significaria se aventurar perigosamente próximo a áreas populosas e passar a noite lá sem capacidade de se refrear. A fera, sabia ele pela dura experiência, massacraria cada alma viva dentro da cidade com a qual se deparasse à noite. Mais seguro, considerou ele, aventurar-se um pouco mais longe para outra direção, na de um vilarejo menor, muito menos populoso, talvez a três dias de distância. E assim recolheu a corrente partida e começou a caminhar. De alguma forma, a primeira noite havia passado sem derramamento de sangue, e ele esperava, se fosse cuidadoso, sobreviver a mais algumas sem causar prejuízos.

Estava errado. Na segunda noite, apesar de Wulfric tivesse escolhido o lugar mais remoto e isolado que conseguiu encontrar, a fera encontrou uma família de cervos numa clareira na floresta e despedaçou-a membro por membro, inclusive os filhotes. Em seguida, a criatura avançou até encontrar um campo de ovelhas num cercado. Ela pulou a cerca e avançou sobre o rebanho indefeso, golpeando-as em frenesi, caçando aquelas que tentaram fugir enquanto arranhavam as tábuas do cercado, até a última delas ser silenciada.

No dia seguinte, o dia antes daquele em que estava no riacho, Wulfric encontrou um fosso na estrada em meio à floresta. Tinha mais de três metros de profundidade — uma cova comum, desconfiou, que por algum motivo havia sido cavada, mas nunca preenchida. Esperando que a criatura não fosse capaz, embora pudesse escalar para sair, ele desceu ao pôr do sol. Mas a criatura não ficaria confinada. Por apenas alguns minutos, arranhou furiosamente as paredes de terra do fosso antes de encontrar apoio para subir e sair cambaleante. Partiu correndo pela floresta e para o céu aberto, onde logo encontrou o campo de um fazendeiro, onde dezenas de vacas estavam dormindo — e, pior, o próprio fazendeiro, vigiando seu gado.

O fazendeiro viu a forma escura e maligna emergir da escuridão sob o luar pálido que caía sobre o campo. Levantou-se e assistiu, com olhos arregalados de horror e descrença, enquanto ela avançava pesadamente na direção do gado; em seguida, ouviu-a berrar e o som fez com que agisse: virou-se e correu.

E aquele foi seu erro. A fera, concentrada no rebanho, não havia percebido o fazendeiro até seu movimento repentino a alertar. Embora o gado fosse uma presa muito mais fácil e gorda, de alguma forma a fera sabia, instintivamente, o que seria a maldade maior. Perseguiu o homem pelo campo aberto na calada da noite, observando-o tropeçar, e cair, e se erguer de novo, e continuar a corrida. Poderia ter atropelado o homem com mais velocidade, mas, em vez disso, brincou com ele, permitindo que corresse, corresse, até ficar exausto e suas pernas não aguentassem mais prosseguir. Quando finalmente caiu e rolou de costas, encarando a fera em terror enquanto ela percorria os últimos metros entre eles, tudo que Wulfric conseguiu fazer foi assistir, através dos olhos monstruosos, ao rosto de um homem que sabia estar prestes a morrer. Como soldado, Wulfric vira muitos homens encararem a morte. Não daquela forma. Aquele era um olhar de terror tão direto, tão puro, que a morte vinha quase como um alívio. Era o tipo de medo que poderia emergir apenas em face de algo tão grotesco, tão extremamente *errado*, como a coisa que naquele momento possuía Wulfric. Sem dúvida, teria sido o bastante para inspirar a loucura, caso a morte não tivesse vindo imediatamente a seguir.

A fera ficou em pé sobre o homem caído e apunhalou-o na barriga com a garra longa em forma de espinho, lentamente, enterrando-a mais fundo até empalá-lo. Ela observou por um momento como o homem gritava e se contorcia em agonia indefesa, arfando por causa da pata pontiaguda que o prendia ao chão. Em seguida, a fera agarrou o fazendeiro por um braço e uma perna e, simplesmente, puxou, dividindo-o ao meio como uma fruta mais que madura. Aquele derramamento de sangue, o sangue de um homem inocente que seria para sempre outra mancha em sua consciência, era a última coisa de que Wulfric se lembrou antes de acordar na manhã seguinte. Tudo porque foi tolo o bastante para acreditar que poderia ter impedido a fera solta de matar, mesmo que por algumas noites. *Estúpido. Estúpido!*

Houve uma pequena misericórdia. A fera não viajara tão longe naquela noite e, mesmo depois de voltar para recuperar a corrente e o manto, Wulfric estava pelo menos a um dia de caminhada sob a luz do pequeno vilarejo que procurava. Caso se apressasse, poderia chegar lá por volta do meio-dia — tempo suficiente, esperava ele, para o ferreiro local reparar e fortalecer sua corrente para que pudesse se garantir antes de a noite cair. De outra forma, não teria alternativa, a não ser voltar para o meio do ermo, o máximo possível antes do crepúsculo, e rezar.

12

Indra chegou ao vilarejo pouco depois do meio-dia. Já fazia algum tempo desde a última vez que passara por uma espécie de cidade, e ficou agradecida pelo toque de civilização depois de tantos dias e pela chance, talvez, de conseguir algumas informações úteis.

Não era bem uma cidade, mais um assentamento menor, sem nome, que havia brotado no cruzamento de duas estradas de terra na esperança de atrair os viajantes que passavam. Embora ainda estivesse garoando, a chuva havia abrandado o suficiente para os agricultores e comerciantes locais armarem suas tendas. Havia um vendendo galinhas e outro carnes, outro com frutas e vegetais, e, do outro lado da estrada, um ferreiro e um curtidor.

Embora fosse dia alto, ninguém parecia estar fazendo muitos negócios. Talvez porque o povo ainda não confiasse nessa trégua do clima ou, mais provavelmente, pela pobreza galopante que ainda frustrava grande parte do reino. Havia um sinal disso diante de seus olhos. Um mendigo imundo em manto puído, as mãos e rosto riscados com sujeira preta, querelando com o ferreiro por uma questão de alguns centavos. Claramente o camarada era mais que desgraçado, mas o ferreiro parecia não ter simpatia por ele, e embora Indra achasse desprezível uma atitude tão egoísta, sabia que não era incomum. Em tempos difíceis como aqueles, poucos se sentiam impelidos a compartilhar o pouco que tinham.

Ela teria ajudado o pobre homem, se não fosse o fato de não ter nada para lhe dar. Em vez disso, convenceu-se de que não era de sua conta. O que lhe interessava estava na taverna do outro lado do cruzamento. Era o tipo de local onde os nativos iam para trocar mexericos, e ela precisava saber se havia alguma verdade nas histórias que ouvira.

A estrutura decrépita de pedra e palha era pequena demais para lhe garantir um nome pitoresco. Outros por que passara em suas viagens tinham nomes como Ogro Dançante, Cabeça de Pônei, Danês

Massacrado. Aquele era tão anônimo quanto o vilarejo a que servia. Quando se aproximou, Indra ponderou que nome poderia ser mais adequado. Pilha de Tijolos, talvez.

Venator saltou do ombro para o único poste de amarração fora da taverna quando ela desafivelou as bainhas gêmeas e pendurou-as num gancho ao lado da porta aberta da entrada, onde conseguiria ficar de olho nelas. Muitas tabernas tinham regras quanto a entrar com armas, pois cerveja e lâminas raramente se mostravam uma boa combinação. E a visão de uma mulher com uma espada — ou duas, no caso — sempre parecia deixar as pessoas inquietas. Seu cajado não era um problema; era difícil as pessoas perceberem que era uma arma, o que acontecia apenas quando era tarde demais. Ainda assim, ela o encostou ao lado da porta.

"Chega!", berrou o ferreiro. "Não vai pechinchar comigo! Ou paga o que vale o trabalho ou perturba em outro canto." Ele apontou com o polegar por sobre o ombro. "Boa sorte na procura de alguém que vá fazer o trabalho tão bem por menos dinheiro."

Wulfric suspirou. O ferreiro estava mais forte na posição de barganha do que ele havia percebido; o único outro homem nas proximidades que fazia esse tipo de trabalho estava a dias de distância, e Wulfric não suportaria a fera solta nem por mais uma noite. Não havia escolha.

Tinha pouco dinheiro e mesmo assim tentou barganhar com metade, mas o ferreiro se recusou a abaixar o preço. E assim Wulfric enfiou a mão no manto e tirou duas moedas, que eram tudo que lhe restara. No todo, ainda era apenas uma parte do que o ferreiro pedia, e ele só poderia esperar que fosse o bastante. Ergueu as duas moedas de cobre. O ferreiro franziu o rosto e arrancou-as da mão de Wulfric para inspecioná-las com cuidado; a falsificação não era algo incomum. Quando o homem de rosto redondo e rubicundo mordeu as duas moedas para testar o metal, Wulfric ficou em silêncio; se o ferreiro soubesse onde ele enfiara aquelas moedas para mantê-las escondidas de bandidos, teria se recusado a tocá-las, mesmo com a mão enluvada.

O ferreiro olhou com rancor para Wulfric por um momento e jogou as moedas no bolso do avental de couro manchado.

"Volte em uma hora, talvez duas", grunhiu ele enquanto se abaixava para pegar os dois pedaços de ferro enrolado que estavam empilhados aos pés e começou a juntá-los sobre a bigorna.

"Precisa estar pronto antes do pôr do sol", disse Wulfric.

O ferreiro apanhou um martelo da bancada de ferramentas.

"Por esse preço, terá sorte se eu fizer. Encontre outro lugar e espere enquanto eu trabalho... já aguentei mais do que conseguia desse seu cheiro."

Wulfric virou-se e se afastou devagar. O ferreiro olhou feio para ele, em seguida atiçou a fornalha e voltou ao trabalho.

A taberna jazia silenciosa. Havia poucas mesas, e apenas uma estava ocupada. Nessa mesa, dois homens bebiam frente a frente, enquanto na ponta do balcão estava sentado um homem mais velho que, por sua postura, parecia ter começado a beber ao cantar do galo. Um homem de barba rala lavava canecas atrás do balcão e as secava com um pano que parecia mais sujo que qualquer outra coisa no lugar.

Indra percebeu uma tensão no ar no momento em que entrou. Era silenciosa também, o tipo de silêncio inquieto que se espalha não quando as pessoas estão simplesmente caladas, mas quando estão fazendo um esforço concentrado para fingir que não há nada para ser dito. O velho terminou a bebida quando Indra tomou um lugar no balcão e agitou sua caneca vazia para o dono do bar.

"Ymbert", disse ele, a fala arrastada denunciando o quanto já havia bebido.

"Acho que já tomou demais, não acha, Walt?", disse o dono. Da mesa do outro lado do recinto, os dois outros clientes olhavam sérios. Indra teve a nítida impressão de que, fosse qual fosse a conversa antes de ela entrar, não era nem agradável, tampouco uma que se dispusessem a continuar na presença de um estranho. Ela demonstrou que estava apenas pensando em seus problemas. Olhando as prateleiras de garrafas e canecas diante dela, além do balcão, percebeu a estrela de cinco pontas que havia sido riscada na parede atrás deles. O símbolo parecia antigo; havia sido pintado mais de uma vez e, em seguida, as prateleiras foram postas sobre ele. Muitos nem teriam notado ou confundido com outra coisa, mas Indra havia crescido com aquele símbolo e o reconheceria em qualquer lugar.

O velho começou uma agitação, batendo a caneca no balcão, então o dono do bar a pegou com hesitação e encheu novamente.

"É a última que vai tomar", alertou ele, embora o velho já estivesse ocupado demais bebendo para prestar atenção. O dono balançou a cabeça e virou-se para Indra. "O que vai ser?"

"Água", respondeu ela, pois não tinha dinheiro para mais nada. O dono deu uma olhada na garota, mas encheu uma caneca de um jarro e a pôs no balcão para ela. Parecia estar esperando que bebesse, e assim ela fez, com o homem a observando o tempo todo. Bebeu tudo, sem gostar do jeito que o homem mantinha os olhos sobre ela.

"Mais?", perguntou o dono do bar. Indra recusou com um balançar de cabeça, então ele recolheu a caneca. "Tem certeza de que não quer algo mais forte? Que tal uma por conta da casa? Uma pequena recompensa por ter embelezado o lugar num dia tão monótono. Eu... Ei! Não, você não. Fora!"

Indra encolheu-se, surpresa. Virou-se no banco para ver o mendigo da barraca do ferreiro em pé na entrada, uma figura desgrenhada com seu manto encharcado de chuva, rosto barbado quase invisível sob o capuz.

"Só quero me sentar por um tempo fora da chuva", disse o homem antes de limpar a garganta com uma tosse oca, rascante.

"A menos que compre uma bebida para se sentar, não vai fazer isso aqui", disse o dono do bar, enxotando o homem com a mão. "Vai, passa fora!"

O mendigo soltou um suspiro resignado e se virou para partir, prestes a entrar de novo na chuva quando Indra o impediu.

"Espere!", chamou ela, em seguida se virou para o dono. "Vou pagar uma bebida para ele."

"Quê?", perguntou o dono do bar, genuinamente confuso.

"Você me oferece uma bebida por conta da casa. Eu aceito. Dê para ele e deixe-o se sentar."

O dono franziu a testa. Olhou para Indra, em seguida para o mendigo, depois para Indra de novo, como se tentasse decidir se estava de alguma forma sendo passado para trás. Por fim, serviu uma caneca de cerveja e a deixou no balcão, relutante. A garota acenou para o mendigo e, por um momento, ele ficou parado, inseguro, como se condicionado a desconfiar de qualquer amostra de generosidade, antes de finalmente, com cautela, seguir arrastando os pés até o balcão.

Quando se sentou ao lado de Indra, ela tentou não reagir ao odor fétido. O dono não foi tão gentil.

"Sente-se lá na porta", disse ele ao mendigo. "Não quero você empesteando o lugar inteiro."

O mendigo meneou a cabeça para Indra, agradecido, enquanto pegava a caneca de cerveja, mas tomou cuidado para desviar os olhos e manter a cabeça baixa. Era o tipo de humildade conhecida apenas pelos realmente desgraçados.

"Fico muito agradecido", murmurou ele. Em seguida, afastou-se e se sentou à mesa mais próxima da porta.

O dono do bar, visivelmente irritado, pegou um trapo e limpou o balcão onde a manga do mendigo havia tocado por um instante.

"Então é uma alma caridosa?", perguntou a Indra num tom sarcástico.

Indra queria apenas ir embora. Sentiu-se vagamente desconfortável desde o momento em que entrara naquele lugar, e essa sensação estava ficando cada vez pior. Ainda assim, as palavras que aprendera quando criança surgiram dentro dela, espontaneamente, e ela se flagrou dizendo-as em voz alta sem pensar.

"Quando promover alguma ceia, não convide os seus amigos, nem seus irmãos, nem os parentes, nem os vizinhos ricos. Porque, por sua vez, eles convidarão você e assim retribuirão", disse ela, olhando para as mãos sobre o balcão. "Mas, quando promover uma ceia, convide os pobres, os aleijados, os coxos e os cegos. Você ficará feliz porque eles não têm como retribuir, mas sua retribuição virá na ressurreição dos justos."

Indra ergueu os olhos. O dono do bar a encarava, atônito, como se ela tivesse começado a falar em línguas estranhas. Ficou muito envergonhada. Tinha acabado de entregar uma parte de si, uma parte que em geral mantinha guardada com muito cuidado. Mas algo no drama do mendigo arrancara aquelas palavras dela.

O olhar de perplexidade do dono transformou-se em bazófia. Olhou para a mesa onde os dois homens estavam bebendo.

"Ei! Bax, Roy! Ouviram essa? Dê toda a sua comida aos aleijados e cegos porque eles não podem pagar. Essa é nova para mim!"

Nenhum dos homens pareceu especialmente interessado ou divertido, então o dono do bar voltou a atenção para Indra.

"Que idiota ensinou isso a você?"

"Jesus Cristo", tartamudeou o velho na ponta do balcão, e o sorriso do dono do bar murchou. Os dois homens à mesa soltaram uma risadinha, aumentando a sensação de que o dono havia acabado de fazer papel de tolo. Em geral, não se apressava em tirar uma mulher bonita do seu bar, mas estava começando a perder a paciência com aquela ali.

"Essa banqueta é para clientes pagantes", disse ele para Indra num tom muito menos amigável que antes. "Já recebeu sua bebida de graça, agora compre uma ou cai fora."

Indra imaginou-se agarrando o homem pela nuca e batendo aquele rosto estúpido com tanta força no bar que lhe quebraria o nariz. A imagem surgiu vívida na mente da garota enquanto ela tentava reprimir o desejo de converter a imagem mental em realidade.

O dono pôs as duas mãos no balcão e aproximou-se um pouco mais.

"Claro, se não tiver dinheiro, há outras maneiras de pagar seu consumo aqui", disse ele. O dedo mindinho da mão esquerda do homem acariciou o dedinho da mão direita de Indra. Mais sutil que algumas ousadias grosseiras às quais ela foi sujeitada, mas o suficiente para congelar seu estômago e por um momento tirar do controle o desejo de ferir aquele homem.

O dono se encolheu e soltou um gemido silencioso que ninguém além de Indra estava próximo o bastante para ouvir. Ele olhou para o balcão, onde seus dedos haviam se tocado. Indra enroscou o mindinho no dele e torceu de tal forma que cada osso estava prestes a quebrar. Os joelhos do dono do bar cederam e o teriam lançado ao chão, mas ele teve medo de que o dedo se partisse com o peso.

Indra não mostrou sinal de que soltaria o dedo. Na verdade, ela apertou mais, obrigando-o a se aproximar. Estava a poucos centímetros do rosto da garota agora, perto o bastante para ela sentir a cebola no hálito do homem enquanto ele arfava de dor e para ela ver o risco de suor descendo pela têmpora. Seria fácil, tão fácil aplicar mais um tanto de pressão e deixá-lo com uma lembrança duradoura e dolorosa daquele desrespeito. Fitou os olhos cheios de pânico do homem e pensou em todos os outros que a insultaram ou tentaram se aproveitar. Se tivesse sucumbido ao capricho em cada uma daquelas ocasiões, teria deixado uma trilha de membros quebrados dali até a Cantuária. Não era a pessoa que desejava ser. Mais do que isso, reagir dessa forma todas as vezes que alguém a ofendesse parecia um desperdício da boa raiva. Chegaria o tempo em que precisaria de toda ela.

Ela o soltou. O dono do bar cambaleou para trás, agarrando a própria mão. Nada estava quebrado, mas teria de cuidar daquele dedo por um dia ou dois. Ela olhou para o velho e para os dois à mesa; continuavam bebendo, imperturbáveis. O incidente todo acontecera tão rápida e silenciosamente que pareceu ter passado despercebido. Ela não pensou em olhar para o mendigo ao lado da porta, que fora a única pessoa que vira tudo e registrou em silêncio.

"Obrigada pela bebida", disse ela, ainda tentando apaziguar a onda de fúria que quase a possuiu e somente naquele instante começava a se acalmar. Observou olhares furtivos dos clientes à mesa quando se virou e partiu para a porta. Eles a fizeram se sentir inoportuna do momento em que havia entrado, e naquele instante pareciam felizes por vê-la partir.

Ela meneou a cabeça para o mendigo que estava sentado à mesa ao lado da entrada quando passou, mas não recebeu nenhuma reação. Não o achou grosseiro; homens tão humildes como ele eram invisíveis à maioria, e assim essa maioria com frequência se tornava invisível também.

Quando saiu e pegou as duas espadas de onde estavam penduradas, ficou aliviada de ter evitado desfazer seu pequeno ato de gentileza com um de violência. Mas o sangue ainda fervia, o som do coração palpitava nos ouvidos. Queria se afastar. Mas quando ela afivelou as bainhas sobre o peito...

"Como eu tava falando pra você o que ouvi do Hewald, que viu a coisa com os próprios olhos." Era o velho, à maneira excessivamente alta de um bêbado, alto o bastante para sua voz passar pela entrada do bar e sair. "E o Hewald não é mentiroso! Rasgado ao meio, o pobre diabo!"

"Quer fechar o bico com essa história?", disse o mais gordo dos dois homens que bebiam à mesa. "Só falou dessa maldição a manhã inteira!"

"De qualquer forma, é tudo lorota", disse o outro. "Não vai fazer bem nenhum espalhando isso por aí. Os negócios por aqui já estão bem ruins, e ainda quer nos condenar com histórias de fantasma."

O velho terminou o resto da cerveja e bateu com a caneca, relaxado.

"Vocês não têm idade pra se lembrar!", exclamou ele com um braço fazendo gestos tão largos que quase caiu da banqueta. "Eu tenho! Na década passada, o reino inteiro estava apinhado de monstros! Perambulando pra lá e pra cá, acabando com tudo que encontravam, homem, mulher e criança."

"Talvez no passado, anos atrás", aquiesceu o gordo. "Mas a Ordem acabou com eles. Todo mundo sabe disso."

"Rá!", bufou o velho, enfatizando à perfeição com um arroto profundo, ressonante. "Eu vi o que essas coisas deixavam para trás com meus olhos. Homem e animal, não importa, rasgados membro a membro. O mesmo que vi nessas últimas duas noites. Eu vi o que aconteceu na fazenda do Treacher, vi pessoalmente!"

"Todos nós vimos", disse o gordo. "E ainda digo que foi um lobo que fez aquilo com as ovelhas."

"*Aye*, os lobos estão estranhos ultimamente", considerou o outro. "Uivando mais que o normal e descendo das colinas à noite."

"Um lobo esperto o bastante para saber o que vocês dois não sabem", balbuciou o velho. "Eles sabem quando uma daquelas coisas está por perto... podem sentir! Como o rebanho do Treacher, mais de cem cabeças, abatido daquele jeito no próprio cercado? Nenhum lobo, nem uma alcateia poderia ter feito aquilo. Nem o que foi feito com o velho Hagarth na noite passada! Hewald viu o que restou dele hoje cedinho e me contou. Partido ao meio, como se tivesse sido amarrado entre dois cavalos de aragem!"

"Pois grite mesmo, Walt." O homem fez uma careta quando abaixou a caneca de cerveja. "Chega."

"Ah, preferem ficar com a cabeça enfiada na terra até a verdade estar bem na frente de vocês. Quando vai ser tarde demais! Eu sei o que foi aquilo, e não é um bicho que pertença à boa terra de Deus. É um demônio, um..."

"Não diga isso, Walt!" O dono apontou um dedo para ele. "Não sob meu teto... dá azar!"

"Uma abominação", veio uma voz da entrada, e todas as cabeças viraram. Lá estava Indra, as duas espadas bem amarradas nas costas. Os homens trocaram olhares, desconfortáveis.

"Mocinha, seria melhor se você fosse embora", disse o gordo. "E esqueça tudo o que ouviu. É só folclore, nada mais."

Mocinha. Por um breve momento, Indra imaginou sua mão no pescoço do gordo. A imagem teria de bastar como prêmio de consolação. Precisava daqueles homens e das informações de que talvez dispusessem. Deu um passo à frente, tentando projetar um ar de confiança e autoridade — não era a tarefa das mais fáceis para uma mulher que tinha tranquilamente dez anos a menos que o mais jovem ali. Ela levou a mão à túnica e tirou um medalhão de prata e ouro, segurando-o para todos verem. Tinha um emblema na forma de estrela de cinco pontas, semelhante àquele riscado na parede atrás do balcão, com o relevo de duas espadas cruzadas contra a face do sol, três palavras em latim gravadas embaixo: *Contra Omnia Monstra*.

Os quatro encararam-na por um momento, impressionados, antes de finalmente o dono do bar falar.

"Você é da Ordem?", perguntou em voz baixa.

"Sim", respondeu Indra, e aquilo era uma mentira, ao menos em parte. Tecnicamente, ela ainda não era uma paladina, uma amazona da Ordem, mas logo seria. O medalhão era de seu pai; pegara sem a permissão dele no dia em que saíra de casa, apenas um empréstimo, dizia a si mesma. Esperava que ele não sentisse falta do medalhão até ser tarde demais para alcançá-la, e assim aconteceu. Ou talvez tenha por fim decidido não ir atrás dela; talvez tivesse reconhecido que sua tarefa já era maior do que a empreendida por qualquer iniciado antes e que precisaria de todas as vantagens.

Fazia anos desde o tempo em que aquele medalhão era conhecido em todo o país, mas ainda suscitava respeito. Os quatro homens olharam Indra de outro jeito, mesmo que com um grau de ceticismo.

"Mas... você é uma garota", disse o gordo, apenas fazendo *garota* com a boca, como se fosse uma boa maneira de dizer inválida ou incompetente. Indra apertou a mão direita e ouviu os nós dos dedos estalarem, o que havia se mostrado um exercício poderoso para controlar o temperamento. Prestes a falar mais, o gordo avistou o olhar do dono, atrás de Indra, e decidiu segurar a língua.

"Quantos anos tem?", perguntou o bêbado no balcão, que não se importava em ofender. Era um dos perigos de estar bêbado e um dos privilégios de ser velho.

"Tenho idade suficiente", disse ela sem hesitar, e aquilo também era uma mentira, embora não por muito tempo, disse para si mesma.

Embora se esforçasse para ser uma pessoa confiável, seus dez meses no mundo selvagem a ensinaram que não raro era necessário embelezar ou entortar um pouco a verdade para convencer as pessoas de que ela devia ser levada a sério. Com o tempo e a repetição, aquelas mentiras começaram a se tornar verdades na mente. Eram um recurso contra os próprios medos e dúvidas e contra a voz que às vezes a visitava em noites inquietas. Uma voz que soava muito com a de seu pai, sussurrando: *Não devia ter vindo. Veio até aqui não pela coragem ou pelo dever, mas pela raiva. Pode ser treinada, mas ainda não está pronta. Você é uma garota tola numa aventura imprudente e vai morrer.*

Ela apontou para uma cadeira vazia à mesa onde os dois homens estavam sentados. Eles se olharam e deram de ombros, convite suficiente que ela aceitaria. Puxou a cadeira e se sentou, percebendo que, quando ela o fez, o mendigo que estava sentado ao lado da porta foi embora.

"Pensei que a Ordem havia acabado anos atrás", disse o gordo.

"Restam poucos de nós", comentou Indra. "Ainda restam algumas abominações. Mas nosso trabalho não estará terminado até a última delas ter sido exterminada. Se houver uma aqui, minha missão é caçá-la e matá-la."

"Sua?", perguntou o velho. "Onde estão os outros? Lembro quando os cavaleiros da Ordem costumavam passar por aqui, anos atrás. Sempre em grupo, dez ou mais de uma vez."

"Como eu disse", retrucou Indra, "restam poucos de nós. E o que eu faço, faço melhor sozinha."

Mais olhares trocados.

"Já fez isso antes, então?", perguntou o gordo. "Caçou essas coisas e as matou?"

"Já", disse Indra, e aquela era a maior mentira de todas. As outras eram mais fáceis de contar; aquela não saía com tanta tranquilidade, e ela temeu que aqueles homens vissem uma leve rachadura em sua fachada. Mas o medalhão e seu ar treinado de confiança fizeram bem o trabalho, e os homens inclinaram-se para a frente, acreditando também, como se atraídos por uma história de fogueira inevitável. Ainda assim, Indra sentiu que um tanto de inquietação permaneceu.

"Falar dessas coisas não traz má sorte", disse ela. "Recusar-se a falar delas, deixar de prestar atenção nesses alertas, é que traz o infortúnio. Preciso que me contem tudo. Comecem exatamente com o que viram e onde."

Por mais de uma hora, eles falaram, e ela ouviu. Soube de cada detalhe do massacre das ovelhas nas terras de um agricultor duas noites antes e do pastor que fora brutalmente assassinado em suas terras na noite anterior. Ela pegou papel, e um dos homens desenhou um mapa, o melhor que podia, das cercanias e das duas fazendas onde os incidentes ocorreram. Sugeria que, fosse lá o que estivesse cometendo aquelas atrocidades, estava seguindo naquela direção. Todos os três pediram outra bebida quando Indra fez aquela observação. O dono do bar serviu um dose para si.

Ela também descobriu outras coisas: o comportamento estranho entre os cães locais e outros animais nos últimos dias, encolhendo-se, uivando e latindo para coisas invisíveis; um grito profano tarde da noite que ecoou pelo campo, acordando crianças na cama; e árvores mutiladas, troncos arranhados e sulcados em profundidade e ao redor, de forma que sugeria alguém ou algo as atacando em frenesi violento.

Pelo seu treinamento, Indra soube que os primeiros dois portentos eram sinais comuns de uma abominação, e ela ouviu o grito na noite anterior. Mas o terceiro sinal a deixou confusa. Não sabia por que uma abominação poderia atacar ou danificar uma árvore e, certamente, nunca ouvira um caso assim. Talvez um animal fugindo da fera tivesse, em pânico, tentado subir nas árvores com as garras para ficar em segurança? Mesmo assim, estranho que isso acontecesse em mais de um lugar.

Embora houvesse pequenas anomalias, coisas que não faziam sentido para ela, sabia que estava mais perto de uma abominação do que jamais estivera. Pois era uma abominação que fazia essas coisas terríveis, disso tinha certeza, e seu caminho a trazia ainda para mais perto. Tudo que restava para ela era vasculhar as proximidades e matá-la.

Pela postura dos homens ao seu redor, ficou claro que estavam num estado maior de inquietação do que quando ela os encontrou

— trêmulos pelo aviso de que uma abominação estava por perto e nem um pouco tranquilizados por sua promessa de aniquilá-la. Tudo normal, disse a si mesma; não eram os primeiros a subestimá-la, nem seriam os últimos. Aquela honra ficaria para essa fera, quando a encontrasse.

Você não está pronta.

Sentiu o coração começando a palpitar mais forte e soube o que aquilo significava. Apressadamente, e com as mãos começando a tremer, dobrou o mapa que havia sido desenhado para ela e se levantou, agradecendo aos homens pela cooperação.

Não esperava que fosse tão apavorante, não é? Agora que está próxima. Agora que é real.

Estava ficando mais difícil respirar, cada tomada de fôlego mais curta que a última. Apressou os passos até a porta. Embora a mente estivesse a toda velocidade, quando passou pela mesa onde o mendigo estava sentado percebeu que a cerveja em sua caneca ainda estava cheia até a borda, intocada.

Volte para casa enquanto ainda pode. Não há vergonha nenhuma nisso. Melhor admitir para seu pai que ele estava certo do que fazer com que chore por você depois de essa fera massacrá-la.

Zonza, encontrou o caminho da saída, e tropeçou na soleira ao sair para o ar livre. Recompôs-se recostada à parede e fechou os olhos, tentando acalmar-se e concentrar-se na respiração. Esses ataques repentinos de ansiedade, o aperto no peito e o fôlego curto que faziam com que sentisse que estava se afogando em terra seca vinham sem aviso, e nos momentos mais importunos. Mas aprendera a resistir melhor a eles voltando a mente para seu íntimo e dizendo a si mesma, repetidamente, que o episódio em breve passaria. Sempre passava, embora alguns durassem mais que outros.

O pânico começou a diminuir. A mente ficou tranquila novamente, o coração não parecia mais um grande tambor batendo no peito. Recuperou o fôlego e sorveu longa e profundamente o ar frio, grata por ele e pelas gotas de chuva que pingavam no rosto. O toque direto da natureza sempre a acalmava, a trazia de volta à terra.

Em seguida, fortaleceu-se de novo. Não permitiria que seus medos ou dúvidas a derrotassem. Talvez essa fera que procurava fizesse o serviço. Não era tão arrogante ou ingênua a ponto de negar essa possibilidade. Mas primeiro resistiria e a enfrentaria com armas sacadas e fogo nos olhos. E a fera saberia por que ela estava ali.

Pegou o cajado, que havia deixado recostado ao lado da porta, e virou-se para partir, pensando qual era o melhor jeito de se preparar para a caçada noturna, quando reconheceu o mendigo encapuzado do outro lado da estrada, novamente na barraca do ferreiro. Parecia estar com um tanto de pressa quando ergueu a grande e pesada corrente de ferro até o ombro, preparando-se, ao que parecia, para levá-la embora.

Ela parou e observou-o por um momento, sua curiosidade levando-a a várias direções de uma vez. Encontrara muitos errantes e vagabundos em sua caminhada, mas nenhum que aparentasse qualquer tipo de pressa, nem qualquer um que deixasse para trás uma caneca gratuita de cerveja. Por que saiu de forma tão abrupta, sem nem tocar na bebida? E sem falar da corrente, que o homem inspecionava com cuidado enquanto enrolava a última parte dela na cintura e sobre o ombro. Como conseguia carregar aquele peso era um mistério em si. Embora houvesse certamente uma explicação, por ora a imagem estranha que ele criava era um quebra-cabeça com uma peça faltando. O tipo de coisa que a enfurecia quando criança, e ainda a deixava fula.

Ponderou se o pequeno ato de generosidade na taverna lhe dava o direito de fazer uma ou duas perguntas ao homem, e já estava a caminho do sim quando viu três homens, recém-chegados, que pareceram reconhecer o encapuzado e estavam conversando animadamente entre si quando se aproximaram dele. Talvez a conversa satisfizesse sua curiosidade, que de outra forma a corroeria pelo resto do dia.

O ferreiro pareceu se ofender com a inspeção tão cuidadosa de Wulfric.

"Essa corrente está mais forte do que jamais esteve", disse ele, apontando o dedo para o local onde juntara as duas peças em uma. "É melhor que o trabalho pelo qual você pagou, isso eu posso dizer."

Wulfric assentiu; era um bom trabalho. Se era bom o bastante, a noite logo diria, mas não antes de ele estar muito longe dali. Estar em qualquer lugar próximo a uma cidade era risco na maioria das vezes, mas ter alguém da Ordem ali, levantando suspeitas, era o bastante para fazê-lo apressar o ferreiro e partir ainda mais rápido. Ainda havia algumas horas até o pôr do sol, e ele precisaria daquele tempo para...

"Eu disse que era ele!"

Wulfric olhou para trás e viu os três homens no cruzamento. Os bandidos que havia encontrado naquela estrada vicinal enlameada poucos dias antes, aqueles que o espancaram e tentaram roubá-lo. Encaravam-no com agressividade agora, o alto mais que os outros dois.

"Lembra-se de nós?"

Pouco mais de uma hora antes, Wulfric fora presenteado com uma cerveja, a primeira em anos — que foi forçado a deixar sem um trago. Agora aquilo. Como sua sorte parecia estar virando rápido naqueles dias, e apenas numa direção.

Sem dúvida que aqueles três sentiram sua sorte mudando para melhor; lá atrás, na estrada remota, a corrente era pesada demais para carregarem, mas ali na cidade podiam facilmente tirá-la dele e vendê-la, talvez para o próprio ferreiro que acabara de repará-la. Wulfric odiava a ideia de romper seu voto. Mas não podia, não permitiria que a corrente fosse tirada dele. Muito mais pessoas morreriam se ele deixasse.

"Tire a corrente", disse o homem alto. Fitou Wulfric com firmeza nos olhos, tentando intimidá-lo, mas ao se aproximar foi ele quem teve motivo para ficar nervoso. Algo estava errado.

O rosto do mendigo não ficava muito visível por trás do capuz, da barba desgrenhada e das manchas de sujeira preta em todo canto, mas era o bastante para se ver que ele não mostrava nenhum sinal de ferimentos. Poucos dias antes, ele e seus dois capangas haviam espancado aquele mendigo quase até a morte, deixando-o arfando na lama com escoriações, cortes e vergões que deveriam ter inchado e arroxeado nos dias seguintes. E, ainda assim, aquele mendigo não tinha uma marca sequer. Não fosse pela corrente, o homem alto não teria acreditado que se tratava do mesmo andarilho. Não havia explicação para seus ferimentos terem se curado tão rapidamente.

Mais que aquilo, havia algo naquele homem, algo em seus olhos. Algo que dizia: *Simplesmente deem o fora.*

Mas o homem alto não deu o fora. Seus companheiros, que o consideravam líder em grande parte pela reputação que havia cultivado de homem durão, estavam observando. O que vai fazer? Recuar de um confronto que ele mesmo iniciara, com um mendigo tão molenga quem nem sequer se esforçou para se defender no último encontro? Não, apesar da inquietação, ele precisava ir até o fim.

Empurrou o ombro de Wulfric com tudo, o suficiente para fazê-lo recuar um passo, mas Wulfric não reagiu. Frustrado, o homem alto deu um tapa forte na cabeça de Wulfric com a mão espalmada. De novo, Wulfric pareceu não fazer nada para reagir; as mangas do manto eram longas e ninguém o viu fechando a mão em punhos tão apertados que os nós dos dedos embranqueceram.

"Deixem-no em paz."

A voz veio detrás do homem alto. Ele e os outros dois viraram-se, e lá estava Indra a poucos metros de distância, encarando-os com seriedade.

"Vá para o inferno", disse o homem alto com um aceno desdenhoso. Mas Indra aproximou-se um passo, parecendo determinada.

"Eu disse para ir ao inferno! A menos que queira um pouco disto aqui." Ele brandiu o bastão que carregava e ficou surpreso ao ver que aquilo não a desencorajou.

"Esse homem não fez nada para vocês", retrucou Indra. "Deixem que parta ou vão se ver comigo."

Aquilo provocou uma risadinha no homem alto, que contagiou rapidamente os outros dois, em seguida cresceu para uma gargalhada desbragada. Indra manteve-se firme o tempo todo, com olhos frios, até os três homens perceberem que ela estava falando sério.

A gargalhada deles arrefeceu, e o homem alto partiu na direção dela. Cabia a ele, como líder, cuidar daquilo; também queria um pretexto para se distanciar do mendigo, cuja presença estranhamente silenciosa continuava a perturbá-lo. Olhou para Indra de cima a baixo com um sorriso oblíquo e apontou para o par de espadas nas costas da garota.

"Quem você pensa que é para carregar isso aí, garotinha?"

Indra sentiu os dentes se apertarem.

"São minhas", respondeu ela no tom mais firme que foi capaz, mas aquilo não desfez a risada do homem.

"É bom que tenha duas", disse ele. "Assim eu posso enfiar uma em cada um dos lugares onde o sol não bate."

Aquela foi a deixa que os dois companheiros precisavam para avançar e tomar posição ao redor de Indra. Os mercadores próximos olharam, aparentemente felizes por uma diversão gratuita para romper a monotonia do dia. O dono estava na porta da taverna, acenando intensamente para os clientes irem para fora assistir.

Indra queria lutar. Porque a prática poderia ser útil, disse a si mesma, mas na verdade sabia que era impulsionada por algo pior que aquilo. Era a raiva que a levara a confrontar esses homens, a mesma raiva que com frequência a mergulhara em brigas desnecessárias como aquela. Lembrou-se de que sempre se arrependia depois e que devia a si mesma — e àqueles homens, por mais desprezíveis que fossem — tentar resolver a contenda sem violência.

"Prefiro não lutar", disse ela, o que não era fácil, pois cada fibra sua gritava o contrário. "Deixem o homem ir e..." Ela olhou para a barraca do ferreiro e viu que o mendigo havia desaparecido. Foi o segundo desaparecimento abrupto em duas horas.

Os três ladrões viram o mesmo e riram de novo.

"Merece a gratidão daquele vagabundo", disse o homem alto. "Deve estar gargalhando pela estrada pois uma voluntária estranha vai tomar uma surra por ele." Todos os três se aproximaram um pouco mais, fechando o cerco ao redor de Indra. Estavam cheios de coragem, confundindo relutância com medo.

Então, que assim seja, pensou Indra, tentando esconder seu contentamento. Plantou o cajado na terra encharcada para que ficasse em pé livremente e se preparou diante do homem alto.

Ele a observou, perplexo.

"Saque suas espadas, então."

"Espero não ter de fazer isso", disse ela, e era verdade. Aquilo serviria apenas para se punir ainda mais se causasse um ferimento duradouro em qualquer um daqueles homens sem necessidade. Se fosse para ser uma prática, que fosse um exercício no uso da força mínima, uma área que ela precisava urgentemente melhorar. *Isso pode ser útil, no fim das contas.*

O homem alto bateu o bastão de madeira nodosa na coxa com entusiasmo, em seguida avançou contra Indra, numa tentativa de golpeá-la. Indra trocou o peso para o lado de forma tão imperceptível que ela mal parecia ter se movido. Mas foi suficiente para que o homem alto batesse apenas no ar. A força descontrolada do golpe raivoso tirou seu equilíbrio e o fez passar por ela até tropeçar e cair de cara na lama.

Naquele momento, o segundo homem atacou. Esse tinha um par de cassetetes, cada um preso a um pulso por uma faixa. Avançou com rapidez sobre Indra, com uma série de golpes, mas ela se desviou de todos sem esforço, movendo-se lentamente para trás enquanto olhava cada um de lado e pacientemente permitia que ele avançasse à espera de uma brecha. Então, Indra acelerou o passo para trás, aumentando a distância entre eles, apenas o bastante para convidar o homem a se esticar mais. Quando se lançou sobre ela, Indra desviou para o lado e golpeou com a palma da mão de baixo para cima no nariz dele. O homem cambaleou zonzo, dando dois passos para trás, antes de cair de costas numa poça rasa, o nariz torto e deformado, com sangue escorrendo. Estava quebrado, Indra sabia, mas não era a primeira vez, e se ela tivesse batido um pouco mais forte o teria matado. Tinha motivo para ficar contente consigo mesma.

Naquele momento, o homem alto já estava de pé e limpando a lama do rosto, furioso. Puxou uma adaga do cós da calça e avançou sobre ela de novo, agora junto com o terceiro homem, que tinha a compleição de um touro e parecia raramente precisar dar um segundo soco. Mas era lento, e o homem alto estava nervoso, o que o deixava negligente. Indra desviou com facilidade do primeiro soco moroso do touro, em seguida agarrou o homem alto pelo pulso quando ele golpeou com a adaga e torceu seu braço, forçando-o a soltar a faca e se dobrar. Posição perfeita para uma joelhada certeira no rosto. A cabeça sacudiu para trás e ele caiu uma segunda vez na lama, dessa vez de costas.

O grande touro ainda estava avançando, dando ganchos desajeitados de esquerda e direita nela. Indra esquivava-se e se desviava, deixando-o se cansar enquanto calculava o tempo certo, em seguida o chutou tão forte no meio das pernas que até o ferreiro, que assistia do outro lado da estrada, sentiu. O touro, com um arfar chiado, caiu de joelhos, e Indra encaixou a bota no peito do homem, tombando-o de forma que todos os três agressores ficassem caídos, gemendo na lama.

Indra esperava que pudesse ser o fim da briga e suspirou quando o mais alto se ergueu de novo, gritando para os outros seguirem seu exemplo. Estava fervilhando. Todos estavam. Ergueram-se cambaleando, ignorando os ferimentos e cercando-a de novo, os rostos vermelhos de ódio. Então, todos juntos, atacaram.

Foi quando ela apanhou o cajado de onde estava plantado no chão. Nunca havia combatido três oponentes de uma só vez e, apesar de todas as histórias de cavaleiros heroicos derrotando com graça vários agressores numa escaramuça, Indra desconfiava que a realidade era um assunto muito mais confuso e difícil — que quaisquer três homens, mesmo três inábeis como aqueles, podiam representar um desafio quando enfrentados em conjunto.

E a impressão confirmou-se. Armada com o cajado, ela girou e correu, detendo o golpe de um dos homens, em seguida outro e ainda outro em sucessão rápida, mas eles continuaram avançando. E por mais difícil que fosse mantê-los sob controle, era mais complicado ainda para Indra absorver tanta raiva e ainda se conter. No fim, seu frágil temperamento não pôde mais suportar e algo dentro dela estalou.

A luta chegou ao fim com tal rapidez que, mais tarde, a plateia extasiada de mercadores e frequentadores de tavernas não seria capaz de chegar a um acordo sobre a sequência exata de eventos. Mas foi algo assim: Indra soltou um grito de batalha furioso e avançou para a frente num redemoinho temeroso, primeiro derrubando o homem grande com um golpe no crânio tão forte que ele caiu como uma marionete cujas cordas haviam sido cortadas; em seguida, o segundo homem, aquele com os cassetetes, tomou um baque de mão aberta na garganta seguido por um giro baixo do cajado que o fez voar e cair de costas, rolando e arfando para buscar fôlego. O homem alto de fato havia conseguido agarrar um punhado dos cabelos da garota e, momentaneamente, tirou-a do prumo antes de ela bater com o cajado no braço dele com tal força que todos os presentes ouviram o osso se quebrar. Ele a soltou de imediato e despencou, uivando e agarrando o antebraço.

Todos os três caíram tão rapidamente que a própria Indra mal sabia o que havia acontecido depois que tudo acabou. Piscou e recuou um passo. Ofegava, menos pelo esforço do que pela fúria que tomara conta dela de forma tão repentina e violenta. Tentou respirar de modo controlado, acalmar-se. Mas a visão do que fizera apenas a deixava mais nervosa — consigo mesma. Havia esmigalhado o antebraço do homem alto, sabia disso — não apenas porque ouvira o estalo repulsivo quando aconteceu, mas porque naquele momento estava torto de um jeito horrível e anormal, com uma lasca estilhaçada e ensanguentada de osso atravessando a pele. Era mais do que qualquer médico poderia consertar; talvez nunca mais usasse aquele braço de novo.

Devia exercitar a moderação, o autocontrole. Evitar ferimentos duradouros. Devia ser melhor que aquilo. Enquanto os três homens espancados e caídos jaziam diante dela no chão, Indra andava para lá e para cá, murmurando raivosa entredentes. Por fim, soltou um urro, girou e, violentamente, atacou a primeira coisa que viu, um grande saco de cenouras numa barraca da feira. Com selvageria, ela o espancou com os punhos nus, continuamente, enquanto berrava, perdida em sua fúria, até o saco se rasgar e as cenouras caírem na lama. Apenas então sua raiva diminuiu, e ela ergueu os olhos para o mercador que a encarava com olhos arregalados.

Ela respirou fundo e se recompôs, tentando esconder o embaraço.

"Desculpe por isso", disse ela, afastando uma mecha de cabelo que havia caído sobre o rosto. "Acho que não posso pagar pelo prejuízo, mas se..."

"Está tudo certo, senhorita!", disse o mercador, estendendo a palma das mãos diante dele enquanto recuava um passo. "Não é preciso se preocupar com isso, mesmo."

Indra virou-se e viu o ferreiro e o curtidor do outro lado da estrada, boquiabertos. Do lado de fora da taverna, o proprietário e seus clientes faziam o mesmo. E tudo que Indra sentiu naquele momento foi uma sensação profunda de vergonha, de que sua estupidez — o que era? Orgulho? Arrogância? — a levara àquela demonstração pública ignóbil de sua incapacidade de controlar sua raiva. A força verdadeira não estava em subjugar os inimigos, mas de conquistar o adversário que estava dentro de si. Tentara provar aquilo a si mesma, e descobriu que fracassara.

Pôs dois dedos nos lábios e deu um assobio curto e agudo. Venator voou de seu poleiro fora da taverna para o ombro da garota. Mantendo a cabeça baixa para não encontrar o olhar de ninguém, virou-se e marchou para ir embora do vilarejo. Quando deixou para trás o cruzamento das estradas, ainda se repreendendo em silêncio, tentou encontrar consolo ao saber que poderia ter sido pior. Se aqueles homens fossem combatentes habilidosos, talvez tivesse de usar as espadas, e então teria sangue de verdade em suas mãos.

14

Indra caminhou com mais rapidez que de costume, ansiosa por se afastar da encruzilhada e de tudo que acontecera lá. O curto tempo que havia passado naquele povoado talvez a tivesse deixado mais perto da presa, mas também a tinha exposto e aberto todas as suas fragilidades e a deixado mais incerta de si mesma do que nunca.

Essa ansiedade fazia pouco sentido para ela. Frente ao perigo verdadeiro, nunca estremecia. Havia confrontado e lutado com três brutamontes armados sem medo ou apreensão — em parte, ela sabia, porque sua raiva deixava pouco espaço para outro sentimento. Odiava sua raiva, mas ao menos a entendia. A raiva era simples e pura, um elemento básico, como o fogo. Sabia exatamente de onde vinha e como planejava se livrar dela. Não havia mistério. Mas esses episódios de ansiedade sufocante que avançavam sobre ela sem aviso ou motivo... desafiavam qualquer explicação e, assim, a perturbavam profundamente.

E se fosse uma forma de loucura? Em suas viagens, vira homens em vilas e nas estradas que se balançavam, tagarelavam e encaravam coisas que não estavam lá, as mentes transformadas em mingau. Nada podia ser feito por eles. Uma doença da mente não era como a do corpo, que quase sempre podia ser diagnosticada e remediada. Um louco nunca melhorava, e nenhum doutor conhecia uma cura para essa doença ou mesmo para sua causa. Como aquilo havia começado? Era aquele o destino que a aguardava? Indra não conseguia pensar em nada mais aterrorizante do que sua mente a traindo. Ainda assim, os períodos incapacitantes de tontura e tremores, a incapacidade de respirar, como se estivesse sufocando, os pensamentos e fantasias vívidos, incontroláveis, da própria morte iminente...

Ela parou, repentinamente alerta. Algo havia se movido na floresta adiante. Por um momento, não soube se aquele farfalhar fora um truque de sua imaginação, mas Venator ouvira também; as penas rufla-ram, as garras apertaram o ombro de Indra com mais força que antes.

Parou por um momento, a fim de ouvir melhor. Nada, apenas o sussurrar suave do vento nas árvores.

Quando o silêncio da floresta se assentou ao redor, Indra se virou para olhar a estrada atrás dela — e não havia estrada. Estava tão consumida pelos pensamentos que, em algum momento se desviou do caminho, sem perceber. Agora não tinha ideia de onde se encontrava ou em que direção caminhara. Estava perdida.

Aconteceu de novo, naquele momento não havia dúvida. Algo além das árvores, perto dela, movendo-se em meio ao mato. Grande demais para ser qualquer coisa além de um cervo. Não, maior que isso. O que, então?

Ela ficou tensa. *A abominação.*

Podia ser? Em seu devaneio, quase esquecera por que estava ali. Perambulou com a cabeça baixa, pensando, ignorando os arredores, por uma área onde uma abominação talvez estivesse à solta, à mercê de qualquer coisa que a perseguisse. Seu erro lá atrás, na encruzilhada, fora bem ruim; o que acontecia naquele momento poderia tê-la matado.

Ainda podia matar.

Mas, quando reuniu os pensamentos, ocorreu-lhe que provavelmente não era uma abominação. Ainda faltavam horas antes de a noite cair, e pelos seus estudos do Bestiário sabia que a maioria era noturna. Caçavam à noite, suas peles pretas e oleosas invisíveis na escuridão, e buscavam abrigo em cavernas e tocas durante o dia para dormir. Em suas fantasias, repetidas milhares e milhares de vezes, Indra imaginou-se entrando, sorrateira, numa toca enquanto a fera dormia, acordando-a com um golpe de espada — apenas o suficiente para o monstro ver o rosto à luz aberta do dia, para olhar nos olhos da fera enquanto enterrava a lâmina bem fundo até a vida se esvair.

Não, o que quer que fosse, não podia ser uma abominação. *Em geral eram noturnas.*

Em geral.

Olhou de novo na direção de onde vinham os sons. Não viu nada, nenhum movimento, mas as árvores eram tão densas que podiam estar escondendo qualquer coisa. Erguendo o braço sobre o ombro, sacou uma das espadas e começou a avançar com cuidado, em silêncio.

Wulfric quase havia terminado de recolher lenha para uma fogueira. Havia decidido parar à noite, tendo viajado uma boa distância para dentro da floresta, o suficiente para que, caso a fera se libertasse quando acordasse, fosse improvável que encontrasse o caminho de volta para a encruzilhada e o vilarejo ao redor. Mas, na verdade, sabia que não havia nenhuma garantia; como sempre, tudo que podia fazer era confiar que a corrente aguentaria. Esperava que o trabalho do ferreiro fosse tão bom quanto ele alegava ser e que a corrente tivesse se quebrado antes apenas por um único elo falho, mais fraco que os demais. Não era agradável pensar na alternativa.

Cogitara se aventurar mais adiante, pois ainda havia tempo antes do pôr do sol, mas estava cansado. A visão daquele medalhão em formato de estrela lá no vilarejo havia causado sua fuga impensada, uma ação de reflexo, e o havia empurrado até aquela distância antes de finalmente se dar conta: aquela garota não poderia ser da Ordem. A Ordem era uma sombra do que fora antes e, mesmo nos anos passados, quando os cavaleiros eram uma força de centenas, nunca viajavam sozinhos, apenas em bandos. E uma paladina? Uma mera garotinha recebendo uma ordem de cavaleiro para caçar e matar abominações? A ideia era absurda.

De fato, pareceu tão óbvio a Wulfric que ele se repreendeu por ter deixado para trás, sem necessidade, uma cerveja perfeitamente boa. Era verdade que a garota carregava um selo que parecia bem real, mas não teria sido o primeiro a ser roubado ou forjado. Uma década antes, no auge da calamidade, os paladinos da Ordem tinham fama e recebiam boas-vindas como heróis em cidades e vilarejos de todo o reino, e ninguém aceitava seu dinheiro — era tudo por conta da casa. Mesmo ali, com o trabalho quase terminado e com pouco medo ainda restando, aquele selo de prata e ouro ainda significava alguma coisa. Era um produto raro e valioso no mercado negro.

Olhando para trás, a maior pista de todas foi que a garota se incomodou em ajudá-lo. Paladinos da Ordem não eram cavaleiros típicos nem dados a gentilezas. Sua primeira e única obrigação era livrar a terra das abominações. Acreditavam que era uma missão divina combater as crias do inferno e pensavam que todo o resto estava abaixo deles. Um paladino nunca se importaria com um ato tão mundano como prestar auxílio a um estranho — ainda mais a um mendigo.

Aquele episódio ainda o incomodava. O presente, a bebida, já era bem incomum, e uma caridade maior do que Wulfric se acostumara em tantos anos, mas defendê-lo contra três homens armados? Nunca vira algo assim. A questão não era por que ela faria uma coisa tão louvável e imprudente que o incomodava, embora já fosse um bom mistério, mas o fato de que escapara e a deixara enfrentar aqueles homens sozinha. Ela nadou contra a maré por ele, e ele recompensou sua gentileza e coragem abandonando-a à sua sorte para ser espancada ou coisa pior. Que tipo de homem havia se tornado?

Resmungou e deixou o pensamento de lado quando se abaixou ao lado da pequena pira que fizera e começou a bater uma pedra contra uma lasca de pirita para acendê-la. Não precisava se sentir culpado. Não pedira ajuda — ela tomara a decisão sozinha. Ele lembrou que já passava cada momento acordado de cada dia tentando proteger os outros, fazendo tudo que podia para mantê-los em segurança da coisa que ele se tornava toda noite.

Olhou de novo para a corrente, empilhada na base da árvore em que se prenderia mais tarde. De novo, se flagrou esperando que fosse o bastante. Que a fera não ficasse mais forte.

Em breve, a noite diria.

Indra estava perto o bastante para enxergar: uma forma indistinta, difícil de divisar através da folhagem densa dos arbustos e árvores. Era o movimento da coisa que avistara, e ela parou para observá-la perambular na pequena clareira adiante. Escura e deformada, no mínimo do tamanho de um homem; ouviu-a grunhir enquanto se agachava, quase perto do chão.

Ela se aproximou, o fôlego preso no peito, medindo com cuidado cada passo. Naquele instante, apenas uma linha de árvores os separava. Recostou-se a uma árvore e avançou lentamente de lado ao redor dela, em seguida espiou a clareira para ver a figura escura em pé apenas a poucos metros de distância, repentinamente mais próxima do que estava.

Indra saltou para trás, alarmada, tropeçando num emaranhado de raízes. Venator grasnou, agitando as asas para manter o equilíbrio no ombro da garota quando ela cambaleou e quase caiu, mas estendeu a mão livre e agarrou um galho para se equilibrar. Em seguida, viu que a coisa atrás dela não era um animal, mas um homem de manto amassado e imundo que disfarçava suas formas sob as vestes. Era o mendigo que tentara ajudar lá na encruzilhada.

Wulfric não se moveu, observando-a em silêncio. Ela se recompôs e caminhou para dentro da clareira, a espada ainda sacada, mas mantida ao lado do corpo, pronta para ser usada se necessário.

"O que está fazendo aqui, menina?", perguntou o rosto escuro atrás do capuz. O tom de voz não sugeria agressividade, mas cautela. Não tinha medo dela, porém estava resguardado, desconfiado.

O primeiro instinto de Indra foi se enfurecer ao ser chamada de menina, mas não era hora.

"Procurando um lugar para passar a noite", disse ela, olhando a luz trêmula da fogueira atrás dele que estava começando a pegar. "O mesmo que você."

O mendigo a olhou por um momento.

"Procure outro lugar", disse ele, brusco, e voltou ao fogo. Indra o observou, a curiosidade sobre aquele homem estranho voltando. Conseguia ver a corrente pesada de ferro que ele carregava lá na encruzilhada empilhada na base de um carvalho ao lado da fogueira. Lá fora, no meio do nada. Mais e mais misterioso. Ela precisava saber.

Wulfric sentou-se ao lado da fogueira. Ergueu os olhos e viu, para sua consternação, que a garota ainda estava lá, observando-o com curiosidade.

"Eu disse para procurar outro lugar!", vociferou ele, o tom mais ríspido que antes. "Este lugar está ocupado." Ele fez um círculo com a mão para garantir que ela soubesse que não se referia apenas à pequena clareira, mas a toda a área ao redor. Para sua proteção, ela não era bem-vinda em qualquer lugar próximo. Próximo dele.

"Eu vou", disse Indra quando se aproximou um passo, encaixando a espada na bainha para deixar claro que não representava ameaça. "Mas imaginei que você poderia compartilhar o fogo comigo um pouco. Foi um dia longo."

Wulfric suspirou, irritado.

"Não. Vá embora, tome seu rumo! Não vou falar de novo!" Ele esfregou as mãos e aqueceu-as diante do fogo, encarando as chamas como se ela já tivesse ido embora.

Indra conseguiu ver que não havia negociação com o homem. Por um breve momento, ficou irritada por sua ingratidão depois da caridade que havia demonstrado para com ele mais cedo. Mas a verdadeira caridade não esperava recompensa. Pedir algo em troca apenas mancharia a bondade do ato original. E assim meneou a cabeça em silêncio e depois disse: "Desculpe-me se o perturbei".

Wulfric observou-a se afastar, de volta para dentro da floresta, e algo o incomodou. A garota lhe fizera uma gentileza, não uma, mas duas vezes, lá na encruzilhada. Ele já havia se deparado com a culpa de deixá-la na emboscada lá atrás; ali, talvez, tivesse a oportunidade de mostrar sua gratidão, e estava recusando-a? Ele ergueu os olhos para o céu para ver através da copa das árvores. O sol ainda demoraria um pouco para se pôr. E, embora o instinto que o levava a proteger os outros por quinze anos dissesse para deixar a garota ir, ele se levantou e a chamou

"Espere."

Ela parou e olhou para trás. Wulfric apontou para o fogo.

"Só por um momento", disse ele. "Deve seguir seu caminho antes de o sol se pôr."

Ela assentiu e voltou até a clareira. O falcão que carregava voou de seu ombro e encontrou um galho próximo em frente à fogueira, enquanto a garota deixava o cajado no chão. Esperou até Wulfric sentar-se de novo, em seguida acomodou-se diante do fogo e do homem.

"Obrigada", disse ela.

Wulfric não respondeu, apenas olhou para dentro das chamas.

"Meu nome é Indra", disse ela, satisfeita, claramente tentando parecer amigável e franca.

Wulfric apenas soltou um grunhido baixo de reconhecimento enquanto atiçava o fogo com um toco de galho. Não tinha a intenção de falar seu nome.

Houve uma pausa desconfortável antes de ela tentar de novo.

"Estava imaginando se..."

"Sem conversa", interrompeu Wulfric com um olhar penetrante. "É minha condição. Sente-se e se aqueça se assim desejar, mas fique quieta. Se não conseguir, pode ir."

Aquele tom deixou claro que não havia mais o que discutir. Indra simplesmente assentiu e aqueceu as mãos, compartilhando o conforto simples da fogueira.

15

"Por que me ajudou?"

Indra ergueu os olhos. Apenas naquele momento ela percebera que o mendigo sem nome estava olhando para ela. Entrara num transe com o tremeluzir e dançar das chamas que não tinha ideia de quanto tempo havia passado desde que se sentara. Tudo que sabia era que sentiu uma calma maior naquele momento do que podia se lembrar de ter sentido, uma sensação profunda de serenidade e bem-estar que era quase desconhecida em sua vida adulta. Desejava que pudesse durar para sempre.

"Pensei que não íamos..."

"É minha condição, então posso quebrá-la", disse Wulfric. Ele parou por um instante, então continuou: "Não precisa responder. Esqueça que lhe perguntei". Olhou de volta para o fogo. Para Indra, parecia que estava arrependido de ter falado. O que poderia ter acontecido numa vida, perguntou-se ela, para se tornar algo assim; um homem que aparentemente temia o mais básico contato humano?

"Por que uma alma ajuda outra?", respondeu ela. Era inteligente responder a uma pergunta com outra? Aquela conversa era recente e frágil, e o homem diante dela estava obviamente inseguro por tê-la começado. Se ela parecesse esperta ou tímida demais, ele talvez se retraísse ao silêncio, e havia muitas coisas que ela ainda queria saber.

"Sou cristã", disse Indra. "Ao menos tento ser. É minha obrigação ajudar quem está em necessidade." Ela pegou um galho do chão e atiçou o fogo. "Além disso, não gosto de valentões."

Ele assentiu, parecendo satisfeito com a resposta, mas talvez também um pouco surpreso.

"Não há muita caridade cristã por estas bandas nos dias de hoje", observou ele, amargo.

Indra fez que sim com a cabeça, concordando. Eram tempos medonhos aqueles, e o povo já tinha problemas demais para se preocupar com outros. Por outro lado, não era aí que os simples atos de altruísmo se faziam mais necessários? Na sua visão, era fácil se dar quando custava pouco ou nada para fazê-lo. Era em tempos como aqueles, quando a generosidade significava sacrifício, que um caráter verdadeiro era testado e revelado.

"O que aconteceu com os homens na encruzilhada?", perguntou Wulfric. A pergunta o corroía desde que ela chegara à clareira. Acreditou que eles a tivessem espancado ou assassinado, deixando-a onde ela os desafiou. Vê-la ali, sã e salva, significava que de alguma forma dissuadiu os três bandidos beligerantes da briga que ela havia caçado com eles ou... Não, não havia outra explicação em que pudesse pensar.

"Não queria lutar com eles", disse Indra, afastando o olhar para a fogueira de novo. "Infelizmente, não pude dissuadi-los."

Wulfric olhou sério para ela, tentando adivinhar algo além de suas palavras. Tudo que conseguia sentir dela era uma relutância imensa de continuar falando. Aquilo o perturbava. Meio que esperava que ela contasse alguma história sobre como havia derrotado valorosamente os três num combate mortal. Em seu tempo, vira muito daquilo — brigões e mentirosos que teciam histórias elaboradas de ousadia e feitos heroicos de batalha, tramadas inteiramente na imaginação deles. Sem ninguém para refutar seu relato, a garota podia facilmente ter feito o mesmo, talvez para ganhar sua gratidão e ficar mais um pouco ao lado da fogueira.

Em vez disso, reagiu à maneira de homens que realizavam feitos verdadeiros de que outros falsamente se orgulhavam. Havia respondido sem responder, falando apenas indiretamente e num tom de hesitação e humildade, sugerindo que sabia o que era a violência verdadeira — e que não tinha nenhum mérito sobre isso, mesmo na vitória.

Era possível? Que essa garota, com pouco mais de quarenta e cinco quilos, pela aparência toda encharcada, tivesse combatido aqueles três valentões e acabado com eles? Wulfric não conseguia imaginar aquilo de maneira alguma, mas tudo levava a crer que havia acontecido. Tinha outra pergunta para ela que talvez revelasse mais.

"Onde você encontrou o selo?"

Ela ergueu os olhos do fogo.

"Desculpe?"

"O selo da Ordem", disse Wulfric. "Vi com você na taverna."

"Eu sei que selo", disse Indra, seu tom tão perplexo quanto o de Wulfric. "Não entendi o que quis dizer com encontrar."

"Apenas paladinos, cavaleiros da Ordem, carregam aquele selo."

"É verdade", respondeu ela sem hesitar, olhando para ele diante da fogueira.

Wulfric encarou-a por mais um momento, perguntando-se até onde ela estava disposta a ir. *Ótimo, vamos ver*, pensou ele.

"Ou aqueles que o adquiriram de forma desonesta."

Os olhos de Indra arregalaram-se.

"É disso que está me acusando?"

"Paladinos nunca viajam sozinhos", respondeu Wulfric, sem rodeios. "Nem têm mulheres em suas fileiras, nem crianças, com certeza."

Tudo que Indra não podia fazer era se levantar e chutar as brasas fumegantes no homem. Em vez disso, cerrou os dentes e disse: "Não sou criança. Sou uma iniciada".

"Iniciada?", disse Wulfric, divertido. "Quantos anos você tem?"

"Dezoito", respondeu Indra, de pronto. Era a idade mínima de aceitação de iniciados pela Ordem, um paladino em treinamento.

Wulfric a examinou, desconfiado. Para ele, aparentava mais jovem, embora o que parecia faltar em anos físicos ela havia mais que compensado em maturidade e confiança — então quem era ele para dizer? Mas havia mais coisas que não pareciam verdadeiras.

"Então, você está em sua Provação?", perguntou ele.

"Estou", respondeu Indra. Para ser aceito na Ordem como um paladino pleno, qualquer iniciado precisava concluir a Provação: um ano inteiro no interior, a céu aberto, aprendendo a sobreviver em meio à vida selvagem, viver da terra e, o mais importante, caçar sua presa. Antes de o ano terminar, o iniciado devia voltar à Ordem com a cabeça de uma abominação que houvesse sacrificado. Ou nada feito.

"Iniciados são aceitos apenas aos dezoito e devem concluir dois anos de treinamento antes de estar prontos para a Provação", disse Wulfric. "E nunca a enfrentam sozinhos; sempre com um grupo de outros iniciados e um oficial experiente para supervisioná-los."

Silêncio. Apenas o crepitar das chamas entre eles. Indra buscava uma resposta, tentando projetar externamente a confiança enquanto se perguntava como aquele homem podia saber tanto sobre as regras e práticas da Ordem. O suficiente para levá-la àquela armadilha. Ela não podia saber, claro, que Wulfric havia participado da criação daquelas regras, ele e Edgard juntos, uma década e meia antes, enquanto ainda estavam caçando Aethelred e planejando o que viria depois disso. O que agora parecia outra vida para Wulfric — a vida de outra pessoa.

"Meu pai é um oficial sênior da Ordem", disse Indra. "Ele reconheceu meu potencial na juventude e permitiu que me admitissem mais cedo." As palavras saíram numa mistura perfeita de fato e ficção que até ela teve dificuldade de distinguir. E acrescentou: "A Ordem é uma forma muito menor do que era e não aceita mais novos iniciados. No ano passado, eu fui a única, e assim permitiram que eu tivesse minha Provação sozinha". Embora a história fosse no máximo adornada com meias-verdades, era verdadeira o suficiente, e a irritava o fato de aquele homem não parecer aceitar dessa forma. *Porque não sou homem. Porque acha que sou uma garota estúpida contando lorotas.*

Wulfric dava-lhe mais crédito do que ela percebia. Embora a história parecesse exagerada em alguns pontos, ele olhava além da história em si e para quem contava. Havia algo naquela garota, o jeito de falar e se portar. Algo que não vira em muitos anos. Era necessário um guerreiro de verdade para reconhecer outro e, embora fosse difícil crer, Wulfric via uma guerreira na jovem que estava sentada diante dele.

A percepção deixou-o preocupado. Se fosse realmente da Ordem, por que estava ali, naquele momento? Era coincidência que ela o tivesse encontrado, ou algo mais? A Ordem sabia dele, da abominação que se escondia durante o dia dentro do corpo de um homem?

Pensando naquilo, tinha motivo de sobra para acreditar. Precisava pisar em ovos agora.

"Faz quantos meses que está em Provação?", perguntou ele.

"Dez", respondeu Indra. Não havia por que mentir sobre aquilo. Em mais dois meses, se não tivesse voltado com seu troféu, nunca seria aceita na Ordem.

Embora aquela perspectiva a ferisse, a aceitação importava muito menos para Indra do que o próprio troféu. Aquela única morte era tudo que desejava. Percorreria a ilha pelo resto de seus dias se fosse necessário, com autorização da Ordem ou não, até achar uma abominação e sacrificá-la. Então, talvez, pudesse encontrar algum tipo de paz.

"Não restou muito para caçar", disse Wulfric, tirando Indra novamente de seus pensamentos. Ele tinha razão; a Ordem fizera bem seu trabalho. Fazia alguns anos desde a última visão verdadeira de uma abominação. Já havia algum tempo que as histórias sobre elas começavam a se tornar folclore. Por tudo que Wulfric sabia, talvez fosse a última que restava.

"Não", concordou Indra. "Muito poucas. Mas acho que posso estar perto de uma agora."

Wulfric espreitou-a além da fogueira. O que queria dizer com aquilo? Estava testando-o para ver como ele reagiria? Mas, enquanto ele examinava sua expressão, não viu nenhum indício de insinuação ou acusação. Nem mesmo estava olhando para ele, mas encarava de novo as chamas; se era um teste, certamente estaria observando de perto para mensurar sua reação.

"Ah é?", perguntou ele com a casualidade que foi capaz.

"Há relatos de ovelhas destroçadas num campo perto daqui, duas noites atrás, e de um fazendeiro estripado e morto na noite passada", disse Indra.

Wulfric relaxou um pouco. Lera mais nas palavras da garota do que ela sugeriu. Embora soubesse que ele mesmo é quem estava sendo caçado, Indra não sabia.

"Alguns dos aldeões não querem acreditar, mas sou treinada para reconhecer os sinais quando os vejo, e eu os vejo bem aqui", disse ela. "Uma abominação está a solta em algum lugar nesta vizinhança." Os olhos dela encontraram os de Wulfric. "Você deveria ficar atento, especialmente à noite. Essas feras são noturnas."

"Em geral, são", disse Wulfric, e seus olhos se voltaram para a fogueira. Naquele momento foi a vez de Indra encará-lo e se perguntar exatamente o quanto ele sabia. Abominações — e, com elas, a Ordem — tinham quase desaparecido daquelas terras por tantos anos que poucos plebeus ainda conheciam as histórias. Aqueles que sabiam em geral eram mais velhos, o suficiente para se lembrar da época em que as abominações perambulavam livres pelo território, matando tudo que encontravam, e os paladinos da Ordem irrompiam de cidade em cidade para persegui-las, estrondando sobre cavalos com armaduras.

Mas enquanto examinava o homem do outro lado da fogueira com mais cuidado, Indra começou a pensar que talvez não fosse tão velho quanto sua aparência sugeria a princípio. A barba grande e desgrenhada e o rosto coberto de sujeira preta, e aquela expressão assustadiça no olhar — mais que qualquer coisa, aqueles *olhos* — davam a impressão de um homem muito mais velho do que realmente era. Olhando com mais atenção naquele momento, atrás da máscara de sujeira e cabelos sem viço, viu um homem que provavelmente não tinha muito mais que trinta anos.

Aquilo significava que era um pouco mais velho que ela quando aquelas coisas sobre as quais ele sabia tanto eram de conhecimento geral. Não era impossível, mas nutria uma forte desconfiança de que havia mais naquele andarilho estranho do que lhe dissera. De fato, quando pensou naquilo, ele não contara quase nada, nem mesmo seu nome. E ela havia respondido a todas as perguntas dele, certo? *Quid pro quo*.

Os olhos dela desceram até a corrente de ferro aos pés da árvore bem atrás de Wulfric.

"Estava me perguntando", começou ela, esperando iniciar com algo inócuo, e ainda assim tão curioso. "Para que serve sua corrente?"

Os olhos dele avivaram-se com tanto brilho que as chamas à sua frente quase pareceram aumentar. As dobras do manto amarrotado esticaram-se quando ele se ergueu, sua sombra cobrindo Indra onde ela estava sentada.

O céu escureceu, o som muito mais baixo do que estava escondido atrás do labirinto de copas de árvore. Ainda havia ao menos uma hora antes do ocaso e dos primeiros sinais da fera, Wulfric sabia, porém, mais tempo do que ele percebera havia se passado. Com certeza, mais do que permitira quando deixou que a garota se sentasse. O que estava pensando?

Pretendia deixar a garota ficar apenas por um breve momento, tempo suficiente para amainar sua culpa, antes de mandá-la de volta ao seu caminho, mas a curiosidade sobre ela o dominou. E ainda mais o simples prazer da conversa, da interação humana civilizada, para ele perdida por tanto tempo, levou-o a esquecer as muralhas que passara anos erguendo cuidadosamente ao redor de si.

Ocorreu-lhe que havia passado mais tempo na companhia da garota do que com qualquer outra alma em todos os quinze anos antes daquele momento. Como ela o seduziu daquela forma para ele perder toda a noção de tempo, toda a noção de si mesmo?

Não importava como. Já bastava. Mostrou sua gratidão, satisfez sua obrigação com ela, mas a noite estava chegando, e a garota precisava se afastar dali — para seu próprio bem mais do que para o dele. Ele chutou terra na fogueira para extingui-la e apontou para a floresta de onde Indra havia aparecido antes.

"Está na hora de você ir", disse ele.

Indra levantou-se.

"Desculpe, se foi algo que eu..."

"Não foi nada que você tenha dito. Concordei que poderia ficar um pouco. Já foi esse pouco e ainda mais. Obrigado por sua gentileza na encruzilhada e desejo que fique bem. Agora, vá."

Indra percebeu que nenhuma palavra o demoveria da decisão.

"Obrigada pelo fogo e pela conversa", disse ela. "Fico grata por isso."

"Eu também", respondeu Wulfric, e Indra conseguiu enxergar naqueles olhos ancestrais, fundos, que ele estava sendo sincero. Naquele instante, era um mistério ainda maior do que a corrente; ela pôde ver que sua tristeza era genuína pela sua partida, e ainda assim ali estava ele, afastando-a. Teria perguntado por que se ela achasse que faria algum bem.

"Venator, comigo."

O falcão saltou do galho da árvore próxima e pairou até o ombro da garota. Em seguida, viu que Wulfric estava olhando para além dela, para a fileira de árvores onde a clareira terminava e a floresta começava. Indra virou-se para ver o que de repente havia chamado sua atenção.

Cinco homens estavam à beira da clareira, mais cinco emergiram da escuridão da floresta para se juntar a eles. Indra e Wulfric não reconheceram a maioria, mas sim três deles, à frente do grupo. O grandão de peito de barril, com o nariz quebrado. Aquele com cassetetes presos aos punhos. E o alto com o braço numa tipoia manchada de sangue, apontando para eles com o braço bom.

"Eles!", chiou quando encarou Wulfric e Indra com um olhar assassino. "São eles, bem ali."

16

Todos os dez homens estavam armados. Bastões, varas, facas. Um tinha uma espada de lâmina gasta e lascada, mas eficiente o bastante. Indra não sabia de onde tinham vindo aqueles outros sete homens, mas pelo olhar em seu rosto todos eram farinha do mesmo saco — todos nascidos para a mesma vida baixa, de maldade fria.

O homem alto cambaleou para a frente, e Indra viu que estava bêbado. Não apenas ele, mas todos, em vários graus, julgando pelas faces rubicundas e o jeito como alguns se balançavam suavemente onde estavam. Considerou que os três que havia derrubado na encruzilhada haviam batido em retirada para a taverna a fim de cuidar dos hematomas e do orgulho, e recrutaram esses outros enquanto entravam para uma bebida durante todo o fim da tarde, e Indra imaginou que tipo de história eles ouviram. Com certeza não foi a verdade, que teria transformado os chefes do grupo em motivo de gozação. Não, o homem alto, o porta-voz dos três, havia inventado alguma história absurda, e a cerveja fizera o resto. Então, estavam ali, cheios de uma falsa coragem e pedindo vingança.

Aquilo era bom e ruim, pensou. Bom porque a bebida os deixaria ainda mais lentos e negligentes do que estavam em sua melhor forma. Sabia que os três primeiros tinham pouco talento para o combate próximo, e ela estimava que os outros não eram melhores. O problema era que, na verdade, ela teria de lutar com todos os dez.

Se estivessem sóbrios, seria mais fácil; daria o exemplo com os primeiros, e os outros provavelmente cairiam em si e fugiriam. A maioria dos homens, quando as coisas apertavam, era covarde. Mas o álcool tinha uma maneira de separar os homens de sua inteligência e suspender a covardia por tempo bastante para deixá-los perigosos. Uma contra dez, mesmo dez bêbados incapazes, era arriscado demais.

Um dos homens novos, que carregava o que parecia uma peixeira, avançou aos tropeços para olhar melhor Indra e seu companheiro. E soltou um arroto sonoro.

"Isso aqui?", perguntou ele, sacudindo a faca na direção deles. "Esses dois te espancaram e roubaram? Um velho e uma garotinha?" Os outros deram risadinhas bêbadas. Apenas os três primeiros permaneceram emburrados.

"Eu disse! Pularam em nós enquanto estávamos dormindo!", insistiu o homem alto, tentando esquivar-se do embaraço. "E lá está o ferro que tomaram de nós!" Ele apontou para a base do carvalho, onde jazia a corrente que deixara Indra curiosa, numa pilha deformada. "E vamos mesmo dividir quando vendermos, como prometi."

"Posso entender por que precisou de um bando para recuperá-la", disse o Peixeira, ainda não satisfeito em sua diversão. "Um par formidável, esses dois. Dá uma olhada neles! Foi a garotinha que quebrou seu braço, Pick? Imagino que o fedor do velho mendigo derrubou os outros dois."

Agora, os recém-chegados estavam rindo desbragadamente, o que serviu apenas para enfurecer mais o homem alto. Enquanto ralhavam entre si, Indra deu um passo para trás, mais próximo de Wulfric.

"Consegue lutar?", perguntou ela.

"Sim", respondeu ele. "Mas não vou."

Ela pareceu não entender.

"Quê?"

"Muito tempo atrás fiz um voto de nunca mais praticar violência contra outro ser humano."

"Que adorável da sua parte. Você compreende que esses homens querem nos fazer mal?"

"Sim. Você deveria correr."

"E você?"

Ele não respondeu; simplesmente ficou lá, parado. Indra balançou a cabeça, exasperada. Então, era um maluco, no fim das contas, apenas outro andarilho sem nem noção para se importar com a própria vida. E ela teria de fazer tudo sozinha. Correr? O simples pensamento fazia a fúria começar a se erguer da boca do estômago como bile. Nunca corria do perigo; ela passara a vida inteira correndo atrás dele.

Abaixou os olhos e viu o cajado onde o havia deixado, no mato baixo. Encaixou a ponta da bota onde ele estava e, com um giro de pé, levantou-o até a mão. O bando dos dez parecia ter resolvido suas diferenças, e o alto se afastou dos outros e foi até Indra, ficando bem diante dela, desafiador. Ela ergueu a voz, alta o suficiente para que todos escutassem.

"Não importa o que ouviu antes, este homem mentiu para vocês", disse ela, apontando com o cajado para o homem alto. "Nunca o roubamos... a corrente nunca foi dele. Foram trazidos aqui sob falsas acusações. Melhor seria dar meia-volta para a cidade."

"Ou o quê?", grunhiu o Peixeira. Como Indra suspeitava, não havia maneira de acalmar os homens. Quanto mais ela tentasse chamá-los à razão, mais exasperados ficariam. Era melhor terminar com aquilo de uma vez.

"Ou mostrarei como aqueles estúpidos se machucaram de verdade."

Dois passos atrás dela, Wulfric se viu novamente num conflito profundo. Nunca antes havia rompido seu juramento, prestado muito tempo atrás e forjado pelo fogo de sua vontade pelos últimos quinze anos: embora não pudesse sempre proteger os outros da violência perpetrada pela fera dentro de si, ao menos garantiu, como ser humano, nunca ferir outro, nem mesmo para se defender. Os espancamentos que às vezes sofria como consequência eram parte de sua penitência. Mas seu ano de isolamento evitara a questão — ele estava preparado para resistir e deixar a violência recair sobre outra pessoa? Uma inocente em perigo, apenas porque ela se levantou em seu auxílio?

Outro problema, de ordem mais prática, também lhe ocorreu. A corrente. Não estavam muito distantes da cidade, e havia mais daqueles rufiões para carregá-la. Não podia perdê-la, não tão perto da escuridão. Muitos mais que aqueles dez morreriam se ele a perdesse.

E a garota.

Havia restado poucas pessoas preciosas como ela no mundo, que arriscariam a vida para salvar um estranho. Sua consciência não permitiria que uma alma tão rara fosse sufocada por aqueles ali, os piores dos homens. Chegou a pensar em todas as formas de violência como maldade, mas a maldade maior seria ficar de braços cruzados e permitir que a escuridão engolisse aquele ponto de luz pequeno e brilhante.

Indra sentiu o movimento atrás de si e olhou para Wulfric, agora ao lado dela, seu olhar intenso sobre os homens que os confrontavam.

"Dê-me uma espada", disse ele.

"Pensei que não lutava."

"Prefere encará-los sozinha?"

Indra pensou por um momento. Talvez não fosse a melhor hora para questionar a mudança repentina de atitude. Girou o corpo, virando-se para que ele escolhesse entre as duas espadas embainhadas nas costas. Ele hesitou por um instante, estendeu a mão, quase delicadamente, e puxou uma delas.

Wulfric envolveu com firmeza o cabo. Percebeu, pelo peso e equilíbrio da espada, que era de qualidade, não a arma de um amador. Era leve; provavelmente havia sido feita sob medida para a garota, que era menor e mais ágil que ele. Mas, embora não fosse uma espada que teria escolhido para si, parecia familiar no manejo, tanto que o deixou perturbado. Era a primeira vez depois de mais de uma década que segurava uma arma, e ainda assim a espada parecia uma extensão de um braço que tinha apenas ficado entorpecido por um tempo e naquele momento voltava a funcionar. Odiava como aquilo era de sua natureza.

Os dez homens olharam para ele, satisfeitos. A visão daquele homem imundo e desgrenhado empunhando uma espada era ridícula. Parecia estar com medo de se cortar.

"Olha lá", disse o Peixeira, abrindo um sorriso e acenando com gozação para os outros lá atrás. "O velhote quer um pedaço da gente também."

Wulfric ergueu a espada e apontou-a para os homens.

"Vão embora", disse ele. "Ou morrem aqui."

Ele não urrou, mas ergueu a voz. Apenas o suficiente para ser claramente ouvido, sem mal-entendidos. Mas algo em seu tom fez cada homem hesitar. Poderiam realmente ter pensado duas vezes e se afastado, exceto o Peixeira, que estava bêbado e inflamado demais para ser dissuadido e se precipitou na direção de Indra com sua faca pequena e cega.

Indra girou e bateu com tudo na lateral do rosto do homem com o cajado, lançando-o ao chão para rolar na grama com a mão no rosto. A visão do homem caído atiçou os outros a atacarem, todos de uma vez. Indra e Wulfric afastaram-se para dar espaço um ao outro e avançaram.

O homem com os cassetetes foi o primeiro a morrer. Wulfric ergueu a espada e acertou-o no pescoço com a ponta da lâmina, abrindo-lhe a garganta. Quando o corpo caiu, dois homens pularam sobre Wulfric. Um foi recebido com uma cotovelada no queixo que o estilhaçou e arrancou a maioria dos dentes da frente; o outro deu um golpe pesado em Wulfric com um bastão retorcido. Wulfric desviou e desferiu um golpe com a espada de baixo para cima, sob o braço estendido do homem e fundo na axila, atravessando até perfurar o pescoço dele. O homem gorgolejou baixo, em seguida caiu quando Wulfric puxou de volta a espada.

Indra derrubou dois homens com o cajado e defendia uma série de golpes de um terceiro. Estava um passo mais lenta que de costume, tendo se posicionado para observar Wulfric de soslaio enquanto ele lutava.

Era impressionante. Não pelo fato de ele conseguir mesmo se defender — embora isso já fosse uma surpresa —, mas pela eficiência brutal. O primeiro homem tombara tão rápido que, no início, Indra pensara que ele apenas havia caído, percebendo que a garganta estava fendida somente quando chegou ao chão. Nem vira o movimento ágil da espada de Wulfric.

O segundo morrera de um jeito que ela nunca vira antes: um *riposte* letal que não deveria ser possível daquela posição. E ele era tão implacável quanto habilidoso. Indra passou anos aprendendo como se defender sem matar, usando força letal apenas quando necessário, mas aquele homem aparentemente não conhecia outra maneira. Para um homem que poucos momentos antes havia proclamado um voto de paz, ele...

Humpf. Indra sentiu uma dor repentina nas costelas. Por um instante distraída, permitira que o homem com quem lutava desferisse um golpe, que lhe tirou o ar e a fez recuar, cambaleando. Outro homem aproveitou a brecha e chegou até ela, e este era mais habilidoso do que parecia, fustigando-a com uma faca fina como agulha, astuto e rápido. Ela se defendeu, mas, com o primeiro homem ainda avançando com o bastão, era tudo que conseguia fazer para mantê-los sob controle. Não podia se dar o luxo de lutar pela metade. Se quisesse permanecer viva, precisava deixar a raiva entrar em jogo.

Soltou um grito e sacou a espada. Quando o homem com a faca a atacou, ela desviou e arrancou sua mão com um golpe certeiro. Ele gritou e cambaleou sobre ela, o sangue esguichando do pulso, e ela golpeou com a espada para a frente, enterrando-a na barriga. Enquanto o atravessava, o homem com o bastão chegou com uma pancada de cima para baixo. Teria sido fácil desviar para o lado, mas aquele homem com a espada atravessada estava segurando o pulso da garota com a mão remanescente, ainda vivo, ainda berrando. Ela não conseguia soltar a lâmina.

Com esforço, Indra girou e o pôs entre ela e o outro agressor para que o bastão atingisse o homem empalado com toda a força na cabeça. Por misericórdia, ele parou de gritar e soltou seu pulso. Assim que o corpo amoleceu e deslizou da lâmina, Indra avançou sobre o outro homem, perfurando-o bem acima da virilha. Ele berrou, em seguida caiu de cara no chão, contorcendo-se quando a garota recuou.

Wulfric estava lutando com um grandalhão que parecia pressioná-lo, ao menos por ora. Indra estava prestes a ir a seu auxílio quando sentiu algo atingir com tudo o peito. O chão desapareceu debaixo dos pés e, de repente, estava caída de costas, um homem com boca ensanguentada e sem dentes e um queixo horrivelmente torto em cima dela, socando-a. Conseguiu tirar sangue do nariz de Indra antes que ela pudesse erguer a espada e cravá-la sob a mandíbula pendurada. Ela empurrou para cima com as duas mãos e ouviu um estalo quando a espada não avançava mais. Os olhos do homem se reviraram, e ele tombou inerte sobre ela.

Rapidamente, ela rolou para longe dele e ficou em pé, livrando a espada. Ergueu os olhos e viu Wulfric partir ao meio a cabeça do homem com quem lutava. Três homens mortos aos pés dele, com outro avançando, agitando os braços loucamente com uma espécie de maça na mão.

Um dos homens que Indra havia derrubado agarrou sua coxa, tentando se levantar ou levá-la ao chão. Ela bateu com o cabo da espada na cabeça do agressor, e ele despencou, imóvel novamente. Depois, sentiu algo frio e pontiagudo contra a cabeça e, de repente, o mundo girou para longe dela. Cambaleou, zonza, e foi ao chão com tudo.

Sentiu o corpo batendo na terra, e por um momento quase encontrou a paz ali, com a grama úmida e fria contra a bochecha. Na sequência, foi erguida por trás, com braços enganchados ao redor dos cotovelos para mantê-los presos às costas. Quando foi levantada, lá estava o homem alto, com risada malévola, um pedaço de pedra manchado de sangue na mão boa. Soltou-o e se curvou para pegar a espada de Indra. A garota a perdera ao atingir o chão.

O porco apanhou sua espada.

Ainda zonza, a visão borrada, estava inconsciente ao ponto de liberar toda a raiva possível. Do contrário, certamente evitaria cuspir no rosto de um homem que segurava uma espada apontada para ela enquanto estava presa. Mas foi o que fez, o catarro espesso atingindo o homem alto entre o nariz e o lábio superior. Ele ficou parado por um momento, paralisado em sua descrença, e, em seu delírio, Indra gargalhou.

Sua gargalhada reacendeu a raiva do homem. Ele limpou o cuspe com o braço e então ergueu a ponta da espada até a garganta de Indra.

A garota jogou a cabeça para trás com violência e acertou o homem que a segurava pelos braços bem no nariz. Peixeira a soltou e cambaleou para trás, apalpando o rosto. Livre para ficar em pé, Indra percebeu o quanto ainda estava insegura. Zonza, avançou para agarrar a espada e, enquanto ela e o alto brigavam, viu Wulfric matar outro homem.

Quando o corpo diante dele despencou no chão, Wulfric olhou para Indra, que estava com problemas, lutando com o homem alto para retomar a espada. Não viu que o homem derrubado por Indra durante os primeiros momentos da escaramuça, aquele com a espada lascada, estava se levantando. Indra viu, avistou o homem chegando por trás de Wulfric e erguendo a espada para atacar. Abriu a boca para gritar e percebeu que não sabia seu nome, aquele homem estranho que sabia demais sobre a Ordem, que alegou ter renunciado à violência e que havia matado quatro pessoas com mais brutalidade e habilidade que ela jamais vira.

O tempo pareceu ficar lento e o som desaparecer aos poucos no silêncio. Indra ouviu a si mesma gritar "Atrás de você!" e viu Wulfric se virar, mas era tarde demais. O homem com a espada golpeou com tudo, acertando Wulfric exatamente onde havia mirado, na base do pescoço. A cabeça de Wulfric separou-se do corpo de uma vez quando a lâmina passou, o sangue esguichando do pescoço. Indra berrou, mas nada ouviu, o mundo agora um pesadelo silencioso. O corpo decapitado de Wulfric pareceu ter dado um passo adiante com hesitação antes de cair de joelhos e ir ao chão a poucos metros de onde a cabeça havia parado.

Indra olhou para baixo, horrorizada, quando o corpo de Wulfric se retorceu uma, duas vezes, e depois parou. Seu estômago revirou-se, enojado. Em seguida, sentiu outra pancada atrás da cabeça e, dessa vez, o mundo desapareceu por completo.

17

Indra não sabia quanto tempo havia ficado inconsciente, apenas que estava mais escuro que antes quando ela despertou, grogue. A luz do dia desaparecia em suas últimas ondas para logo dar lugar ao início da noite.

Piscou, tentando clarear a visão turva, e olhou ao redor. Ainda estava na clareira, não muito longe de onde havia caído. Os braços e ombros doíam, e a parte de trás da cabeça aguilhoava onde havia sido acertada duas vezes. Conseguia sentir que um tanto de cabelo estava preso à bochecha, grudado com sangue seco. Tentou erguer a mão e limpá-la, apenas para perceber por que os ombros doíam. Os braços estavam puxados para trás e presos pelos pulsos. Olhou ao redor o máximo que seus movimentos limitados permitiam e viu que estava sentada no chão, aos pés de uma árvore, e presa a ela por uma corda enrolada no torso. Fosse lá quem tivesse feito a amarração, a fizera bem; por mais que se debatesse, mal conseguia se mexer. Tentou ficar em pé, empurrar o corpo para cima, para ao menos se erguer, mas mesmo isso estava além de suas forças. Voltou ao chão, frustrada.

Os corpos ainda estavam lá, dos brutamontes que Indra e o homem que lutara com ela haviam matado na confusão. Nunca lutara ou vira uma batalha real, batalha militar, como aquela que seu pai lutara durante as guerras contra os nórdicos, mas das histórias que contava, ela conseguia imaginar que assim ficava o terreno marcado pela guerra. Corpos espalhados pelo chão, tão ensanguentados e destroçados que mal parecia possível que houvesse vida neles antes.

E, embora mal conseguisse aguentar a visão, notou que ele ainda estava lá também. Avistou apenas o suficiente para ver o corpo caído, a cabeça a poucos metros de distância, o chão manchado de preto com sangue secando. Como os outros corpos, a cabeça, drenada de toda a vida, mal parecia real: uma imitação pálida, com tom de cera, do que fora antes. Os olhos estavam arregalados com uma expressão lúgubre que permaneceria até a carne apodrecer no osso, mas felizmente aquele olhar não estava direcionado para Indra, mas para o céu que escurecia. Ela virou o rosto.

Já tinha visto mortos antes. Aquele era um estranho para ela; haviam se conhecido naquele dia e dividiram uma fogueira por um curto período, nada mais. Mas, embora ela mal o conhecesse, sentiu uma tristeza quase avassaladora ao ver o corpo ensanguentado e sem vida no chão. Tentou dizer a si mesma que era apenas o tormento de saber que os muitos mistérios sobre ele nunca seriam resolvidos. Mas no fundo sabia que era mais que apenas sua curiosidade insatisfeita. A dor profunda, pesada como ferro, vinha de saber que era um bom homem.

Não precisava conhecê-lo muito para ter certeza; de alguma forma, sabia por instinto. Em seu curto período juntos, vislumbrara uma vida que havia conspirado contra um homem decente, uma vida de indigência desgraçada e isolamento. Ver aquela vida terminar sem merecimento, simplesmente porque ficou ao lado dela contra um bando de valentões bêbados — onde estava a justiça naquilo ou em toda aquela situação? Onde estava Deus?

Era uma questão que fizera certa vez ao pai quando ele lhe ensinava história na infância. *Deus sempre traz a justiça àqueles que merecem, de um jeito ou de outro*, ele lhe dissera. Mas ao olhar de novo, mesmo sem querer, para o corpo decapitado, naquele manto deplorável, imundo de aniagem, pareceu-lhe que era apenas outra das mentiras de seu pai. Se Deus fosse real, tudo que fazia era observar com indiferença insensível. A única justiça em que conseguia confiar era naquela que fazia por si.

Ouviu vozes. Vinham detrás dela, onde não conseguia ver, mas ela as reconheceu.

"Dois dos meus melhores amigos foram mortos, os corpos ainda estão quentes ali! E você não quer fazer nada a respeito!" Era o Peixeira. Soava menos bêbado que antes, e muito mais nervoso.

"Use a cabeça!" A voz pertencia ao mais alto, que havia começado tudo aquilo lá na encruzilhada. Pick, alguém o chamou assim. "É a melhor maneira. Eu conheço um homem…"

"Ah, você conhece um homem, conhece um homem. Sempre conhece alguém! Fala, fala e é só isso que você faz, que merda! O sangue exige sangue, é por essa lei que vivemos!"

"Espere um pouco! É uma garotinha, e vistosa. Se não tiver ferimentos, o homem que conheço pagará bem por ela. Acredite em mim, por mais que o ferro valha, o preço dela seria o dobro! Ou podemos fazer do seu jeito e matá-la, e seus amigos e os meus terão morrido por muito menos."

Houve uma pausa.

"O dobro?"

"No mínimo."

Passos aproximaram-se. Peixeira entrou no campo de visão, seguido por Pick e Nariz Quebrado. Os únicos que sobreviveram dos dez. Peixeira olhou para ela. Estava carregando uma de suas espadas, enquanto Pick empunhava a outra.

"Olhe, ela está acordada." Ele a chutou na coxa, o suficiente para machucar.

"Sem ferimentos, eu disse!", protestou Pick, empurrando Peixeira pelo ombro. "Quer lucrar com isso ou não?"

Peixeira parecia pouco se importar. Olhou para Indra, amarrada e indefesa.

"Talvez tenha um jeito de ficarmos todos felizes", disse ele. "Eu a quero morta. Você, sem ferimentos. E se entregarmos ao seu camarada meio a meio?" Ele estalou os nós dos dedos. "Não vamos matá-la, apenas lhe dar uma bela surra. Suficiente para que se lembre por um bom tempo. Não vamos deixar nada permanente."

"Ela já está surrada demais", disse Pick. "Se piorar, o preço dela vai cair pela metade, no mínimo."

Peixeira encarou Pick com raiva, a expressão nos olhos e o tom gélido da voz transmitindo a forte impressão de que havia chegado aos limites de sua disposição de barganha.

"Então, vai ser metade."

Pick ergueu as mãos num gesto de capitulação e soltou um suspiro de resignação frustrada.

"Faça o que quiser. Mas lembre das minhas palavras: por isso que nunca vamos melhorar de vida."

Pick virou-se e se afastou, resmungando, e Peixeira agachou diante de Indra, fitando seus olhos.

"Você matou dois dos meus, incluindo um dos meus melhores amigos", disse ele. "Agora, vou me sentar ali, acender uma fogueira e preparar meu jantar. E depois volto aqui e mostro como estou infeliz. Você não vai gostar." Ele se inclinou para a frente, perto o bastante para Indra ver as manchas marrons e pretas dos dentes podres e sentir o cheiro de cerveja no hálito. Ela fez uma careta, mas não desviou o rosto. "Aproveite para pensar um pouco enquanto como."

Naquele momento, Indra não queria nada mais além de lhe dizer que, na confusão da escaramuça, ele se enganara: ela havia de fato matado três dos amigos idiotas e bêbados dele, não dois.

Pensou melhor. Encarou-o de volta com um olhar entorpecido, sem expressão, sem querer dar ao homem a satisfação de ver o medo começando a se formar em seu íntimo.

Peixeira levantou-se, limpou a roupa e se virou para ir até a clareira. Pick e Nariz Quebrado estavam por perto, dividindo um odre de cerveja que haviam trazido com eles para manter a coragem forte.

"Vou acender uma fogueira", disse Peixeira. Ele arrancou o odre de cerveja das mãos de Nariz Quebrado e deu um longo gole. "Podemos comer e descansar aqui à noite, voltando pela manhã."

"Talvez precisemos de mais ajuda para carregar aquela corrente de volta", disse Pick. "Três de nós tentamos. É mais pesada do que parece. E meu braço está quebrado."

"A garota vai ajudar, se souber o que é bom para ela", disse Peixeira quando começou a montar a fogueira. "E se precisarmos de mais gente, você vai até a cidade e busca uma ajuda. Deus tenha piedade, preciso pensar em tudo?" Ele olhou para os corpos espalhados. "Aqui, faça algo de útil... livre-se desses daí."

Pick piscou.

"Como?"

"Não os quero espalhados enquanto estiver comendo. Vão me tirar o apetite."

"O que vamos fazer com eles? Não podemos enterrá-los aqui!"

"Quem falou em enterrar? Só não quero ter de olhar para eles. Arraste-os lá para dentro da floresta."

Pick e Nariz Quebrado trocaram olhares. Pick apontou para a tipoia improvisada que segurava o braço quebrado e deu de ombros. Com um suspiro, Nariz Quebrado se arrastou até o corpo mais próximo, agarrou-o pelos tornozelos e começou a arrastá-lo até as árvores, os braços do morto deixando uma trilha na terra atrás dele. Quando a fogueira já estava boa e tremeluzindo, todos os sete mortos haviam sido removidos da clareira e depositados na escuridão além da fileira de árvores. Apenas o corpo de Wulfric permaneceu.

Nariz Quebrado agarrou o cadáver decapitado pelo pulso e, com algum esforço, puxou-o na direção das árvores. Era mais pesado do que parecia. Pick aqueceu as mãos no fogo e observou como Nariz Quebrado desapareceu na escuridão da floresta com o corpo e voltou sem ele momentos depois, limpando as mãos. Caminhou até a fogueira e plantou-se de costas ao lado dos outros. Peixeira tirou um pedaço de pão, meio velho, e partiu um pedaço para Nariz Quebrado, que o homenzarrão começou a comer ansiosamente. Pick estendeu a mão para seu pedaço, mas Peixeira olhou para a cabeça de Wulfric que ainda estava encarando o céu noturno, cercada por uma poça de sangue meio seco. Pick fez uma careta, mas Peixeira apenas cortou um pedaço de pão para si e engoliu-o de uma vez.

"Sempre foi um desgraçado preguiçoso, Pick", disse ele. "Quer sua parte, faça por merecer. Não me diga que não pode aguentar com aquilo, mesmo com um braço."

Pick soltou um suspiro exagerado e se levantou. Enquanto caminhava até o lugar onde a cabeça estava no chão, amaldiçoou-se por ter levado Ron para aquilo. Fora sua ideia, seu plano — Ron e seu bando de bêbados eram apenas uma ajuda contratada. E agora ali estava ele, recebendo ordens. Fora desse jeito por anos, sempre que se encontravam. Ron sempre era o sabichão, assumindo o controle, diminuindo-o. Bem, ele jurou que nunca mais. Assim que a corrente e a garota tivessem sido vendidas e seus bolsos recheados, cortaria a garganta de Ron com aquela peixeira estúpida e pegaria a parte dele para si. Pick conhecia bem o código de honra entre os ladrões; só nunca havia assinado. Como logo saberia Ron, o valentão, o usurpador, para sua imensa desvantagem.

Chegou à cabeça e hesitou. Não tinha estômago para essas coisas. A pior coisa que tinha visto antes daquele dia fora uma perna arrancada por acidente na altura do joelho pela roda de uma carroça. Sabia, claro, que o homem estava morto e que seus olhos, embora ainda abertos, estavam sem vida, voltados para o céu, mas, quando Pick abaixou o olhar, parecia que a cabeça o encarava diretamente.

Acabe com isso e pronto. Ele abaixou, agarrou a cabeça por um tufo de cabelo e ergueu-a do chão, surpreso com o peso. Partiu na direção das árvores onde Nariz Quebrado havia jogado os outros corpos. Lá, ele parou. Espreitou o véu preto denso e impenetrável da floresta adiante e se viu incapaz de dar mais um passo. Não queria se aventurar naquela escuridão, onde os mortos esperavam. Então, girou o braço e lançou a cabeça na direção das árvores e observou-a desaparecer no escuro. Ouviu o farfalhar dos galhos e o baque surdo suave da cabeça, aterrissando longe, e voltou para se sentar ao lado do fogo. Peixeira jogou para ele o que restava do pão com um desdém divertido.

"O que você pensou?", perguntou com um meneio de cabeça para a floresta. "Que os mortos levantariam para pegar você?"

Pick desviou os olhos, envergonhado.

"Está feito, não está? Deixe-me em paz."

Ele arrancou um pedaço do pão e começou a comer. Peixeira deu uma risadinha e olhou para Nariz Quebrado do outro lado da fogueira.

"Preocupado com fantasmas e monstros, esse daí", disse ele. Nariz Quebrado não disse nada, como era de costume. Peixeira bufou e tomou o restante da cerveja do odre. Olhou para onde a garota estava presa e percebeu que a cabeça havia caído para a frente, os longos cabelos castanhos cobrindo o rosto. Adormecera. Mas não por muito tempo. Ele esperaria a comida assentar, em seguida iria até lá e lhe faria a visita que prometera. Deitou-se no chão e olhou o cobertor de estrelas que já se tornara visível enquanto o céu anoitecia.

Ao lado da árvore, Indra trabalhava. A cabeça estava abaixada, os olhos fechados, mas não estava dormindo. A ilusão do sono talvez levasse os captores a prestar menos atenção nela, mas, mais que isso, ela não conseguia suportar olhá-los, e manter os olhos fechados ajudava a se concentrar na tarefa atual. Havia encontrado espaço suficiente nas amarras dos pulsos para curvar as mãos e começar a tatear com as unhas em busca do nó. Tinha avançado pouco até então, mas se continuasse tentando...

Precisava tentar. Não seria prêmio, troféu para esses homens. Morreria lutando antes de isso acontecer. Mas seria muito melhor se *eles* morressem. Assim que as mãos estivessem livres, poderia pegá-los de surpresa quando se aproximassem, pegar uma arma e, então, qualquer coisa seria possível. Se conseguisse fazer o maldito nó ceder apenas um pouco...

18

O céu ficou preto, e a floresta ao redor deles estava em silêncio. Peixeira ainda estava deitado, olhando preguiçosamente a lua. Nariz Quebrado, roncando baixinho, parecia ter caído no sono quando se sentou. Apenas Pick permanecia totalmente alerta. Sua atenção estava fixa na fileira de árvores, onde a clareira terminava e a escuridão da floresta começava.

Algo não estava certo. Ele se flagrou espreitando várias vezes as árvores onde os mortos haviam sido jogados, sentindo sons e sombras que ele acreditava, mas não muito, que eram reais. E ainda assim...

De repente, se levantou de uma vez. Nenhuma ilusão da mente podia explicar aquilo: algo se movera na escuridão além das árvores, algo largo que rompia com o denso tapete de plantas e arbustos que formavam o fundo da floresta. Ele ficou lá, paralisado, pelo que pareceu uma eternidade, observando, tentando ouvir qualquer outro sinal de movimento nas árvores.

Peixeira virou a cabeça e arrotou.

"O que houve?"

"Você ouviu aquilo?" Pick devolveu a pergunta sem tirar os olhos das árvores.

Peixeira ouviu por um momento.

"Não ouço nada."

Foi então que Pick percebeu a fonte da sensação estranha, perturbadora, que o assolava. Quando espreitou tudo ao redor, ouviu precisamente nada. Passara muitas noites na floresta para saber que sempre havia algo para ouvir. Uma floresta era viva, com inúmeras criaturas, muitas que saíam apenas à noite, que criavam uma tapeçaria constante de sons, mesmo na madrugada. Eram aqueles sons, a sensação de ser rodeado por milhares de coisas vivas, grandes e pequenas, que ofereciam conforto em noites como aquelas, dentro das florestas. Não importava o quanto a floresta fosse escura, nunca se estava sozinho nelas.

Naquele momento, havia nada. Nem o pipilar das árvores noturnas, tampouco o cricrilar dos insetos, nem mais nenhum outro animal da floresta. Havia apenas o silêncio — a ausência perfeita, ininterrupta de ruído que cobria tudo. Estavam sozinhos. Pick não conseguia imaginar como um lugar em geral tão fervilhante de vida podia de repente ficar sem nenhuma; seria necessário algo realmente anormal, realmente aterrorizante para fazer com que todas as coisas vivas fugissem.

Então, foi a vez de Peixeira se levantar. Nariz Quebrado, acordado de seu cochilo, virou-se sonolento para as árvores que os dois homens olhavam, desconfiados.

"Tudo bem, eu ouvi desta vez", disse Peixeira. "Acho que vi alguma coisa também."

Pick assentiu. Os dois viram. Uma figura preta, disforme, no mínimo do tamanho de um ser humano, havia se movido na escuridão adiante. Nas árvores, onde o luar não penetrava, já estava preto como breu, e Pick se perguntou como alguma coisa podia parecer ainda mais escura.

Peixeira avançou, ainda mantendo alguma distância das árvores.

"Estamos vendo você", gritou ele. "São cinco de nós aqui, e todos armados. Viu os homens mortos aí? São os últimos que nos provocaram. Dê meia-volta e vá embora."

Por um momento, a resposta foi o silêncio. E, em seguida, veio um grande estrondo da escuridão, e um grunhido profundo, gutural, que ecoou pela floresta, poderoso o suficiente para os três sentirem as vibrações na terra embaixo dos pés. As árvores tremeram, as copas sacudindo-se no ar noturno, e uma porção alvoroçada de folhas caiu no chão.

"Tudo bem", disse Peixeira quando recuou um passo. "Mas que diabos é isso?"

Do outro lado da clareira, na árvore à qual estava presa, Indra tentou não reagir para não atrair atenção para si. Mantendo a cabeça caída, ergueu os olhos e, através das mechas do cabelo castanho-opaco pendendo sobre o rosto, viu os três sequestradores com a atenção fixada em algumas árvores distantes do local em que estava. Talvez fosse sua chance. O nó que estava cutucando começara a se afrouxar — não o suficiente ainda, mas com os três distraídos podia lutar mais abertamente contra as amarras.

Estava motivada muito mais pelo que talvez estivesse espreitando na floresta do que por seu desejo de se libertar daqueles homens. Fosse o que os houvesse perturbado, teve o mesmo efeito nela. Sabia como viajar pela floresta em segurança, como identificar tudo que vivia lá observando, ouvindo e cheirando. Fosse lá o que espreitasse na escuridão, não era uma dessas coisas — o que deixava apenas uma temível possibilidade: que talvez tivesse passado a vida inteira sonhando com aquele momento, treinando duro para finalmente enfrentar uma abominação, apenas para, na hora apropriada, estar amarrada e indefesa...

Não, ela não permitiria aquilo. Lutou com todas as forças contra a corda que a atava; os captores estavam petrificados demais para perceber ou talvez se importar. Ela então girou o punho para afrouxar a corda um pouco mais e conseguiu livrar uma das mãos. Daí em diante, o resto foi fácil.

"Um urso?", perguntou-se Pick.

"Não tem urso por essas paragens", retrucou Peixeira, embora tivesse considerado o mesmo por um instante. O que mais podia ser tão grande? Cutucou Nariz Quebrado com o cotovelo, sem tirar os olhos das árvores onde a coisa se movia. "É melhor que você dê uma olhada."

Nariz Quebrado negou-se enfaticamente, balançando a cabeça.

"Acho que deveríamos ir embora", disse Pick. "Digo, neste momento, deveríamos ir embora."

"E sair disso sem nada? Nem pensar."

"Podemos voltar e buscar a corrente amanhã."

"Não vou sair daqui! Só para outra pessoa encontrar?"

"Mesmo se alguém encontrar, ainda teremos..." Quando conseguiu finalmente desviar os olhos da escuridão, percebeu que a garota havia desaparecido, a corda que a amarrava caída numa pilha ao redor da base da árvore.

"Merda."

Outro grunhido profundo, ominoso, chamou de volta sua atenção.

"Vamos todos", disse Peixeira, preparando-se. Relutantes, os dois outros assentiram. Pick e Peixeira, cada um com uma das espadas da garota, e Nariz Quebrado com seu bastão retorcido. Juntos, aproximaram-se da ponta da clareira, os sons da fera adiante, grunhindo e se mexendo na escuridão, ficando mais altos ao passo que se acercavam. Estavam tão próximos que não apenas podiam ouvir a coisa como também farejá-la. Todos pararam a poucos metros das árvores quando o odor violento os abalou. Pick levou a manga da camisa sobre o nariz e a boca; Nariz Quebrado teve ânsia de vômito, sentindo a bile na garganta.

"Em nome de Deus, que fedor é esse?", perguntou Pick, a voz abafada pela manga da camisa.

"Enxofre", disse Peixeira, que em sua juventude fora aprendiz de alquimista antes de sua vida tomar um rumo menos nobre. "Isso é enxofre."

Nariz Quebrado estreitou os olhos e aproximou-se.

"Eu acho", disse ele e, em seguida, algo escuro e úmido saiu da floresta, enrolou-se na cintura do homem e arrastou-o, sacudindo braços e pernas, para dentro da escuridão.

Peixeira e Pick saltaram para trás. Os gritos de Nariz Quebrado eram agudos, passando do terror à agonia, e uniram-se aos sons úmidos e nojentos de carne cedendo e ossos se quebrando, e o rosnado voraz e anormal da coisa que o pegara.

Os gritos pararam.

Depois de um momento de silêncio enervante, pedaços de carne encharcada de sangue foram lançados da escuridão, aterrissando diante de Peixeira e Pick — a metade do que restara de Nariz Quebrado, uma perna e dois braços partidos no joelho e nos cotovelos, sangue e entranhas escorrendo pela terra.

As árvores balançaram. E então a fera avançou, saiu da escuridão para dentro da clareira e à luz pálida da lua. Sacudiu a cabeça e soltou um ronco brusco, gutural, sua respiração quente fazendo subir fumaça no ar frio da noite.

Peixeira e Pick pararam diante dela com olhos arregalados, ambos boquiabertos e em terror silencioso, paralisado. Tinha no mínimo três vezes o tamanho deles e lembrava um besouro gigante, grotescamente malformado. Movia-se com lentidão sobre três pares de pernas espinhosas e ossudas, o corpo envolto numa carapaça dura que parecia uma casca de noz gigantesca, preta e oleosa. A coisa espreitou os dois homens com um conjunto de uma dúzia de olhos, de tamanho irregular, que reluziam à luz da lua. Embaixo daqueles olhos, um par de pinças denteadas, como garras, estalava como tesoura para a frente e para trás, escorrendo com saliva e sangue.

Por um momento, a fera ficou parada, observando os dois homens aterrorizados. Então escancarou a mandíbula, revelando um abismo preto com fileiras apinhadas de dentes longos e finos como agulhas, e soltou um chiado longo e ofegante, um som tão abominável que Pick instintivamente se virou e fugiu. Correndo mais rápido do que jamais fizera, percorreu talvez três metros de terreno antes de a longa língua brilhante do monstro estender-se e enlaçar sua perna como um sapo capturando um inseto. Pick foi ao chão, largou a espada, gritou e arranhou a terra com o braço bom enquanto a língua se retraía, arrastando-o na direção da bocarra do monstro. Enquanto era puxado gemendo diante da criatura, ela abaixou a cabeça e o tomou entre as pinças, depois o jogou no ar e pegou-o entre as mandíbulas.

Peixeira viu sua chance, com a criatura distraída enquanto se alimentava, e correu para salvar sua vida. Conseguiu atravessar a clareira aos trotes, olhando para trás até se aproximar das árvores e perceber, aliviado, que a criatura não o seguia. Mas teve de parar de uma vez: sentiu algo frio contra o peito, e se viu frente a frente com a garota que surgiu das sombras.

Ele olhou para baixo e viu o cabo da espada que Pick tirara dela cravada no meio do próprio peito, com uma saturação cada vez maior de sangue na camisa. Não conseguia ver a lâmina, pois ela o havia empalado — ou, melhor, ele se empalou. A garota havia simplesmente saído do esconderijo quando ele correu em disparada, olhando para trás, e estendeu a lâmina para encontrá-lo. O movimento dele ao avançar fizera o trabalho de enterrar a lâmina.

Indra observou o homem de perto quando a percepção da morte iminente começou. Ela não apreciava o sofrimento alheio, mas se permitiu a satisfação daquele momento — se não por ela, então pelo homem inocente que haviam assassinado apenas por tentar protegê-la. Então, quando os olhos de Peixeira se reviraram e a vida se esvaiu dele, Indra puxou a espada e deixou-o despencar no chão. Ela se curvou para tomar a outra espada da mão sem vida e, empunhando as duas, marchou para enfrentar o monstro.

19

Indra não considerou fugir do monstro, como os dois covardes tentaram, embora tivesse tido uma oportunidade muito melhor. Livre das amarras, ela observou, do esconderijo nas árvores do outro lado da clareira, quando a criatura matou um homem e, em seguida, emergiu da floresta para matar outro.

O simples tamanho e a monstruosidade da coisa fizeram Indra hesitar; mesmo depois de todos os estudos do Bestiário e de todas as histórias que ouvira, nada poderia tê-la preparado para o horror gélido de ver uma abominação em carne e osso. Mas não havia dedicado a vida a essa tarefa apenas para fugir no final. Tudo que precisava era de suas espadas, e havia recuperado as duas. Avançou a passos largos pela clareira, passando pela fogueira que faiscava, enquanto a grande fera preta com a língua salivante devorava o que havia restado de Pick. Notou a garota somente quando ela se aproximou mais, ombros encaixados, uma espada empunhada com firmeza em cada mão, marchando diretamente até o monstro com grande determinação.

Parou a poucos passos antes dele, as mãos apertadas no cabo das espadas com tanta força que os nós dos dedos começaram a esbranquiçar. Se a fera tinha três vezes o tamanho dos homens que havia matado, era ao menos quatro vezes o tamanho de Indra, e o jeito que se movia sugeria que pesava muito mais que isso. Ficava pequena ao lado do monstro, e a sombra que ele lançava a engolia por completo.

Por um breve momento, o absurdo de tudo aquilo despencou sobre Indra — era uma garotinha diante daquela criatura colossal, uma coisa formada e trazida ao mundo com o único objetivo de matar —, que estremeceu, até se lembrar de que tinha a vantagem. A fera era estúpida, não mais que um animal idiota, enquanto ela era treinada para ser uma arma primorosamente afiada. Seu objetivo também era singular. E fora criada para matar, como a criatura. Ergueu os olhos para a fera, encarando o punhado de olhos pretos e desalmados com uma resolução ferrenha.

"Vem", rosnou Indra.

A abominação inclinou a cabeça para ela, como se estivesse confusa. Provavelmente nunca havia encontrado um ser humano cuja reação não fosse fugir aterrorizado. Soltava um estranho som estalado, as mandíbulas fechando e abrindo enquanto a observava.

Indra estava ficando frustrada. Em seus devaneios de como seria seu confronto com uma abominação um dia, ela imaginou todos os cenários possíveis, e nenhum deles se passava dessa forma.

"*Vem!*", gritou Indra, seu tom de desafio inequívoco, e para garantir ela bateu as lâminas da espada com força suficiente para arrancar uma faísca. Algo pareceu funcionar, pois a fera de repente recuou, as pernas frontais cheias de espinhos agitaram-se loucamente, e soltou um grito agudo, penetrante. Por instinto, Indra afastou-se quando o monstro se ergueu diante dela e o tamanho completo da criatura ficou terrivelmente visível.

A coisa atacou. Sua língua insetívora voou na direção da garota, tentando agarrar seu braço, mas Indra rolou para o lado e se ergueu de novo, os olhos travados no inimigo. Ele avançou, com a perna frontal estendida, a garra de lâmina cortando como foice pelo ar — um golpe que certamente teria decepado a cabeça da garota se não se esquivasse com rapidez e contivesse o ataque da garra com a lâmina da espada.

A fera hesitou, grunhiu, aparentemente surpresa por a garota conseguir se mover com tamanha rapidez. Indra viu em seus olhos fixos e ficou encorajada. *Sim, é isso mesmo. Não sou mais uma de suas vítimas indefesas. Esta aqui vai revidar. Desta vez, você é a presa.*

A criatura andou de lado, rodeando Indra, pelo visto ainda mensurando aquela oponente estranhamente hábil e destemida. Ela acompanhou, passo a passo; as duas se rodeavam agora, uma dança. Indra usou cada momento para observar a fera com atenção, vendo a maneira como se movia, como trocava o peso do corpo, onde era rápida e onde era lenta. Os olhos percorriam a anatomia da fera, procurando os pontos macios e carnudos que uma espada poderia atravessar. Onde era o coração de uma coisa dessas? O cérebro era mesmo na cabeça? Às vezes, não era. Uma coisa que Indra havia aprendido nas inúmeras horas de estudo do Bestiário era que nenhuma abominação era exatamente igual a outra em termos anatômicos. Havia semelhanças entre aquelas de tipos parecidos, mas a que estava diante dela naquele momento não era de um tipo que conhecia. Como ela poderia...

A criatura avançou, num estrépito como de um búfalo gigante. E aí foi a vez de Indra saber como a coisa poderia ser enganosamente rápida quando saltava de uma posição parada. Indra atirou-se de um lado para abrir caminho, mas não fora tão rápida; o casco duro da fera a abalroou quando passou. A força do impacto ergueu-a do chão e lançou-a muitos metros pelo ar antes de ela aterrissar num emaranhado de membros na terra. Havia perdido uma das espadas quando caiu, mas a recuperou assim que se ergueu, cambaleando por um momento até se equilibrar. Embora tivesse escapado de ser atropelada, o que certamente a teria matado, mesmo o golpe de raspão do monstro a atingira com a força de uma carroça em fuga. Seu flanco doía, e ela tocou as costelas, imaginando se algo havia se quebrado.

A fera parou e deu meia-volta. Indra percebeu que fazia isso lentamente e com dificuldade, as pernas movendo-se desajeitadamente ao girar o corpo no eixo para que ela a encarasse de novo. Aí estava uma vantagem: a fera era rápida e poderosa num ataque frontal e podia andar de lado facilmente, mas não se virava com a mesma facilidade. Era algo que Indra poderia usar. Se conseguisse ficar atrás do monstro...

A fera avançou sobre ela de novo, mas parecia ter aprendido a lição e não se lançou num ataque estrondoso. Em vez disso, ficou à distância do ataque e golpeou com a garra. Indra desviou-a com a espada e saltou de lado, tentando rodear a coisa a uma curta distância.

Como esperava, a fera não conseguia se virar com velocidade suficiente para continuar encarando-a, e Indra foi presenteada com um espaço livre de ataque. Puxou a espada para trás e golpeou com toda a força; o impacto arrancou faíscas, mas a lâmina foi defletida sem causar dano à carapaça da fera, apenas um mero arranhão. Era como se tivesse tentado cortar um rochedo.

Enquanto a força trepidante do impacto reverberava em seu braço, a fera continuava a se virar na direção dela, e como não estava bem alinhada para um ataque frontal, soltou um golpe largo com a pinça e atingiu-a indiretamente no ombro direito. Indra berrou e soltou a espada que estava segurando na mão direita. Sem tempo para recuperá-la, foi forçada a recuar quando a fera a encarou de novo e lançou o ataque. A língua voou e enrolou-se no pulso esquerdo da garota. Indra tentou se safar, mas a coisa era forte demais, puxando seu braço para frente quando começou a arrastá-la para si.

    A garota passou a espada da mão enlaçada para a mão livre, mas, quando tentou erguê-la para cortar a língua e se livrar, foi recebida com uma faísca aguda de dor excruciante que subiu pelo braço direito. Algo em seu ombro ficara muito ferido com o golpe indireto; o braço não se moveria sem causar agonia. Mas quando a fera a puxou para mais perto de sua boca escancarada, soube que não tinha escolha. Uivando pela dor incandescente, desceu com a espada com o máximo de força que pôde. Não foi suficiente para cortar a língua, mas o corte profundo fez jorrar sangue preto e que a fera emitisse um urro de dor, e então a soltasse.

    Quando Indra recuou, ouviu algo como toucinho fritando em frigideira. Olhou para baixo e viu que a saliva da fera estava dissolvendo sua mitene de couro. O braço direito estava inutilizado, então ela abriu a presilha da luva com os dentes e sacudiu a mão para se livrar dela. A fera ainda estava berrando e batendo os pés em fúria, a língua lacerada retraída para dentro da boca. Indra levou a mão ao ombro e se contorceu com a dor que sentiu ali. Tinha certeza de que havia deslocado o braço, agora inútil. Ou seja, os dois estavam feridos. A diferença era que ela estava cada vez mais cansada e menos capaz de lutar, enquanto o pequeno ferimento que a fera sofrera parecia ter servido apenas para enraivecê-la ainda mais.

    Ela não fugiria; nunca fugiria. Nem podia continuar lutando daquele jeito por muito tempo. Já estava sem um braço bom, e a fera era muito resiliente, muito poderosa. A única chance agora era arriscar tudo num ataque derradeiro, forçar aquela coisa para o terreno desconhecido de defender-se e, se desse certo, desferir o golpe mortal — ou morrer tentando. Não era tola; em todos os anos de sonho, treinamento e preparação para aquele momento, sempre soubera que sua morte era o resultado mais provável. Sempre que aquela voz interna e indesejada surgia para insultá-la com esse pensamento, Indra ficava petrificada pelo pânico sufocante. Mas agora que encarava a realidade, ela o fazia sem medo. Se fosse para morrer, seria lutando até o fim, pela busca à qual devotara a vida. Mesmo que morresse, o monstro não veria medo, mas sim resistência em seus olhos. Ela saberia — e a criatura saberia — que não era uma vítima.

Avançou, o corpo numa posição oblíqua para manter o ombro ferido na retaguarda, com o braço bom para o alto e soltando um grito de guerra tão apavorante que mesmo a fera parecia ter ficado pasma com ele. Por um momento, a criatura ficou paralisada enquanto a garota corria na sua direção, em seguida escancarou a boca, soltou seu rugido e se lançou para enfrentá-la.

Quando convergiram no centro da clareira, Indra e a criatura, a garota escorregou no chão e deslizou sob a fera, erguendo a espada, a lâmina raspando a enorme barriga do monstro enquanto a abominação corria na direção de sua oponente. Indra ouviu o animal berrando, em seguida se levantou aos tropeços e observou quando ele tentou se virar para trás. Estava mancando, cambaia, e ela conseguia ver o sangue preto pingando na grama pisoteada. Olhou a espada e viu a lâmina respingada com o líquido. Como esperava, havia perfurado a barriga macia e desprotegida da fera. Naquele momento estava realmente ferida, não o suficiente a ponto de morrer, mas o bastante para mancar, sentir dor verdadeira, ter sua capacidade de luta diminuída. Agora, talvez...

A língua avançou de novo. Indra, pega de surpresa por não estar esperando um contra-ataque da fera tão rapidamente depois de um ferimento grave, conseguiu apenas se esquivar, jogando-se de lado no chão, batendo o ombro dolorido. Ela gemeu e rolou imediatamente de costas para aliviar a dor.

A fera cambaleou lentamente em sua direção, deixando atrás de si um rastro de sangue.

Embora estivesse vacilante, a visão obscurecida por uma neblina de pontos brilhantes, tremeluzentes, que se avivavam a cada nova pontada de dor no ombro, Indra olhou para a outra espada no chão, caída onde ela a havia soltado. De alguma forma, ainda mantinha uma delas. Se tivesse de novo as duas...

Ela estendeu a mão; o cabo estava a menos de trinta centímetros da ponta dos dedos. A garota arranhou o chão e se arrastou para mais perto, mas, quando a alcançou e fechou a mão ao redor da empunhadura, sentiu um golpe no estômago, como o coice de um cavalo. O mundo girou e ela buscou fôlego ao mesmo tempo que tentava se sentar. Tentou se orientar, no entanto conseguia apenas ver as estrelas espalhadas no céu. Em seguida, até elas desapareceram quando a grande massa preta da fera apareceu e ficou sobre ela.

Uma das garras da criatura prendeu o pulso de Indra, forçando-o contra o solo, e obrigado-a a soltar a espada. Agora estava desarmada e indefesa, presa sob o monstro, numa posição que acabava com as chances de Indra escapar.

Tateou em busca da outra espada esticando o braço ferido, mas o membro não respondia, e, por segurança, o monstro a chutou para longe na clareira com um giro de perna. Em seguida, inclinou-se bem perto, perto o bastante para Indra sentir o bafo quente no rosto.

Então era assim que ela morreria.

A certeza disso veio quase como um alívio; ela percebeu naquele momento que o medo da morte ficava apenas na ansiedade de quando e como aconteceria. Quando se mostrou certa, inevitável, tudo que restava era aceitá-la e morrer bem. E assim Indra se permitiu relaxar o corpo, recusando-se a dar à fera a satisfação de uma luta ou do mais leve indício de desespero ou medo.

A criatura se inclinou ainda mais perto, agora a poucos centímetros da garota. Ela olhou para o conjunto horrendo de olhos úmidos, bulbosos, e se viu refletida dezenas de vezes nele. *Era estranhamente bonito*, pensou ela, *ver-se daquele jeito, cada um dos reflexos de um tamanho diferente, cada qual uma distorção convexa perfeita, como uma porção de espelhos pretos esféricos.* Mais que outra coisa, ela estava satisfeita em não ver em si nenhum traço de medo. A certeza da morte trouxera-lhe uma noção morna e reconfortante de tranquilidade. O exato conceito de medo pareceu, naquele instante, uma coisa alheia, até absurda. Embora sua vida não passasse diante dos olhos, como ouvira outros dizerem, ela se viu pensando nos tempos passados, quando permitira que o medo ou o receio reduzisse ou dificultasse suas ambições, ou vira isso acontecer com outros. *Que desperdício terrível é ficar com medo*, pensou ela.

A fera pressionou com força ainda maior o braço com sua garra — Indra não conseguiu evitar e arfou de dor — e escancarou a boca com um chiado ofegante, expondo as fileiras de dentes finos como agulhas, a saliva correndo por eles em fios longos, formando bolhas. Indra fechou os olhos, preparando-se para o fim... e então a boca da fera voltou a se fechar.

Indra abriu os olhos para ver a cara odiosa ainda cobrindo a visão, tão próxima que conseguia sentir os pelos grossos e ásperos que brotavam dela e raspavam sua pele. As pinças remexiam-se e faziam um ruído como um porco chafurdando na lama, farejando-a, em seguida o monstro afastou a cabeça e balançou-a, como se desorientado, confuso. Estalou os dentes e as garras, a cabeça girando furiosamente, incomodada por alguma sensação enlouquecedora que estava além da percepção de Indra. Em seguida, recuou com um rugido agoniado, erguendo a pata que a prendia no chão e libertando-a enquanto batia em retirada, gemendo em desespero e rangendo os dentes.

A garota reuniu forças nas pernas e se afastou, empurrando-se para trás, plantando a mão boa no chão e erguendo-se cambaleante, observando a fera o tempo todo. Ela batia os pés e golpeava cegamente, combatendo algum inimigo invisível através da bruma de atordoamento e fúria desgovernada. Depois, com um uivo final estridente, tão cheio de tormento que por um breve momento Indra teve pena de verdade, a fera virou-se e fugiu, ainda mancando e sangrando quando mergulhou na floresta. Indra parou e observou as árvores sacudindo e os galhos estalando quando a fera voltou a ser sombra na escuridão, o som de sua retirada ficando cada vez mais leve até finalmente desaparecer.

Indra estacou por um momento, no meio da clareira, o silêncio perfeito da floresta voltando a se arranjar ao redor dela. Tudo que havia restado era o som de sua respiração ofegante enquanto o peito subia e descia. E tão rapidamente quanto a calma externa voltava, a interna, que permitira que Indra encarasse a morte sem medo, desapareceu, substituída pela noção avassaladora de pânico que se infiltrava em cada poro. Sem pensar ou raciocinar, ela se virou e fugiu, o mais rápido que seu corpo escoriado e dolorido conseguiu. Indra avançou por dentro da floresta fechada sem ralentar o passo, os galhos chicoteando-a e arranhando seu rosto, mas sem reduzir a velocidade, enquanto o coração palpitava de modo ensurdecedor no peito, e ela correu, correu e correu.

20

Wulfric acordou como fazia todas as manhãs, nu e meio enterrado numa pilha de cinzas pretas fumegantes que fediam a enxofre. Sentou-se com um grunhido, cada músculo do corpo dolorido, cada osso retinindo como um diapasão trêmulo. Passava pouco da aurora, a floresta ainda coberta pela bruma da manhã, a luz do sol caindo através das árvores numa cerração cinza embotada.

O frio era amargo, mas ao menos o ar estava seco. Wulfric passou os dedos pelo cabelo para soltar as cinzas, então, preparando-se para a dor, levantou-se e tirou do corpo o máximo que podia, flocos cinzentos caindo como neve alvoroçada sendo carregada pelo vento.

Ele olhou ao redor, tentando se situar. Precisava encontrar o caminho até a clareira e recuperar a corrente. Esperava também encontrar seu manto; perambular pelo interior nu no tempo frio não era atraente, tampouco servia para sua intenção de chamar o mínimo de atenção para si. Mas a corrente era o mais importante. A fera teve muitas noites de liberdade — embora na última noite não pudesse ser impedida —, e ele não permitiria mais outra.

Seu estômago gorgolejou e roncou. Estava faminto. Apenas outro detalhe pequeno, mas punitivo, da maldição odiosa de Aethelred: mesmo quando a fera se alimentava, como fizera na noite passada, Wulfric sempre acordava faminto. Mas haveria tempo suficiente para buscar comida assim que estivesse vestido e capaz de se prender mais uma vez.

Pôs a mão na barriga numa tentativa vã de acalmar o estômago e percebeu que a pele estava áspera e dolorida. Olhou para baixo e viu uma cicatriz longa e denteada que vinha de pouco acima da genitália até o esterno. Prova de um ferimento aparentemente fundo e sério, parecia relativamente fresco, mas já prestes a se curar. Wulfric não conseguia entender. Não lembrava de ter nenhum ferimento, e, mesmo se tivesse, o corpo era refeito integralmente a cada manhã depois de a fera partir.

Sua memória lhe pregava uma peça? Certamente suas lembranças do pesadelo acordado que compartilhava com a fera estavam confusas e opacas, mais que de costume. Lembrava-se, com clareza suficiente, de ter matado dois homens, ou ao menos de observar sem poder fazer nada enquanto a fera dentro da qual sua consciência ficava aprisionada os matava. Essa distinção pouco importava para ele; considerava-se responsável por todas as mortes do mesmo jeito. Não se lembrava do destino do terceiro homem, mas sim da garota avançando na direção da fera, como ninguém havia feito antes, ficando na sua frente, desafiadora, e batendo as espadas. Provocando-a para a luta.

Ele se flagrou questionando se aquilo havia mesmo acontecido ou se foi alguma mentira de seu estado de sonho brumoso e recordado pela metade. Tudo que sabia com certeza era que tudo depois foi um borrão, uma azáfama de imagens desconexas e sensações confusas. Tocou a barriga de novo, lembrando-se de uma dor aguda ali, embora não conseguisse se lembrar da causa. Lembrou-se da sensação de fúria crescente e sede de sangue da consciência da fera, como sempre lembrava, e de reunir toda a sua vontade numa tentativa desesperada de suprimi-la, embora ele tivesse confirmado repetidamente que todos os seus esforços de parar a fera eram inúteis.

Mas, em algum lugar, no meio daquela cacofonia opressiva, houve... alguma coisa. Alguma emoção que naquele momento lhe parecia mais vaga e onírica do que todas que a cercavam, tão distante que ele não conseguia localizá-la. Ainda assim, no momento, ele a sentiu mais aguçada que todas as outras, e por um breve instante ele a protegeu, deixou-o imune ao ódio horrível e à fúria da fera.

Era uma sensação estranhamente familiar, e ele lutou para se lembrar por que era daquele jeito. Era...

Ele afastou o pensamento; isso o confundia, e, além disso, não importava. O que importava era que a garota com certeza estava morta. Ninguém tivera um contato tão próximo com a fera e sobrevivera; a única variável era a maneira como morriam. Às vezes, a criatura agia piedosamente rápido; em outras, era maligna e observava as vítimas sofrendo. Por mais aventureira e segura demais de si num mundo tão perigoso como aquele, Indra era nobre e tinha bom coração, e ele gostava dela. Desprezava-se por ter falhado em encontrar forças para salvá-la. Apenas mais uma alma para carregar pelo resto de seus dias, um fardo maior do que a corrente jamais seria.

A corrente. Ele não podia mais perder tempo para encontrá-la.

As pegadas da fera deixadas no chão da floresta forneciam tudo que precisava para encontrar o caminho de volta à clareira. Mas, manchando o chão da floresta e as folhas de samambaias e outras plantas ao redor, também havia um rastro de sangue preto como breu. Wulfric tocou a mão numa mancha e aproximou-a para examinar o fluído fedorento e viscoso que se estendia entre os dedos como uma teia de aranha oleosa.

Nunca tinha visto o sangue da fera antes, mas tinha visto o sangue de muitas outras — não havia nenhuma dúvida. Wulfric imaginou como a criatura pôde ter sido ferida, tentando se lembrar, mas sem conseguir se recordar de nada. E sentiu o estômago de novo e percebeu de onde vinha a cicatriz. Parecia que o ferimento da fera, por mais que ela tivesse sofrido, de alguma forma afetara mais que apenas a própria fera. De algum jeito, havia afetado o próprio Wulfric.

Tinha muito em que pensar. Ele caminhou, levando a mão ao queixo distraidamente e tocando o pescoço, onde a espada o havia cortado, decapitando-o. Inclinou a cabeça de um lado para o outro, como se tentasse se livrar de um torcicolo. Não havia cicatriz, nem sinal de ferimento, mas aquela parte dele era a que mais doía.

—— · ◆ · ——

Indra estava tentando avançar através de uma área especialmente selvagem e cheia de samambaias.

Na noite anterior, havia corrido sem parar ou mesmo sem reduzir a velocidade por mais de dois quilômetros até o pânico finalmente ceder e ela cair, exausta, ao lado de uma árvore e adormecer. Quando acordou, percebeu que estava totalmente perdida. E por mais que odiasse a ideia de voltar à clareira e a tudo aquilo que havia transcorrido lá, precisava recuperar as espadas. Sentia-se nua sem elas. Atravessar aquela floresta desgraçada seria muito mais fácil com uma lâmina para abrir uma picada, mas ela também esperava que a abominação ainda estivesse por perto. Ela a ferira — não o suficiente para matá-la, mas talvez o suficiente a ponto de impedir que fugisse para muito longe. Não conseguia compreender por que o monstro não a matara quando teve chance, mas tinha certeza de que não poderia contar com tal sorte uma segunda vez. Caso se deparasse com a fera de novo, precisaria estar armada e pronta.

Quando... e não caso, corrigiu-se, pois nada naquele primeiro encontro a desviara de sua missão. Se algo mudara, foi o fato de ter ficado ainda mais encorajada que nunca. A fera a derrotara, sim, mas estava muito aquém do seu melhor naquele instante, já ferida e zonza pela luta com aqueles brutamontes bêbados. As coisas seriam diferentes da próxima vez. A fera estava machucada, e Indra aprendera muito sobre ela. Sabia como se movia, como atacava, onde era vulnerável, como fazê-la sangrar. Da próxima vez, as chances estariam a seu favor.

Mas primeiro precisava de suas armas, e não tinha ideia de onde encontrá-las. A floresta parecia bem diferente à luz do dia, e ela havia fugido da clareira tão aterrorizada que não tinha ideia de como voltar. Perambulara por mais de uma hora e, por tudo que sabia, não estava nem perto de quando havia começado.

Parou para respirar e se recompor, pois conseguia sentir a frustração aumentando com a falta de progresso. Parte do que reduzia sua velocidade, ela sabia, era seu ferimento. Fora acordada pela dor poderosa e latejante no ombro, e quando testou o braço foi recompensada com uma pontada que parecia a punhalada de uma agulha quente. Possivelmente sentia mais dor que na noite anterior; não havia dúvida de que o ombro estava fora do lugar e teria de ser encaixado se quisesse usar o braço de novo.

Sabia muito bem como fazê-lo, por ter assistido ao procedimento realizado em iniciados que haviam sido feridos em treinamento de combate, mas estava protelando. Aqueles que suportaram ter o ombro recolocado no lugar disseram que a dor é pior do que a contusão inicial, o que ela considerava difícil de imaginar no momento. Era aquele pensamento que a impedia de encarar o que precisava ser feito, mas a dor persistente, incômoda, estava ficando cada vez pior, como a frustração por ter de atravessar o mato alto da floresta densa com uma só mão. Não poderia mais postergar.

Encontrou uma árvore grossa e forte. Quando vira o procedimento sendo feito na arena de treinos, fora contra um poste de madeira, mas ali teria de se virar com o que tinha. Ficou de frente para a árvore, a postura levemente encurvada, e alinhou o ombro ferido contra ela. Girando a cintura, levou o ombro lentamente para a frente até tocar de leve a casca da árvore — um giro de treino para garantir que ela faria um bom contato. Ainda assim, hesitou. E se estivesse lembrando errado? E se houvesse algum truque sutil que tivesse esquecido? Fazia tanto tempo que vira aquilo sendo feito, e nem fora tão de perto, mas a muitos metros de distância. Se não fizesse da maneira correta, poderia piorar o ferimento e danificar o braço em caráter permanente.

Ela suspirou, sabendo que não tinha opção. Olhou para o chão, encontrou um pedaço de galho quebrado e encaixou-o entre os dentes, mordendo com força. Outra pausa, então finalmente puxou o ombro para trás e bateu-o com toda a força contra a árvore. Quando a dor percorreu seu corpo, ela mordeu o galho tão forte que o estilhaçou entre os dentes.

Indra cambaleou para trás, cuspindo o galho quebrado e, finalmente, soltou um grito que espantou os pássaros nas copas das árvores. Os olhos marejaram quando se inclinou para a frente, respirando fundo e imaginando se vomitaria. Mas a náusea passou logo e quando a dor começou a diminuir, Indra tentou flexionar o braço. Ela descobriu, para seu grande alívio, que podia movê-lo quase normalmente, com apenas uma dor embotada. Funcionou. Arqueou as costas e olhou para o céu, entre as copas trêmulas das árvores, tirando um momento para desfrutar daquela pequena vitória, e cuspiu uns restos pequenos de lascas de madeira que ainda estavam na língua.

E então ela se virou, observando a floresta que a cercava. Estava tão perdida quanto antes, todas as direções iguais.

Quando ouviu o estalar de um galho atrás de si, virou-se bruscamente de prontidão. A floresta estava em perfeito silêncio. O primeiro pensamento foi na abominação, embora tivesse quase certeza de que uma fera daquele tamanho e peso não poderia persegui-la por um terreno como aquele sem ser notada. Mas não era o único predador que poderia ser encontrado nas profundas dessa floresta. Não se sentiria segura de novo até estar armada. Naquele ritmo, talvez escurecesse de novo antes que ela...

Ouviu outro som, de cima, e ergueu os olhos. Era Venator, encarapitado numa árvore. Ele abriu as asas contra a luz do sol, e Indra sorriu pela primeira vez em dias. Não conseguia se lembrar de ter uma visão tão feliz como aquela. Entusiasmada, ergueu o braço para ele aterrissar e o chamou.

O falcão desceu da árvore, mas voou bem acima dela, pousando em outra árvore a uma curta distância. Olhou para Indra e soltou um grasnado que a garota aprendera a identificar. Queria que o seguisse. Ela poderia estar perdida naquela floresta, mas Venator nunca estaria. Sabia o caminho de volta.

O falcão estendeu as asas e voou de novo, pairando entre as árvores. Com energia renovada, Indra seguiu atrás dele.

―――・◆・―――

Wulfric chegou à clareira depois de seguir por quase um quilômetro a trilha de sangue e folhagem pisoteada. Ao que parecia, a fera não avançara muito antes de sucumbir ao sono que a faria desaparecer do mundo por mais um dia. Talvez tivesse sido refreada pelo machucado, considerou Wulfric, apenas para imaginar de novo quem ou o que teria infligido aquele ferimento. Em quinze anos de terrores noturnos, Wulfric testemunhara incontáveis homens e mulheres. Alguns morriam indefesos, enquanto outros tentavam, desesperadamente, se defender. Outros estavam até armados, mas nenhuma vez Wulfric se lembrava de a fera sair com mais que um arranhão. Com o tempo, ele começou a se perguntar se ela podia ser ferida. Anos de experiência levaram-no a concluir que não, mas, quando seguira a trilha de sangue da fera, pela primeira vez encontrou motivo para acreditar no contrário. O que talvez significasse para a fera, e para ele...

Não se deteve mais naquilo; não era hora para voos de imaginação. Estava acostumado a pensar apenas de um cair da noite para o próximo. Sua única preocupação a cada dia era garantir que a fera estivesse presa a cada noite. Por isso precisava da corrente.

Na clareira, as poças de sangue coagulado na grama onde na noite anterior os corpos dos mortos haviam caído eram um lembrete sombrio não apenas daqueles que a fera havia matado, mas daqueles cuja vida Wulfric havia tirado voluntariamente, com as próprias mãos. Um voto solene quebrado depois de quinze anos. Também tirou aquele pensamento da cabeça. A corrente. A corrente era tudo que importava.

Ele exalou, um suspiro de alívio. Estava lá, numa pilha ao lado das cinzas da fogueira da noite anterior, bem onde a havia deixado. Foi até lá, a passos rápidos, e ajoelhou-se para examiná-la mais de perto, ainda mais aliviado em ver que estava intacta. Apenas naquele momento, com a preocupação mais urgente do dia arrancada da mente, começou a se importar com o fato de que ainda estava nu, dos pés à cabeça, seu corpo coberto apenas com o resíduo preto e imundo da fera.

Levantou-se e procurou o manto, mas não o encontrou em lugar algum. Ocorrera-lhe que tampouco os corpos da maioria dos homens que assassinados na noite anterior. Havia um por perto, aquele que ameaçava a garota. Sangrara até a morte com um ferimento de espada bem no meio do peito. Do outro lado da clareira estava o que restava do grandalhão com peito de barril, cortado em dois, as entranhas pendendo de cada metade rasgada e ensanguentada do corpo, um banquete para pássaros carniceiros que desceriam das árvores para bicá-las. Dos outros, no entanto, nem sinal. Wulfric se perguntou que fim haviam levado até perceber manchas de sangue que formavam uma trilha que ia dos mortos caídos até dentro da floresta. Alguém arrastara os corpos até lá. O motivo ele não conseguia imaginar, mas soube naquele momento onde poderia encontrar seu manto.

Seguiu a trilha até a fileira de árvores e uns poucos metros além, onde encontrou os corpos dos homens desaparecidos jogados entre os arbustos. Supondo que seu corpo havia sido arrastado até ali também, caçou seu manto, encarando o rosto dos mortos enquanto procurava, separando aqueles que havia matado daqueles que a garota assassinara, e pensando como havia ficado surpreso com a destreza dela em batalha. Talvez seu preconceito o levara a não esperar muito de uma simples garota, apesar do jeito que ela falava e se portava. Além de toda a coragem que havia mostrado, tinha habilidades compatíveis. Era ágil, rápida e precisa, e, mais que qualquer coisa, tinha o instinto de uma assassina genuína, muito parecida com ele antes de ter renunciado à espada.

Não havia sinal do corpo da garota na clareira com os outros, apenas suas duas espadas no chão. A fera devia tê-la devorado inteira. O pensamento causou-lhe uma grande dor. Saber que era uma iniciada da Ordem, que procurava por escolha própria a fera, não melhorava em nada. Tentou lembrar seu nome, pois certamente a garota lhe dissera, e ele se odiava por não conseguir. Não entendia a razão, apenas sabia que ela merecia um destino melhor do que ser apenas outra vítima sem nome da fera — *dele*.

Encontrou o manto caído sobre o mato alto e o apanhou. Limpou a terra solta e as folhas do tecido. Estava úmido por ter ficado no sereno sobre o chão molhado, mas secaria. O problema maior, Wulfric viu quando o examinou, era que estava mais surrado e rasgado que nunca. Um rasgo grande corria de um lado, sem dúvida causado pela premência da fera para sair do corpo decapitado de Wulfric enquanto o manto ainda estava nele. Aquilo teria de ser remendado, o que significava ir até outra cidade ou vilarejo, implorar outro favor. Por ora, faria o que desse. Jogou o manto ao redor do corpo e, em seguida, voltou pelas árvores até a clareira para começar a tarefa trabalhosa de enrolar a corrente.

Estava agachado ao lado da pilha de corrente enrolada e começou a desenrolá-la quando ouviu atrás de si o estalar de um galho e virou naquela direção. A poucos metros, às margens da clareira, estava a garota, que acabara de sair do meio das árvores. Quando Wulfric olhou para ela, seu nome de repente veio à mente. *Indra*.

Ela não falou palavra, nem se moveu um centímetro. Apenas ficou lá, perfeitamente parada, encarando-o como se ele fosse um fantasma.

21

Por um bom tempo, houve apenas o som de uma brisa suave sussurrando na copa das árvores. Wulfric ficou tão surpreso em ver Indra como ela claramente ficou ao vê-lo. Como pôde ter sobrevivido à fera? Não havia possibilidade que pudesse imaginar na qual fosse possível. Não poderia tê-la combatido, nem escapado dela; ninguém que chegara tão perto havia conseguido.

Lentamente, Wulfric se levantou. Aquilo tirou Indra do lugar onde estava enraizada. Ela correu para a esquerda, onde uma de suas espadas jazia na grama irregular, apanhou a arma e a estendeu na defensiva, na direção de Wulfric, embora ele estivesse desarmado e a quase dez metros de distância.

Wulfric ergueu as mãos levemente para acalmá-la e indicar que não era uma ameaça, mas Indra não parecia tranquilizada de forma alguma. Quando Wulfric examinou-a mais atentamente, percebeu que o braço da espada tremia. Levou alguns instantes até ela engolir em seco e romper o silêncio entre eles.

"Como pode estar vivo?"

Wulfric hesitou, incerto do que dizer. A garota presenciara sua decapitação bem diante de si, atinou ele. Em todo o caos e confusão da noite, havia esquecido desse pequeno detalhe. Entendeu por que ela o encarava daquela forma. Para Indra, era um fantasma, um homem morto que de alguma forma ainda caminhava sobre a terra. Aquilo exigia uma explicação, e ele não tinha nenhuma para dar.

"Por que eu não estaria?", perguntou ele, fingindo confusão.

Indra sacudiu a espada para ele, nervosa.

"Você morreu na noite passada! Eu vi com meus olhos!"

Wulfric fez uma cena como se achasse engraçado, soltando uma leve risada.

"Acho que seus olhos devem tê-la enganado. Se eu tivesse sido assassinado, tenho certeza de que me lembraria." Mentir era o que lhe restava. A garota parecia bem sensível; talvez pudesse ser persuadida de que o que via era mais confiável do que a lembrança da última noite, pois a alternativa desafiava qualquer razão.

"Eu sei o que vi!", retrucou Indra. "Aconteceu a menos de dois metros de distância de onde eu estava! Você foi decapitado, e depois um deles arrastou seu corpo para as árvores. *Como pode estar vivo?*"

Wulfric não tinha escolha, a não ser continuar a cena.

"Tudo prova o contrário, pois estou aqui", disse ele com calma. "No caos e na confusão da batalha, a verdade dos eventos pode facilmente se perder. O que vimos quase sempre não é o que achamos que vimos." Wulfric percebeu um pedaço de sangue seco e opaco no cabelo de Indra e viu uma oportunidade de fortalecer sua mentira. "Por acaso, levou alguma pancada na cabeça na noite passada?"

Aquilo fez Indra hesitar. Pela primeira vez, afastou os olhos de Wulfric. Talvez estivesse começando a se questionar. Wulfric viu a abertura e pressionou.

"Qual é a explicação mais racional? Que fui morto e milagrosamente levantei dos mortos? Ou que você está simplesmente confusa?"

Os olhos dela voltaram a Wulfric, agora temperados por uma pitada de dúvida.

"Tudo bem, então", disse ela. "Diga você. O que aconteceu?"

"Pelo que me lembro, eu também tomei um golpe na cabeça", respondeu Wulfric, inventando uma história enquanto caminhava. "Estava indo ajudá-la, então fui atingido por trás e tudo ficou preto. É a última coisa de que me lembro. Acordei bem ali, nas árvores, cercado pelos corpos dos homens que matamos. Aliás, você é talentosa com uma espada. De verdade, fiquei impressionado." Se havia uma coisa de que Wulfric se lembrava da vida passada foi que o elogio era uma tática útil quando se tinha problemas com uma mulher.

Indra abaixou a ponta da espada da altura do peito para a cintura — ainda em guarda, apenas não tanto como antes. Wulfric viu o esforço dela em conciliar o que os sentidos e a memória lhe diziam, os dois igualmente claros e, ainda assim, divergentes. Doía no cavaleiro usar sua noção de razão contra ela própria, mas não podia dizer a verdade.

Precisava que Indra acreditasse na mentira para que ele pudesse se livrar dela, para o bem de ambos.

"Estou aliviado por vê-la viva", disse ele, apenas a segunda verdade que lhe dissera naquela manhã. "Mas vai levar algum tempo para se recuperar do que aconteceu na noite passada. Não apenas fisicamente... eu já vi isso muitas vezes. A névoa da guerra prega peças em nossas emoções e na nossa memória. Mas com o tempo sua mente vai clarear e você se lembrará das coisas como aconteceram."

Embora ainda insegura, Indra se recompôs.

"Lembro-me claramente da abominação", disse ela. "E tenho as cicatrizes para provar. Você deu sorte por ela não tê-lo partido em pedaços como fez com os outros."

Wulfric percebeu que era uma oportunidade de conseguir algumas respostas, mas com cuidado.

"Uma abominação esteve aqui?", perguntou ele, fingindo descrença o máximo que pôde.

Indra assentiu.

"Aquela que eu estive caçando. Veio das árvores lá adiante e matou dois daqueles homens", disse ela, apontando. "Veja lá o que restou deles."

"E o que você fez?", perguntou Wulfric. Sabia em partes, claro; que ela se aproximara de forma ousada e desafiara a fera, mas precisava desesperadamente saber do restante. Como conseguiu sobreviver? Para ele, vê-la viva ia de encontro a qualquer explicação racional — como a visão de Wulfric vivo impactara Indra.

"Lutei contra ela", disse Indra. "A criatura quase me matou, mas eu a feri e fugi para dentro da floresta."

Dessa vez, Wulfric não precisou fingir descrença. Ficou estampado no rosto do homem, e Indra percebeu.

"Quê?", perguntou ela, indignada.

"Perdoe-me, mas eu nunca ouvi ninguém que houvesse sobrevivido a um encontro", disse ele.

"Está esquecendo que não sou *ninguém*. Sou uma iniciada da Ordem, treinada para lutar e matar abominações."

Era verdade que ela podia lutar, e lutar bem. Wulfric vira com seus olhos. Mas ainda assim, que ela pudesse ter sobrevivido sozinha a uma fera que Wulfric sabia ter matado tantos era impossível. Ele deu um passo adiante, olhando-a com seriedade.

"O que aconteceu de fato? Como fugiu? É melhor você dizer a verdade, garota."

Seu tom, agora extremamente sério, talvez traíra demais o interesse de Wulfric no assunto, mas Indra não percebeu. Tudo que ouviu foi um insulto e, para ela, nada poderia ser pior. Suas narinas dilataram-se, e ela começou a marchar a passos largos na direção de Wulfric.

"*Fugir?* Achas que eu *fugi* dela? Como ousa? Pensa que sou covarde?"

"Acho que não está me dizendo toda a verdade. Não é possível que tenha lutado com uma fera dessas e sobrevivido."

"E o que faz de você um especialista?", retrucou ela, e como não podia dizer a verdade, Wulfric ficou sem resposta.

Não contente em tê-lo silenciado, Indra estava determinada a provar seu valor. Ergueu o casacão no lado direito, expondo as costelas. A pele estava dolorosamente escoriada, uma mancha horrenda, marrom e roxa.

"Veja só, onde ela me atacou e quase quebrou minhas costelas!"

"Pode ter sofrido esse golpe na luta com aqueles brutamontes", disse Wulfric, o que serviu para deixar Indra ainda mais determinada. Ela vasculhou o chão ao redor. Quando viu o que procurava, foi até lá e pegou o objeto.

"Aqui foi onde a coisa enrolou a língua odiosa no meu pulso!" Ela entregou a Wulfric a luva de couro apodrecida, que ainda tinha um leve cheiro de enxofre. "Se souber alguma coisa sobre as abominações, como afirma saber, então deve ter aprendido que sua baba é como ácido. Tive de arrancar essa luva antes que queimasse minha pele." Indra deixou Wulfric examinar a luva arruinada e virou-se de novo, procurando outra coisa. Avistou a poucos metros e correu para pegá-la.

"Aqui!" Ela se abaixou para pegar a coisa da grama, e Wulfric viu que era a outra espada, manchada com uma substância grossa, oleosa, que ele reconheceu como sangue da fera. Indra ergueu a lâmina para mostrar. "O sangue preto de uma abominação! Consegue sentir o cheiro de enxofre? Não dá para se equivocar. E lá adiante, a trilha que ela deixou quando fugiu, sangrando com o ferimento que eu causei!"

Wulfric não precisava olhar; era a mesma trilha que o levara de volta até ali. De fato, finalmente ele compreendeu que a garota estava dizendo a verdade. Realmente lutara com a fera e sobrevivera, e, mais que isso, machucou-a de verdade, feriu-a. Feriu-*o*.

"Por que está me olhando desse jeito?", perguntou Indra, sem dúvida irritada pela expressão repentinamente embasbacada de Wulfric. Pois a mente dele girou com as repercussões de algo que pensava ser impossível. E com a semente de uma ideia — pela primeira vez, em tantos anos, um vislumbre de esperança, tão diáfano que ele não ousava nutri-lo, e ainda assim o fez, pois a promessa do que poderia — apenas poderia — ser possível era tão atraente que não conseguiu resistir. *Paz. Liberdade.* Coisas que pareciam tão distantes, tão antigas, que ele mal se lembrava, pois muito tempo antes já havia desistido de qualquer ideia de sequer reivindicá-las.

Mas então... e se fosse possível? E se ele pudesse...

"Olá?"

A voz de Indra arrancou Wulfric de seu devaneio.

"Perdão", disse ele, voltando ao presente. "Quê?"

"Estava olhando para mim de um jeito estranho", respondeu Indra, encarando-o com desconfiança. Wulfric notou que naquele momento ela empunhava com mais firmeza o cabo da espada manchada com o sangue da fera. O sangue dele.

"O monstro está ferido", disse ele, seu tom sussurrado, como se a verdade fosse tão frágil que não ousava falar em voz alta. "Você o fez sangrar."

Indra relaxou um pouco.

"Fico feliz por termos esclarecido isso. Não gosto que pensem que sou mentirosa, ainda mais covarde." Ela limpou o sangue da lâmina com um trapo que tirou do bolso e depois voltou com as duas espadas para as bainhas cruzadas nas costas.

Wulfric queria tanto acreditar, mas não arriscava suas esperanças, por mais incipientes, em qualquer coisa que não fosse garantida.

"Onde exatamente você cortou a fera?", perguntou ele.

"Ela me atacou, tentou me pisotear", explicou Indra. "Deslizei por baixo dela e ergui a espada quando passou sobre mim, cortando-lhe a barriga." Dramaticamente, ela imitou o ato de erguer a espada acima da cabeça. A mão de Wulfric, por instinto, começou a se mover na direção da barriga, da longa cicatriz sob o manto. Seu ferimento e o da fera eram um e o mesmo. Ainda não tinha certeza de que aquilo significava o que ele esperava que fosse, mas...

Precisava daquela garota.

"Meu conselho é não ficar aqui", disse Indra enquanto examinava as árvores com atenção. "Ferida, a criatura não deve ter fugido para longe e provavelmente está por aí. Volte para a cidade. Estará seguro lá."

"E você?", perguntou Wulfric. Momentos antes, estava ansioso para se livrar dela. Agora, mais do que qualquer coisa, precisava que ela ficasse. Todas as suas esperanças dependiam disso.

"Quero terminar o que comecei. Voltarei para casa quando a fera estiver morta, e não antes. Mas precisa seguir seu caminho. Adeus."

Ela se virou e seguiu na direção das árvores, deixando Wulfric pensativo. Não podia ser. Sim, a garota era habilidosa, lutou com a fera e a fez sangrar, mas parte da vitória certamente era um acaso, e um que provavelmente não se repetiria. Precisava que as chances no próximo encontro fossem muito melhores. Não gostava do que teria de fazer, mas não conseguia pensar numa opção melhor.

"Espere."

Indra parou e olhou para trás, a testa franzida com a visão dele seguindo logo atrás dela.

"Eu disse que você deve..."

"É inteligente ir atrás da fera tão já?", perguntou Wulfric em tom de alerta.

A expressão de Indra sugeria que não havia gostado de ter suas táticas questionadas.

"Mais inteligente que dar tempo para aquela coisa descansar e lamber as feridas. Minha melhor chance será seguir a trilha agora, enquanto ainda está sangrando e machucada."

Wulfric não poderia lhe dizer, ainda não, que partir de dia seria inútil, que a trilha de sangue a levaria a lugar nenhum, pois a fera que buscava estava repousando, invisível, dentro dele. Ou que, quando a criatura emergisse de novo à noite, o ferimento provavelmente teria se curado, e ela renasceria inteira e estaria de volta, com plena força. Precisaria de outra desculpa para atrasá-la, pelo menos por ora. Porque, embora precisasse lidar com aquilo cuidadosamente, sua melhor aposta naquele momento era a verdade.

"E seus ferimentos?", perguntou ele. "Suas costelas estão feridas e diminuirão sua velocidade na batalha. Não pode querer lutar com eficiência até estar com o ombro deslocado totalmente recuperado." Ele apontou. "Fez um bom trabalho ao colocá-lo no lugar, mas não será o mesmo por no mínimo mais um dia."

A mão de Indra foi até o ombro. A dificuldade no movimento era quase imperceptível, mas ainda assim Wulfric percebera que teve um pouco de dificuldade para estender o braço para encaixá-la na bainha.

"Não posso esperar um dia", disse ela.

"Algumas horas, então", disse ele. "Fique um pouco e permita que eu a recompense."

"Pelo quê?"

"Pela minha grosseria na fogueira na noite passada e por sua gentileza lá na encruzilhada. E, se eu fiquei inconsciente quando a fera veio, então certamente você salvou minha vida ao afugentá-la."

"É meu trabalho. Não preciso de recompensas para fazê-lo."

"Minha honra exige o contrário", disse Wulfric. "Por favor, tenha pena de um velho e lhe conceda um pouco de companhia."

Para Indra, parecia uma coisa estranha a se dizer. Não parecia tão velho para ela, embora fosse difícil ter certeza atrás da barba sem viço e da sujeira encrostada que cobria seu rosto. Por outro lado, tudo nele era estranho, aquele homem esquisito, desgrenhado, que falava de honra e empunhava uma espada com mais destreza que o pai dela, um mestre cavaleiro. Que parecia saber muito sobre muitas coisas, e que carregava uma pesada corrente de ferro por motivos que ainda lhe escapavam. Não havia nada sobre ele que não a deixasse confusa ou intrigada de alguma forma.

E ele tinha razão sobre o ombro deslocado. Ainda não estava totalmente recuperado e não tinha tanta facilidade e liberdade de movimento como ela precisaria quando enfrentasse de novo a fera. Cedendo, ela soltou um suspiro.

"Uma hora, não mais que isso. Sob uma condição."

Wulfric sorriu, e Indra percebeu que era a primeira vez que ela o vira fazê-lo.

"Diga", pediu ele.

Ela olhou para a corrente de ferro enrolada no chão atrás de Wulfric.

"Precisa me dizer por que carrega essa corrente", disse ela, imaginando como ele reagiria. Da última vez que perguntara, ele de repente ficou furioso e mandou-a embora.

Wulfric hesitou por um momento antes de concordar com um meneio de cabeça. Acenou para que ela se sentasse e começou a juntar madeira para acender fogueira. Indra observou-o enquanto ele ia para lá e para cá, parecendo imerso em pensamentos, e imaginou o que o preocupava tanto.

Wulfric perguntou-se como conseguiria lhe dizer a verdade.

Ela perguntou sobre a corrente, então talvez fosse um bom ponto de partida. Ou melhor, para partir do começo, poderia contar a história de quem ele fora no passado e como se tornou aquela sombra monstruosa, atormentada de si. Independentemente do que fosse lhe dizer, exigiria grande cuidado se ele pretendia aceitar a ajuda da garota.

Mas mais do que qualquer coisa, Wulfric tinha esperança. Sabia que seu plano era perigoso. Havia muitas maneiras de falhar. Elevar a expectativa depois de ter desistido tanto tempo antes... Mas não conseguia parar de pensar naquilo. A longa cicatriz em sua barriga pareceu queimar quando seu pulso acelerou com o entusiasmo:

Se a fera pode sangrar, então pode morrer. E eu também posso.

22

Juntos, dividiram os afazeres do almoço, Indra esfolando e limpando um coelho que Venator jogou aos seus pés depois de uma caçada breve, e Wulfric assando-o sobre a fogueira que acendera. Comeram em silêncio, Indra esperando pacientemente Wulfric lhe falar sobre a corrente. Mas durante a refeição ele não parecia nem próximo de falar disso. Parecia absorto, como estivera na noite anterior, e encarava o fogo, distante, enquanto comia. Indra hesitava em pressioná-lo; ela vira o bastante para deduzir que a corrente tinha um significado especial, particular para ele. Mas ela não sairia do lado da fogueira de novo sem uma resposta para esse mistério.

"Acabou de me ocorrer", disse ela casualmente, enquanto lambia a gordura morna dos dedos, "que nunca ouvi seu nome."

Wulfric tirou os olhos da fogueira e encontrou Indra encarando-o, na expectativa. Era uma pergunta bastante inocente, no fim das contas. Ainda assim, ele não se sentia capaz de invocar a palavra. Fazia quinze anos desde a última vez que a pronunciara, em parte porque não pensava mais em si como aquela pessoa. Era outra coisa, algo que não era digno do nome que sua mãe e seu pai lhe deram. Mesmo pensar nele o lembrava de tudo que havia perdido, tudo que a fera dentro de si destruíra. Dizer a palavra em voz alta faria com que sentisse a dor daquelas lembranças de um jeito ainda mais agudo?

Talvez. Por outro lado, que escolha tinha? No fim das contas, teria de dizer a garota mais, muito mais que apenas seu nome. Teria de lhe contar a verdade toda se quisesse que o plano desse certo. Estava imaginando por onde começar tudo aquilo enquanto comia o coelho que o falcão da garota abatera, e viu que talvez a forma mais simples fosse com o nome do homem que fora no passado.

"Wulfric", disse ele, por fim. Suspirou e jogou um osso na fogueira. Parecia estranho para ele ouvi-lo, embora não tão doloroso quanto temia.

A garota pareceu reagir como se o nome de alguma forma lhe soasse estranho, mas não fez muito mais que isso.

"Como acabou vivendo dessa forma?", perguntou Indra. Ela esperava descobrir não apenas a história da grande corrente que o homem carregava, mas do próprio homem. Tudo sobre ele era um enigma. Era mais erudito e bem-educado que qualquer andarilho que encontrara. Se não fosse pela aparência, teria achado que era um nobre. Talvez um que houvesse se desgraçado, imaginou ela, embora mesmo naquele momento, num estado deplorável, havia mais modos nele do que na maioria dos nobres que conhecia, inclusive seu pai.

Wulfric suspirou, jogou longe o resto da carcaça do coelho do qual tirava lascas de carne e, finalmente, fitou-a diretamente nos olhos. Indra sempre lia bem as pessoas, e o que ela via naquele instante, para sua satisfação, era um homem que havia se resignado, mesmo que de forma relutante, a contar sua história. Finalmente. Ansiosa, ela se curvou para a frente.

"No passado, muito tempo atrás, eu fui um soldado", começou ele. "A serviço do rei Alfredo I..." Ele hesitou, incerto em como continuar. Ou talvez não quisesse; era difícil para Indra dizer. Olhou de volta para a fogueira, ensimesmando-se de novo, algum conflito profundo e nutrido por muito tempo revolvendo dentro dele. De repente, ele se levantou, tão rapidamente que a assustou, em seguida andou para lá e para cá, a cabeça abaixada, em contemplação dolorida. No fim, ele se virou para encará-la. "Desculpe", disse ele com um olhar de remorso genuíno. "É mais difícil do que imaginei."

E Indra viu que havia mais que contrição em seus olhos. Havia vergonha. Ela se levantou.

"Seja lá o que o possa ter feito", disse ela, "não faço julgamentos."

Wulfric grunhiu e fez uma careta que talvez fosse um sorriso de esguelha embaixo da imundície e da barba desgrenhada.

"É uma promessa fácil de se fazer antes de ouvir a confissão", disse ele.

"Então eu quero ouvi-la logo de uma vez." Ela se aproximou de Wulfric e, compassiva, pousou a mão em seu braço. Em seguida, ela se contorceu com a dor embotada mas ainda bem presente no ombro ferido.

"Seu ombro ainda dói", disse Wulfric, aproveitando a oportunidade para falar de outra coisa, qualquer coisa.

Indra pôs a outra mão no ombro.

"Não é nada", disse ela, mas não conseguiu disfarçar o desconforto. Wulfric tomou-a pelo braço.

"Veja só isto."

O instinto natural de Indra ao ser agarrada por qualquer homem teria sido de romper a pegada, e talvez o braço do homem também, e se afastar, mas, por motivos que ultrapassavam sua compreensão, ela não fez isso. Ficou parada, subjugada pela intensidade do olhar de Wulfric. Mas mesmo assim disse: "Você prometeu me contar", começou ela, relutante.

"Haverá tempo para histórias depois. Afaste a mão."

Ela hesitou, então Wulfric estendeu o braço e tirou a mão da garota do ombro, em seguida pôs a dele com firmeza no lugar, embora não a ferisse.

"Fique parada", disse ele enquanto a pegava pelo ombro, apertando em vários pontos, sentindo cada músculo e tendão. "Hum", murmurou ele com um menear de quem sabe das coisas. Em seguida, soltou-a e deu um passo para trás.

Ampliando a postura, Wulfric passou um braço sobre o próprio ombro. Depois ergueu o outro braço atrás das costas e segurou-o pelo pulso. Indra observou, confusa, mas divertindo-se, o homem se contorcer.

"Desse jeito", disse ele, e apenas então Indra percebeu que ele queria que o imitasse. Envergonhada, ela também passou a mão para trás enquanto Wulfric fazia que sim, aquiescendo com a cabeça. O ombro da garota doeu muito, mais do que quando o havia recolocado no lugar, e talvez tivesse desistido, mas Wulfric correu para a frente e a manteve na posição, ajudando-a a encaixar o braço no lugar.

"Tem certeza de que sabe o que está fazendo?", perguntou ela enquanto fazia caretas de dor. "Está doendo mais que antes!"

"O que prefere? Dor agora ou um braço sem forças para erguer a espada depois? Confie em mim."

E, embora o ombro doesse, ela permitiu que o homem guiasse o braço longe o bastante da outra mão para chegar às costas e agarrá-la pelo pulso. Quando ela o fez, Wulfric recuou.

"Bom. Agora, lentamente, puxe para baixo, o máximo que puder, dez vezes."

Ela o fez, tentando ignorar a dor e a sensação de que devia parecer tão absurda como Wulfric quando demonstrou a posição. Ao terminar, soltou o pulso e arfou com alívio quando levou o braço para a lateral do corpo novamente.

"Como está se sentindo agora?", perguntou Wulfric.

Indra tentou flexionar e girar o ombro mais uma vez e ficou surpresa ao descobrir que o desconforto, embora ainda presente, era uma sombra pálida do que sentia momentos antes do exercício.

"Melhor", disse ela, espantada. "Muito melhor."

Wulfric meneou a cabeça e abriu o maior sorriso de que parecia ser capaz.

"Repita o exercício a cada hora e, à noite, a dor terá desaparecido e seu braço ficará tão forte como sempre foi. Se você..." Ele parou, agora consciente de que o olhar de surpresa agradável no rosto de Indra transformou-se em algo que mais parecia um choque. Ela não olhava mais diretamente para seus olhos, mas mais baixo, no centro do corpo.

"Você não tinha essa cicatriz ontem", disse ela.

Wulfric abaixou os olhos e viu que o manto havia aberto e caído pelo rasgo na lateral quando ele se estendeu para ajustar o braço de Indra. Ainda permanecia preso frouxamente na cintura, mas o torso estava exposto até ali. Embora a pele fosse de um cinza descolorido, a cicatriz escura que corria por baixo do cinto, passando pelo centro da barriga até o alto das costelas, era bem visível. Abriu a boca para falar, inseguro do que planejava dizer, mas Indra o interrompeu.

"Na noite passada, nós comemos, você arrumou o manto, e eu vi que tinha muitas cicatrizes, mas não essa... Nem a recebeu na noite passada." Os olhos dela estreitaram-se. "E o que... é *isso*?"

Ela avançou, olhando mais de perto. A marca preta de queimadura no centro do peito não ficou muito visível na noite anterior, em meio à luz da fogueira, mas naquele momento, em plena luz do dia, não podia ser mais evidente. Era como um emblema marcado a fogo na carne, uma marca de gado humano na forma inequívoca de — ela olhou mais de perto para ter certeza absoluta — um *besouro*.

Seus olhos se arregalaram, alarmados, e ela recuou, quase tropeçando pelo movimento tão repentino. Ergueu o braço e desembainhou uma das espadas, apontando-a para Wulfric. Quando o encarou, horrorizada, ele pôde ver como ela tomava consciência.

"A marca da fera está em você", disse ela, entredentes. "O fedor dela também. Pensei que o enxofre que senti vinha da minha espada por tê-lo ferido... mas está vindo de você!"

Wulfric puxou o manto ao redor do corpo e apertou a corda na cintura. Teve uma sensação que era quase de alívio quando ficou lá, parado, contente em deixar a garota chegar à verdade por dedução própria. Certamente era melhor do que ter de encontrar uma maneira de lhe contar. O desafio agora era mantê-la calma, chamá-la de alguma forma à razão e impedir que ela fizesse algo impensado, como parecia fortemente inclinada a fazer.

"É melhor abaixar a espada", disse ele com calma. Deu um passo cuidadoso adiante, a palma das mãos erguida. "Não quero lhe fazer mal."

"Fique longe, estou avisando!", Indra reagiu. "Ou eu é que lhe farei mal!"

"O que deseja fazer?", perguntou Wulfric secamente. "Cortar minha cabeça? Como já percebeu, vai precisar de mais que isso."

O rosto de Indra estava afogueado, o peito ofegante enquanto ela lutava para conter a sensação de alarme que crescia em seu íntimo. Alarme que, se não fosse manejado de forma adequada, rapidamente poderia aumentar até virar um pânico debilitante. Ela se concentrou, empurrando-o para seu âmago, fazendo tudo que sabia para se manter no momento presente. E, como sempre fazia, confiou na única emoção honesta da qual sempre extraía forças quando mais precisava: raiva. Cuspiu no chão e olhou para Wulfric intensamente.

"Eu devia saber mesmo, saber confiar nos meus instintos, na minha lembrança, pois nunca me enganei assim. Mas você foi tão persuasivo, não? Um mentiroso de primeira, como reza a lenda!"

Wulfric franziu a testa, confuso.

"Ah, sim", continuou Indra, "eu ouvi as histórias, de outros da Ordem, de uma abominação diferente de qualquer outra, uma que toma a forma de um homem de dia e mostra seu verdadeiro eu apenas à noite. Um que mente e engana para se esconder entre homens apenas para massacrá-los quando menos suspeitam. Sempre ignorei essa história, pensando ser um mito; contei a novos iniciados para assustá-los, mas agora vejo que é verdade! Era esse seu plano? Segurar-me aqui tempo suficiente para que pudesse me matar após o crepúsculo? Fale a verdade, fera, se for capaz!"

Por um momento, Wulfric apenas observou Indra em silêncio, preso em seu olhar determinado. Em seguida, para surpresa de ambos, ele começou a rir. Era pouco mais que uma risadinha, mas serviu para inflamar ainda mais a raiva de Indra. Ela deu um passo adiante, o braço da espada esticado.

"Pode rir de mim por sua conta!", sibilou ela.

Wulfric viu que seu ataque involuntário apenas havia piorado a questão e se conteve, voltando a atenção à ponta da espada de Indra, que estava a menos de trinta centímetros de seu nariz.

"Não quis irritá-la", disse ele. "E, a menos que deseje me irritar, sugiro que retire essa espada de perto do meu rosto."

Seu tom talvez tivesse feito um homem menor soltar a espada e fugir, mas nada acovardava Indra. Se causou reação, foi mais firmeza no braço com a espada.

"Não surpreende que soubesse tanto sobre abominações e a Ordem. Quantos de meus irmãos de armas você matou? Quantos homens, mulheres e crianças inocentes? Ah, que troféu sua cabeça dará! Seu..."

O que aconteceu em seguida foi rápido demais para Indra perceber por completo. Houve um movimento repentino de Wulfric, como um borrão, e quase instantaneamente ela sentiu algo sólido como um bastão de madeira bater no braço da espada. Ela gritou e se afastou, agarrando o pulso, que latejava com tanta dor que ela temia tê-lo quebrado.

Instintivamente, saltou para trás, para longe de Wulfric. A espada que segurava um piscar de olhos antes estava agora na mão dele. Rapidamente sacou a outra e estendeu-a contra aquela que ele tomara. Por um momento, os dois ficaram assim, distanciados pela extensão das espadas, Indra em guarda para se defender de um ataque.

"Você é boa, menina, mas não tão boa", disse Wulfric, com cansaço na voz. "Se eu quisesse matá-la, não precisaria assumir a forma de fera para fazê-lo." Ele abaixou a espada, em seguida a jogou na direção dela, a lâmina enterrando-se aos pés de Indra. Ela a agarrou, percebendo, quando o fez, que a dor no pulso já havia começado a diminuir. Wulfric estava diante dela desarmado, abrindo mão da espada tão rapidamente quanto a tomara.

"Seu braço vai doer um pouco, mas não está ferido", disse ele. "Como falei, não quero machucá-la."

"Outro truque", retorquiu ela, desafiadora. "Outra mentira!"

Wulfric apenas meneou a cabeça.

"Juro, eu nunca encontrei uma pessoa com tanta inteligência e, mesmo assim, que tivesse uma inclinação a não usá-la. Pense, garota! Se eu quisesse matá-la, teria ajudado a curar seu ombro? Ou tentado afastá-la de minha fogueira? Ou lutado ao seu lado?"

Os olhos de Indra a traíram com um vislumbre de dúvida.

"Talvez não como um homem, mas na forma de fera, sua intenção de me matar na noite passada ficou mais que evidente."

Wulfric assentiu.

"Verdade, mas pouco havia que eu pudesse fazer para impedir. Pelo que me lembro, você foi a única a escolher aquela luta. Marchar diante da fera cheia de irritação, acidez e provocação para a batalha. Ou estou enganado?"

Outra centelha de dúvida, novamente suprimida com rapidez.

"Então admite. Você e sua abominação são uma coisa só! Metamorfo!"

"Admito", disse Wulfric. "Mas a verdade da história não é como você ouviu. Há mais dela do que sabe. A corrente, lá adiante, é parte dela. Eu comecei a contar antes de você saltar com suas conclusões pouco fundadas. Ainda contarei a história inteira, se concordar ouvir."

Mesmo com a espada ainda em riste, Wulfric conseguiu perceber que suas palavras estavam surtindo efeito. Havia mais dúvida que certeza naquele momento, embora ainda o suficiente desta última para mantê-la desconfiada.

"Indra, não a conheço há muito tempo, mas o suficiente para ver como tende à raiva, como essa bruma vermelha desce e nubla seu julgamento. Imagino que isso a leve ao caminho errado mais vezes do que gostaria. Não cometa esse erro agora. Peço para olhar além da raiva por um momento e pergunte a si mesma em que realmente acredita. Se sou realmente seu inimigo."

Ele a observou com cuidado, esperando que não tivesse errado em sua ideia sobre ela. Estava à distância de um golpe da espada, e duvidava que pudesse lançar mão do mesmo truque para desarmá-la de novo. Fora o bastante para uma artimanha na primeira vez. A verdade era que ela era melhor com aquelas espadas do que ele admitia — entre os melhores que já vira.

Por fim, depois do que pareceu um momento interminável, Indra abaixou a ponta da espada um pouco — não o suficiente para abrir mão da vantagem defensiva, mas o bastante para indicar uma centelha de confiança.

"Se tentar me enganar ou ludibriar de alguma forma..."

"Não tentarei. Juro", disse Wulfric. "Na verdade, acredito que eu possa ajudar."

"Ajudar? Como?"

"Precisa matar uma abominação e voltar à Ordem com sua cabeça como prova de seu feito, certo? Posso ajudá-la com isso. E peço apenas um pequeno favor como retribuição."

Os olhos de Indra estreitaram-se, desconfiados, uma sensação interna dizendo-lhe claramente que ela não gostaria de barganhar, por mais tentador que parecesse.

"Que tipo de favor?"

Wulfric virou-se e voltou à fogueira, que havia começado a se extinguir. Ele pegou um pedaço retorcido de galho e atiçou as brasas com ele antes de jogá-lo no fogo. Sentou-se de pernas cruzadas e aqueceu as mãos quando as chamas se ergueram ao redor da madeira nova, fazendo-a estalar e fagulhar. Só então olhou de volta para ela.

"Quero que me mate."

Enquanto o dia avançava, Wulfric contou sua história a Indra, mesmo que não toda. Alguns detalhes, ele descobriu no decorrer da narrativa, eram dolorosos demais para serem recontados, e, ele justificou, não eram necessários para transmitir à garota o que precisava que ela soubesse e entendesse. Indra ficou em pé — ainda sem confiar o bastante para se sentar — e ouviu quando Wulfric, sentado ao lado da fogueira, lhe contou de seu tempo como jovem soldado a serviço de Alfredo, o Grande, mas não como uma vez salvara a vida do rei e ganhara o título de cavaleiro, e também a gratidão e a amizade eterna de Alfredo. Esses detalhes, por mais verdadeiros que fossem, pareciam prepotentes, e não era uma história da qual se orgulhava.

Disse-lhe que, como parte de seu serviço militar, havia se alistado numa ordem recém-fundada, encarregada de caçar o louco arcebispo Aethelred e sua horda demoníaca, mas não que o rei o havia convocado pessoalmente para fundá-la e recrutar seus membros; isso, também, pareceria orgulhoso demais. Ele lhe contou da amarga batalha final com Aethelred e da maldição especial e mais que odiosa que o arcebispo lhe infligira quando sua mão encarquilhada fundiu o medalhão de besouro na pele de Wulfric, embora ele não reivindicasse crédito por matar Aethelred e terminar seu reinado de caos e terror.

E ele lhe disse que entrara em exílio depois de perceber em que havia se transformado. Não conseguia compartilhar os detalhes de como isso aconteceu. A lembrança daquele dia, tanto tempo antes, em que ele acordara num celeiro coberto de cinzas para se dar conta de ter massacrado cada homem, mulher e criança em seu vilarejo natal, inclusive sua mulher amada e a filha recém-nascida, era simplesmente agoniante demais para revisitar.

Indra absorveu cada palavra, às vezes parada, outras vezes andando para lá e para cá, mas não tirara os olhos do narrador uma vez sequer

— primeiro porque ainda não confiava nele e o observava como um falcão por qualquer movimento repentino ou sinal de engodo, mas no fim era por causa da história, incrível e trágica, que prendeu sua atenção. E, quando a história terminou, ela por fim se sentou, encurvada, ao lado da fogueira, de maneira que Wulfric entendeu como mais um indício de confiança, porém nascida muito mais pela exaustão, pois a história cobrava seu preço tanto do ouvinte como do narrador.

Por um tempo, os dois ficaram sentados em lados opostos da fogueira, em silêncio. O que havia para ser dito? Wulfric voltou a encarar as pequenas labaredas, e seu olhar triste parecia ainda maior, agora que Indra sabia da verdade por trás dele. Ela permaneceu silente, não porque não conseguia pensar em nada para dizer, mas porque tinha tantas perguntas que mal sabia por onde começar. Por fim, chegou ao ponto onde tudo havia começado.

"A corrente..."

Wulfric olhou para ela, a pilha deformada de ferro cinzento coberta por um brilho dourado à luz do sol poente.

"A única maneira de refrear a fera quando ela surge", disse ele. "Antes do fim de cada dia, preciso me prender para que, quando a mudança ocorrer comigo ao cair da noite, ela não possa ferir ninguém."

"Quando se transforma na fera, não consegue se controlar?"

Wulfric negou com a cabeça, lúgubre.

"Ah, como tentei. Mas nunca sou forte o bastante. Quando a fera desperta, é como se eu ficasse paralisado dentro dela, ciente de seus atos, mas incapaz de influenciá-los. A corrente é tudo que tenho."

Indra pensou naquilo por um momento.

"Fala da fera como se você e ela não fossem a mesma coisa, mas como um ser separado, com uma mente própria, independente da sua."

Wulfric cuspiu no fogo, gesticulando com desdém.

"Descrever essa coisa como tendo mente é lhe dar crédito demais. Tem uma consciência, pois consigo senti-la junto com a minha, mas ela não pensa ou raciocina como você e eu entendemos essas coisas. É impulsionada por algo mais baixo, mais baixo até que o instinto animal. Um desejo, uma necessidade tão profunda de infligir sofrimento e morte que, embora eu possa senti-la, não consigo descrever. Não consigo..." Wulfric parou de falar. Indra observou enquanto ele tomava um tempo para se recompor, reprimir qualquer sentimento sombrio que estivesse crescendo dentro de si. "Na verdade, onde a fera termina e o homem começa, eu realmente não sei. Tudo que sei é que sua vontade é mais poderosa que a minha."

"Então fica consciente, mesmo quando a criatura está consciente", concluiu Indra, percebendo, enquanto falava, que ela o fizera num tom mais sussurrado que antes, como se falar da fera alto demais pudesse de alguma forma despertá-la. "Tudo que ela vivencia... você vivencia?"

"Em algumas vezes mais que em outras", respondeu Wulfric. "Houve momentos em que vi o rosto das pessoas que ela matou com perfeita clareza, ouvi cada grito, até senti o gosto do sangue quando o monstro se banqueteava. Em algumas ocasiões, vivencio apenas como uma espécie de pesadelo, imagens e sensações vagas, uma espécie de loucura que não consigo compreender. Antes da corrente, eu acordava sem lembrança da carnificina que a fera empreendera na noite anterior, apenas uma sensação nauseante no estômago e as provas sangrentas que ela deixava para trás." Wulfric apontou para o outro lado da clareira, onde os restos dos brutamontes que a fera destroçara na noite anterior ainda estavam espalhados sobre a terra manchada de sangue, e Indra estremeceu.

Um instante de silêncio se passou quando ela pensou em como fazer a próxima pergunta, uma que estava implorando para ser feita havia algum tempo. Ela se inclinou para mais perto dele.

"Perdoe-me, mas... como exatamente funciona? A mudança de homem para fera e vice-versa?"

Wulfric deu de ombros.

"Às vezes, depois do cair da noite, começo a ter convulsões, espasmos que contorcem meu corpo. Depois, há dor e cegueira, e aí vem a loucura, o pesadelo, o decaimento e estou dentro da fera. Acordo um tempo depois do raiar do dia, coberto de cinzas sulfúricas, os restos, creio eu, da transformação de volta à minha forma humana. Como acontece não posso dizer, pois nunca testemunhei, nem nenhuma outra pessoa sobreviveu para contar a história." E, com isso, ele ergueu os olhos para o céu e se levantou. "Você será a primeira."

Indra ficou de pé em um salto, os instintos defensivos não tranquilizados por inteiro, embora não tivesse levado a mão a uma espada.

"O que quer dizer com isso?"

Wulfric caminhou até onde estava o emaranhado da corrente de ferro e começou a desenrolá-la devagar.

"Por muito tempo, acreditei que eu não podia morrer. No primeiro ano da maldição, bem que tentei. De todas as formas que você possa imaginar. Amarrei-me a uma pedra pesada e me deixei afundar num lago profundo, onde me afoguei. Entrei em brigas com homens violentos e permiti que me cortassem a garganta. Uma vez, caminhei até o mar e me lancei da encosta mais alta para ser esmigalhado nas pedras. A cada vez eu renasci dentro da fera naquela mesma noite. Certa ocasião, muito tempo atrás, algumas pessoas descobriram o que eu era e me queimaram num poste na praça do vilarejo. Na manhã seguinte, eu estava vivo e elas, todas mortas, assassinadas à noite pela fera surgida das minhas cinzas. Depois disso, compreendi que minha incapacidade de morrer, ou ao menos de permanecer morto, era parte da minha pena, que devo carregar essa maldição por toda a eternidade. Mas você me mostrou que não."

A sensação de inquietação que começara a surgir em Indra se aprofundou bastante.

"Como eu fiz isso?"

Wulfric continuou a desenrolar a corrente, inspecionando cada elo, buscando qualquer sinal de defeito ou fraqueza. Um ritual diário.

"Como homem, sei que não posso ser morto, e por muito tempo acreditei que a fera também não pudesse, pois todos os que tentaram falharam. E houve muitos. Homens habilidosos, armados, nenhum deles sequer causou um risco na pele do monstro. Até que você conseguiu." Ele abaixou a corrente e se virou para ela, abrindo o manto para mostrar a cicatriz que serpenteava do umbigo ao mamilo. "Provou que a fera pode ser machucada, que pode sangrar como qualquer abominação sangra, e mais... que tudo que é feito com ela acontece comigo. Se o ferimento da fera é também meu ferimento, então talvez sua morte também signifique a minha morte. Entende?"

Indra negou com a cabeça. Entendera perfeitamente, mas não queria aceitar.

"Não pode ter certeza de que funcionaria", sugeriu ela com suavidade.

"Talvez não", disse Wulfric, voltando à corrente. "Mas é de nosso interesse tentar. Não tenho desejo de viver essa existência amaldiçoada por nem mais um dia se houver de fato uma maneira de escapar dela. E para você... assim que estiver morta, o cadáver da fera será seu para fazer o que desejar. Cortar a cabeça e levá-la à Ordem. Reivindicar seu prêmio. Contar-lhes qualquer história heroica que quiser. Para mim, não importa."

Ele pegou a corrente e começou a arrastá-la na direção de uma árvore próxima.

"Logo será noite", disse ele. "Vou me acorrentar, o que devo fazer, mesmo que não aceite a barganha. Quando a fera emergir, ainda será um perigo... não a subestimo mesmo quando aprisionada. Mas a parte inferior dela é vulnerável, como você demonstrou tão habilmente; amarrada à árvore, ela estará exposta. Acredito que você seja mais que capaz para a tarefa. Temos um acordo?"

Indra sonhara em assassinar uma abominação durante toda a vida. Nenhuma vez ela imaginou que seria assim. Nunca dessa forma. Ter sua presa disponível para ser morta como um rato preso numa ratoeira... onde estava a honra?

Por outro lado, ela já não tinha merecido honras suficientes? Embora não tivesse dito nada, ficara ofendida com a sugestão de Wulfric de fabricar alguma história de falso heroísmo. Sabia que tinha mostrado muito do heroísmo real quando encarou voluntariamente a fera e a enfrentou num combate mortal. Ela a fez sangrar, mostrou que não era apenas outra vítima indefesa, aterrorizada, escandalosa.

Algo naquele encontro a incomodava, mas ela deixou o incômodo de lado e disse para si outra coisa: *Não se trata de honra. Mas de vingança. Vingue-se do jeito que for possível.*

Ela aquiesceu com um meneio de cabeça para Wulfric. Satisfeito, ele começou o trabalho de caminhar com a corrente ao redor da árvore para se prender. Enquanto o fazia, Indra ergueu os olhos para as nuvens que se formavam no céu cada vez mais escuro e se perguntou como poderia conseguir tudo que sempre desejou e, ainda assim, sentir tanta incerteza. Tanto pavor.

Indra observou, com fascinação mórbida, Wulfric cumprir sua tarefa, reparando o cuidado e o detalhe com que ele a realizava — a marca de um homem que sabia da importância de um trabalho feito com esmero e que o aperfeiçoara com anos de prática. Desviara apenas num aspecto de sua rotina normal; não retirou o manto, em parte para evitar o enrubescimento de Indra, mas também porque esperava nunca mais precisar dele. Se fizesse seu trabalho conforme combinado, Wulfric e a fera morreriam como um, e ele não teria mais necessidade de qualquer uma de suas posses terrenas.

No início, ela assistia a tudo de perto, a poucos passos de distância, mas Wulfric lhe dissera para ficar mais para trás e apontou uma grande rocha a vários metros de distância. A fera, ele recordou, talvez não conseguisse se mover enquanto estivesse acorrentada, mas ainda conseguia esticar a língua ou estender a garra ou cuspir a saliva letal. E assim ela testemunhou o ritual de longe, as costas contra a rocha lisa, joelhos dobrados tocando o peito para se proteger do frio que o início da noite trazia. Venator se encarapitou sobre ela, vigilante. Indra viu quando Wulfric se sentou na base da árvore e levou a corrente sobre a cabeça e em torno do peito, usando os dois braços para enrolá-la com firmeza. Percebeu que ele a deixava frouxa o bastante para dar conta do tamanho maior da fera. Como homem, talvez fosse capaz de se contorcer para sair das amarras; já a fera se veria bem presa ao ferro.

Um toque final. Wulfric encaixou um cadeado entre dois elos para prender a corrente ao redor dele, em seguida girou a chave para fechá-lo. Deixou a chave no chão ao lado, mas, depois de pensar por um instante, pegou-a de novo e jogou-a para longe. Indra notou que ele pretendia nunca precisar dela de novo.

O tempo depois disso passou de um jeito estranho. Crepúsculo virou noite, e a escuridão pareceu amplificar o silêncio entre Indra e Wulfric quando os dois se sentaram, com alguma distância, ela o observando atentamente e ele olhando para a floresta. Havia uma serenidade naquele homem que Indra não tinha visto até aquele momento, a mente já distante, em outro lugar, um lugar para onde, assim ele esperava, sua alma seguiria em breve. Perguntou se ele gostaria de conversar, apenas para romper o silêncio, disse ela. Na verdade, Indra se perguntou se talvez ele tivesse palavras finais, qualquer coisa que desejasse confessar para se aliviar antes de morrer — antes de terminar com sua vida. Mas não conseguiu dizer dessa forma.

Wulfric pareceu entender o que ela queria dizer, mas respondeu que não, tudo que queria fazer era dormir. Realmente, por fim, dormir, do jeito que se lembrava de muito tempo antes, e nunca mais acordar. E lhe agradeceu, o que a pegou de surpresa.

"Pelo quê?", perguntou ela.

"Por me libertar", respondeu ele. "Eu havia perdido as esperanças muito tempo atrás, mas, quando a vi pela primeira vez, algo dentro de mim me disse que você me ofereceria essa libertação. Não consigo explicar. Soube, de alguma forma, que você era uma alma piedosa, que me faria uma grande gentileza. Saiba que sou grato por isso."

Indra afastou o olhar, de repente sentindo-se envergonhada, indigna até.

"Não consigo ver que piedade ou gentileza há em acabar com a vida de um homem", disse ela.

"Se tivesse vivido a minha", disse ele, numa voz tão exausta que havia se tornado pouco mais que um sussurro, "saberia."

Por um tempo, Indra tirou os olhos de sobre Wulfric, observando em vez disso os movimentos sutis das folhas ao vento, ouvindo os sons gentis que faziam quando o ar da noite pairava entre elas. Qualquer coisa para evitar olhar o homem que havia jurado matar. *Não é um homem*, ela lembrou. *Uma abominação, só não na forma que esperava. Mas como qualquer outra, uma que matou inúmeros inocentes, e matará muitos mais se você não for até o fim.*

Finalmente, ela voltou a olhar a árvore perto de onde Wulfric estava sentado. Quando a última luz do dia estava se dissipando, ele ficou parcialmente escondido pela sombra larga lançada pelos galhos da árvore, mas a escuridão da noite havia surgido e consumido o que restava dele. Era apenas uma forma preta contra o pouco de luar pálido que penetrava pela copa sobre ele. Imóvel.

"Wulfric?"

Ele não respondeu. Indra deslizou as costas pela pedra lisa na qual havia se recostado até se levantar. Desconfiada, espreitou na escuridão sob os galhos da árvore. Quando os olhos lentamente se ajustaram à noite, ela foi capaz de ver Wulfric pendurado pela corrente. A cabeça pendia baixa, encostada ao peito, uma mecha de cabelos embaraçados obscurecendo o rosto. Tão imóvel que mal parecia respirar.

"Wulfric?"

Nada ainda. Ela deu um passo para chegar mais perto. Venator, de seu poleiro na rocha atrás dela, trapejou e bateu as asas, um alerta. Indra silenciou-o com um aceno e deu outro passo, perto o bastante da fera a ponto de conseguir ser capturada, mas Wulfric ainda não era fera, apenas um homem. Flagrou-se imaginando o quanto a transformação era rápida. O monstro explodiria de dentro dele num repente, sem aviso, e a pegaria de surpresa? Ela duvidava, embora admitisse que as coisas que vira desde o primeiro encontro com aquele homem lhe davam pouco motivo para duvidar que qualquer coisa fosse possível.

Estava ciente de que sua curiosidade talvez a colocasse em perigo e ficou de olho na distância que a separava dele — da coisa. Satisfeita por ainda ser suficiente para ela reagir com rapidez caso a necessidade surgisse, aproximou-se mais um passo. Foi então, quando seu pé tocou com suavidade a terra macia, que a cabeça de Wulfric de repente se lançou para trás, totalmente recostada ao tronco da árvore, os olhos arregalados.

Indra recuou num salto. Seu rosto enrubesceu quando um solavanco quente percorreu seu corpo, irradiando em cada músculo e tendão — seu corpo se preparando para lutar ou fugir. Mas não fez nada; ficou paralisada no lugar, e encarou o homem preso à árvore diante dela.

Momentos antes, não conseguia olhar para ele. Depois, não conseguia desviar o olhar. A posição da lua havia mudado; sua luz atravessou as aberturas do teto de folhas e recaiu diretamente sobre Wulfric. Naquele feixe pálido de luz, Indra viu que, mesmo com os olhos abertos, não era mais um homem. O calor, a centelha, a vida que ela reconhecia naqueles olhos havia desaparecido. Aqueles — e tinha visto o suficiente para saber — eram os olhos de um morto. E, ainda assim, ele se movia, uma marionete controlada por uma força selvagem e desumana dentro dele.

O corpo começou a tremer e se contrair, não muito no início, mas logo estava se retorcendo e se debatendo de forma incontrolável, apenas a corrente ao redor dele segurando-o no lugar. Indra já vira um homem nos estertores de uma convulsão, o corpo inteiro sacudido por espasmos tão violentos que foram necessários outros três para segurá-lo, enquanto suas costas se contorciam ao ponto de quase quebrar. Ali era pior.

A coisa que já fora Wulfric escancarou a boca e soltou um uivo atormentado que espantou os pássaros das árvores, espalhando-os pela noite, e fez Indra estremecer com um calafrio repentino. Era a voz de Wulfric, mas havia algo mais: um som primitivo, gutural, que não pertencia a este mundo — o som de algo que naquele momento o possuía. Indra estendeu a mão às costas para desembainhar a espada, o coração palpitando quando tateou para tocá-la e nada encontrou.

De repente, lembrou que havia deixado as espadas encostadas contra a rocha para que pudesse descansar as costas nela. *Estúpida!* Correu de volta até a pedra, apanhou as duas espadas e segurou-as com firmeza, a sensação das amarras de couro dos cabos nas mãos tranquilizando-a instantaneamente.

Venator estava dançando sobre a rocha como se pousado numa chapa quente, batendo as penas rufladas e gritando como Indra nunca ouvira antes. Olhou para a árvore de novo e viu a pior coisa que já presenciara em sua jovem vida.

O corpo de Wulfric começou a se partir como uma fruta passada. Algo dentro dele irrompeu violentamente para fora, lutando para escapar. O rasgo começou no meio do peito, onde a cicatriz em forma de besouro fora queimada na carne, e se abriu para baixo, até o umbigo. Os olhos de Wulfric se reviraram até embranquecer e a cabeça ficou pendurada sobre o peito quando os dois lados do corpo foram abertos de dentro para fora. O que se derramou não foi sangue, mas vísceras viscosas, brilhantes e escuras que borbulhavam e vazavam enquanto escorriam pela abertura cada vez maior. Indra recuou, horrorizada, quando uma garra estalando, pingando um muco preto oleoso, surgiu do peito aberto de Wulfric e tateou cegamente antes de encontrar o chão da floresta. Em seguida, outra perna alongada e com garra. Naquele instante, não restava quase mais nada de humano em Wulfric, ou ao menos nada visível; a carne que ainda permanecia estava coberta pela gosma preta que vazava, e era impossível dizer onde ele terminava e a fera começava.

As duas pernas frontais encontraram o equilíbrio, permitindo que mais daquela coisa saísse dele. Quando a cabeça da fera emergiu, Indra reconheceu o conjunto horrendo de olhos bulbosos, o estalar terrível das pinças, aquelas mandíbulas grandes e cheias de dentes em forma de agulha. A coisa inclinou a cabeça para cima, a boca escancarando-se e fazendo escorrer uma saliva grossa, enquanto respirava o ar da noite. Quando o restante do corpo surgiu, as pernas alongadas desenrolando-se nas juntas, as placas da carapaça forte espalhando-se para fora, Indra apavorou-se com o horror da magia negra que permitia que aquela monstruosidade de alguma forma fosse parida a partir de um invólucro muito menor. Pois foi o que ela havia testemunhado, percebeu. Um parto infernal, violento, um parasita nascido na escuridão, matando seu hospedeiro para que pudesse viver.

Quando emergiu por completo e nada de Wulfric restava, a criatura tentou avançar — e descobriu que não conseguia. As correntes que pendiam frouxas ao redor do peito do homem agora estavam tensionadas ao redor da cintura aumentada da fera. Ela olhou para baixo, confusa, seus membros retorcidos arranhando a corrente com frustração cada vez maior, mas sem sucesso. Naquele instante, seu corpo todo debatia-se contra o confinamento, a corrente girando e se apertando contra o tronco da árvore de forma tão violenta que sulcava fundo a casca. Folhas caíam no chão como chuva com o sacudir dos galhos lá em cima.

Indra estacou e assumiu postura defensiva, as duas espadas em posição caso a fera se soltasse, mas a corrente e a árvore aguentaram firme. Ela observou por mais um momento, esperando a fera se cansar ou desistir e perceber a inutilidade de sua luta. A criatura, no entanto, parecia ficar cada vez mais insana e violenta quanto mais tentava se libertar — e falhava —, sua frustração aumentando, sua fúria sem fim.

Agora é sua chance, disse a voz dentro dela. *Agora!*

O jeito como as costas da fera estavam presas contra a árvore deixava sua barriga suave e pulsante exposta, como uma tartaruga virada de cabeça para baixo. Mesmo que um golpe em qualquer outro lugar talvez refletisse inutilmente em suas placas grossas e fortes, embaixo ela podia sangrar. Indra já fizera aquilo antes; ali seria mais fácil. Embora suas pernas com garras se debatessem no ar e a fera continuasse a lutar contra as amarras, permanecia um alvo estático. Ela poderia avançar e desviar das investidas, golpeando à vontade, sangrando a fera uma punhalada da espada por vez até a coisa estar morta.

E, ainda assim, algo a impedia. Ela se moveu apenas alguns passos na direção da fera antes de se ver paralisada, as espadas pendendo ao lado do corpo.

O som de aproximação alertou a fera quanto a sua presença, e a visão dela enfureceu-a ainda mais. Uivou e sibilou enquanto forçava a corrente, desesperada para se livrar, para matar. Atacou com as garras estendidas, mas ainda estava a metros de distância. Cuspiu veneno ácido nela, mas Indra havia aprendido a reconhecer o movimento de mastigação que precedia o cuspe e desviou com facilidade, as bolhas de saliva queimando a casca das árvores atrás dela.

Sabia que matar a coisa não seria difícil. Sabia que estaria fazendo um serviço ao mundo enviando-a de volta ao fosso infernal do qual havia sido invocada de forma tão imunda. Sabia que seu pai, ao ver o que ela fizera, seria forçado a admitir que estava errado. E sabia que encontraria por fim sua vingança. Mas aquela questão não era tão simples quanto matar um monstro, como sempre havia imaginado. Pois não conseguia parar de pensar que a coisa odiosa, assassina, que se debatia e uivava diante dela, não era apenas um monstro, mas também uma alma humana. Em algum lugar dentro da casca preta e sem alma ainda havia um homem inocente, um homem bom. Um homem tão vítima de uma abominação como qualquer um que havia sido morto por uma criatura como aquela. Talvez mais ainda.

Enquanto a fera continuava a vociferar, se contorcer e rasgar o ar com as garras, esforçando-se com toda a fúria para alcançá-la, Indra embainhou as espadas, virou-se e caminhou até a rocha, onde se sentou. De sua túnica, sacou um pequeno pedaço de pergaminho e um pedaço de junco afiado, que ela usou para rabiscar um bilhete. Era algo que esperava nunca fazer, mas aquela situação estava muito além de qualquer coisa para que havia se preparado, e precisava do conselho daqueles com conhecimentos maiores que os seus.

Ao terminar de escrever a mensagem, enrolou-a para ficar o menor que podia e prendeu-a à perna de Venator.

"Casa", disse ela, em seguida observou-o alçar voo, desaparecendo no céu noturno.

Sentou-se de novo e começou a fuçar a bolsinha que levava no cinto em busca de agulha e um carretel de cordão grosso que levava para reparar sua armadura de couro. Precisaria deles na manhã seguinte.

24

Quando as nuvens do início da manhã se abriram, a luz do sol variegada irrompeu pelas copas das árvores e caiu sobre o rosto de Wulfric, despertando-o. Sentou-se com um gemido. Em alguns dias, os efeitos colaterais prolongados de sua transformação eram piores que em outros. Naquele em especial, a ressaca, como às vezes ele chamava, foi das bravas. A cabeça latejava, a luz forte vinda de cima apenas piorava. O estômago doía com a fome, como se não tivesse comido por dias, embora soubesse que havia comido na noite anterior. Mais que outra coisa, estava desorientado, a visão borrada, e o mundo ao redor parecia balançar para lá e para cá como um barco em mar agitado. Sabia que duraria um tempo até se recuperar plenamente.

Mesmo assim, suas faculdades estavam em alerta, ao menos o suficiente para saber que algo estava errado. A partir do momento de seu despertar, sentiu uma estranheza. Ao passo que tomava mais e mais ciência, percebeu que era uma ausência que o perturbava. Várias ausências.

Primeiro, não havia corrente ao seu redor; ele não acordara preso a uma árvore, como era normal, mas solto e no chão. O que mais? Fazia tempo que se acostumara a acordar com o fedor de enxofre, mas naquela manhã mal conseguia senti-lo. Foi apenas quando se sentou, sua visão aos poucos ficando nítida e adaptando-se à luz, que ele viu por quê. Não despertara coberto e cercado por uma grossa camada de cinzas, como vinha acontecendo todos os dias nos últimos anos. A pátina cinzenta de imundície que em geral cobria cada centímetro dele havia sido retirada quase por completo, e a pele estava brilhante, rósea e limpa — o que parecia a Wulfric tão anormal, pois fazia muito tempo que a vira desse jeito. E não estava nu, mas vestido com o surrado manto encapuzado.

Nada daquilo era normal. Nada daquilo estava certo.

Lentamente se levantou, soltando um grunhido doloroso, ao menos uma coisa familiar que se fazia perceber: cada músculo e junta do corpo doía quando invocada a fazer algo. Ainda zonzo, cambaleou e quase caiu, equilibrando-se contra a árvore mais próxima. Percebeu os sulcos lascados cavados na casca, olhou para baixo e viu a corrente deixada ao redor da base, sem cadeado. Depois, por fim, percebeu a coisa que lhe parecera a mais estranha de todas desde o início, a coisa que menos esperava ao acordar. Era o fato de ter acordado, de ainda estar vivo.

"Bom dia", disse uma voz por trás dele. Wulfric se virou, mais rapidamente do que era recomendável em seu estado lastimável de equilíbrio, e cambaleou de forma um tanto estranha antes de se estabilizar. Em seguida, viu Indra sentada não muito longe, despelando casualmente um pequeno animal. Ela sorriu para ele, ao que Wulfric respondeu, com um olhar atordoado.

"Como ainda estou vivo?", perguntou ele. Rouquejava, a garganta seca como osso, pois não apenas sempre acordava faminto, como também sedento.

"Estou preparando o desjejum", disse ela. Ergueu o animal pelas patas traseiras e puxou a pele sobre a cabeça para expor a carne. "Poderia fazer uma fogueira?"

Wulfric caminhou para mais perto dela, seu equilíbrio já melhor.

"Não devia brincar comigo! Era para eu estar morto!"

"Tudo prova o contrário", disse ela enquanto deixava o animal de lado e limpava as mãos num trapo.

O céu havia escurecido, e ela ergueu os olhos para ver que Wulfric havia se movido mais perto, sua sombra caindo sobre a garota enquanto ele a encarava de cima, seu olhar de perplexidade transformando-se em algo que beirava a raiva. Ela se perguntou por um momento se deveria pegar uma espada, mas viu que Wulfric tentava se acalmar.

"Nós tínhamos um acordo", disse ele num tom um pouco mais comedido. "Você concordou..."

"Sei muito bem com que concordei!", disse ela, saltando de repente para ficar de pé, sua compostura desaparecendo. "Mas é mais fácil falar que fazer."

Wulfric deu-lhe as costas, balançando a cabeça, aflito.

"Eu poderia não ter facilitado. Ofereci a fera, presa e indefesa, disse como e onde devia acertá-la... Diga, o que mais eu deveria ter feito?"

Indra pensou em silêncio naquelas palavras por um momento enquanto Wulfric caminhava bruscamente de um lado para o outro da clareira. Por fim, ela respondeu: "Não devia ter me agradecido".

Ele parou e olhou para ela. "Quê?"

"Você me agradeceu. Foi a última coisa que fez antes de... antes de se tornar aquela coisa. Talvez se não tivesse, teria sido mais fácil esquecer que mesmo depois de a fera ter emergido ainda havia um homem bom e decente preso em algum lugar dentro dela."

Wulfric olhou para ela, consternado.

"Agradeci não por qualquer bondade ou decência, mas por alívio! Porque acreditei que alguém poderia finalmente ser capaz de me conceder o descanso pelo qual tanto ansiei. Que tolo eu fui."

"Desculpe", disse Indra. "Vim até aqui para matar uma abominação, mas não dessa forma. Não poderia tirar a vida do monstro se isso significasse também tirar a vida de um homem inocente."

Wulfric bufou com desdém.

"Se me conhecesse melhor, não pensaria em mim como um inocente."

"Não cabe a mim julgar", disse Indra.

"Muito bem! Não cabe!", retorquiu Wulfric, apontando um dedo acusador para ela. "Então, quem é você para me julgar inocente, ou decente, ou bom? O que sabe sobre mim? Nada! Não sabe de nada!"

"Sei que nada que tenha feito poderia justificar tal punição, mesmo se for nisso em que acredita." Ela hesitou em perguntar, mas sua curiosidade não deixaria por menos. "O que você quis dizer sobre essa maldição ser parte de sua penitência? Penitência pelo quê?"

Wulfric moveu-se desajeitadamente e se afastou dela.

"O que importa? Já decidiu que não me ajudará."

"Está errado", disse ela. "Quero ajudar. Mas preciso acreditar que há uma maneira melhor. Outro jeito que não a morte."

"A morte é tudo que mereço", disse ele ainda de costas para ela.

"Também não acredito nisso", comentou ela. "Nenhum homem está além da redenção, além do perdão."

Ele a encarou, e Indra viu que lágrimas marejavam seus olhos.

"Mesmo se fosse verdade, não sou apenas um homem. Sou?"

"Também não é apenas um monstro", respondeu ela, e tentou estender a mão para pousá-la no braço de Wulfric a fim de tranquilizá-lo, mas ele deu um meio passo para longe dela.

"Quando aqueles homens vieram aqui, duas noites atrás, mais deles foram mortos pelas minhas mãos do que pela fera", ele lhe disse. "Em minha vida como homem, matei voluntária e conscientemente mais do que a criatura insana jamais matou. E ela matou muita gente. E assim eu pergunto: qual de nós é o monstro real?"

Houve um momento de silêncio antes de Indra falar.

"Esses homens que matou... foi quando era um soldado, na guerra, certo?"

Wulfric fez um gesto de desdém.

"Muitos homens usaram essa desculpa para justificar o que adoravam fazer."

"Talvez sim", disse Indra, examinando-o. "Mas você não. Não acho que tenha adorado. Conheci homens assim, e posso dizer que não é um deles. Se eu estiver errada, é só me dizer."

Wulfric fez uma careta e ergueu os ombros contrariado, sinalizando de novo sua relutância em falar mais sobre o assunto. Ele andou para lá e para cá, arrastando os pés, indeciso. Depois, girou e olhou para Indra com atenção.

"Vou perguntar mais uma vez. Vai me ajudar ou não? Caso contrário, vá embora e me deixe."

Indra encaixou os ombros e se levantou diante dele, sem temor.

"Se me pergunta se vou matar a fera com você dentro, a resposta é, e sempre será, não. Nem vou embora. Prestei um juramento de proteger a humanidade da calamidade que Aethelred invocou para esta terra, e você é tão vítima como qualquer outro. Acredito que não houve acaso no fato de termos nos encontrado. Acredito que fui enviada para ajudá-lo."

Wulfric olhou para Indra de um jeito estranho, em seguida a assustou quando lançou as mãos para o alto e olhou o céu.

"Senhor!", gritou ele, exasperado. "Já não tenho maldição suficiente para que ainda me aflija com isto? Este carbúnculo teimoso?"

Indra cruzou os braços sobre o peito, sem achar graça.

"Está zombando de mim."

Wulfric abaixou os olhos.

"Não zombo de suas intenções. Elas são honradas. Apenas de sua ingenuidade. Diga-me! Diga-me como quer me ajudar."

"Talvez devêssemos começar do princípio", disse ela ao tirar um pequeno odre de água do cinto e oferecê-lo a Wulfric. "Parece sedento." Depois de um momento de hesitação, ele o arrancou de sua mão e bebeu dele até esvaziá-lo. Ao terminar, limpou a boca com a manga do manto e, quando ele estendeu o odre vazio para Indra, viu um indício de um sorriso satisfeito no rosto da garota.

"Não significa nada", disse ele.

Ela apanhou o odre vazio dele.

"Se não vai aceitar a minha ajuda, ao menos por ora aceite minha companhia. Você é bem-vindo para se juntar a mim no desjejum. A menos, é claro, que tenha coisas mais urgentes a fazer hoje."

Wulfric franziu o rosto.

"Agora você é quem está zombando de mim."

"Não mais do que você merece", disse Indra depois de voltar à fogueira do acampamento, onde se sentou, puxou uma faca pequena e fez uma abertura vertical na barriga do animal esfolado para limpá-lo. Wulfric observou-a trabalhando, eficiente e habilidosa, e tentou endireitar os pensamentos, que a garota havia conseguido embaralhar bem. Queria tanto pegar sua corrente e partir, deixar a garota para trás. Nada poderia vir de bom ao mantê-la por perto. Por que, então, seus pés o levavam na direção dela, e não para longe?

Ajoelhou-se diante dela e começou a recolher os gravetos próximos para a fogueira. Ainda não entendia por que estava fazendo aquilo, por que ainda estava ali com Indra. Andara com reis, lutara contra bárbaros dos mais ferozes do outro lado do mar e assassinara monstros inimagináveis. Então, por que essa garota surgida do nada, que mal tinha metade de seu tamanho e uma fração de sua idade, o confundia tanto? Se fosse como muitos outros que encontrara em suas viagens, se batesse nele ou tentasse matá-lo, saberia precisamente como reagir. Ele...

Foi então que percebeu. A garota lhe parecia tão estranha, tão perturbadora porque falava uma língua que quase havia esquecido. Da empatia. Da tolerância. Da compaixão. Esteve em território inexplorado por tanto tempo que se sentia deslocado, ainda que a compulsão pela redescoberta fosse um anseio ancestral, arraigado, algo mais poderoso que o instinto que lhe dizia para fugir.

Ele fez uma faísca e iniciou o fogo, em seguida ajustou o manto para que pudesse se sentar adequadamente no chão. Indra não fez alarde com o gesto e continuou seu trabalho em silêncio. E assim Wulfric continuou o seu, jogando mais madeira no fogo. Estava tão consumido por seus pensamentos bagunçados que nem perguntou à garota onde estava seu falcão, nem mesmo percebeu que ele havia desaparecido.

25

Venator chegou ao seu destino antes mesmo de Wulfric acordar, tendo voado a noite toda. Era uma longa jornada, mas muito mais rápida quando feita por um pássaro, e Venator era mesmo rápido, tanto por raça como por treinamento.

O que fora no passado a Catedral da Cantuária havia mudado muito desde que funcionara como a sé de um arcebispo. Os experimentos repugnantes de Aethelred e a subsequente infestação levaram o rei Alfredo a declará-la não mais um lugar santo, não mais adequado ao seu objetivo original. Em vez disso, entregou-a à recém-fundada Ordem para usá-la enquanto iniciava a tarefa de caçar as centenas de abominações que haviam se espalhado pela Inglaterra, um perigo para homens, mulheres e crianças em todos os lugares. Ajustando-se ao novo papel de guarnição militar, a catedral foi bastante modificada, com baluartes e outras fortificações erigidos ao longo dos pináculos antigos da igreja.

Venator pousou no alto de um dos paredões e escorou-se, cambaleando para a frente e para trás no parapeito, trapejando e batendo asas. Por fim, os gritos altos e persistentes do falcão tiraram da cama um guarda na caserna próxima. Ele surgiu de uma porta arqueada no adarve do telhado, ainda sonolento e lutando para arrumar as calças, mas quando viu que não era um corvo importuno, ficou totalmente alerta num estalo. Como o falcão continuou a se mexer e bater as asas, ele se aproximou do parapeito para olhar mais de perto.

Não podia haver engano com a plumagem do pássaro e a expressão penetrante daqueles olhos âmbar. A Ordem mantinha muitas aves de rapina, mas nenhuma como aquela.

Venator.

Um segundo guarda surgiu, nu, exceto por um cobertor de lã áspero jogado sobre os ombros. Esfregando os olhos para espantar o sono, ele mexia sonolento numa balestra.

"Corvo maldito", murmurou ele. "Vou comê-lo no desjejum!"

"Não é um corvo", disse o primeiro homem e, quando o segundo ergueu os olhos, deixou cair da mão a flecha, que tilintou nas lajotas de pedra.

"Que diabos", disse ele, de repente mais que acordado.

"Vá buscar o lorde marechal", disse o primeiro.

"O sol mal nasceu. Ele ainda está dormindo."

O primeiro homem virou-se com tudo para encarar o outro. Talvez aquele tolo tivesse esquecido as ordens permanentes dadas a cada soldado por lorde Edgard quando sua filha partiu quase um ano antes, mas ele não.

"Então, acorde-o. Agora!"

———◆———

Edgard sentou-se na cama, grogue, arrancado do sono por alguém que espancava sua porta. Um dos homens gritava entre pancadas de punho fechado, a voz abafada através da madeira de carvalho robusta. Estava tendo um sonho excelente, e ser arrancado dele trouxe-o de volta ao mundo real com um humor péssimo. Quando viu que mal havia amanhecido, lançou os pés para fora da cama, pisou no chão frio e se levantou, espreguiçando-se enquanto o bater violento na porta continuava e imaginando as várias maneiras de desgraçar completamente a vida de quem quer que estivesse fazendo aquilo.

"Entre!"

A porta abriu-se com tudo e o guarda entrou, apressado. Edgard mediu-o de cima a baixo, curioso. Em sua pressa, o homem não havia pensado em se vestir e ainda estava nu, exceto pelo cobertor enrolado ao seu redor, uma balestra descarregada na mão. Edgard hesitou por um momento a fim de absorver aquele completo absurdo antes de falar.

"Tudo que posso dizer é: melhor que tenha um motivo muito, *muito* bom."

O homem de fato tinha.

"Venator retornou."

Cada músculo do corpo de Edgard retesou-se, e ele sentiu o sangue quente borbulhar dentro de si.

"Quando? Onde?"

"Bem agora, no baluarte a oeste."

Edgard vestiu-se mais rápido do que jamais fizera, jogando um manto ao redor de si enquanto avançava para a porta.

"Mostre-me."

O guarda levou Edgard através dos corredores da fortaleza enquanto puxava o cobertor, que se arrastava em torno dos pés descalços, para não tropeçar. Era uma visão cômica e, em qualquer outro dia, Edgard talvez tivesse se divertido, mas não conseguia pensar em outra coisa a não ser na chegada do falcão e seu significado.

Por um lado, era motivo de alívio; sua filha certamente estava viva — uma perspectiva que, depois de dez longos meses, havia começado a parecer deprimente e sombria. No sexto mês sem nenhuma palavra, embora tivesse lhe dito expressamente para enviar o falcão com notícias regulares, mesmo se apenas sobre seu bem-estar, começara a temer pelo pior. Havia considerado mandar destacamentos atrás dela. Mas tinha certeza de que se fizesse tal coisa, e a encontrassem viva, nunca mais falaria com ele de novo.

Não precisaria de muito, ele sabia, para levá-la a tal atitude. Era teimosa e orgulhosa demais — alguns, até ele mesmo, talvez dissessem arrogante — para aceitar ajuda, e Indra ficaria mortalmente ofendida pela sugestão de que Edgard pensava que ela precisava de resgate.

Isso e o fato de ela já o odiar bastante. De uma forma estranha, aquilo tinha servido como uma espécie de conforto a Edgard durante os meses em que Indra estava fora; sabia que não tinha notícias provavelmente pela falta de vontade, não de capacidade.

Por outro lado, seu orgulho e sua obstinação significavam também que não escreveria a menos que estivesse de fato em perigo, talvez temendo pela própria vida, e precisaria de uma situação realmente grave para Indra admitir que era demais para ela cuidar do assunto sozinha. Ah, podia se virar muito bem; não havia poucos iniciados, paladinos plenos até, que testemunhariam de forma relutante depois de tentarem derrubá-la num gancho no círculo de treinamento. Alguns ainda carregavam as escoriações. Ainda assim, mais cedo ou mais tarde, lá no mundo selvagem, ela se veria obrigada a entrar numa briga que fosse além de suas capacidades.

Antes de ela partir em sua Provação, Edgard lhe dissera que, se não voltasse, certamente seria por sua arrogância excessiva. Isso ou sua maldita raiva, que ela nunca aprendera a controlar a contento. De onde havia tirado aquilo, apenas Deus sabia. Do pai dela, acreditava Edgard.

Atravessaram rapidamente as colunatas do claustro central da antiga catedral, havia muito convertida num pátio de treinamento externo. O rei Alfredo recusara no início a sugestão de que a catedral vazia fosse usada como base de operações da Ordem — transformar uma casa de Deus numa casa de guerra —, mas Edgard o convencera. *Deus ou guerra, um é melhor que o outro nesses dias?*, argumentou ele. *Qual reclamou mais vidas, quem pode dizer?*

Alfredo consentiu, relutante, e a catedral provou ser um lugar excelente quando o trabalho foi concluído, adequado para abrigar qualquer força de combate no mundo. Alfredo, em seus dias, aguentou bem a Ordem, pois se considerava responsável pela ameaça que fora desencadeada por Aethelred ,com sua permissão. Não havia poupado despesas quando Edgard montou a Ordem com uma força de, em seu auge, mil homens. O rei, já determinado a erradicar cada vestígio da calamidade de Aethelred, ficou ainda mais obstinado com a notícia da morte de Wulfric. Seu amigo mais próximo assassinado por uma abominação, com sua família e vizinhos, enquanto celebravam sua volta ao lar — Alfredo também se sentia responsável por isso. *Seja lá o que precisar, você terá,* disse ele a Edgard quando o encarregou da Ordem. *Até a última das criaturas estar morta.*

Mas isso aconteceu muito tempo antes, e a catedral agora estava precisando de reparos urgentes. Nos anos transcorridos desde a morte de Alfredo, seu filho e sucessor, Eduardo, o Velho, não via a Ordem com tão bons olhos. Talvez Edgard e seus homens tivessem feito bem demais seu trabalho; à época da sucessão de Eduardo ao trono, a maior parte das abominações já havia sido caçada e morta. Restavam apenas algumas e essas raramente eram vistas; a própria existência das criaturas havia começado a entrar no reino da mitologia.

E assim o novo rei começou a ver a Ordem como imensamente redundante, e um sumidouro para os recursos da coroa, muito necessários em outros lugares. Mesmo com todo o bom trabalho que seu pai realizara para manter a paz com os nórdicos, Eduardo fizera um voto para reivindicar toda a Inglaterra junto àqueles que haviam se estabelecido lá e financiava a montagem de um exército adequado para a tarefa. Restava pouco para a Ordem, que Eduardo considerava uma tolice do pai. Edgard conseguira convencer o rei a continuar concedendo um pequeno estipêndio para que pudessem terminar seu trabalho. Mas o fato era que a Ordem se transformara em uma sombra de sua antiga plenitude: mais ou menos cem homens, com ouro que mal dava para mantê-los aquartelados e alimentados.

Mais homens saíram com o tempo, tentados por melhores condições e pagamentos no vasto novo exército de Eduardo, e fazia mais de ano que haviam aceitado um novo iniciado, sem contar Indra. Logo não restaria mais nada da Ordem. Eduardo anunciou seus planos de dispersá-la e devolver a catedral à Igreja.

O pensamento do que a vida lhe reservava depois disso manteve Edgard acordado por muitas noites. Sempre conseguiria voltar para a guerra, mas achava que os homens seriam presas muito menos satisfatórias do que os monstros que se acostumara a caçar. Tudo que conhecia agora era aquela caça, a maior de todas as caças — e a glória subsequente. Mas a glória estava quase esquecida, pois a caça em si logo se extinguiria.

Sim, eram tempos sombrios. Mas Edgard ainda estava animado enquanto seguia o guarda pela escada em espiral que levava ao baluarte a oeste, subindo dois degraus por vez. Sua filha talvez o desprezasse, quem sabe com razão, mas continuava viva. E estava falando com ele.

Venator voou do parapeito até o antebraço de Edgard quando ele chegou. O pássaro fora bem treinado; se outra pessoa tentasse retirar a mensagem de sua perna, estaria chorando a perda de um dedo ou outras coisas. Embora fosse o destinatário pretendido, Edgard fizera o trabalho cuidadoso de soltar a tornozeleira de cobre e retirar o pergaminho de dentro, enquanto mantinha um olho naquele bico adunco, afiado como uma adaga.

Quando Edgard abriu o pergaminho e começou a ler, Venator saltou de seu braço e encarapitou-se na parede mais próxima. O sol estava se erguendo agora, a luz esgueirando-se sobre a terra, lançando um brilho dourado e morno sobre tudo. Era uma bela visão, embora ninguém além de Venator a visse. Os dois guardas observaram Edgard enquanto ele lia, e ficaram cada vez mais inquietos ao reparar a expressão esperançosa do comandante começar a se dissipar. O rosto ficou vacilante, em seguida ele cerrou os dentes e a cor desapareceu das bochechas.

Edgard enrolou o pequeno pedaço de pergaminho, lenta e cuidadosamente. A expressão era vazia, insondável. Os guardas esperaram algum comando que pudesse indicar o que o perturbara tanto, mas não houve nenhum. Em vez disso, Edgard partiu a toda velocidade pela entrada arqueada e desceu apressadamente as escadas, a capa tremulando atrás dele. Os dois guardas trocaram olhares.

"Senhor?", um deles chamou.

Edgard já havia desaparecido, mas a voz ecoou pela escada em espiral.

"Cuidem para que o falcão seja bem alimentado e descanse! Ele parte em uma hora."

——•◆•——

A parte da antiga catedral para onde Edgard seguia era do outro lado do baluarte a oeste. E embora fizesse muito tempo que não havia motivos para correr, agora corria, mais rápido que jamais correra, mesmo longe de ser o jovem que fora. Partiu em carreira pelo pátio de treinamento e entrou na nave da catedral, que agora servia como um grande armazém para rações, suprimentos e equipamentos. Naqueles dias, ficava quase vazio, seus estoques diminuindo lentamente ao passo que os meios para reabastecer ficavam mais escassos mês após mês.

Edgard atravessou o corredor até o altar, depois desceu outra escada em espiral até o subterrâneo da catedral. Era mais frio ali embaixo, úmido e escuro. Edgard precisou acender uma tocha para enxergar o corredor, sua chama lançando sombras longas nas antigas paredes de pedra. Passou por várias entradas e chegou a uma no final do corredor. A sala funcionara no passado como biblioteca e arquivo da catedral, mas, como o restante da igreja, havia sido convertida para outro uso quando a Ordem tomou posse. Ainda era uma espécie de biblioteca, mas uma biblioteca de coisas que nunca deveriam ter existido.

Edgard abriu com tudo a porta da câmara e entrou, sem se importar em bater. Embora ainda fosse muito cedo, seu conselheiro arcano já estava em pé e trabalhando. O homem mal dormia.

E lá estava ele, à mesa na outra ponta de seu gabinete mal-iluminado, cabeça baixa, tão absorto no trabalho que nem mesmo percebera a entrada estridente de Edgard. Somente quando marchou na direção dele é que Cuthbert viu as sombras lançadas na parede pela tocha que o comandante carregava e ergueu os olhos para ver o cavaleiro se aproximar. Ficou em pé num salto, como a hierarquia e o respeito exigiam, mas sua atenção estava mais na chama da tocha do que no homem que a carregava.

"Meu senhor", disse Cuthbert. "Por favor, sem fogo aqui dentro."

Sua mesa estava atulhada de pergaminhos totalmente escritos que ele começou a juntar e puxar na sua direção para protegê-los. Os dois homens estavam cercados por livros e papéis, em cada mesa e superfície, até mesmo empilhados no chão; as sombras pretas e longas da sala sugeriam um número ainda maior escondido na escuridão.

Nas estantes atrás de Cuthbert ficava o coração de tudo aquilo: o Bestiário. Um projeto que havia começado a partir de uma pilha de papéis, quinze anos antes, e nos anos que seguiram havia crescido em tamanho até formar uma dezena de volumes grossos encadernados em couro que catalogavam cada espécie de abominação já encontrada pela Ordem, com desenhos detalhados que causavam um orgulho especial em Cuthbert. Em cada caso, a descrição da fera, traços comportamentais, hábitos, modo de ataque e, o crucial, vulnerabilidades estavam registrados em detalhes minuciosos. Uma zoologia do inferno. Conhecimento inestimável que podia facilmente ser destruído por uma fagulha errante de uma chama muito próxima.

Edgard suspirou — *Este homem e seus hábitos obsessivos* — e soprou a tocha, deixando a sala numa escuridão quase completa, exceto pela estranha luz verde que brilhava fraca dentro de uma lamparina de vidro para leitura sobre a mesa de Cuthbert. Cuthbert girou um botão na base de latão da lamparina e a chama lá dentro ficou mais forte, embora não tremeluzisse ou dançasse à maneira de qualquer fogo conhecido pela ciência. Era mais brilhante e mais estável, e lançava na sala um brilho etéreo, esverdeado. Apenas naquele momento

Cuthbert notou o olhar sério no rosto de seu mestre. Quis perguntar qual era o motivo, mas Edgard lhe disse de pronto: "Indra está viva".

"Abençoada seja!", disse Cuthbert, abrindo um largo sorriso. Seu alívio com a notícia era palpável, e assim ele se perguntou por que Edgard não parecia compartilhá-lo. "Ela voltou?"

"Não, mas mandou uma mensagem." Edgard entregou-lhe o pergaminho. "Leia."

Cuthbert desenrolou o pergaminho, seus olhos correndo rapidamente por ele. Levou pouco mais de um instante para ficar boquiaberto. Olhou para Edgard, perplexo.

"Por mais que eu odeie admitir", falou Edgard, "parece que você tinha razão."

Eu sabia que tinha, desde o primeiro dia, pensou Cuthbert, mas nada disse. *Simplesmente preferiu me ignorar.*

"O que o senhor pretende fazer?", perguntou ele em voz alta.

"Pretendo fazer o que ela pede", disse Edgard. "Vamos até ela assim que meus homens estiverem prontos."

Edgard sentiu a hesitação de Cuthbert. Fazia muito tempo desde que o padre mirrado estivera no campo e nunca fora um local muito adequado para ele, em primeiro lugar. Reconhecia, no entanto, que o homem havia se fortalecido consideravelmente nos anos desde que Wulfric os apresentou. Uma carreira passada na caça a abominações fazia isso, no fim das contas.

Cuthbert não envelhecera bem durante aqueles anos, embora Edgard tivesse de admitir que também não havia. Uma carreira passada perseguindo monstruosidades fazia isso também. Mas algo naqueles olhos pálidos, fundos, sugeria que Cuthbert havia ficado com a pior parte. Talvez não fossem as abominações em si, mas a exposição prolongado à magia de Aethelred.

Reconhecendo que Cuthbert talvez tivesse perdido sua verdadeira vocação quando entrou no sacerdócio, Edgard fizera dele um membro civil permanente da Ordem em sua fundação e lhe atribuiu a tarefa de promover o trabalho arcano que Aethelred iniciara na esperança de encontrar novos usos, mais construtivos para ele. Encontrou muitos desses usos, embora a maioria fosse pouco mais que curiosidades. A lamparina eterna em sua mesa era uma das melhores.

Embora Cuthbert ainda estivesse hesitante, Edgard se enganou quanto a seu motivo: "Digo, o que o senhor pretende fazer assim que chegarmos lá?", perguntou o padre. "Indra está pedindo ajuda."

Edgard abriu um sorriso forçado enquanto tomava de volta o bilhete e o examinava de novo.

"Tentei ajudar essa garota a vida inteira. Ela nunca aceitou ajuda. Há uma ironia aí, pois deve ser por isso que ela enfim pede minha ajuda, não acha?"

"Pela minha leitura dessa nota", disse Cuthbert, "ela não está pedindo ajuda para si, mas para ele."

O sorriso de Edgard esvaneceu. Ele escondeu a nota.

"Esteja pronto em uma hora." E, com isso, virou-se e partiu para a porta.

Em seu caminho, os olhos foram atraídos por uma das muitas bancadas de trabalho de Cuthbert, sobre a qual havia muitos papéis e outros instrumentos. Era uma mesa de artífice, cheia de ferramentas de especialista, metais preciosos, gemas e outras matérias-primas — coisas de um joalheiro. Edgard parou e pegou o que parecia ser um dos muitos exemplos de produto acabado, uma pequena esmeralda engastada numa peça de ouro. Era um trabalho de precisão excelente, a gema intrincadamente cortada pouco maior que uma semente de maçã. Ergueu-a contra a luz, examinando-a de perto e com interesse. Para o leigo, talvez parecesse um mero ornamento, mas Cuthbert dissera a Edgard seu verdadeiro objetivo, e lhe ocorreu que aquela coisa talvez fosse útil. Indra era sua filha e ele a amava, mas não confiava nela inteiramente e suspeitava que a garota não confiava nele de forma alguma.

Virou-se para Cuthbert, erguendo o pequeno objeto.

"Isso funciona de verdade?", perguntou ele.

"Ah, sim", disse Cuthbert, sempre contente em falar de seus projetos. "Os resultados dos meus testes foram extremamente encorajadores. De fato, esse que você está segurando foi o mais preciso até agora, meu senhor."

Edgard assentiu, pensando por um momento, em seguida pôs o pequeno objeto dourado no bolso antes de continuar por seu caminho.

"Meu senhor." Cuthbert observava detrás da escrivaninha, um olhar de preocupação visível à luz verde aconchegante.

Edgard parou na soleira da porta e olhou para trás.

"O senhor e eu tivemos divergências sobre isso no passado", disse Cuthbert. "Admito que talvez fosse evitável antes. Mas não mais. O senhor..."

Edgard silenciou-o erguendo a palma da mão e olhando com tanta seriedade que a sombra lançada na parede parecia ter ficado maior ao redor dele.

"Já tivemos essa conversa antes, vezes demais. Não traga esse assunto à tona de novo."

E então saiu, e a porta se fechou em seguida. Cuthbert encurvou-se na cadeira e girou o botão da lamparina de mesa, fazendo a chama eterna reduzir sua intensidade ao mínimo. Em momentos como aquele, quando ele precisava pensar, era melhor estar na escuridão.

26

Comeram juntos, em silêncio, Wulfric, um tanto hesitante, e Indra, sabendo que era mais sábio não o pressionar a falar mais, ainda que o quisesse. Embora Venator fosse o responsável pela maior parte da caça, ela também fizera sua parte, e começou a ver Wulfric como o cervo selvagem que ela aprendera a seguir; se houvesse um descuido e ele percebesse que alguém estava se aproximando demais, fugiria facilmente.

A Wulfric, diferentemente do cervo, ela não queria fazer mal. E aí estava a ironia: ele *queria* que ela lhe fizesse mal, que o matasse; mas sua oferta de ajuda o desconcertava totalmente.

E ela queria ajudá-lo. Nunca antes na vida encontrara uma alma tão deplorável, e naquela época era o que não faltava. Ainda assim, por todas as suas promessas e todos os seus protestos, não tinha ideia do que poderia realmente fazer por ele. Por tudo que sabia, Wulfric tinha razão: estava além de qualquer forma de auxílio que não fosse uma morte piedosa. Embora a Igreja proibisse esse meio como remédio para aqueles assolados pelas enfermidades com as quais a medicina não podia lidar, guerreiros gravemente feridos ou aleijados em batalha e que eram desenganados geralmente tinham o sofrimento interrompido por seus camaradas.

Indra não sabia se Wulfric podia ser considerado um caso desses; tudo que sabia era que a solução que propusera a revoltava. Devia haver uma maneira melhor. Wulfric foi amaldiçoado por essa magia como ela nunca vira antes, mas sentia com certeza — ou ao menos esperava intensamente que lhe parecesse uma certeza — que alguém dentro da Ordem saberia como ajudá-la. Foi por isso que enviara Venator de volta a Cantuária. Havia um homem em especial em quem estava apostando suas esperanças, o homem mais inteligente que conhecia, o homem que lhe ensinara tudo que sabia sobre magia. Certamente Cuthbert pensaria numa solução. Certamente.

Ela ergueu os olhos para o céu, onde o sol já chegava ao zênite. Não conseguia ter certeza de quando Venator chegara na Cantuária ou quanto tempo a ajuda que ela solicitara levaria para chegar ali. Tudo que podia esperar fazer era ficar perto de Wulfric, impedir que ele fugisse antes do socorro. Tinha certeza de que ela o espantaria se lhe dissesse a verdade. Fora bem difícil mantê-lo ali naquela manhã do jeito que as coisas foram; se ele soubesse que outros estavam a caminho, certamente seria a última vez que ela o veria. Não, era melhor assim.

Contudo, o problema de seu pai permanecia. Embora não tivesse especificamente solicitado que fosse em pessoa, sabia que ele iria. Seria um reencontro difícil, na melhor das circunstâncias. Mas aquilo... Ela conhecia o homem a vida toda, acreditava que o conhecia bem o suficiente, mas, quando pensou nisso, percebeu que não poderia prever como reagiria àquele dilema.

Ela mesma havia começado uma expedição para caçar e matar uma abominação. Ainda assim, aquela que encontrara confundira todas as expectativas e fez com que ela visse as coisas de outra maneira. O que seu pai veria? Era um homem de guerra, inflexível, que sempre voltava das expedições de caça da Ordem com um olhar de felicidade — o olhar de um homem que tinha prazer com algo que devia ser visto apenas como uma obrigação lúgubre. Por outro lado, não havia começado sua expedição adorando a ideia de matar uma fera dessas? Ao seu pai fora atribuída a tarefa de matar monstros por ordem régia, enquanto ela procurou aquilo, pediu por aquilo ansiosamente. Mais que isso, exigiu, apesar das diversas tentativas de seu pai de dissuadi-la, até mesmo de proibi-la. Queria muito matar uma abominação; o que fazia dela uma pessoa melhor que ele?

Foi diferente, disse a si mesma. Tinha seus motivos, e eram os melhores.

Porém, quanto mais pensava, mais começava a achar, preocupada, que havia cometido um erro. Seu pai viria com homens escolhidos entre os melhores sob seu comando. Veteranos que obedeceriam suas ordens — e apenas as dele. Assim que chegassem, sua capacidade de controlar a situação dependeria exclusivamente de persuadir o pai a ver as coisas como ela as via, e Indra percebeu então que tinha pouca fé naquela empreitada. O que tinha feito? Na pressa em ajudar aquele homem, ela inadvertidamente o condenou?

Ergueu os olhos de novo para o sol, imaginando quanto tempo tinha antes de eles chegarem. Precisava pensar. Sério e inflexível como era seu pai, ela se provara páreo para ele antes, do contrário não estaria ali. Talvez ainda o convencesse a ajudar aquele homem, convencesse Edgard de que Wulfric era diferente de todas as abominações que ele havia matado sem pensar um segundo; daria certo, se tivesse tempo e liberdade para fazê-lo. Se pudesse encontrá-lo e falar com ele em termos que lhe fossem favoráveis, aquilo impediria que agisse impulsivamente, mesmo se falhasse em persuadi-lo. Mas como? Os olhos dela pairaram sobre as espadas gêmeas recostadas à rocha, suas lâminas reluzindo à luz do sol. Talvez...

"O que exatamente você fez comigo?"

A voz de Wulfric arrancou Indra de seus pensamentos. Ela ergueu os olhos para vê-lo com os braços estendidos para a frente, examinando-os como se a visão da própria pele lhe fosse estranha. Algo que a divertiu.

"Eu o desacorrentei e tirei das cinzas enquanto ainda dormia, e o lavei com a água do riacho", disse ela. "Não que... digo, normalmente você não..." Ela hesitou, percebendo de repente como era difícil perguntar a um homem com que frequência costumava se banhar.

Wulfric pareceu entendê-la, de qualquer forma.

"No início, eu lavava o que conseguia, todos os dias. Mas logo percebi que era perda de tempo. As cinzas voltam toda manhã, me cobrem de novo." Ele olhou para as mãos, róseas e limpas como as de um recém-nascido. "Depois de um tempo, vi que era apenas parte da minha pele. Parte de mim."

"Bem, se não se importa que eu diga, está muito melhor desse jeito. Antes, parecia uma espécie de fantasma, todo coberto de cinzas. Mas suspeitei que havia um homem aí embaixo, em algum lugar. Estou feliz por estar certa."

E era verdade; a diferença era notável. A imundície que cobria Wulfric dos pés à cabeça o envelhecia ilusoriamente. Embora algo naqueles olhos assustados parecesse pertencer a uma alma muito mais velha, era claro que ele só podia ter pouco mais que trinta anos. Aethelred morrera quinze anos antes, então Wulfric devia ser pouco mais que um jovem soldado quando a maldição do louco arcebispo recaiu sobre ele. Apenas outro detalhe trágico a acrescentar a uma história já triste.

"Aqui", disse Indra, "veja com seus olhos." Ela pegou uma das espadas que estava recostada à rocha e a estendeu para Wulfric. Ele olhou para Indra e piscou, mas não se moveu para pegá-la. "Eu me orgulho de manter minhas lâminas tão polidas como um espelho", disse ela, insistindo para Wulfric apanhá-la. "Vá em frente, dê uma olhada."

Hesitante, Wulfric estendeu a mão e pegou a espada, e em seguida a ergueu, a lâmina reluzindo ao sol. Indra observou-o com entusiasmo quando ele se encarava na faixa estreita de aço, virando-a de um lado e de outro para que pudesse perscrutar o rosto inteiro. Esperava algum sinal de surpresa agradável, mas tudo que viu foi o olhar inquieto de um homem que parecia não reconhecer o próprio reflexo. Ou, talvez, um que reconhecia, mas não gostava do que via. Após um momento, os olhos ficaram mais distantes e as mãos se afrouxaram, e ele deixou a espada cair com a ponta virada para a terra.

Indra tomou a espada dele com suavidade.

"Agora, se fizesse algo sobre esse ninho de rato que é sua barba", disse ela, tentando aliviar o clima e oferecer a Wulfric um sorriso, mas não funcionou. Ele apenas abaixou aquele olhar distante para as mãos, ainda constrangido, ainda de alguma forma estranhamente em desacordo com tudo aquilo. Olhou de volta para a árvore onde havia passado a noite, para a corrente que havia riscado o tronco e sulcado a casca, agora empilhada ao redor dela. Indra pôde sentir um questionamento, mas ele parecia hesitante em perguntar.

"Quer saber o que acontece com a fera?", perguntou ela.

Wulfric voltou a olhá-la.

"Você a viu?"

Indra assentiu.

"Quando a aurora irrompeu, ela começou a uivar de dor, e ficar cada vez mais fraca até finalmente perder toda a força e simplesmente morrer. Por um instante ficou parada, em seguida o corpo brilhou como se um fogo estivesse queimando dentro dela. E então ficou incandescente, consumida pelas chamas mais estranhas que já vi, até nada restar dela além de uma grande pilha de cinzas fumegantes. E no centro dela, você, dormindo como um recém-nascido. Depois que as cinzas esfriaram, eu o puxei de lá e tentei acordá-lo, mas estava morto para o mundo. Como não pude imaginar outra maneira de ser útil, pensei em limpá-lo."

Silêncio. Wulfric abaixou a cabeça para a túnica, os dedos percorrendo os rasgos que Indra havia remendado. Os pontos eram bons, provavelmente mais fortes do que aqueles que mantinham firmes o resto do manto.

"Por que fez tudo isso?", perguntou ele.

"Pensei que talvez alguém que passe apenas parte da vida como ser humano deveria parecer um enquanto de fato o fosse." Os olhos dela arregalaram-se. "O que me lembra de uma coisa!", disse ela, pondo-se rapidamente de pé. "Tenho uma coisa para você."

Wulfric observou enquanto Indra caminhava até a lateral da rocha, em seguida voltou com uma pilha de roupas — camisa, túnica, calças —, dobradas com cuidado, e um par de botas sobre elas. Pareciam velhas e gastas, e havia uma mancha de sangue na camisa cercando um rasgo feito por uma espada. Que também havia sido costurada com destreza.

"O que é isso?", perguntou Wulfric.

"Peguei de um dos homens que matamos. Um dos meus, pelo que me lembro. Parecia não ter mais uso para ele. Não é um luxo, mas muito melhor que esse velho manto roído por traças. As botas, acho, são quase novas. Por que não experimenta?"

Indra deu um passo na direção dele, mas Wulfric cambaleou e se encolheu como se o presente fosse tóxico.

"Que foi?", perguntou ela. "Não há culpa nisso. O homem que usava essas roupas era escória. Duvido que as tenha adquirido de um jeito muito diferente."

"Não", disse Wulfric. "Não é isso. Você é muito gentil. Gentil demais." Ele deu meia-volta e avançou pela clareira até a árvore, onde desenrolou a corrente da base e fez o rápido trabalho de erguê-la sobre o corpo, cruzando-a pelos ombros. Indra seguiu-o, ainda segurando a pilha de roupas.

"Elas vão para o lixo se recusá-la. Ao menos…"

"Não!", gritou Wulfric, e ela se assustou e estacou. Ele pareceu se arrepender no mesmo momento e suavizou o tom. "Não. Se eu quisesse parecer um homem, viver como um homem, já teria feito isso. Mas não é o que sou. Não é o que mereço ser."

Wulfric já quase havia terminado de erguer a corrente. Ainda havia um bocado para cruzar, mas já estava carregado com um fardo mais pesado do que qualquer homem seria capaz de suportar ou jamais suportara. Por mais que tentasse, Indra não conseguia entender aquele homem.

"Por que se punir desse jeito?", perguntou.

"É Deus quem me pune", respondeu Wulfric enquanto enrolava a última parte da corrente ao redor do corpo e a enfiava entre o restante para prendê-la. "Não cabe a mim questionar Seu julgamento."

Enquanto Wulfric verificava se a corrente estava segura, Indra tirou um momento para considerar o que ele acabara de dizer.

"Eu também sou cristã, então me perdoe pelo que vai ouvir", começou ela. "Mas é bem possível que seja a coisa mais estúpida que eu já ouvi na vida."

Wulfric ergueu os olhos para Indra, surpreso. Ela o encarou de volta, a expressão confirmando que havia, de fato, dito o que ele pensou que ela dissera.

"Pelo que está se punindo?", perguntou ela. "Que pecado pode ter cometido que justifique... *isso*?"

"Talvez não tenha lido o mesmo livro que eu", disse Wulfric. "No meu, a capacidade de Deus para a ira é infinita."

"Como é Sua misericórdia", disse Indra, dando um passo relutante. "Na minha experiência, são os homens que têm muito de uma e muito pouco da outra. Ninguém duvidaria da agonia de sua maldição, mas por que precisa aumentá-la desse jeito? Recusa toda ajuda, rejeita toda a esperança e parece decidido a viver a existência mais abjeta possível. Se alguém o está punindo, procure aí dentro, não lá em cima."

Wulfric encarou-a com fúria, em silêncio, os elos da corrente de ferro sobre o corpo tilintando suavemente uns contra os outros quando o peito dele subia e descia a cada respiração. Indra tencionou os músculos, preparando-se para um possível ataque. Mas Wulfric apenas se abaixou e pegou o cadeado e a chave do chão, prendendo-o à corrente.

"Agradeço a sua ajuda, de verdade. Mas não é mais necessária", disse ele num tom calmo, comedido, que sugeria algum esforço para mantê-lo. "E você não é mais bem-vinda. Bom dia." Ele então deu-lhe as costas.

Indra arriscou mais um passo hesitante atrás dele, e então parou.

"Por que precisa ir?", perguntou a garota.

"Não perca seu tempo tentando me seguir", disse Wulfric sem olhar para trás. "Eu já enganei rastreadores muito melhores." Wulfric chegou às margens da clareira e entrou na floresta densa e emaranhada. Os galhos das árvores fecharam-se atrás dele como uma cortina enquanto ele se movia para mais fundo na floresta, e desapareceu.

Indra ficou parada por um momento, sozinha, paralisada pela indecisão. Pensou de novo na preocupação com o que seu pai decidiria quando chegasse com seus homens, e considerou deixar que Wulfric partisse. Mas, se a Ordem não o encontrasse ali quando chegasse, certamente o procuraria. E agora sabiam o que procurar. Quem procurar. A única vantagem de Wulfric, sua capacidade de se esconder em plena luz do dia, havia sido destruída por algumas linhas num bilhete que ela escrevera. Naquele momento, era responsável pelo destino do homem, e a melhor chance dele — a única chance — era com ela, a única pessoa que convenceria seu pai a não caçar a fera, mas sim a ajudar o homem.

Tinha pouca esperança de que Edgard faria a coisa certa, mas era a única que tinha. Contava com seu talento e, se a sorte ajudasse apenas um pouco, outra coisa podia fazer toda a diferença. *Por favor, que Cuthbert esteja com eles. Ele saberá o que fazer.*

Ouviu um som familiar e ergueu os olhos, protegendo-os contra o sol, e viu Venator voando em círculos pelo céu. Ela sorriu, a visão dele trazendo a esperança renovada ao dia. Teria notícias da Cantuária que ajudariam a prepará-la para o que viesse pela frente — e seu retorno significava mais uma coisa além disso. Não tinha dúvida de que Wulfric estava certo, e que ela não seria capaz de segui-lo se ele não quisesse ser seguido. Mas ela nunca tinha ouvido falar de homem ou fera capaz de despistar aquele falcão.

27

A tarde foi longa e exaustiva, e Indra ficou aliviada quando finalmente a noite começou a cair. Wulfric mostrou-se fiel a suas palavras; rastreá-lo era quase impossível. Parecia mover-se com mais agilidade que qualquer homem carregado por um peso tão grande e numa rota feita para dificultar sua perseguição. Manteve-se longe de qualquer picada aberta, avançando através dos trechos de floresta mais emaranhados e densos; espinhos e outras coisas pontiagudas prenderam-se às roupas de Indra e arranharam sua pele durante toda a tarde.

Se estivesse caçando o homem sozinha, já o teria perdido horas antes, sem esperança de reencontrá-lo, mas felizmente não estava só. Venator avistava Wulfric sem demora e, de sua perspectiva aérea privilegiada, não tinha dificuldade para segui-lo. Foi seguir Venator que se mostrou tão difícil; para cada arbusto ou bosque cerrado sobre o qual o falcão pairava sem esforço, Indra precisava encontrar um caminho para atravessá-lo ou contorná-lo. Num momento, Wulfric cruzou um rio raso, mas largo, que teria dificultado ainda mais a perseguição se não fosse Venator no ar. Do jeito que estava, ela ainda precisou avançar devagar com água até a cintura pelas corredeiras gélidas. Uma hora depois, com as roupas encharcadas ainda secando sob o sol, estava gelada até os ossos. E a que velocidade esse homem estava avançando para Venator ter de manter esse ritmo e não o perder de vista? Várias vezes o falcão voltou para Indra poder acompanhá-lo, o que era embaraçoso, e ela precisou se convencer de que seu amigo não estava lhe dando bronca quando circulava no céu.

Ao passo que a exaustão e a frustração aumentavam, Indra olhava constantemente para o sol, acompanhando seu avanço pelo céu. Sabia que Wulfric tinha de parar em algum momento antes do crepúsculo, e com tempo suficiente para prender-se com segurança para a noite. Mas Venator pousou numa copa de árvore adiante somente quando o sol mergulhou completamente no horizonte, indicando que Wulfric finalmente havia parado.

Ela despencou ao lado de uma árvore caída para descansar e tomar fôlego, tentando calcular quanto haviam andado. Imaginou que um pouco mais de quinze quilômetros, mas num terreno como aquele pareciam oitenta. Sua trilha não fora reta, Venator inclinou-se à esquerda e à direita muitas vezes durante o dia para seguir o caminho serpenteante de Wulfric, e Indra desconfiava que não haviam se afastado tanto da clareira de onde haviam partido naquela tarde. O que, ao menos, era bom, pois significava que o ponto de encontro daquela noite não estava distante também.

Venator desceu e pousou num galho próximo enquanto Indra limpava o suor da testa. Ele, claro, apareceu totalmente liso, nenhuma pena fora do lugar, e de novo Indra precisou dizer a si mesma que ele não a estava julgando em silêncio. O falcão não fizera nenhum som, mas se mexia com entusiasmo no galho, meneando a cabeça na direção da densa muralha de árvores que a noite invasora já havia começado a cobrir de escuridão. Para Indra, seu significado era claro: Wulfric estava perto, naquela direção. A garota assentiu com a cabeça para ele e, erguendo-se, gesticulou para o pássaro ficar parado enquanto ela avançava silenciosamente na direção do bosque que ele indicara.

Avistou Wulfric além das árvores bem diante dela e ficou paralisada. Numa distância de quase trinta metros, mas perto o suficiente para ouvir o tilintar suave da corrente quando ele a separou do corpo e começou a enrolá-la no tronco de um carvalho robusto. Com cuidado, em silêncio, ela se agachou e, de seu esconderijo, observou Wulfric tirando o manto surrado, jogando-o de lado e sentando-se nu na base da árvore, puxando as correntes sobre a cabeça e ao redor do peito. O mesmo ritual que Indra testemunhara na noite anterior, porém agora o fazia sem o conhecimento dele. Algo naquilo parecia errado, como se ela fosse uma intrusa no segredo mais profundo e obscuro do homem, um momento de privacidade quase sagrado. Precisou lembrar-se de que estava fazendo tudo aquilo para poder ajudá-lo. *Meu Deus, assim espero.*

A mudança veio para Wulfric menos de um minuto depois de ele ter se prendido às correntes. Quando o corpo começou a estremecer e convulsionar, Indra virou de costas. Sabia o que aconteceria em seguida e não gostaria de ver aquilo novamente. Voltou pelo caminho por onde viera, mais rapidamente dessa vez. Não havia necessidade de esgueirar-se. Tudo que queria era ficar longe. O coração já estava palpitando, e quando ouviu o primeiro uivo da fera ecoando pela floresta, saiu em disparada, ziguezagueando pelas árvores, correndo cada vez mais rápido para longe do pesadelo que se revelava diante dela.

Ao chegar perto de Venator, que voou do poleiro até o ombro de Indra quando parou, ela estava ofegante. A ave andou de lado até perto de seu rosto e a acarinhou, o toque das penas aveludadas ajudando a acalmá-la. *Venator, sempre meu protetor.* Sobre o som do vento ela ainda conseguia ouvir o uivo distante da coisa em que Wulfric havia se transformado, não menos terrível por estar tão distante. Sabia agora que era a mesma fera que ouvira na encosta da colina várias noites atrás, o mesmo lamento terrível. Causou arrepios antes como causava naquele instante. Não conseguia bloqueá-lo; tudo que conseguia fazer era se distrair, atentando ao que precisava ser feito.

Ela ergueu o antebraço para Venator, que saltou sobre ele, obediente. "Jantar", disse ela, e aquele era toda a ordem que o falcão precisava. Voou e, dentro de instantes, desapareceu no céu noturno. Indra puxou as duas espadas e deixou-as no chão diante de si, as lâminas reluzindo à luz da lua que se erguia. Havia mais coisas a fazer naquela noite antes de poder comer ou descansar. Aquilo que temia desde que enviara a mensagem a Cantuária, e não podia mais postergar. Era hora de encontrar seu pai.

Edgard alcançou a antiga igreja uma hora antes do crepúsculo. Ele e seus homens cavalgaram o mais rápido que seus cavalos aguentaram, parando para descansar apenas uma vez durante a jornada inteira, e assim, no fim do dia, homens e cavalos haviam chegado ao local de encontro exaustos e famintos, mas antes da hora. Só então percebeu que foi um esforço desperdiçado; o tempo que haviam economizado no caminho ainda precisaria ser usado para aguardar Indra. Enquanto aquelas horas mortas passavam, apenas aguçavam a sensação de ansiedade de Edgard e, cada vez mais, a de impaciência. O que poderia estar atrasando a garota?

Àquela hora, a noite já havia caído e a garota poderia chegar a qualquer momento. Todo instante que passava se arrastava de modo interminável enquanto a mente dele se enchia de preocupação. Ela estava bem? E se a fera a machucou? E se tivesse mudado de ideia?

E se tudo foi um truque cruel, uma ideia infantil de retaliação por todas as ofensas que ela imaginava ter sofrido?

Era capaz de ato tão vil, contra o próprio pai, o homem que a criou, cuidou dela e tentou mantê-la em segurança? Não duvidava. Mesmo com tudo que fizera por ela, aquela garota mostrara apenas ingratidão a vida inteira. Não esperava que Indra, tão jovem, entendesse as escolhas difíceis com relação à criação, mas podia ao menos tentar apreciar o fato de ele ter feito o melhor que pôde em circunstâncias difíceis — que cada decisão que tomara fora sempre pensando no melhor para ela, em sua proteção. Não era o que um pai devia fazer? Ainda assim, ela se ressentia e se rebelava a cada nova oportunidade. Embora soubesse que não era algo incomum entre pais e filhas, a raiva que Indra carregava dentro de si tornava a criação dela uma tarefa quase impossível.

Contra a vontade dele, ela insistira para ser treinada em combate, quase a partir do dia em que conseguiu erguer uma espada de treino. Quando ele e outros tentaram lhe dizer que as artes bélicas não eram uma ocupação para uma jovem dama, isso a encorajou ainda mais, como se estivesse determinada a provar o contrário. Quando se recusou a deixá-la treinar com os iniciados, ela foi escondida e viu por si mesma, espiando e acompanhando as sessões diárias no pátio de treinamento nas sombras, aliciando instrutores para ter aulas particulares sempre que conseguia e praticando. Sempre praticando. Nenhuma punição ou desencorajamento podia dissuadi-la. Ele tomava sua espada; em outro lugar, ela encontrava uma nova. Ele a confinava em seu quarto; ela descobria uma maneira de escapar. No fim das contas, Edgard lavou as mãos e permitiu que ela treinasse com iniciados, na esperança de que, esvaziando toda a rebeldia do intento, houvesse uma perda inevitável de interesse. Mas ela ficou apenas mais comprometida e, com o tempo, cada vez melhor em combate.

Quando começou a derrubar homens que eram cinco anos mais velhos no círculo de treino, ficou claro que não se tratava de um passatempo à toa, nem seu talento óbvio podia ser ignorado, sendo ela uma garota ou não. Mas quando exigiu se juntar à Ordem como uma iniciada, chegou ao limite. Edgard, claro, proibiu. A ideia de uma iniciada, ainda mais de uma paladina, era tão absurda quanto sem precedentes. Mas, de novo, sua recusa apenas alimentou a determinação da garota. Ficou obcecada pela ideia de matar uma abominação, como se aquilo de alguma forma consertasse o que ela via de errado na vida, e lhe dera um ultimato: ou faria aquilo como um membro totalmente treinado e preparado da Ordem, ou faria do seu jeito e juraria nunca mais falar com o pai. De um jeito ou de outro, nada a impediria.

E assim, contra todas as vontades paternas, ele permitiu aquela aventura imprudente por medo de perdê-la por completo. Dez meses se passaram desde que a vira partir, sabendo que talvez nunca voltasse, mas esperando que, caso voltasse, seu tempo distante pudesse ter lhe dado uma oportunidade de refletir, de entender tudo que havia tentado fazer por ela.

Ele saiu de seus devaneios. As botas haviam aberto uma pequena vala na terra encharcada onde caminhara para lá e para cá, de cá para lá. Seus homens usaram o tempo de uma forma melhor, montando acampamento no pátio da igreja e antecipando outros preparativos que ele ordenara. Alguns deles estavam ao redor da fogueira, tendo um jantar farto. O cheiro da carne assada no fogo pairava no vento, e, embora a barriga de Edgard tivesse roncado com o aroma, não tinha apetite. Estava ansioso demais — em parte para ver a filha, com certeza, mas também pelo que ela havia descoberto.

Uma abominação diferente de todas, um híbrido único de homem e fera. E um risco único para ele e para Indra. Era de vital importância que aquilo fosse tratado corretamente. Por isso levara consigo vinte de seus melhores homens. Indra talvez alimentasse alguma vontade ingênua de salvar essa fera, fosse lá o que aquilo significasse, mas apenas ele sabia a ameaça que uma abominação representava. E apenas Edgard sabia como lidar com aquilo.

Ele ergueu os olhos para o luar, imaginando quanto tempo havia esperado. Alguns dos homens já haviam terminado o jantar e começavam a erguer as tendas para preparar o pouso noturno. O que podia estar segurando a garota? Ele havia escolhido aquele lugar por ser a referência mais próxima da área de onde ela enviara sua mensagem, então não devia levar muito tempo para a garota chegar. *No cair da noite*, ele dissera na mensagem que enviara de volta com Venator. Por outro lado, desde quando Indra seguia alguma de suas instruções ao pé da letra, ou ao menos alguma instrução? *Diabos, onde ela está?*

"Meu senhor."

Um de seus homens, próximo às margens do acampamento, olhava para dentro da floresta, a mão no cabo da espada. Edgard virou-se para observar quando uma silhueta esguia surgiu da escuridão entre as árvores que formavam os limites do pátio da igreja. A figura saiu a céu aberto e foi coberta pelo luar. Indra. Um grande sorriso de alívio espalhou-se no rosto de Edgard, e ele avançou pela grama na direção dela, o passo cada vez mais rápido enquanto se aproximava.

"Minha filha", disse ele. "Não consigo nem dizer o quanto meu coração fica leve ao vê-la." Os braços dele se abriram; seu primeiro instinto era o de envolvê-la num abraço, mas Indra ficou tensa e deu um passo atrás, afastando-se.

As feições de Edgard logo se fecharam.

"Não vai abraçar seu pai?" O rosto da garota disse tudo. O coração de Edgard pesou. Reconhecia aquele olhar. Era aquele que vira dez meses atrás, o mesmo que Indra teve para com ele a vida toda. Estava tão resistente como sempre.

Talvez apenas precise de tempo, pensou consigo. *Devo tentar não apressá-la.* Ele não se aproximou mais, mas tentou parecer carinhoso e amigável.

"Parece estar bem", disse ele, e de fato ela estava, muito melhor do que o esperado. Alguns arranhões e escoriações, mas parecia mesmo que a Provação a fortalecera. Havia uma força de aço em seus olhos e na postura, mais do que ele se lembrava, e já havia bastante antes.

"Como tem sido sua Provação nesses últimos dez meses?"

"Boa o suficiente", respondeu ela. A voz também soava diferente. Mais madura, mais experimentada. Sim, a Provação a fortalecera. O que poderia ser um problema, mas não insuperável.

"Obrigada por vir", acrescentou.

Obrigada? Pode ser um primeiro passo. Edgard tentou lembrar-se de um momento antes daquele em que Indra havia expressado gratidão de alguma forma. Mas aquilo lhe dizia algo importante. Dizia que Indra precisava dele, e ela sabia disso. Estava disposta a, no mínimo, mostrar um pouco de respeito, mesmo se apenas para ganhar sua confiança. *Não tanto para aceitar o abraço de seu pai, claro. Seria pedir demais.*

"Como eu poderia não vir a pedido de minha única filha?", disse ele com um sorriso terno, embora o sentimento apenas parecesse fazer Indra ficar mais tensa. Ainda era cedo, cedo demais, percebeu. O quanto precisava pisar em ovos por medo de ofender essa menina insolente? Ela não percebia como aquele comportamento desrespeitoso o ofendia?

"Pode ver que estou desarmada", disse ela, aparentemente ávida para adiantar as coisas. "Vim de boa-fé."

Edgard não havia pensado a respeito, mas agora via que o cabo das duas espadas que normalmente ficavam visíveis sobre os ombros de Indra não estavam lá. O fato de ela pensar que aquilo era necessário o preocupava.

"Não há necessidade disso", disse ele, abrindo as mãos num gesto conciliador. "Não é minha inimiga. E espero que entendas que não sou seu inimigo também."

Indra assentiu, embora não parecesse convencida.

"Trouxe Cuthbert?"

Edgard suspirou e apontou para um dos homens atrás dele, que se virou e correu de volta ao acampamento. Indra e Edgard olharam-se em silêncio, um relutante para falar e a outra na dúvida sobre o que dizer. Foi um alívio para os dois quando Cuthbert finalmente apareceu, puxando para cima a túnica monástica para impedir que arrastasse na lama enquanto caminhava desajeitadamente na direção deles.

Indra ficou radiante no momento em que o viu, algo que seu pai não deixou de perceber. Quando Cuthbert se aproximou, Edgard viu Indra sorrir para o padre magrelo de um jeito que nunca fizera com ele, seu pai, e por um momento aquilo fez com que odiasse os dois.

"Cuthbert, que bom vê-lo", disse Indra.

"Senhorita", respondeu Cuthbert com uma reverência.

Chega disso.

"Bem, estamos todos aqui. Onde está a coisa?"

Indra irritou-se.

"Acho que o senhor quis dizer onde está *o homem*, não?"

"Bem, a noite caiu", disse Edgard com um sorriso amarelo. "Se esse homem é como você descreveu, acredito que, neste momento, minha frase está correta."

"Está aqui perto", disse Indra. "Não pude convencê-lo a ficar comigo, mas eu o segui. Ele não sabe."

"Ele tentou feri-la de alguma forma?", perguntou Edgard.

"Não. Não acredito que ele queira machucar alguém."

Edgard assentiu, em seguida apontou para a floresta de onde Indra viera.

"Bem, estamos prontos. Vá na frente." Ele deu um passo adiante, mas Indra o fez parar com a palma da mão erguida.

"Antes, preciso da sua palavra", disse ela.

Edgard a encarou, confuso.

"Minha palavra?"

"Que o senhor veio para ajudar esse homem, não feri-lo."

"Claro", disse Edgard. "Não foi esse seu pedido? Não foi por isso que vim? Farei tudo que puder por essa alma infeliz."

Edgard esperou, mas Indra não se moveu. Ela examinou o rosto do pai como se tentasse adivinhar sua verdadeira intenção, em seguida olhou para os paladinos da Ordem reunidos no acampamento atrás dele.

"Se veio para ajudá-lo", disse ela, "por que trouxe uma dúzia de homens armados?"

"Apenas por precaução", respondeu Edgard num tom tranquilizador. "Não sabemos nada sobre esse homem além do que estava escrito naquele bilhete."

"Eu disse que ele não representa perigo. Não confia em mim?"

"Claro que confio. Mas precisa confiar em mim também. Do contrário, o que estamos fazendo aqui?"

Indra pareceu insegura por um momento, em seguida voltou a atenção para Cuthbert.

"Sei que me contará a verdade", disse ela. "A maldição desse homem pode ser desfeita?"

Edgard olhou sutilmente para o padre. Cuthbert desviou o olhar, abaixou-o, como se lutasse com sua consciência. Em seguida, por fim, seus olhos voltaram aos de Indra.

"Não", disse ele, desanimado. "Mas..."

Edgard interrompeu-o com um aceno ríspido.

Indra encarou raivosamente Edgard.

"E claro que você sabia disso antes de partir com uma dúzia de homens armados às costas. Eu não deveria ter esperança de que você falaria a verdade. Você me alimentou com mentiras quando eu mal tinha idade para ouvi-las."

"Basta!", rugiu Edgard para ela, sua paciência no fim. "Sou seu pai e você vai me obedecer!"

O retumbar da voz de Edgard sacudiu vários dos homens armados atrás dele, mas Indra permaneceu impassível.

"Acredito que deixei claro, muitas vezes, como me sinto com isso", disse ela com calma.

Edgard deu um passo para a frente, encarando-a de forma ameaçadora.

"Muito bem. Se não aceita minha autoridade como pai, aceitará como seu comandante. Como marechal da Ordem, eu..."

"Não permitirei que machuque esse homem", disse Indra, ainda determinada. "É um inocente e não deveria ser punido pelos atos de uma fera que está além de seu controle."

"Não gostaria de punir um cão raivoso por seus atos", disse Edgard, "mas ainda assim ele deve ser exterminado." Ele pôs a mão na testa e olhou para o céu, exasperado. "Por que ainda estamos falando disso como se houvesse negociação? Vai nos levar até esse homem sem mais discussão ou demora. Agora."

Indra ouviu um farfalhar atrás de si e virou-se para ver mais oito homens de Edgard, espadas sacadas, surgindo das árvores. Eles a cercaram totalmente com a outra dúzia diante dela. Olhou para Edgard como se parte de si esperasse por isso.

"O que você disse mesmo sobre confiança?"

Edgard deu de ombros.

"Como eu disse, ela é útil apenas quando é mútua. Se não confia em mim, então força uma atitude minha. De um jeito ou de outro, vai nos levar até a fera."

Indra olhou para o rosto dos homens que a cercaram. Todos eram fortes e marcados pelas batalhas. Reconheceu a maioria. Alguns deles ela havia derrubado no círculo de treino, e não duvidava que ficariam muito felizes em retribuir o favor, se a ordem fosse dada. Ela voltou os olhos para Edgard.

"Não vai me ferir. Sabe que não vai funcionar."

Edgard suspirou; ele sabia que a tática provavelmente não teria sucesso, mas ainda tinha cartas na manga.

"Não. Mas ordenarei que a amarrem e a levem de volta a Cantuária enquanto meus homens fazem uma busca minuciosa nesta área. Se essa sua abominação não estiver longe daqui, duvido que levaremos muito tempo para encontrá-la. Ou pode nos levar até a criatura e evitar uma caçada, pois tenho certeza de que seria mais dura para a fera do que para nós. A escolha é sua."

Ele esperava convencê-la, fazer isso sem engendrar ainda mais ressentimento. Edgard se aproximou o suficiente para estender a mão e tocá-la, mas ela se afastou de novo.

"Indra, quero apenas o que é melhor para você. Ajude-nos e, quando voltarmos a Cantuária, será recompensada com a investidura plena na Ordem. A mais jovem paladina que jamais houve, e a primeira mulher. Não é isso que sempre quis?"

A garota olhou para ele com ojeriza e balançou a cabeça.

"Não entende nada, não é? Nunca entenderá."

Edgard soube então que nada do que pudesse dizer ou fazer superaria o desdém que ela ainda nutria por ele. Com um suspiro profundo, apontou para seus homens. Indra ficou parada quando fecharam o círculo ao seu redor, mas, quando o mais próximo estendeu a mão para seu braço, ele tropeçou, tentando agarrar algo que não estava lá. Um momento depois, um segundo homem estendeu os dois braços para pegá-la por trás, apenas para cair para a frente, atravessando o espaço onde ela estava. Edgard observou, atônito, quando outro homem e mais um tentaram agarrá-la, as mãos atravessando a aparição sem forma. Cuthbert foi o primeiro a compreender o que estava acontecendo, e não pôde suprimir um sorriso que se esgueirou pelos lábios. Tudo que conseguiu fazer foi virar o rosto para que Edgard não visse.

Edgard avançou na direção de Indra e estendeu a mão. Como todos os outros, passou direto pelo corpo como se não fosse mais que uma sombra. Ela o fitou e abriu um sorriso de esguelha.

"Parece que confiamos um no outro igualmente", disse ela. E, em seguida, desapareceu, seu fantasma tremeluzindo e sumindo no ar diante dos olhos de Edgard.

Ele ficou parado por um momento, perplexo. Em seguida, girou e agarrou Cuthbert pela garganta, fazendo os pés do padre pedalarem para trás freneticamente enquanto Edgard marchava até a árvore mais próxima e o prendia contra ela, encarando-o com olhos arregalados e furiosos.

"Você ensinou magia para ela?", sibilou ele, inclinando-se, os perdigotos entre os dentes cerrados caindo no rosto de Cuthbert. "Ensinou a *projeção*?"

Cuthbert agarrou desesperadamente a mão que prendia seu pescoço. O rosto começou a se avermelhar, a boca abrindo e fechando como um peixe se contorcendo às margens de um rio enquanto buscava ar.

Edgard abriu a mão apenas o suficiente para permitir que Cuthbert falasse.

"Ela quis aprender, e eu não pude dissuadi-la! Meu senhor, precisa entender que a garota consegue ser mais insistente quando está determinada. Não aceita não como resposta!"

Edgard soltou o padre, e Cuthbert então caiu de joelhos contra a árvore, arfando.

"Nunca foram ditas palavras mais verdadeiras", divagou Edgard enquanto olhava para o lugar de onde Indra havia desaparecido. Em seguida, voltou-se para Cuthbert. "Idiota! O que estava pensando ao dizer-lhe a verdade quando perguntou o que podia ser feito? Até aquele momento, estávamos com ela nas mãos! Imagino que outras verdades teria dito se ela perguntasse!"

Cuthbert ergueu os olhos, patético, caído na lama na base da árvore, ainda tentando recuperar o fôlego. Como o homem sobrevivera neste mundo por tanto tempo apenas com sua inteligência — por mais ampla que fosse — era um mistério que Edgard sabia que nunca resolveria.

"Não cabe a mim falar disso com ela", disse o padre com voz rouca.

Edgard entendeu o que ele quis dizer e não gostou. Ergueu a mão para golpeá-lo. Cuthbert encolheu-se e ergueu os braços, e aquilo foi o suficiente para Edgard. Deu uma risadinha divertida, em seguida estendeu a mão para ajudá-lo. No fim das contas, ainda precisava do padre.

Hesitante, Cuthbert tomou a mão de Edgard e foi puxado para se levantar. Edgard voltou a atenção para as árvores escuras ao redor.

"A que distância ela pode estar?", perguntou.

"Depende do nível de habilidade dela", respondeu Cuthbert. "No melhor dos casos, pode estar a uns oito quilômetros em qualquer direção."

Edgard franziu a testa. Em circunstâncias normais, encontrá-la talvez fosse impossível. Felizmente, conhecia Indra o suficiente para suspeitar de algum truque da parte dela e já ter ido bem preparado.

"Sorte sua", disse ele para Cuthbert enquanto o padre limpava a lama da túnica, "que ela não é a única com truques mágicos na manga."

28

Wulfric acordou entre as cinzas, estreitando os olhos para protegê-los dos raios mornos do sol nascente. Gemeu, o corpo retinindo dos pés à cabeça com dores e incômodos que tinham se tornado uma parte tão familiar do despertar quanto a luz da manhã. Sacudiu a poeira fumegante dos cabelos, em seguida passou a mão pelas cinzas ao lado até encontrar a chave que havia deixado ali, que usava para abrir o cadeado. A corrente ao redor dele caiu, frouxa. Ele se mexeu para deixá-la escorregar e, em pé, saiu dela, as cinzas mornas estalando sob os pés.

De novo, estava coberto com o resíduo cinzento, sem nenhum traço de carne humana imune. De certa forma, quase achou aquilo reconfortante. Foi estranho ver-se como no dia anterior, como o homem que conhecera no passado, mas de quem mal se lembrava. A pele cinza era parte de quem era naquele momento, e parecia errado removê-la, embora não culpasse a garota por fazê-lo. Suas intenções nasciam da gentileza. Não podia esperar que ela compreendesse.

Do que ela o chamara? Fantasma cinzento? Era uma descrição bastante precisa, considerou ele. O fantasma de um homem que vivera muito tempo antes.

Encontrou o manto e o vestiu, em seguida começou a desenrolar a corrente da árvore. Como de costume, a casca estava fragmentada e espalhada por onde a fera se esfregou, tentando se libertar. Como de costume, ele teria de verificar cada elo da corrente para garantir que nenhum havia se dobrado ou enfraquecido. Se apenas um...

"Wulfric."

Ela estava em pé do outro lado da árvore.

Wulfric soltou um grunhido de exasperação. Embora soubesse que ela tentaria segui-lo, tinha certeza de que a havia despistado no dia anterior; o caminho que havia tomado teria sido suficiente para enganar qualquer um. A garota parecia ter uma maneira de confundir suas estimativas. E de não compreender o simples conceito de um *não*.

"Garota", disse ele, exausto, "não vou falar de novo..."

Ela se aproximou, e Wulfric percebeu que havia algo de diferente em sua postura. Havia uma urgência nela, beirando o medo, e seu olhar revelava uma noite sem sono desde a última vez que o vira.

"Ouça", disse ela. "Precisamos partir para o mais longe que pudermos, o mais rápido possível. Vou explicar, mas primeiro precisamos ir embora. Nós já perdemos tempo demais."

"Nós?", perguntou Wulfric. "Pensei que eu havia sido bem claro."

"Você não entende!", exclamou ela. "Eu pus você em sério perigo. Precisamos ir, agora!"

Wulfric não sabia o que fazer naquela situação. Tantas vezes havia morrido e renascido que não se imaginava capaz de estar em perigo; estava mais acostumado a pensar naqueles que poderia pôr em perigo se fosse descuidado.

"Em perigo como?", perguntou.

"A Ordem está aqui. Estão à sua procura, agora mesmo."

Ele conseguia ver, pela maneira que se portava, trocando o peso de um pé para o outro, como em agonia, que ela estava preocupada além da conta.

"Wulfric, me perdoa. Meu pai é um homem poderoso; ele comanda a Ordem, e eu pensei que poderia persuadi-lo a lhe ajudar. Estava errada. Ele pretende caçá-lo e trouxe seus melhores homens consigo."

Wulfric parou um momento para pensar naquilo. Em seguida, calmamente, puxou a túnica ao redor do corpo e se sentou, plantando-se de pernas cruzadas na base da árvore onde havia dormido.

"O que está fazendo?", perguntou Indra. "Não é uma piada! Se chegarem aqui e o encontrarem, vão matá-lo!"

"Ótimo", disse Wulfric. "Que venham."

Indra ficou boquiaberta.

"Quê?"

"Se não vai atender a um pedido simples, tenho certeza de que eles atenderão. Deixe que me amarrem e matem a mim e a coisa maldita junto", disse ele, arrumando ordeiramente as dobras do manto esfarrapado sobre os joelhos. "Sempre evitei a Ordem, pois pensei que a fera era imortal e que qualquer contato com eles resultaria apenas em mais assassinatos desnecessários. Agora tenho motivos para pensar diferente."

Indra ergueu as mãos e balançou a cabeça.

"Você é impossível. Juro, está além de qualquer ajuda!"

"Venho tentando convencê-la disso faz um tempo."

"Que motivo tem para acreditar que matar a fera vai funcionar além da cicatriz que passou dela para você?", perguntou Indra. "O que isso prova?"

"Para mim, é prova suficiente", respondeu Wulfric, ainda um mar calmo diante da tempestade furiosa de Indra. "Se tivesse vivido a minha vida durante quinze anos, aceitaria qualquer migalha de esperança que lhe fosse oferecida, por menor que fosse. Deus trabalha de formas misteriosas, mas agora entendo, e agradeço a Ele por tê-la enviado até mim."

Indra piscou.

"Acha que Deus me enviou."

"Acredito que você estava no caminho de me mostrar que já sofri demais por meus pecados. Que é hora de a minha punição terminar."

Indra colocou as mãos sobre o rosto e repuxou a pele, extremamente exasperada.

"Foi amaldiçoado pela magia de um louco maligno enquanto arriscava sua vida tentando pará-lo, e acredita que tudo isso é, de alguma forma, uma punição de Deus."

"Isso", disse ele. "Punição por uma vida de assassinatos e por ter traído meu pai e minha mãe."

Ela se abaixou com um joelho no chão diante dele. Parecia mais calma, mais equilibrada.

"Wulfric. Explique isso para que eu possa entender, e juro que não mais incomodarei. Vou deixá-lo livre para enfrentar qualquer destino que julgue ser merecedor. Mas, por favor, me ajude a compreender."

Wulfric suspirou. Que diferença fazia o que dissesse para a garota naquele momento? Logo estaria morto, e se ele satisfizesse sua curiosidade, ela talvez cumprisse realmente a palavra e permitisse que passasse as últimas horas numa espécie de paz.

"Meu pai queria que eu fosse fazendeiro, minha mãe, algum tipo de artesão. Em vez disso, tornei-me soldado e dei minha vida pela guerra, onde descobri que tinha um grande talento para a violência. Alguns pensavam que era um dom. Eu não. Mas permiti que isso florescesse em mim de qualquer forma. Nutri e alimentei o assassino em mim a cada vida que tirei em batalha, até isso se transformar em tudo que eu era.

"Digo agora em que acredito", continuou. "Que esse monstro dentro de mim sempre esteve aqui, desde o dia em que nasci. Está dentro de cada ser humano, e cada um deve conquistá-lo antes que ele o conquiste. Perdi essa batalha muito tempo antes de conhecer Aethelred. E assim Deus o usou para me punir, mostrando-me o que me tornei. Ele o enviou com sua maldição para fazer a coisa assassina dentro de mim sair, para lhe dar forma.

"Mas não terminou aí. A maldição, como vim a perceber, era apenas parte da punição. Era também parte de um teste. Deus estava me oferecendo uma chance final de me redimir, provar que eu não estava além da salvação. Quando voltei para casa, e a fera nasceu pela primeira vez, Ele me desafiou a encontrá-la dentro de mim para conquistá-la. Falhei. Ela enlouqueceu e assassinou cada homem, mulher e criança no meu vilarejo, inclusive minha mulher amada e minha filha recém-nascida. As duas, cortadas em pedaços, estripadas de forma que não as reconheci, porque não tive forças para parar a fera, nem para proteger aquelas que mais amava. A vida que levei diminuiu o homem, tudo que restou foi o monstro.

"Por isso eu sei que Deus é quem me pune. Porque apenas Ele poderia ter concebido uma justiça tão poética."

Indra encarou o homem numa espécie de choque estupefato. Por um momento, Wulfric sentiu-se culpado por despejar nela todo o horror de sua história; por outro lado, fizera tudo que podia para esconder dela, até ela insistir em ouvi-lo.

"Agora, espero que me entenda", disse ele. "E que mantenha sua promessa e me deixe encontrar meu fim."

Indra não respondeu, nem mesmo reconheceu que ele havia falado. Ainda paralisada, tinha um olhar distante que sugeria pensamentos a toda velocidade, mais rápidos do que conseguia controlar. Ficou em pé, andou para lá e para cá, mais agitada naquele momento do que parecia quando surgiu para alertá-lo.

Ela parou, e então olhou para ele.

"Isso faz quinze anos. Quando a fera matou sua mulher e filha, destruiu seu vilarejo."

"Sim", confirmou Wulfric.

Indra balançou a cabeça.

"Não, não é possível", disse ela. "Você é jovem demais. Teria de ser pouco mais velho que eu. Jovem demais para ter mulher e filha."

"Tenho quarenta e quatro anos", disse Wulfric. "Mas, desde que fui amaldiçoado, não envelheci um dia sequer. Parte da minha punição, creio eu, é não encontrar alívio nem na morte por decrepitude."

Wulfric hesitou.

"O que há de errado, menina?"

Indra empalideceu totalmente. Não era a primeira vez que olhava Wulfric como se ele fosse um morto erguido do túmulo.

"Disseram para mim que meus pais foram mortos por uma abominação", disse ela. "Junto com o vilarejo inteiro. Cresci acreditando nisso."

Wulfric ficou confuso.

"Você disse que seu pai comandava..."

"Ele é meu pai apenas no nome. Pegou-me no berço quando encontrou minha vila em ruínas. Quinze anos atrás. Tentou me criar como sua, mas sempre desconfiei que faltava algo. Quando por fim exigi saber a verdade, ele me disse que meu pai era um homem chamado Wulfric, um camponês que morrera com minha mãe no massacre na minha terra natal. Não dei importância quando você me disse seu nome, pois não é tão incomum, mas..."

Naquele momento, o coração de Wulfric também estava palpitando. Ele, como Indra, tentava concatenar o que parecia impossível.

Sua mulher e filha estavam mortas. Ele vira com seus olhos. Cwen havia sido destroçada, disso não havia dúvida. E a criança? Embora tivesse olhado apenas por um instante, a lembrança do horror que ele vira no berço da filha estava marcada de forma indelével em sua mente, tão vívido hoje como quinze anos antes. Nada além de sangue, pedaços irreconhecíveis de carne dilacerada e ossos lascados. Mas de quem eram?

Vasculhando a imagem na memória, percebera que, no meio daquela carnificina, não podia ter certeza. Não podia...

"Não", disse ele, chegando a um detalhe que solapava a possibilidade de aquilo ser verdade. "Você é muito velha. Tem dezoito, foi o que me disse. Disse que..."

"Menti para que não me dispensasse", admitiu ela. "Faço dezesseis em outubro."

Outubro. O mês em que sua filha nascera.

"Sua mãe, qual era o nome dela?", perguntou a Indra.

"Cwen", respondeu ela, e Wulfric ficou vermelho dos pés à cabeça e sentiu o coração disparar. Abriu a boca para falar, mas descobriu que mal tinha forças. A voz era pouco mais que um sussurro, mas ele estava perto o bastante para Indra ouvir.

"Minha mulher."

Venator voou para dentro do bosque e pairou até aterrissar perto de onde eles estavam, carregando um salmão gordo de barriga branca no bico, os espólios de sua caça matutina. Nem Wulfric tampouco Indra perceberam, pois naquele momento nada no mundo existia, exceto os dois.

Wulfric levantou-se devagar. Olhou para Indra, como ela o olhava. Os dois receosos em se mover, ou falar, por medo de estilhaçar aquele momento. A verdade parecia certa, e ainda assim tão frágil que qualquer coisa poderia desfazê-la. No final, foi Wulfric que ousou primeiro, dando um passo hesitante na direção de Indra, a mão se erguendo para tocar a dela. Em seguida, ela fez o mesmo, a distância diminuindo entre eles...

"Parados!"

Ficaram paralisados, mas a poucos metros um do outro, quando vinte homens da Ordem surgiram da floresta no lombo dos cavalos, espadas e arcos a postos, cercando-os. Em seguida, vieram Edgard, seus dentes cerrados, e Cuthbert, cavalgando bem atrás dele, a cabeça baixa, desolado.

Embora tivessem se passado quinze anos, Wulfric reconheceu o velho amigo e camarada imediatamente. O cabelo de Edgard estava ralo, e ele havia engordado, mas tinha a mesma postura inequívoca e autoritária. Era uma postura que cabia muito melhor quando se é um jovem. No passado, parecia um acréscimo merecido de confiança. Naquele momento, tinha mais jeito de arrogância.

Edgard pareceu não reconhecer Wulfric tão prontamente; ou melhor, pareceu desconcertado ao vê-lo, e logo voltou sua atenção para Indra.

"Eu disse que nos levaria até essa fera", disse ele com um sorriso de autossatisfação. "De um jeito ou de outro."

"Venator, comigo."

O falcão pareceu primeiro estar em conflito, em seguida voou para o braço de Edgard, conforme ordenado. Edgard retirou a luva de couro da mão direita e, com cuidado, desprendeu o anel de cobre para portar mensagens da perna de Venator, abrindo-o e segurando-o para que Indra pudesse ver. Na superfície interna, uma miniatura de esmeralda cortada finamente havia sido engastada, tão pequena e cuidadosamente escondida que ela não percebera quando Venator voltou da Cantuária.

"Uma gema encantada", disse Edgard com um ar decidido de satisfação. "Apenas um dos milagres menores que forjamos a partir de nossos estudos das obras de Aethelred durante anos. Não vou fingir que entendo como a magia funciona, mas a esmeralda é rastreável, por aqueles que têm experiência, não importa a distância, onde quer que se esteja no mundo. Planejava usá-las para marcar quaisquer abominações que pudéssemos capturar e levar a Cantuária para estudos, caso escapassem, mas parece que funcionam bem para encontrar filhos errantes que traem a confiança dos pais."

Wulfric encarou Edgard com raiva.

"Esse é o homem que a encontrou, que a criou como filha?", perguntou para Indra numa voz baixa, comedida.

Indra ficou atônita.

"Você o *conhece*?"

"Foi meu amigo no passado."

Edgard pôs no bolso a esmeralda, parecendo decepcionado por sua genialidade e sua astúcia não terem sido apreciadas de forma mais adequada. Pôs a luva de volta.

"Separem-nos."

Os homens reagiram, apeando para pegar Wulfric e Indra pelos braços e separá-los. Wulfric não resistiu, mas o primeiro homem que tentou pôr as mãos em Indra foi recebido com uma cotovelada no rosto e caiu no chão com a boca ensanguentada. Ela atingiu o segundo homem na canela com a sola da bota, e ele saiu mancando e xingando. Em seguida, quando estendeu a mão para pegar as espadas, três homens a agarraram de uma vez, prendendo seus braços para trás, e não havia nada mais que pudesse fazer. Arrastaram-na para longe de Wulfric enquanto ela se debatia e chutava inutilmente.

"Com gentileza, por favor", disse Edgard aos homens que a seguravam. "Por mais traidora que seja, ainda é minha filha."

Indra parou de lutar e concentrou-se em Edgard, cheia de um ódio que a permeava até os ossos.

"Não sou sua filha!", rosnou ela, então olhou para onde os homens de Edgard seguravam Wulfric. "Sou filha *dele!* E sempre soube, não é? Soube quando me encontrou que o corpo dele não estava entre os mortos, que ele estava lá fora, em algum lugar, vivo. Você um porco mentiroso!"

Edgard encolheu-se, incapaz de esconder como as palavras de Indra o feriram. Em seguida, jogou a perna sem esforço sobre a sela e apeou. Indra ficou tensa com aquela aproximação; era difícil dizer, caso não estivesse presa com firmeza por três homens, se correria dele ou para cima dele com as espadas desembainhadas.

Edgard ficou diante dela; todos os indícios de prepotência haviam desaparecido. Naquele momento, havia apenas sinceridade. Ou, na visão de Indra, um esforço para criar uma ilusão de sinceridade.

"Indra, minha filha", disse ele. "Precisa entender que fiz o que fiz, apenas para protegê-la. Escondi a verdade porque sabia que só poderia trazer tristeza. Você merecia coisa melhor. Merecia um pai de verdade, não esse..." Ele olhou de relance para Wulfric, com cuidado para não fitar seus olhos. "Essa criatura lastimável."

A fúria de Indra não diminuíra, mas queimou com mais força.

"Não era sua escolha, mas minha, e a roubou de mim", sibilou ela entredentes. "Toda a minha vida eu soube que algo estava fora do lugar, mas não o quê ou por quê. Porque foi medroso demais, egoísta demais para me dizer a verdade."

O enrubescimento do rosto de Edgard quando seu temperamento começava a se desgastar devia ter alertado Indra para não passar daquele ponto, mas sua fúria havia tomado conta e as consequências não faziam mais parte de seu pensamento. Ela falaria tudo, sem se importar com o que aconteceria.

"Sempre imaginei que poderia haver alguma outra mentira além daquelas admitidas. Nunca imaginei nada tão baixo quanto isso", disse ela. "Sabe como, mesmo quando garotinha, eu desconfiei que não era meu pai verdadeiro, não importava o quanto insistisse? Não foi apenas pelos sussurros de seus homens às minhas costas. Foi porque o reconheci pelo que você era, em seus ossos, e soube que nunca poderia ser filha legítima de um covarde tão desgraçado."

As palavras pairaram no ar. Vários dos homens de Edgard trocaram olhares nervosos. O próprio Edgard cerrou os dentes, sua raiva vindo à tona por dentro. A ferida que Indra cutucara era dolorosa, e ele conhecia apenas uma maneira de reagir. Ele ergueu a mão para acertá-la...

"Edgard."

Ele ficou paralisado. Wulfric estava a vários metros de distância, observando atentamente.

"Se puser uma mão nessa garota, vou te mostrar como um pai protege sua filha."

Edgard conhecia aquele olhar de Wulfric; não era uma ameaça vazia. Ainda assim, três homens o vigiavam de perto.

Ele deu um tapa forte no rosto de Indra com as costas da mão, deixando uma marca latejante na bochecha.

Os três homens que vigiavam Wulfric talvez tivessem sido tranquilizados pela sua falta de resistência quando o pegaram e por sua aparência desmazelada. Naquele instante, ele deu a cada um motivo para reconsiderar. Antes de o golpe de Edgard completar seu trajeto, um homem estava no chão agarrando o pescoço, com a traqueia esmagada. O segundo e o terceiro caíram pouco depois disso, um uivando enquanto ficava de joelhos com a visão do osso lascado saindo do braço direito, o outro estirado, inconsciente, com sangue vazando do nariz. Livre, Wulfric avançou até Edgard. Chegou à metade do caminho quando a primeira flecha acertou seu ombro e ainda corria quando as três seguintes atingiram o peito e o joelho direito. Indra soltou um grito quando Wulfric cambaleou e caiu para a frente, de cara no chão, os braços estendidos a poucos centímetros de onde Edgard parara.

Os arqueiros montados de Edgard encaixaram flechas novas quando ele avançou com cuidado e empurrou o corpo de Wulfric com a bota. Ele não se moveu.

"Desgraçado!", gritou Indra, chutando na direção de Edgard com os dois pés enquanto seus homens se esforçavam para controlá-la. "Seu maldito, desgraçado!"

Edgard ignorou-a, apontando para outros dois homens. Ergueram o cadáver de Wulfric e levaram-no para longe, os pés arrastando no chão. Indra observou, confusa, quando jogaram o corpo dele sobre um cavalo.

"Acalme-se, garota", disse Edgard. "Sabe tão bem quanto eu que ele não ficará morto por muito tempo." Ele deu as costas e voltou a seu cavalo, plantando o pé no estribo e subindo na sela. "Vamos!", ele ordenou enquanto os homens ajudavam os feridos. "Temos de chegar a Cantuária antes de a noite cair, ou não chegaremos."

Indra foi levada até um cavalo, todo o espírito de luta esvaído dela. Quando os homens montaram e a Ordem cavalgou de volta pela floresta, Cuthbert foi o último a seguir, a cabeça abaixada de tanta vergonha.

———— • ♦ • ————

Fizeram um tempo ainda melhor na jornada de volta, retornando a Cantuária quando o sol estava apenas começando a se pôr. Os homens de Edgard tinham todas as informações sobre a condição de Wulfric e o que aconteceria se a noite caísse antes de terem-no prendido dentro da fortaleza. Dessa vez, não pararam para descansar.

O corpo de Wulfric foi levado para dentro e carregado para uma masmorra construída como parte das reformas militares de Edgard. Descendo por vários lances de escadas de pedra, portas fortificadas e portões com barras de ferro, ele foi levado até uma cela grande forrada com palha e jogado sem cerimônia sobre a mesa de carvalho no centro do recinto, uma mesa bem reforçada com ferro e aparafusada ao chão. Os seis homens destacados para a tarefa fizeram um trabalho apressado; ali embaixo, nas entranhas da velha igreja, a única luz vinha das tochas que tremeluziam nas paredes. Não havia janelas para mostrar o quanto o sol havia abaixado, e assim nenhuma maneira de saber quando aquele defunto se tornaria algo ainda mais perigoso.

Deitaram o corpo de Wulfric e prenderam-no em correntes que passavam pelos anéis de ferro ao redor dos cantos da mesa. Quando as correntes estavam presas, os homens correram da cela e voltaram pelo corredor de pedra de onde tinham vindo. A maioria já estava nas escadas que levavam à superfície quando o último deles se apressou para sair da cela e bateu o pesado portão de ferro atrás de si. Mesmo entre as sombras profundas do cárcere, o homem podia jurar que viu o corpo de Wulfric se mover quando encaixou a chave com dedos trêmulos e virou-a na fechadura. Em seguida, também partiu, o molho de chaves retinindo quando ele se lançou pelo corredor e desapareceu nas curvas da escada em espiral.

Alguns minutos depois, Edgard apareceu, carregando consigo uma cadeira de madeira de espaldar reto. Pôs a cadeira a vários metros do portão de ferro da cela, espreitando na penumbra além das barras. No brilho turvo da tocha, conseguia ver uma figura escura, imóvel e acorrentada à mesa reforçada, nada mais que isso.

E se sentou. E assistiu. E esperou. Depois de quinze minutos, ele começou a imaginar se havia algo de errado. No entanto, quando começou a se mexer na cadeira, incomodado, Wulfric também começou.

Edgard inclinou-se para frente, fascinado; vira todas as formas de abominação sob o sol, caçara e matara todas, mas nunca vira algo assim. E quando o corpo de Wulfric passou a se contorcer contra as correntes que o mantinham preso à mesa, começou a se partir ao meio e derramar o sangue preto fétido que exalava enxofre, ocorreu a Edgard que talvez fosse capaz de dar um uso muito melhor à fera do que simplesmente ser mais um troféu.

——— • ◆ • ———

Cuthbert estava andando em seu gabinete, a luz da lamparina bem baixa. A escuridão pouco ajudava a pensar dessa vez. Não que lhe faltasse ideias; a questão era se o plano funcionaria e, o mais pertinente, se ele teria coragem de levá-lo a cabo. Era com essas questões que se debatia.

Nunca havia se considerado um homem corajoso. Parte do motivo para ter seguido o sacerdócio, num momento de guerra aparentemente sem fim, fora evitar o alistamento em alguma profissão militar para a qual ele sabia não ter temperamento suficiente. Mas Deus encontrara uma maneira de testar esse temperamento. Sua compreensão única das descobertas de Aethelred e seu recrutamento forçado subsequente na Ordem o sujeitaram a horrores muito além de qualquer coisa que imaginou ser parte de uma guerra convencional. Seu serviço o endureceu com certeza, mas ainda sabia que nunca havia saído da sombra do clérigo inexperiente que era quinze anos antes.

Nenhuma prova maior disso existia além do fato de ter traído sua amiga. Seus anos sob o comando de Edgard na Cantuária foram em grande parte miseráveis. Os cavaleiros com os quais servia, todos pura valentia e bravata, viam-no como um fracote pequenino e estranho a ser intimidado e ridicularizado, e Edgard nada fazia para desencorajá-los. Indra era a única que mostrara alguma gentileza ou generosidade para com ele. Cuthbert a conhecia desde que era um bebê de colo, desde o dia em que Edgard a trouxera do vilarejo devastado de Wulfric, aninhando-a em seus braços. Ele a vira crescer e, com o tempo, ela se tornou sua única amiga.

Não havia mistério para ele sobre de onde vinham sua habilidade com uma espada, seu caráter forte, sua sagacidade e sua sede de conhecimento — todos os traços tão claramente herdados do pai legítimo e, tirando a habilidade com a espada, muito improváveis no homem que a criara. No fim das contas, a persistência obsessiva de Indra em perseguir suas desconfianças arrancara de Edgard a verdade, mas apenas parte dela. O restante, a parte que mais importava, fora mantida em segredo por Cuthbert e Edgard até aquele dia, e Cuthbert nunca se arrependera tanto do fato como naquele momento. Via então com seus olhos o quanto aqueles anos de separação haviam custado para pai e filha. Ele poderia — e deveria — ter feito mais, muito mais no passado. Mas a que custo para sua segurança, para sua vida? *Uma vez covarde, sempre covarde.*

Ouviu uma batida na porta. Cuthbert esperava que não fosse Edgard; era quem menos queria ver naquele instante. Ao abrir a porta, Cuthbert virou a lamparina e viu, à luz verde suave da chama infinita, que era Indra. Primeiro, ficou aliviado; em seguida, imaginou que talvez quisesse vê-la ainda menos que Edgard. O que era pior, medo ou culpa? Conseguiu abrir um sorriso cauteloso quando Indra deixou a porta se fechar.

"Pensei que estivesse confinada em seu quarto", disse ele.

"Funcionou tão bem hoje como em qualquer outro dia", disse Indra. Cuthbert flagrou-se pensando no que ela fizera ao pobre diabo que Edgard havia destacado para ficar de guarda diante da porta da garota.

"Bem, por mais considerável que seja minha surpresa ao revê-la, minha alegria é muito maior", disse ele, esperando algum indício de que ela sentia o mesmo. "Quase um ano se passou, sem uma palavra. Admito que houve momentos em que temi pelo pior."

Indra olhava para Cuthbert, impassível. Se houve alguma indicação de carinho para com ele, ficou perdida nas sombras e na penumbra.

"Achou mesmo que eu não sobreviveria lá fora?", perguntou ela, seu tom lhe dando poucas esperanças.

"Às vezes", admitiu ele. "Depois me lembrava como era boa com aquelas espadas e aquele seu maldito cajado, e a sensação passava." Ele abriu um sorriso envergonhado, esperando que sua tentativa bem-humorada arrancasse dela uma reação favorável. Se não, ao menos teria certeza em que terreno se encontrava. Era a incerteza que deixava tudo tão agoniante.

Nada ainda, nenhuma fagulha sequer. Cuthbert começou a se sentir inquieto.

"Indra, eu..."

"Você sabia?"

Sua vergonha era tão grande que não conseguia mais encará-la. Afastou-se, olhou para o chão, para os volumes encapados com couro nas estantes. Para qualquer lugar, menos para ela.

"Sabia. Sou o motivo por que Edgard sabia. Quando ele a trouxe para cá, lá do vilarejo de seu pai, e não pôde encontrar o corpo dele entre os outros, contei-lhe a minha desconfiança."

"Que desconfiança?" Indra aproximou-se, entrando numa parte mais iluminada que dificultou ainda mais para Cuthbert olhá-la. Foi até a escrivaninha e começou a mexer em alguns papéis distraidamente.

"Antes de Aethelred ser morto na nave da catedral acima de nós, ele pôs uma maldição final em seu pai. A cicatriz no peito dele é a prova."

"Então, foi meu pai que matou Aethelred." Ele ouviu Indra dizer atrás dele. "Não Edgard, como ele sempre alegou."

Cuthbert não pretendia revelar aquilo; simplesmente escapou de seus lábios. Mas ficou feliz. Era hora de todas as verdades que o corroíam por dentro virem à tona, cada uma delas. Ele aquiesceu.

"Depois de ter matado o arcebispo, seu pai queimou os últimos escritos de Aethelred, mas eu já tinha visto o bastante para avançar nos meus estudos de sua obra e, com o tempo, vir a entender o que ele havia descoberto: a maneira de criar uma nova forma de abominação, magia que podia transformar um homem em fera e em homem de novo, várias vezes, sem fim. Quando soube o que havia acontecido com o vilarejo de seu pai, um dia depois de ele ter voltado para casa, percebi no que ele se transformara.

"Contei tudo a Edgard e implorei para ele levar seus homens e procurar Wulfric para que pudéssemos encontrar uma maneira de ajudá-lo, mas ele não fez nada disso. Sabia que era verdade o que eu havia contado, mas ainda se escondia atrás de exigências de prova, que eu sabia serem impossíveis de satisfazer. Estava determinado a criá-la como filha legítima, e assim abandonou Wulfric à existência amaldiçoada em que viveu.

"E me disse que, se eu lhe contasse alguma coisa sobre isso", continuou Cuthbert, "me torturaria até a morte. Então, pode ver que a minha covardia e o engodo de Edgard levaram-na a acreditar durante toda a vida que seu pai verdadeiro estava morto. Deus, ao que parece, encontrou uma maneira de corrigir meu erro. O que não me deixa menos arrasado por ter perpetuado isso durante todos esses anos."

Por fim, ele se virou para encará-la, surpreso ao ver que ela estava mais perto dele. Ele tremia de culpa.

"Indra... nunca conseguirei pedir perdão o suficiente. Entenderei se nunca puder me perdoar pelo que fiz, mas espero que não me odeie por isso. Em todo o mundo, você é minha única amiga, e seria mais do que eu poderia suportar."

O silêncio preencheu a sala de tal forma que tudo que Cuthbert conseguia ouvir era o som da respiração de Indra. Então, por fim, ela estendeu a mão e tomou a dele. Quando Cuthbert começou a soluçar, ela pôs os braços ao redor dele e o trouxe para mais perto, como se soubesse que ele poderia cair se ela não o fizesse.

"Também tenho poucos amigos", disse ela, enquanto o corpo dele tremia em seus braços. "Não os descarto por me contarem a verdade, não importa se com tanto atraso." Ela deu um passo para trás quando Cuthbert se recostou na escrivaninha e limpou os olhos com a manga da túnica. "Mas isso não significa que você não me deve um favor muito, muito grande."

Cuthbert sorriu, o alívio ainda percorrendo seu corpo.

"Qualquer coisa que quiser", disse ele com voz trêmula.

"Antes, no pátio daquela igreja, você disse que a maldição não pode ser cancelada. Tem certeza absoluta disso?"

"Infelizmente, sim", disse Cuthbert. "Passei quinze anos procurando uma maneira, mas a maldição é profunda. A fera está dentro dele até o tutano, tão parte dele agora como a metade humana. Se houver uma maneira de exorcizá-la, está além das minhas capacidades."

Indra correu as mãos pelos cabelos, desanimada.

"Era minha última esperança", disse ela. "Tinha certeza de que você poderia conhecer alguma maneira..."

Vê-la daquele jeito feriu a alma de Cuthbert. *Chega disso*, pensou ele. *Vai deixar o medo governar sua vida toda? Então, e se não funcionar? Precisa dizer a ela. Precisa tentar. Deve isso e muito mais a ela.*

"Não conheço maneira de separar o homem da fera", disse ele. "Mas talvez exista uma maneira de salvá-lo. Ao menos, em parte."

Indra tomou Cuthbert pelo braço, segurando-o com firmeza.

"Conte-me."

30

Wulfric não estava acostumado a acordar na escuridão, ou de barriga para cima, embora pouco mais que isso fosse diferente. As dores, a tontura, a sede violenta e o cheiro de enxofre eram mais que familiares. A ausência de luz do sol era, em certo sentido, uma bênção, mas não menos perturbadora. Sentou-se com um gemido dolorido e percebeu que mais uma coisa parecia estranha: ele estava nu e coberto com cinzas, mas não havia ninguém por perto.

Quando as mãos tatearam a penumbra, ele percebeu que estava sentado num piso de madeira. Em seguida, encontrou os cantos dele. Não era piso, mas um tipo de plataforma elevada ou mesa. Olhou ao redor, às cegas, tentando se lembrar de como havia parado naquele lugar, qualquer que fosse. A lembrança era um borrão, uma mancha de imagens meio formadas e sensações em ordem absurda. Lembrou-se da dor das pontas das flechas perfurando sua carne, um fulgor repentino de fúria. Um rosto, que havia conhecido pouco tempo antes, e um que não vira por muitos anos. O rosto novo fixou-se, lentamente tornando-se reconhecível. Um rosto de garota, jovem e bonita, mexendo a boca com as mesmas palavras repetidamente. Muito longe e indistinta no início, a voz ficou clara a cada repetição.

... um homem chamado Wulfric, meu verdadeiro pai era um homem chamado Wulfric, meu verdadeiro pai...

O restante voltou de uma vez e com tal força que ele sentiu vertigens.
Minha filha. Minha filha está viva.
"Bom dia."

Ele virou a cabeça de uma vez para ver uma figura obscura delineada contra a luz turva das tochas do outro lado de um portão pesado com barras de ferro. Wulfric não conseguia ver o homem com clareza, mas conhecia a voz de Edgard. Mesmo com cada osso e músculo ainda reclamando, lentamente desceu da mesa e plantou os pés no chão forrado de palha. Quando se ergueu, Edgard deu um passo para mais perto — embora ainda além do alcance das barras — e Wulfric pôde ver seu rosto.

"Não vejo motivo para prendê-lo como uma fera durante o dia, então pedi que meus homens o soltassem e limpassem as cinzas depois que você voltasse à forma humana", disse Edgard. "Devo dizer que foi a coisa mais notável que vi na vida. Depois que Cuthbert me contou no que havia se tornado, eu me perguntava como a transformação realmente funcionava. Mas é muito mais extraordinária do que eu jamais imaginei."

Os olhos de Wulfric ajustaram-se à luz, e ele via que a mesa de carvalho estava preta, chamuscada, onde ele havia dormido, uma pegada fantasmagórica na vaga forma de um ser humano queimada na madeira. Lentamente foi até o portão, os pés arrastando-se na palha, e percebeu como Edgard recuou um passo ante a sua aproximação. Ainda zonzo, estendeu a mão e pegou uma das grossas barras de ferro para se equilibrar.

"Onde ela está?" Sua voz falhava, a garganta seca como osso.

Edgard suspirou.

"Wulfric, você sabe que sempre fui seu amigo. O que fiz para Indra foi tanto pela nossa amizade como para protegê-la. Deveria ficar grato por ter sido eu a encontrá-la. Pergunte-se: teria pensado em mim para criá-la se você e Cwen tivessem morrido? Quem poderia ter sido um padrinho melhor?"

"Era para Alfredo ter sido o padrinho dela", disse Wulfric. Era verdade; era a única coisa que Wulfric planejava pedir ao amigo, o rei, em troca por todos os anos de serviços sangrentos. Pretendia pedir a bênção de Cwen no dia seguinte à volta para casa. No dia em que despertou para encontrá-la morta.

Edgard virou o rosto, decepcionado.

"Ora, bem. Talvez então tenha sido destino que Alfredo tenha feito parte dessa história. Voltei a Winchester em seu lugar para informá-lo da morte de Aethelred, e o rei recusou-se a promover qualquer celebração em sua ausência. Despachou-me ao seu vilarejo para insistir na sua participação, e foi assim que descobri Indra, a única sobrevivente da carnificina que você — *você!* — cometeu na noite anterior, chorando e coberta do sangue da própria mãe. Se não tivesse sido assim, quem sabe que tipo de camponês malnascido poderia tê-la encontrado e criado, se encontrasse. Graças a mim ela sobreviveu e teve uma criação adequada... não que ela tenha me mostrado uma gota de gratidão por isso.

"Na verdade, meu amigo, eu fiz uma gentileza ao lhe poupar de criá-la", prosseguiu Edgard. "A garota é voluntariosa e desobediente a ponto de ser impossível. Nada do que se espera de uma filha. Disciplina? Rá! Ela cospe na disciplina!"

Wulfric lembrou-se de Edgard batendo no rosto dela, e o pensamento voltava a todas as vezes que vira o amigo intimidar e amedrontar os homens sob seu comando durante as guerras.

"Você bateu nela?"

Edgard ergueu o queixo, hipócrita.

"Você não a conhece. Eu sim. A ingratidão dela testa o temperamento de qualquer homem. Foi criada como filha de um nobre, numa casa que daria inveja a reis. A vida toda não lhe faltou nada."

"Exceto seu pai verdadeiro", disse Wulfric. "Sabia do meu destino. Poderia ter me procurado ou lhe dito a verdade e a liberado para fazê-lo. Ainda assim, você não fez nada."

"Você estava condenado. Além da salvação", disse Edgard, decidido. "Não errei nisso, Wulfric. Quem foi prejudicado? Ela precisava de um pai, e você sabe que eu sempre quis um filho."

"Então deveria *ter tido* um filho seu!", retrucou Wulfric. "Em vez disso, me abandonou para poder roubar a *minha* filha." Ele agarrou as barras de ferro com as duas mãos e sacudiu-as com tanta força que elas trepidaram. Edgard deu outro passo para trás.

"Você me faria condená-la a crescer sabendo que o pai era amaldiçoado, um monstro que matara a mãe e errava pela terra como um espectro, sem esperança alguma?", perguntou Edgard, tentando manter a resolução diante do olhar raivoso e devastador de Wulfric. "O que seria dela?"

"A garota é mais forte do que pensa", disse Wulfric. "Deveria ter lhe confiado a verdade. Em vez disso, a ferida que lhe impôs com essa mentira a envenenara a vida toda."

Edgard parecia menos seguro de si, mas ainda determinado a se ater à sua honradez. Apontou para Wulfric, acusador: "Está errado em me condenar por isso, velho amigo".

Detrás das barras, Wulfric negou com a cabeça.

"Não é meu amigo. E não o odeio. Tenho pena de você."

Edgard pareceu surpreso.

"Como?"

"Eu vi de perto a raiva de minha filha. É uma coisa a ser considerada. Passou a vida inteira buscando aquilo que criou tal raiva. E agora, por fim, ela encontrou. Por mais amaldiçoado que eu seja, prefiro estar na minha posição que na sua."

Wulfric observou Edgard enquanto as palavras assentavam, viu o rosto do homem azedar. Levou um momento para Edgard retomar a compostura.

"Vim aqui para dizer-lhe que não me ressinto. Pode pensar que Deus o amaldiçoou com essa aflição, mas acredito que Ele ainda tenha um objetivo para você. Você fundou esta Ordem, e agora, na hora de maior necessidade, pode ser aquele que vai salvá-la."

Wulfric apenas olhou para ele, sem entender.

"Pedi para buscarem um emissário do rei. Ele chega antes do pôr do sol. Quando meus homens vierem prender você à mesa, sugiro que não resista. Tenho certeza de que não gostaria de morrer duas vezes em dois dias seguidos." Edgard virou-se e foi embora na direção das escadas em espiral no fim do corredor.

"Edgard."

Edgard parou, e olhou para trás. Wulfric encarou-o com ódio de dentro das sombras.

"Você parece velho."

Com repentina vergonha, Edgard tirou uma mecha de cabelos ralos do rosto marcado. Uma pequena ferida, mas uma que Wulfric sabia que doeria. *Ainda tão vaidoso como era, apenas sem muito motivo para sê-lo.*

Edgard olhou para trás e para frente, entre as escadas e a cela, como se tentando decidir se deixaria a provocação passar. Em seguida, marchou de volta ao cárcere, parando a pouco do alcance das mãos de Wulfric.

"Sabe, eu nunca havia percebido realmente como você e Alfredo eram próximos", disse ele com desdém rancoroso. "Até eu ter visto como ficou devastado quando lhe contei sobre sua morte. Na verdade, ele nunca se recuperou. A doença veio pouco depois. Acredito que isso foi o começo de seu fim. Que pena."

Deixou aquelas palavras pairarem por um momento, em seguida girou com um floreio da capa e partiu pelo corredor, apagando as tochas pelo caminho, até a escuridão engolir Wulfric por inteiro.

O tempo tem uma maneira estranha de se curvar e se estender na escuridão total, e Wulfric não sabia quanto tempo havia passado quando a tocha no fim do corredor foi acesa, criando um ponto mínimo e tremeluzente de luz. Em seguida outro, mais próximo. Alguém estava cruzando o corredor até sua cela, acendendo as tochas da parede enquanto avançava.

Wulfric ergueu-se e foi até mais perto das barras. Não era uma figura, mas duas se aproximando. No início, pensou serem os homens de Edgard, conforme prometido, mas ouviu as duas vozes discutindo baixinho uma com a outra enquanto avançavam. Uma voz ele reconheceu de imediato, e a outra, de alguma forma, também era familiar.

A tocha mais próxima foi acesa e, quando as chamas aumentaram, lançando um brilho turvo diante da cela, Wulfric viu Indra e um homem magro, com túnica de capuz, irrequieto e retorcendo as mãos com nervosismo. Mas toda a atenção de Wulfric estava voltada para a filha. Ele apertou o corpo contra as barras, estendendo a mão para ela. Indra tomou a mão dele e se aproximou o máximo que o metal entre os dois permitiu.

Wulfric olhou para ela e, mesmo à luz fraca, era óbvio para ele. Tinha os olhos da mãe. O nariz. O sorriso. O espírito. Era estranho. Como não tinha reparado antes? *Pois quem vê o impossível, mesmo quando se está bem diante dele?*

"Pai", disse ela com olhos marejados.

"Minha menina." Wulfric apertou a mão dela com força.

No fim, foi o homem encapuzado que os trouxe de volta ao mundo. Soltou uma tosse educada quando puxou para traz o capuz.

"Hum, talvez tenham tempo para isso mais tarde."

"Claro", disse Indra. "Pai, este é..."

"Cuthbert", disse Wulfric, espantado. Ele o reconheceu instantaneamente. Sempre gostara do homem, por mais estranho que fosse. Embora tivesse quase se esquecido dele depois de tantos anos, a visão do padre alegrou Wulfric sobremaneira, por motivos que não conseguia explicar. Algo naquele homem, mesmo com toda a timidez e a falta de prumo, trazia grande confiança. Wulfric talvez tivesse até tido esperança, exceto pelo fato de que havia muito tempo esquecido como reconhecê-la.

"Meu senhor", disse Cuthbert. "Acredito que possa haver uma maneira de ajudar."

A expressão de Wulfric ficou sombria.

"Nem pensem em tentar me ajudar a escapar. Vão apenas se colocar em risco. Eu não vou..."

"Apenas escute o homem", disse Indra. "Não temos muito tempo."

"Não, não é fuga. Não é realmente minha especialidade", comentou Cuthbert com um sorriso nervoso. "Mas magia..."

Wulfric viu o vislumbre de determinação nos olhos de Cuthbert e balançou a cabeça.

"Não há maneira de desfazer essa maldição."

"Isso é verdade", disse o padre. "Mas, se eu estiver correto, pode haver uma maneira de dobrá-la um pouco."

"Não está além da salvação, não importa se pode ver isso ou não", disse Indra. "Disso eu tenho certeza. E posso provar."

Wulfric ficou perplexo.

"Que quer dizer com isso?"

"Acredita que o monstro dentro de você destruiu o homem que foi no passado. Mas eu sei que não. Quinze anos atrás, quando a fera veio pela primeira vez, me poupou enquanto todos ao meu redor foram mortos. Então, poucas noites atrás, quando lutei com a criatura na clareira, ela fez de novo."

"Não", disse Wulfric. "Você me disse que a fera fugiu depois de tê-la ferido."

Indra virou o rosto por um instante, envergonhada.

"É possível que eu possa ter... embelezado um pouco meu relato ao contá-lo a primeira vez. A verdade é que a fera não fugiu. O ferimento que eu causei apenas a enfureceu mais. Ela me prendeu no chão, desarmada e indefesa. Poderia ter me matado com facilidade. *Deveria* ter me matado. Mas não matou. Deixou-me viva."

"Não vê? Ela me poupou não uma, mas duas vezes", continuou, "porque você não permitiu que ela me ferisse. Porque, mesmo dentro da fera, uma parte de você lá no fundo reconheceu que eu era sua carne e seu sangue. E alguma parte sua, consciente ou não, foi forte o bastante para impedi-la." Ela apertou a mão dele com mais força. "Pai, o homem que era não foi destruído. Esse homem ainda vive. Já derrotou o monstro duas vezes, e pode fazer isso de novo. Se desejar de fato combatê-lo."

A mente de Wulfric estava a toda velocidade. O que acabara de ouvir transformava em mentira tudo que acreditava sobre si mesmo, e ainda assim algo naquilo soava verdadeiro. *Talvez apenas porque eu queira tanto acreditar nisso.* Olhou para Cuthbert, perdido. O padre assentiu com sobriedade para confirmar o que Indra dissera.

"Há uma maneira de ajudá-lo, mas começa com o senhor acreditando que é digno", disse Cuthbert. "Começa com o senhor buscando não o perdão de Deus, mas o próprio perdão. A culpa que carrega consigo prova que é um homem de consciência, mas chegou a hora de deixá-la de lado. Para que funcione, é preciso ter fé em si, convicção e força. E talvez um tanto de sorte."

"Sir Wulfric", continuou o padre, "o senhor é o homem mais forte que já vi. Mas é preciso querer. Mais do que jamais quis outra coisa. O senhor quer?"

Ele encarou a filha que acreditava ter perdido para sempre, seus olhos tão parecidos com os da mãe.

"Sim", disse ele, a voz quase um sussurro.

"Ótimo", disse Cuthbert, puxando as mangas para trás. Estalou os dedos, bateu as palmas e esfregou-as vigorosamente. "Agora, podemos começar então."

"Espere", pediu Indra. "Tem mais uma coisa que preciso perguntar. Algo que havia perdido a esperança de saber." Ela olhou para Wulfric, suplicante. "Qual é meu nome? Meu nome verdadeiro. Por favor, diga que se lembra."

Havia muitas coisas que Wulfric havia esquecido, erodidas pela passagem dos anos ou apagadas por vontade própria. Mas aquilo, não. Embora sua vida antiga tivesse sido esmigalhada, aquela única lembrança permanecera sempre intacta, tão clara e indestrutível como um diamante. Ela lhe ocorreu instantaneamente.

"Beatrice", disse. "Seu nome é Beatrice."

E Beatrice chorou.

O emissário do rei desceu a escada em espiral, Edgard diante dele, abrindo caminho com a tocha. Em outras circunstâncias, Edgard teria ficado apreensivo com essa visita; com o rei Eduardo tão consumido pelos preparativos da guerra, exigir um pouco sua atenção, mesmo por meio de um representante, trazia risco considerável de ser encarado como perda de tempo. Mas Edgard tinha certeza de que, assim que o emissário soubesse o que presenciaria naquela noite, voltaria exatamente com a mensagem que Edgard pretendia. Isto é, se ele ainda tivesse estômago para cavalgar no dia seguinte. O homem parecia relativamente jovem e era provável que nunca tivesse visto uma abominação ao vivo, muito menos do tipo que Edgard estava prestes a apresentar.

Já havia esquecido o nome do homem — e o que importava? —, mas era uma pessoa importante na corte. Algum primo distante da rainha. Não era surpresa; para Edgard, o homem parecia o tipo de sapo invertebrado que não poderia ter chegado a tão alto posto por mérito próprio. Se fosse o tipo com quem o rei se aconselhava naqueles dias, Edgard tinha sérias preocupações sobre a guerra iminente contra os nórdicos. Era audaciosa demais em sua concepção; seria executada da mesma forma?

Não obstante, era um bom sinal que Eduardo tivesse enviado esse homem, especialmente porque Edgard teve medo de que não mandasse ninguém. Era um sinal de que a Ordem ainda desfrutava de um pouco de respeito por parte do rei. Embora esse respeito tivesse diminuído muito desde os dias do rei Alfredo, não permaneceria assim por muito tempo.

Chegaram ao fim da escada, e Edgard encaixou sua tocha num suporte na parede. O corredor ali já estava iluminado, mesmo ficando mais escuro adiante, e o que havia em seu fim ficava totalmente escondido nas sombras. Edgard fez um gesto com a mão para o emissário acompanhá-lo, depois começou a cruzar o corredor, o homem do rei resmungando enquanto o seguia. Parecia irritado por estar ali desde o momento em que chegara, e naquele momento, naquela masmorra mal-iluminada, sua consternação ficava cada vez mais aparente.

"Tenho certeza de que sabe que o rei não aprecia distrações injustificadas num período tão crítico", disse o emissário com um franzir pronunciado de testa. Pelas contas de Edgard, já era a quinta vez que o homem havia enfatizado isso desde que chegara ao portão.

"Claro", respondeu ele. "Não sonharia em pedir a atenção de Sua Majestade para uma questão que não fosse, no mínimo, urgentíssima. Tenho certeza de que, quando vir o que mostrarei, concordará."

Estavam a meio caminho no corredor, e o passo do emissário ia ficando mais lento, talvez por conta do temor repentino. A partir dali, pôde ver um pequeno grupo de homens armados de guarda na frente do portão com barras no fim do corredor. As tochas iluminavam as barras da cela, mas não penetravam além disso; fosse o que houvesse lá dentro, estava coberto pela total escuridão.

Edgard percebeu que o emissário havia ficado para trás a uns poucos passos dele, e virou-se para ver que o homem, na verdade, estacara totalmente, encarando a cela com apreensão.

"O que tem aí dentro?", perguntou ele.

Edgard sorriu.

"Garanto que estará bem seguro", disse ele.

Desconfiado, o emissário seguiu Edgard até onde os guardas esperavam. Espiou dentro da cela e avistou Wulfric, acorrentado mais uma vez à mesa de carvalho. Vendo que estava bem preso, e a alguma distância atrás das grades, o emissário avançou para olhar mais de perto, observando Wulfric com uma fascinação sombria. Sua pele, suja de cinzas, o cabelo emplastrado e a barba, a expressão distante no olhar.

"O que é isso?", perguntou o emissário em voz baixa. "É um nórdico?"

"Não", respondeu Edgard. "Algo muito mais perigoso."

O emissário não conseguia desviar os olhos.

"Mal parece humano."

"Curioso que tenha dito isso", respondeu Edgard, com ares de sabichão. "É apenas em parte humano. O restante é abominação."

"Abominação?" O emissário parecia divertir-se. "Mas ele está..."

"Acreditamos que a calamidade que Aethelred trouxe para este mundo anos atrás de alguma forma evoluiu para uma forma híbrida nova e muito mais perigosa: abominações que parecem homens durante o dia e assumem sua verdadeira forma apenas à noite. Talvez tenha ouvido histórias sobre essas coisas."

O emissário olhou mais atentamente para Wulfric. A leitura de Edgard sugeria que estava cético. Não por muito tempo.

"Eu ouvi falar deles", disse o emissário. "Mas são histórias de fantasma, certamente."

"Eu costumava pensar o mesmo. Não mais. Enquanto conversamos, essa nova ameaça espalha-se pela terra como uma praga. Quanto não podemos saber, pois esse novo perigo é mais difícil de detectar do que as antigas abominações. Capturamos este dois dias atrás, mas quem sabe quantos mais podem estar lá fora, escondendo-se entre nós à plena vista?"

Apesar das dúvidas, o emissário, pelo que Edgard conseguia ver, aos poucos estava sendo atraído pela história. O medo esgueirava-se ao redor dele enquanto fixava o olhar em Wulfric.

"Quando a noite cair... ele vai mudar?"

Edgard fez que sim com a cabeça e tentou não sorrir. Havia contado bem o tempo. Faltavam apenas alguns minutos para o pôr do sol, e então aquele homenzinho conheceria o medo de verdade.

"Você comeu muito hoje?"

O emissário pareceu aturdido com aquela pergunta estranha.

"O quê? Não. Por quê?"

"Porque é melhor testemunhar o que está prestes a acontecer de estômago vazio."

Edgard montara bem a cena. Agora, tudo que precisava fazer era esperar. Assim que o emissário visse a monstruosidade em que Wulfric estava prestes a se transformar, voltaria a Winchester, ao rei, com a notícia dessa ameaça nova e terrível ao reino. Convenceria o rei disso, ou ao menos o convenceria a ir até lá e ver Wulfric com seus olhos, e aquilo certamente seria o bastante. O bastante para a coroa voltar a gastar muito ouro na Ordem para Edgard conseguir devolvê-la à sua antiga glória e força — força suficiente para combater essa nova ameaça.

O que importava se a ameaça fosse imaginária? Durante os dias mais sombrios da calamidade, a Ordem era um símbolo de esperança para um povo que vivia com medo. A calamidade talvez tivesse desaparecido, mas a necessidade por símbolos continuava. As pessoas ainda precisavam de algo para temer, pois aquilo as mantinha leais e obedientes. Ainda precisavam de esperança, pois ela as mantinha produtivas. Ainda precisavam de alguém melhor que elas para admirar e respeitar. E os jovens ainda precisavam de um lugar para ir e ser treinados a fim de lutar a serviço de uma causa maior. Cidades e vilarejos em todo o país ainda precisavam de homens como aqueles da Ordem para recebê-los como heróis e talvez ser tocados pela glória emanada. Aquilo fazia os plebeus sentirem-se bem em entregar a Edgard e a seus paladinos presentes, homenagens, cerveja grátis e apresentar suas filhas a homens tão nobres e valentes como ele. Sim, a Inglaterra ainda precisava da Ordem. Ainda precisava dele.

"Meu senhor."

Edgard foi arrancado de seus pensamentos. Um dos guardas aproximou-se da cela, e Edgard avançou para ver que a cabeça de Wulfric havia rolado para o lado, o corpo relaxado. Era hora. Pôs a mão no ombro do emissário, que estava paralisado, os olhos arregalados numa ansiedade mórbida.

"Será em breve", disse ele. "Quando começar, não corra. A fera não poderá escapar das correntes e, como olhos do rei, é importante que veja tudo."

Edgard conseguia sentir o medo do homem. Estava trêmulo, e embora as paredes de pedra da masmorra fizessem dela um lugar frio, o rosto estava salpicado de suor. E nada havia acontecido ainda. Sim, aquele homem levaria à Sua Majestade um relato muito bom. A qualquer momento...

Minutos se passaram. Alguns dos homens de Edgard começaram a ficar irrequietos, e a agitação do emissário começara lentamente a parecer impaciência.

"Quando exatamente...?"

"A qualquer momento", disse Edgard, sua consternação cada vez maior. Não deveria levar tanto tempo. Estava quase começando a se preocupar com algo dando errado quando viu Wulfric estremecer e se contorcer embaixo das correntes que o seguravam preso à mesa. Edgard agarrou o braço do emissário com firmeza. "Agora", disse ele. "Observe."

Um instante ainda se passou. E, em seguida, a mandíbula de Wulfric se abriu e ele começou a roncar. Era um som estrondoso, rascante, parecido com uma serra cega cortando uma árvore, e as paredes da cela apenas amplificavam-no, fazendo ecoar no corredor inteiro.

O emissário fulminou Edgard com o olhar.

"O que é isso?"

Edgard atrapalhou-se para buscar uma resposta.

"Às vezes, a transformação demora mais que... se me permitir mais alguns momentos..."

E assim o emissário esperou mais três minutos, durante os quais a cacofonia dos roncos e grunhidos de Wulfric enquanto dormia ficaram cada vez mais altos. No fim das contas, o emissário deu meia-volta e marchou para a escada em espiral. Edgard correu atrás dele.

"Por favor, se me..."

"Não, não!", disse o emissário com seriedade zombeteira. "Já vi o bastante! Com certeza informarei Sua Majestade do grande perigo que a Inglaterra enfrenta com dorminhocos barulhentos! Estou certo de que, quando voltar e lhe disser o que vi aqui, o rei não perderá um segundo em ajustar o financiamento da Ordem para um valor suficiente a fim de combater essa nova ameaça."

O emissário começou a subir as escadas, e Edgard percebera que havia perdido o homem. Desistiu e irrompeu pelo corredor na direção da cela com uma fúria afogueada.

"Abram esse portão!"

Um dos guardas correu para encontrar a chave e destrancar o portão antes de Edgard chegar. Quando a chave se virou na fechadura, Edgard empurrou o homem de lado e avançou para dentro da cela onde Wulfric estava preso e ainda acordando os mortos com seu ronco. Edgard deu-lhe um tapa na cara, fazendo-o despertar rapidamente.

Wulfric piscou enquanto os olhos focavam Edgard em pé diante dele.

"Por que não se transformou?"

Wulfric não disse palavra, mas olhou além de Edgard como se ele não estivesse lá. Edgard tomou o rosto de Wulfric entre as mãos e forçou o homem a fitar seus olhos.

"Olhe para mim, responda!", berrou ele, tendo um ataque. "Por que não se transformou? O que há de diferente nesta noite?"

Nada. Edgard abaixou as mãos e deu um passo para trás. Deu um suspiro, controlado.

"Não vai me fazer de bobo diante da coroa uma segunda vez. Amanhã pela manhã partimos para Winchester. Vou levá-lo pessoalmente ao rei. Se precisar mofar em sua masmorra por um mês, mais cedo ou mais tarde ele verá o que você é de verdade. E se não vir, se você não for mais útil para mim, trago-o de volta para cá e o enterro acorrentado sob seis metros de pedras, e poderá sofrer na escuridão muito depois de Indra e eu virarmos pó."

Ainda tremendo de raiva, ele se virou para o oficial sênior, um homem parrudo com pescoço grosso que treinava iniciados em combate desarmado e era conhecido por ser especialmente rígido com eles.

"Desacorrente-o e cuide para que se lembre do que eu disse. Mas cuide para que ele se lembre bem."

O homem de pescoço grosso assentiu e inclinou a cabeça para a cela, gesticulando para seus homens o seguirem. Edgard observou quando desacorrentaram Wulfric da mesa e ergueram-no dela. Quando os primeiros socos começaram a ser desferidos, Edgard deu as costas e avançou para as escadas. Não tinha vontade de assistir àquilo. É um mal necessário, disse para si mesmo enquanto se afastava, *mas eu não sou um homem mau.*

32

A aurora chegou. O emissário do rei partiu para Winchester, e os homens de Edgard estavam trabalhando nos estábulos, preparando os cavalos para a mesma jornada. Uma carroça com uma gaiola de ferro estava presa a uma trave que permitiria dois cavalos fortes puxarem-na entre eles. A gaiola havia sido construída para abrigar abominações capturadas no campo a serem enviadas a Cantuária para estudos, mas raramente fora usada, pois capturar um espécime vivo havia se provado quase impossível. Em geral, morriam lutando. Bem, Edgard havia encontrado uma finalidade para ela. Quando o sol se ergueu sobre a Cantuária, um cocheiro estava dentro da gaiola, derramando palha de um saco no assoalho e espalhando-o com os pés. Espalhou mais do que teria feito para um animal; sabia que o ocupante da gaiola seria um ser humano, ao menos por algum tempo.

Enquanto isso, quatro homens desciam pela escada em espiral e entravam na penumbra da masmorra da catedral, tochas iluminando o caminho pelo corredor. Dois dos homens carregavam uma corrente pesada. O guarda que seguia na frente, com o molho de chaves tilintando no punho, gritou para Wulfric acordar e se levantar; os dois outros estavam presentes na surra da noite anterior e sabiam que seria preciso mais que isso. Provavelmente teriam de carregá-lo para fora, ainda inconsciente.

A luz das tochas não se espalhava para além do portão de ferro. Conseguiam ver a mesa de carvalho aparafusada e manchas de sangue seco nas lajotas ao redor dela, mas os recessos distantes da cela estavam recobertos pela escuridão. Não havia sinal do prisioneiro, que sem dúvida estava encolhido num dos cantos escuros.

O guarda com as chaves bateu com a pesada argola de ferro contra as barras, causando um grande barulho.

"Eu disse para se levantar! De pé!"

Houve um grunhido baixo no canto da cela e viram algo na escuridão quando o prisioneiro começou a se mover. Embora não mais que uma forma indistinta em meio à penumbra, parecia apenas estar mudando o peso de lado, um homem virando-se inquieto em seu sono, em vez de alguém tentando se erguer.

"Levanta a bunda daí, agora!", berrou o guarda das chaves, perdendo a paciência.

O homem que estava ao seu lado foi o primeiro a perceber que havia algo de errado. Vira Wulfric antes e sabia que não era um homem pequeno, mas a forma na escuridão era grande demais. Demais. Virou-se de novo, ainda abaixado no chão, e soltou outro som gutural. E embora sempre cheirasse mal ali embaixo, nunca tinha sido tão ruim. Nunca como...

"Certo, é isso." O guarda que liderava os demais enfiou a chave na fechadura e estava prestes a virá-la quando o homem ao lado dele agarrou sua mão.

"Espere! Tem algo..."

A língua saiu do canto escurecido da cela e passou pelas barras do portão, enrolando-se na garganta do homem com as chaves como um nó corrediço, e apertou. Sua cobertura de saliva corrosiva borbulhou através do pescoço do homem com tanta rapidez que não teve chance de gritar. Soltou um gorgulho esforçado, ofegante, quando a cabeça se separou do corpo e caiu a seus pés, um gêiser vermelho bombeado do pescoço.

Os dois guardas atrás dele gritaram e recuaram aterrorizados quando a língua se recolheu para a escuridão, mas aquele que estava ao lado do líder ficou aturdido demais pelo choque para se afastar. Só despertou quando a coisa que se escondia na escuridão saltou para a frente sob a luz, porém já era tarde. A fera lançou o corpo preto imenso contra as barras com tamanha força que elas se curvaram para fora, lançando o homem para o outro lado até cair no chão, a vários metros de distância, inconsciente.

Os dois outros homens recuaram outro passo, mas não fugiram. As barras da cela curvaram-se, mas aguentaram; a fera ainda estava contida atrás delas, vagueando na escuridão. Observaram quando os membros com garras testaram metodicamente as barras, tocando-as e passando os membros entre elas, procurando alguma fraqueza.

Aquela visão os perturbou sobremaneira. Não era o comportamento de abominações insanas com as quais estavam acostumados. Eram maléficos, mas animais, impulsionados apenas pela ferocidade selvagem. Havia ponderação no jeito de aquela se mover. Objetivo. Inteligência. Era quase humana.

Cada um dos homens sentiu o estômago gelar quando uma garra tateante encontrou a chave, ainda na fechadura do portão, e a girou. O mecanismo fez clique, e o portão se abriu lentamente, o grunhido baixo da fera ecoando pelas paredes. Se real ou apenas um truque de sombras, a criatura pareceu aumentar em tamanho quando saiu da cela, suas dimensões monstruosas ocupando todo o corredor estreito. Avançou na direção deles, a carapaça raspando contra o teto baixo de pedra, a boca abrindo-se e babando, a saliva pingando gotículas que chiavam ao no chão.

Um dos homens teve a presença de espírito para sacar a espada.

A fera parou.

Seu grande conjunto preto de olhos piscou ao inclinar a cabeça, observando a lâmina com aparente curiosidade. E em seguida lançou um grande escarro venenoso que bateu com tanta força na lâmina que a arrancou da mão do soldado. Antes de cair no chão, metade do aço havia dissolvido. Enquanto o ácido corroía o que havia sobrado até o cabo, os dois homens viraram-se e correram. A fera não tentou persegui-los; apenas observou enquanto lutavam entre si para ser o primeiro a subir as escadas.

Houve um grunhido confuso, e a fera olhou para o chão. O guarda que fora lançado para longe das barras estava caído a seus pés, lentamente voltando a si. Quando os olhos do homem se ergueram, viu o monstro em pé sobre ele. O pânico tomou conta e o guarda tentou se afastar aos tropeços, em seguida gritou com uma dor lancinante na perna. Quebrada. Não conseguia se mover ou fazer qualquer coisa além de encarar com horror a coisa horrenda que o encarava de cima como um gato frente a um rato ferido e encurralado.

O monstro considerou o guarda ferido por mais um momento, em seguida passou sobre ele e deixou-o para trás enquanto percorria o corredor. O homem caído observou, surpreso por ainda estar vivo, enquanto a coisa imensa espremia o corpo na escada em espiral e se sacudia para subir.

Ela caminhava de um lado para o outro da sala. A magia havia funcionado? Quanto tempo mais teria de esperar para saber? Queria desesperadamente sair e encontrar respostas. Edgard, no entanto, havia deixado um segundo guarda do lado de fora da sala na última noite, depois de saber de sua breve fuga mais cedo naquele dia, mas felizmente não o objetivo da fuga, e não conseguia sair sem causar uma comoção que talvez estragasse tudo.

Paciência. É hora de manter o plano. Mas e se o plano não tivesse funcionado? E então? Seu pai estaria condenado, e tudo porque ela mesma o entregara nas mãos de Edgard. *Porque não pensou. Garota estúpida. Estúpida, estúpida...*

Ela ouviu o dobrar dos sinos lá fora. Um alarme. Quando correu até a porta, ouviu mais badaladas, todos sobre a catedral. Podia significar apenas uma coisa.

Agora.

Ela martelou a porta com o punho.

"O que está havendo lá fora?"

Uma voz brusca lá de fora:

"Nada. Fique quieta!" O homem parecia nervoso. Ela continuou martelando, mais forte que antes.

"Quero saber o que está acontecendo! Abra esta porta!"

Ela ouviu o girar de uma chave na fechadura e gentilmente pegou a maçaneta. Abriu apenas o bastante para o guarda botar a cabeça lá dentro, mas pôde ver homens armados correndo atrás dele no corredor.

"Não vou falar de novo, cale a boca e fique..."

Ela puxou a porta o mais forte que pôde, arremessando-a para escancará-la e trazer o guarda junto, ainda segurando a maçaneta, para dentro. Quando ele cambaleou em sua direção, Indra ergueu o joelho e acertou-o onde mais importava. Ele soltou um suspiro sem som ao cair no chão.

O segundo guarda correu para dentro do quarto e pegou sua espada. Ele foi rápido, quase conseguira pegá-la quando o punho da garota acertou seu estômago. Curvou-se para a frente, tossindo. Mas ainda estava tateando em busca da espada, ainda uma ameaça, então ela o agarrou pela gola e puxou o nariz dele para baixo, para encontrar sua testa com tudo. Ele voou para trás e aterrissou no chão de pedra do corredor lá fora, com braços e pernas estirados. Indra passou pela soleira, puxou a espada do cinto do homem, em seguida parou e voltou para o quarto. O guarda encolhido no chão estava consciente, mas não conseguia fazer nada com as mãos além de proteger o meio das pernas enquanto gemia baixinho. Não ofereceu resistência quando ela o desarmou e saiu de novo para o corredor com uma espada em cada mão. Uma era boa, mas duas eram melhores.

Edgard berrou ordens quando os homens entraram no arsenal para se equipar com todas as armas pesadas que podiam carregar. Piques, machados, espadas, bestas. Prenderam placas de armadura no corpo, peças que foram forjadas e tratadas especialmente para resistir ao cuspe corrosivo que muitas abominações possuíam. Embora Edgard soubesse que a armadura comprovadamente tinha pouco efeito, muitos homens não sabiam; se aquilo os encorajava, era o suficiente.

"Quero que peguem a coisa viva!", gritou ele enquanto homens apalpavam nervosamente para prender as faixas de couro e amarrar as bainhas. "Qualquer homem que a matar terá de se ver comigo. Vamos encurralá-la de volta para o subterrâneo e selá-la lá dentro."

O clamor dos sinos era quase ensurdecedor, mas acima de todo o barulho, Edgard conseguia ouvir homens gritando e berrando em outro lugar não muito longe dali. Os sons de medo e pânico — de soldados maduros, treinados para lidar com esse tipo de ameaça. Não era um bom sinal. Olhou para o rosto de seus homens enquanto se armavam e imaginou se seriam suficientes. Depois, olhou ao redor, procurando algum sinal de Cuthbert, que ninguém encontrava em lugar nenhum.

Pensando bem a respeito, Edgard percebeu que não via o homem desde a noite anterior.

"Alguém encontre o padre! Agora!"

Abriu caminho pelo amplo eixo central da nave. Homens armados corriam para encontrá-la e eram lançados para todos os lados por golpes largos das grandes garras, os corpos arremessados contra as paredes. Quando havia muitos para dispersar de uma vez, a criatura abaixava a cabeça e avançava como um búfalo. Aqueles que não eram arremessados longe eram jogados ao chão e despencavam sobre os bancos. A fera estava quase abrindo a porta para o pátio externo quando mais homens entraram e fecharam as portas pesadas, barrando-as e formando uma fileira defensiva, chuços e espadas estendidos para frente.

A fera parou e soltou um ronco de ar quente. Cada homem se manteve firme, com bravura, sabendo muito bem que a abominação atacaria num frenesi estúpido — pois era tudo que as abominações sabiam fazer — e que alguns deles morreriam.

Mas ela não atacou. Em vez disso, virou-se e se afastou deles, esmagando bancos e caixotes de suprimentos enquanto abria caminho na direção de uma arcada que levava a uma passagem lateral. Quando desapareceu pelo arco, os homens à porta primeiro relaxaram a postura num misto de alívio e confusão para na sequência saírem em perseguição.

A fera caminhou pesadamente pela passagem de pedra até encontrar um caminho até uma pequena rotunda onde vários corredores semelhantes se encontravam. Todos pareciam iguais. A criatura ficou no centro do espaço e circulou lentamente o lugar, virando a cabeça para esse ou aquele caminho. Perdida. Quando ouviu sons atrás de si, virou-se, também muito lentamente. Seis homens apareceram na arcada, agrupados numa falange coesa, escudos travados diante deles, e atacaram.

Bateram na fera como numa parede de aço, seu peso combinado tirando seu equilíbrio e fazendo-a se chocar com a parede do outro lado. Estava agora caída, inclinada contra a parede, sua barriga macia e pulsante exposta enquanto lutava desesperadamente para se endireitar.

A falange desfez-se e os seis homens espalharam-se ao redor da criatura, espadas e chuços preparados. Um dos homens, zeloso, avançou e cravou a ponta do chuço na barriga da fera. Ela soltou um berro horrendo. Sangue preto vazou do ferimento e pingou no chão.

"Edgard quer a coisa viva!", disse um dos outros lanceiros.

"Que se dane", disse aquele que acertara a fera. "Restam poucas delas, e esta aqui é minha." Ele puxou o braço para trás, como se para arremessar o chuço num javali — em seguida caiu de joelhos e tombou para a frente, o chuço escorregando da mão e voando longe enquanto ele caía de cara no chão, uma espada enterrada nas costas.

Seus camaradas olharam pela arcada atrás do homem caído e viram a garota avançando na direção deles a toda velocidade, segurando a outra espada com as duas mãos. Quando se chocaram, a lâmina reluziu, abrindo a garganta de um homem de orelha a orelha e arrancando o braço de outro na altura do cotovelo. Dois corpos caíram, e os outros rapidamente recuaram para dentro da rotunda, espalhando-se para uma posição defensiva melhor.

Ela viu a fera contra a parede atrás deles, gemendo enquanto o sangue se empoçava no chão, e ficou afogueada. Abaixou-se e pegou a espada do primeiro homem que havia matado, em seguida olhou para os três em pé diante dela.

"Vocês todos me conhecem. Aquele que duvidar que eu possa ser capaz de matar cada um de vocês, aqui e agora, permaneça onde está. Todos os outros podem ir."

Os homens hesitaram, trocando olhares incertos. Em seguida, espalharam-se, cada um por um corredor diferente.

Ela correu até a fera.

"Consegue se mover?"

A fera fez um som, mas o que aquilo significava, ou se havia algum significado, ela não conseguia saber.

"Aguente firme." Ela abaixou as duas espadas e espremeu o corpo entre a fera e a parede que a escorava. Pondo as costas contra a da fera e a bota na parede, esforçou-se com todo o empenho para colocá-la em pé novamente. Era como tentar levantar uma carroça virada. No início, parecia impossível; era pesada demais. Mas não desistiu, e, quando continuou a empurrar, sentiu finalmente a fera começar a se mover. Com um esforço final ela empurrou. O próprio peso da fera fez o restante, e ela emborcou de volta sobre a barriga. Tentou reaver o equilíbrio, mas o ferimento a enfraquecera e havia pouco apoio no chão, pegajoso com o sangue da criatura.

"Venha", disse ela, ouvindo ecos de passos aproximando-se rapidamente, embora não soubesse dizer de qual direção. "Precisamos ir, agora!" Ela olhou ao redor. Qualquer uma das arcadas poderia levar à liberdade ou à captura. Qual deles era...

"É seu pai ou seu bichinho de estimação? Deve ser muito confuso."

O coração pesou quando ela se virou para ver Edgard, uma dúzia de cavaleiros atrás dele. Em seguida, de cada saída, mais e mais homens saltavam para dentro da rotunda, e ela percebeu por que os passos soavam como se pudessem vir de todos os lugares: estavam mesmo vindo de todos os lugares.

Trinta, trinta e cinco homens, contando por cima. Tantos que alguns ficaram para trás nos corredores que levavam à rotunda. Por instinto, pegou as duas espadas, embora soubesse que, frente a essa situação, eram inúteis.

Edgard balançou a cabeça.

"Indra, por favor. Chega de sangue derramado por hoje, ainda nem acabou a manhã. Afaste-se dessa coisa e venha comigo. Prometo, não terá nenhum problema se terminar com essa tolice agora."

Ela sopesou as espadas nas mãos, avaliando a distância, imaginando se conseguiria cravar uma delas na garganta daquele homem antes que seus soldados a impedissem. Duvidava, mas pensou que valeria tentar, de qualquer forma. Tinha o elemento surpresa ao seu lado, no fim das contas. Edgard não esperaria porque mesmo depois de todos esses anos nunca entendera realmente o quanto ela o odiava.

Em poucos segundos ele saberia, e seria a última coisa que descobriria.

Ela dobrou os músculos, preparando-se para se lançar sobre seu oponente. Em seguida, sentiu um movimento atrás de si e viu os homens de Edgard titubearem, tensos. Olhou para trás, para ver a fera erguendo-se lentamente. Podia se mover, mas mesmo em sua melhor forma teria pouca chance contra tantos homens armados. O que poderia esperar fazer?

Indra olhou para a única saída da rotunda que não estava bloqueada pelos homens de Edgard. Uma escadaria que levava para cima.

Sabia onde sairiam: nos baluartes altos que cercavam a catedral. Havia pouca chance de escapar lá por cima, bem como de onde estavam. Mas a fera arrastou-se na direção da escadaria. Um grupo de homens de Edgard se moveu para bloquear o caminho, e Indra rapidamente os interceptou, posicionando-se entre eles e a escada.

"Não avancem", alertou ela, controlando-os com a ponta de uma das espada, a outra pronta para atacar.

Edgard correu na direção dela, o que restava de sua paciência chegando ao fim.

"Indra! Já chega! O que espera conseguir aqui? Mais um passo e eu juro que vai se arrepender. Indra, me ouça!"

Mas ela não ouviu, nem olhou para ele, ou mesmo reconheceu que ele estava lá. Manteve os olhos fixos nos homens mais próximos, aqueles que representavam ameaça mais iminente à fera quando ela começou a subir lentamente. Em seguida, Indra avançou de costas pelos degraus e seguiu a criatura, sem abaixar suas espadas.

Ela arrombou com o ombro a porta trancada e emergiu no adarve do baluarte. O sol estava a pino num céu sem nuvens e ela protegeu os olhos assim que saiu. A fera estava logo atrás, escondendo-se na escuridão no topo das escadas, como se tivesse medo de sair na luz.

"Tudo bem", disse ela, acenando para a seguir. Ouvindo passos nas escadas lá embaixo, ela gesticulou com mais urgência. "Venha."

De forma lenta e desconfiada, a fera saiu à luz do dia. Imediatamente recuou, girando a cabeça e tentando cobrir os olhos sem pálpebras. Sabendo que os homens de Edgard não estavam muito atrás, Indra tomou a fera por uma das garras e a conduziu pelo adarve. E a viu claramente à luz do sol pela primeira vez. Apartada da natureza odiosa, violenta, a criatura em si era bonita a seu modo estranho e terrível. Talvez não fosse algo que Deus criaria, mas uma coisa bela, de qualquer forma.

Edgard e seus homens irromperam no adarve e aproximaram-se. Ela olhou ao redor; realmente não havia como fugir dali. Aquela muralha externa corria num círculo fechado ao redor da catedral inteira e tinha quase trinta metros de altura. Se houvesse um fosso lá embaixo, talvez pudessem ter pulado, mas, na situação em que se encontrava, a única maneira de sair da muralha era uma queda para a morte certa.

A fera pareceu lentamente estar se ajustando à luz. Ergueu os olhos para o céu azul, respirou o ar morno, claro. Virou-se para olhar as belas colinas ondulantes e planícies da Cantuária que se espalhavam em todas as direções além da muralha. E olhou para ela, a garota que arriscara a vida para tentar salvá-la. Para tentar salvá-*lo*.

Lágrimas encheram os olhos de Indra. Edgard estava a poucos metros de distância e, atrás dele, um pequeno exército apinhava o adarve, com fileiras de oito homens.

"Sinto muito", disse ela, tudo que conseguiu encontrar em si para dizer.

A fera soltou um rugido e levantou-a numa das garras, apertando-a com força contra o corpo. Edgard e seus homens avançaram, mas a fera já estava se movendo rapidamente, correndo para trás na direção de uma das torres que se estendiam pelos baluartes e escalando-a, logo subindo além do alcance de qualquer espada ou chuço. Um arqueiro encaixou uma flecha e mirou, mas Edgard empurrou o arco de lado.

"Idiota! Pode atingir Indra. Sem flechas!"

A fera subiu ao topo da torre e encarapitou-se lá, seis metros acima dos baluartes. Olhou para as dezenas de homens armados apinhados e esperando lá embaixo, e agarrou a garota com mais força. Ela sentia um aperto forte em sua cintura, mas não se debateu ou resistiu. Por mais que parecesse impossível, nunca havia se sentido mais segura na vida.

E então a fera atirou a si e a garota da torre por sobre a muralha.

Edgard correu até o parapeito e observou enquanto caíam para longe dele, cortando o ar, girando enquanto despencavam, mas sem se separar, caindo juntas como uma só.

Indra viu o mundo girar ao redor dela enquanto desciam. Pensou em fechar os olhos, mas não o fez. Pensou que entraria em pânico, mas não entrou. Em seus momentos finais, soube que estava preste a morrer como sempre esperou viver: sem medo, sem capitulação e com sua família verdadeira. E assim observou, sem medo, quando o chão vinha encontrá-la de uma vez, cada vez mais perto — e, de repente, para longe dela de novo. Naquele instante, ela subiu, o chão afastando-se embaixo dela, o horizonte ficando cada vez mais baixo, enquanto subia, mais e mais alto, pelos ares.

Era difícil olhar para cima, com a fera segurando-a com tanta firmeza, mas ela esticou o pescoço para ver duas grandes asas estendidas das costas do monstro, batendo tão rápido como as de um beija-flor, tão rápido que eram um borrão. Enquanto se maravilhava com o vento batendo no rosto, a visão da sombra passando sobre os pequenos vilarejos e fazendas lá embaixo, para o horizonte, muito mais distante do que jamais vira, conseguiu pensar em apenas uma coisa: *Que coisa é voar.*

Ainda olhava, embevecida, para o horizonte distante quando começou a perceber que algo estava errado. O voo da fera se tornou instável, a batida de suas grandes asas errática, e aqueles pequenos campos e fazendas estavam rapidamente ficando cada vez maiores. Em seguida, a fera se inclinou para a frente e mergulhou na direção do solo, quase arrancando o teto de um celeiro dilapidado e, com poucos metros de altitude restantes, soltou Indra para cair em segurança em um torrão de terra antes de finalmente chocar-se com o chão, abrindo uma trincheira profunda depois de capotar várias vezes, surrada e alquebrada, até parar.

Ela se ergueu, e contorceu-se quando percebeu que o tornozelo direito estava bem ferido. Seguiu pulando pelo campo até onde a fera havia caído, imóvel. Ela a balançou, tentando trazê-la de volta à consciência, mas a criatura não se mexia. Então, como se tentasse de novo, sentiu o casco duro que cobria o corpo ficar morno, então quente, embaixo das mãos. Indra recuou, e a fera começou a brilhar, incendiou-se, as chamas de um azul etéreo consumindo rapidamente o corpo todo e queimando-a até virar cinzas.

Levou apenas poucos instantes e, quando as chamas morreram, tudo que restou foi uma pilha fumegante de brasas com o corpo nu de Wulfric no centro, encolhido em posição fetal e coberto por uma camada de cinzas. Indra se aproximou para tocá-lo, mas as cinzas ainda estavam quentes demais, e ela tirou a mão, soltando um impropério. Sabia que levaria um tempo antes de poder tirá-lo dali e ainda mais antes de ele despertar.

Ouviu o estrépito distante de cascos e olhou na direção da catedral, uma miniatura no horizonte, para ver uma figura solitária cavalgando em sua direção. O homem estava muito longe para ser reconhecido, mas não havia dúvida sobre o cavalo que cavalgava. O garanhão branco brilhante era o único de sua espécie na Cantuária e pertencia a Edgard.

Não, não, não...

Estava sem espada, sem nenhum tipo de arma, sem cavalo para escapar, nem mesmo duas pernas boas com que correr. E lá estava seu pai, inconsciente e indefeso. Mesmo se pudesse fugir, não o deixaria para trás. Ficou na frente de Wulfric quando Edgard aproximou-se, até a proximidade de seu cavalo fazer o chão sob seus pés tremer.

A vários metros de distância, Edgard puxou as rédeas do cavalo. Apeou ainda antes de parar e avançou na direção dela com espada sacada.

"Saia da frente, menina. Não estou de bom humor."

Ela se manteve firme.

"Não vai tocá-lo."

Edgard parou para um suspiro profundo. Indra reconheceu a calma diante da tempestade, o olhar que ele assumia antes das surras que distribuía quando ela era mais jovem, antes de ela aprender sozinha como revidar.

"Minha paciência está no fim", disse ele, sem rodeios ou expressão. "Voltem comigo, você e ele. Ou pretende lutar, ferida e desarmada?"

"Pretendo lutar", disse ela. "Ferida e desarmada. Vamos ver quem de nós consegue matar o outro. Mas eu não vou voltar com você, nem agora, nem nunca."

Edgard balançou a cabeça com tristeza quando começou a avançar na direção da garota.

"Que pena."

Ela aprendera a lutar com fluidez e graça, mas não tinha nem capacidade tampouco inclinação para aquilo no momento. O tornozelo não permitiria que ela se movesse tão bem como precisaria se fosse para trocar golpes; sua única chance era surpreendê-lo e derrubá-lo com rapidez. Esperou e, quando ele se aproximou o bastante, lançou-se sobre ele de cabeça, chocando o ombro no peito do homem e mandando os dois para o chão.

Antes que Edgard pudesse se recuperar, ela estava sobre ele, punhos socando com vontade, quebrando o nariz e fazendo sangrar os lábios do cavaleiro. Seu ataque era furioso e cruel, mas Edgard foi capaz de interromper o ataque, agarrando seu pulso com uma das mãos e batendo com a outra. Ele golpeou forte a boca da garota e a tirou de cima de si.

Enquanto ela se debatia no chão, zonza, Edgard cambaleou até se erguer e recuperou a espada caída. Em seguida, foi até onde ela lutava para se levantar e abaixou a espada para golpeá-la. Estava prestes a acertar quando algo voou do sol e atingiu seu rosto, arranhando e rasgando, fazendo com que cambaleasse para trás num pânico repentino, desesperado. No chão, ela viu Edgard bater no pássaro com a mão livre, em seguida soltou a espada para espantá-lo com as duas mãos. Ela ficou em pé e cambaleou até pegar a espada.

"Venator, comigo."

Só então o falcão interrompeu o ataque e voou para o ombro da dona.

Edgard ainda mantinha a mão sobre o rosto, mas ela percebeu que o olho direito havia sido arrancado, deixando apenas uma órbita ensanguentada. Ficou de joelhos e a viu em pé diante de si, segurando sua espada. Ele cuspiu um dente sangrento e encarou-a com ódio.

"Tudo que sempre quis foi ser um pai para você, Indra", disse ele, fraco, o lábio cortado e inchado. "E é assim que sou recompensado. Com uma filha que é uma cadela desrespeitosa, desobediente, odiosa. Me arrependo do dia em que a encontrei."

Ela refletiu sobre o que ouvira. Pensou sobre como seria fácil arrancar sua cabeça do pescoço naquele instante. Um golpe e estaria acabado. Ergueu a lâmina e, quando virou os ombros, avistou Wulfric deitado nas cinzas atrás dela.

"Tem razão em tudo", disse a Edgard quando voltou a espada num meio giro, "menos numa coisa."

Ela girou a espada. A parte achatada da lâmina acertou Edgard com tudo no rosto, derrubando-o, inconsciente. Ela assistiu quando ele caiu de lado, em seguida jogou a espada ao lado dele.

"Meu nome é Beatrice."

Havia mais cavalos vindo agora, mais homens. Ainda não estavam próximos, mas ela conseguia ver a nuvem de poeira no horizonte. Claudicou até Wulfric e, embora as cinzas ao seu redor tivessem esfriado apenas parcialmente, ela estendeu a mão e puxou-o, ignorando a dor quando as brasas a queimaram. Assim que estava livre, ela o ergueu no ombro e esforçou-se para carregá-lo até o cavalo de Edgard.

Era muito menos pesado do que a fera, mas ainda mais do que ela poderia carregar facilmente com duas pernas fortes; com uma muito menos. Duas vezes ela tropeçou e caiu; duas vezes ficou em pé e o reergueu. Por fim, conseguiu colocá-lo sobre o cavalo. Olhou para a Cantuária e viu os cavaleiros se aproximando. Levariam menos de um minuto para chegar.

Ela subiu na sela e pôs o cavalo para correr. Era famoso por ser o mais rápido na Cantuária; os perseguidores tinham pouca chance de alcançá-los, mesmo a montaria carregando os dois. *Finalmente, uma vantagem.* Ela enterrou os calcanhares nos flancos do cavalo, e a catedral recuou para dentro das brumas, ao fundo, até desaparecer.

Quilômetros e horas depois, sentaram-se juntos ao lado de um rio gorgolejante, Wulfric contorcendo-se quando Beatrice encaixou com suavidade o braço do homem numa tipoia que ela improvisara com um pedaço de sua camisa. Estava quebrado, mas não tão ruim que não pudesse se curar. Também tinha uma cicatriz recente, bem à direita da marca em forma de besouro no peito — o restante do ferimento de chuço que a fera sofrera naquela manhã. Mas, como a mais antiga, bem embaixo na barriga, estava bem no caminho da cura antes de Wulfric despertar. Ele tremia, nu, exceto pelo cobertor do cavalo que usava ao redor do corpo. O cavalo sobre o qual cavalgara quase desacordado, o garanhão branco de Edgard, vagueava por perto, bebendo do riacho enquanto Venator vigiava atentamente num galho alto.

"Teremos de encontrar umas roupas para você", disse Beatrice enquanto ajustava a tipoia. Wulfric assentiu, mas outra coisa o preocupava.

"Por que não o matou?"

Beatrice olhou a floresta para buscar uma resposta.

"Pensei nisso. Queria. Mas pensei também sobre o que você me disse, sobre a culpa que carrega todos esses anos pelos homens que matou. Não quis a morte dele na minha consciência."

Ela não conseguiu reconhecer o jeito com o qual Wulfric a olhava naquele instante.

"Fiz mal?"

"Não", disse Wulfric com orgulho. "Fez bem."

Beatrice ainda estava confusa.

"Talvez fosse mais fácil para nós se eu o tivesse matado. Virá atrás de nós agora."

Wulfric levantou-se, enrolando o cobertor no corpo.

"Mais um motivo para nos afastarmos dele o máximo possível."

"Aonde vamos?"

Ele pensou, mas não tinha resposta. Passara tantos anos em trânsito, sem destino em mente, vivendo sem propósito dia após dia, mudando de um lugar para o outro, sem nunca pensar no amanhã. Agora... agora tinha uma perspectiva, um amanhã.

"O que acha?", perguntou para ela.

Ela olhou ao redor, pensando.

"Ouvi dizer que as Highlands, bem ao norte, são muito bonitas."

Wulfric sorriu.

"Também ouvi dizer."

Ela foi até o riacho para pegar o cavalo pelas rédeas, com cuidado, no terreno desnivelado, por causa do tornozelo que ainda lhe doía. As mãos estavam envoltas em linho, também rasgado da camisa, para cobrir as queimaduras que sofrera ao puxar Wulfric de seu ninho de cinzas.

"Obrigado", disse ele. "Por me salvar lá atrás."

Ela o olhou com ternura.

"Com essa, acredito que estamos quites."

Ela verificou a sela do cavalo, olhou para o céu.

"Logo vai escurecer. Você vai... digo, você pode..."

"Teremos de ver", disse Wulfric. "Cuthbert mostrou-me como conter a fera, e parece ter funcionado bem até aqui, mas ainda estou aprendendo. Cada noite será um novo teste. De uma coisa posso ter certeza: se ela vier, não vou machucar você."

Venator alçou voo quando Wulfric montou na sela e estendeu a mão para ajudar Beatrice a subir atrás.

Uma pergunta ainda a perturbava.

"Como sabia que podia voar?"

"Não sabia", disse ele. "Deus age por caminhos misteriosos."

E eles continuaram a cavalgada.

EPÍLOGO

Wulfric quase havia terminado a carta. Ele a fez com calma, pois era a única que pretendia enviar, e queria ter certeza de que tudo que precisava seria dito. Esfregou o queixo enquanto a olhava de novo. Seu rosto parecia estranho desde que tirara a barba, embora Beatrice sempre garantisse que estava muito melhor assim.

Ele se convenceu de que estava satisfeito com a carta, em seguida pôs suas iniciais nela. Não era um escritor, mas acreditava que seu recado estava dado.

Edgard,
Sei que se importa com Beatrice, do seu jeito, então saiba que ela está em segurança e bem comigo. Não corre perigo com a fera. Nesses últimos meses, aprendi a contê-la, a permitir que saia apenas quando eu peço e a controlá-la quando o faço. Fique descansado, ela nunca irá ferir Beatrice — apenas aqueles que tentarem feri-la.

Ouvi um boato de que a Ordem deve ser desmantelada por decreto régio, e o tempo que lhe resta na Cantuária antes de devolvê-la à Igreja é curto. Desejo paz em qualquer caminho que decidir seguir, mas lhe digo uma coisa: seria estúpido pensar em nos procurar. Beatrice não deseja vê-lo. Por esse motivo, tivemos o cuidado de garantir que nunca nos encontrará, e por esse motivo, também, estou bem certo de que se arrependeria se tentasse. Verdade seja dita, você tem muito mais medo dela do que tem de mim ou da fera.

Sei também que Cuthbert não está mais sob seus serviços e refez a vida. Ele nos manda notícias de vez em quando e diz que está bem. Caso deixe de nos mandar notícias, saiba que não precisará tentar nos encontrar. Nós encontraremos você.

Minha filha e eu estamos muito felizes, nós dois, pela primeira vez em muitos anos. Deixe-nos em paz. E tudo ficará bem.

W.

"Venator, comigo."

O falcão voou até ele do poleiro diante do humilde sítio. Wulfric dobrou o pergaminho e enfiou-o no anel de cobre ao redor do tornozelo do pássaro, então o mandou voar. Da pedra onde estava sentado, observou quando Venator ganhou altura sobre um lago na direção das Highlands até desaparecer, engolido pela bruma.

Wulfric voltou-se para a fazendola. Não era muito; por outro lado, o que mais precisava? *O que mais preciso além dela*, pensou ele enquanto olhava para a filha no campo, arando o solo para a semeadura de uma nova safra. Exatamente como lhe havia ensinado.

Aprendia rápido, já era quase tão boa nos cuidados com a terra como seu pai. Ele a viu sorrindo quando se aproximou. *Muito parecida com a mãe*. Beatrice enterrou a pá na terra, deixando-a em pé, e limpou a testa, feliz por um momento de descanso.

"Vi Venator partir", disse ela. "Acabou?"

Ele assentiu, inspecionando a terra recém-arada.

"Você tem todo o jeito de agricultora. Tão boa com a pá como sempre foi com a espada."

Ela a tirou da terra, e ergueu-a.

"Não tão útil numa batalha", retrucou ela, brincalhona.

"Não, realmente", disse Wulfric. "Por outro lado, a espada nunca alimentou ninguém."

Ela cravou a pá de novo no solo.

"O que vamos plantar?"

"Cenouras. No outono, isso tudo vai ser cenoura. Espere e verá." Ele pôs a mão no bolso do casaco. "Aqui, tenho uma coisa para você."

Wulfric tirou um cordão enrolado de couro no qual estava pendurado um peltre com uma gema vermelha brilhante.

"Vi isso no mercado quando fui comprar pergaminho", disse ele, estendendo-o para Beatrice. Depois de um momento de hesitação, ela esticou a mão e o apanhou, virando-o de um lado para o outro na mão, observando quando incidia sobre a gema a luz do sol.

"Que pedra é essa?", perguntou ela.

"Granada", disse Wulfric. "O mercador disse que também chamam de carbúnculo. Lembro que uma vez chamei você assim. Na época, não sabia que coisa bonita era."

Ela refreou uma lágrima.

"Desculpe. Não sei o que dizer. Nunca na vida ganhei algo assim."

"Nunca na vida eu ganhei algo como você", disse Wulfric com um sorriso." Com essa, acredito que estamos quites."

Um besouro rastejou para fora da terra arada e subiu no cabo da pá. Beatrice o viu, e deixou que subisse em sua mão para os dois observarem.

"Qual é esse?" Ela estava tentando explorar o conhecimento de Wulfric sobre insetos e besouros desde que ele lhe dissera como aprendera com seu pai, mas ainda não havia conseguido.

"Um besouro-do-esterco comum", disse Wulfric. "Chamam também de escaravelho."

Wulfric viu o rosto dela se iluminar com o simples prazer que encontrava numa informação recém-descoberta, e aquilo lhe deu uma sensação de alegria que não experimentava desde a primeira vez que a segurou quando bebê. Não tinha ideia de como ser pai de uma filha. Mas aprenderia. Por ora, apenas estar ali com ela era o suficiente.

Sou pai. Tenho uma filha.

Sim, era mais que suficiente.

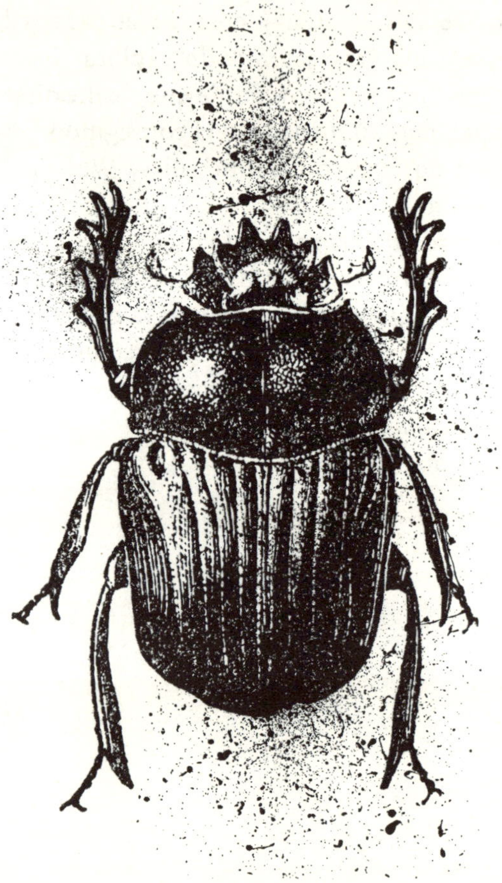

MEMBROS HONORÁRIOS DA ORDEM

Em grande parte, Abominação só foi possível com a ajuda das pessoas abaixo, que deram seu apoio crítico e patrocínio antes da publicação via Inkshares. São doravante nomeados Membros Honorários da Ordem. Contra Omnia Monstra!

Adam Gomolin	Meggan Scavio
Alan Hinchcliffe	Mekka Okereke
Austin Wintory	Michael Pachter
Brian Kirchhoff	Michael Sawyer
Danny Hertz	Michael Seils
Emma Mann-Meginniss	Patrik Stedt
Genevieve Waldman	Peter Koskimäki
Geoffrey Bernstein	Piotr Jegier
Howard Sanders	Ray L. Cox
Jay Wilbur	Robbie D. Meadows
Jeff Harjo	Ronald Tang
Ken Fabrizio	Samuel Parrott
Kevin Becker	Simon Kirrane
Kiki Wolfkill	Steve Lin
Laurie Johnson	Thomas Grinnell
Linda Wells	Timothy E. Thomas
Logan Decker	Tony Dillon
Mace Mamlok	Tricia Gray

Gary Whitta é roteirista premiado, conhecido pelo thriller pós-apocalíptico *O Livro de Eli*. Também foi roteirista e consultor de histórias na adaptação interativa de *The Walking Dead*, pela Telltale Games, pelo qual recebeu um prêmio conjunto da BAFTA (British Academy of Film and Television Arts). Mais recentemente, atuou como roteirista na próxima geração de projetos de *Star Wars* da Lucasfilm para cinema e televisão. *Abominação* é seu primeiro romance.

Por favor, visite e compartilhe o link abaixo. Saiba mais sobre a história por trás da história e inscreva-se para receber atualizações. Resenhas são calorosamente bem-vindas e podem ser enviadas para editor@inkshares.com.

Inkshares - http://inkshares.com/projects/abomination

"[...] sua carapaça o tornava forte e resistente a todos os tipos de condições hostis."
VERÃO 2017

DARKSIDEBOOKS.COM